敵は家康

早川隆　Takashi Hayakawa

アルファポリス文庫

https://www.alphapolis.co.jp/

＝主要登場人物＝

佐久間大学（さくまだいがく）――織田家の重臣
おしの――大学の配下
木下藤吉郎（きのしたとうきちろう）――信長の配下。足軽大将
今川義元（いまがわよしもと）――東海三国の王、「海道一の弓取り」
岡部元信（おかべもとのぶ）――鳴海城（なるみじょう）の城代
伝左（でんざ）――鳴海城の牢番
松平元康（まつだいらもとやす）――義元の客将。のちの徳川家康（とくがわいえやす）

弥七（やしち）――河原者
ねずみ――盗人（ぬすっと）崩れ
おこと――養蚕（ようさん）荘園の奉公人
藤右衛門（とうえもん）――口入屋（くちいれや）
源蔵（げんぞう）――黒鍬（くろくわ）の棟梁
織田信長（おだのぶなが）――尾張（おわり）の王

永禄3年5.19 払暁 1560.6.12

序章

永禄三年（千五百六十年）五月十九日の払暁、織田上総介信長は、熱田神宮の拝殿から歩み出て、まだ仄暗い南の空を見上げた。

神宮の境内には、そこかしこに篝火が焚かれ、焦げた松脂のかぐわしい香りが、それに灼かれた熱気と、屯する足軽や下人どもの饐えた汗のにおいと混じり合い、ただならぬ気配を煽り立てている。

彼らは胴丸を着けていたり半裸だったり、その格好はひどく不統一であった。身分に不釣り合いな前立付きの兜を持参して尻に敷いていたりするような者もいれば、藍染めの布きれを頭に巻いているだけの者もいる。ただ彼らは一様に目をぎらぎらと輝かせ、給された握り飯を頬張りながら、じっと上総介の下知を待っていた。

上総介の脇を潜るように拝殿からまろび出てきた小柄な軍配者が、事前の打ち合わせ通りの儀式を用意し、兵どもの前で実演してみせた。二枚を貼り合わせ、どちらも表側にした数枚の明銭を宙に投げ、ガラガラと耳障りな音を立てて拝殿前の廊下に転がったそれらを一枚一枚拾い上げ、両手で持ち右左の兵どもにかざした。

そして、こう叫んだ。

「卦はことごとく吉と出た！　神意は我らにあり！」

見え透いた茶番に笑みをこぼし、上総介が殿上から境内を見下ろすと、数名の侍大将が目配せし合いながら、

「御味方大勝間違いなしじゃ、者ども喜べ！　熱田の神様は我らに随いておる！」

などと、口々に喚きはじめた。それにつられて足軽どもの上げるオウという掛け声が夜の闇を震わせ、篝にはぜた炎の粉が、虚空に噴き上がった。

しかし茶番はあくまで茶番である。それが出陣を控えた一軍の、士気を盛り上げるための御定まりの儀式に過ぎないことは、軍配者自身も、侍大将たちも、兵の一人ひとりに至るまできちんと弁えていた。それが証拠に、拝殿の前まで自発的に集まってきた兵らはごくわずか。残りは相変わらず境内のあちこちに散らばり、思い思いの格好で不安に耐えている。

これから生起する戦の帰趨がどうなるか、まだ本当は熱田の神にもわからない。敵の軍勢は、駿河と遠江、そして三河の三国から集められたという。彼らは道々、総勢四万と呼号した。話半分としても二万を超える大軍で、源平合戦の昔ならばいざ知らず、少なくともここ数百年のあいだに、東海道に出現したどの軍勢よりも規模が大きい。そこへ、敵方へ寝返った鳴海、大高、沓掛三城の守備隊や、決意の揺らぎはじめた地侍や戦

場付近の土百姓(つちびゃくしょう)どもなど、潜在的な敵軍勢力が加わる。

　こちら側の兵力は総ざらえして四千。ただし既存の砦や後方警備に割かねばならぬ兵数があり、ここに連れてきているのは一千をわずかに超える程度である。そのなかから半数を割き、これから進む道々の村や集落に声をかけ、本隊の進軍に恩賞目当ての新たな足軽や雑兵どもが順次加われるように手配りされている。

　最終的には、この本隊を追って駆けつけてくる加勢なども含め、二千程度にはなるであろう。しかし十倍の敵軍に較べれば、まさに蟷螂(とうろう)の斧と言うべきである。死兵と化して戦わなければ、決して勝利などあり得ないことは、身分や立場にかかわらず、その場に参集したほぼすべての男たち共通の了解事項となっていた。

　ようやく騒がしくなった境内からその切れ長の目を離すと、上総介は、ふと見上げた鉛色の視界のはじにわずかな変化が起こったのをみとめた。

　境内の外、たち込める朝靄(あさもや)の向こうに、うっすらとした灰色と茶色の翳(かげ)が伸びていた。音はせず、においもしない。ただ、はじめはかすかに、やがてゆらゆらと揺れながらその色は濃くなり、翳はさらに広くなった。

「丸根(まるね)、ですかな、あれは。それとも鷲津(わしづ)でござろうか」

　同じものを見ていたかかたわらの誰かが上総介に声をかけた。別の誰かが答えた。

「鷲津です。陥ちましたな」

上総介は少しだけ眉をくもらせ、目を瞑(つむ)った。しかしすぐにまぶたを開け、鋭い眼光とともに高い声で下知した。

「皆、用意にかかれ」

その下知はそれぞれの隊に復唱され、木霊(こだま)のように境内を響き渡っていった。

散っていた兵どもがのっそりと立ち上がり、立てかけていた槍を取り、箙(えびら)の弓をしごいて肩に掛け、兜や陣笠の緒を締め、がちゃがちゃと音を立てながら拝殿前に集ってきた。

これから修羅場に向かわんとする死兵たちの熱気が殿上にまで伝わり、上総介の膚(はだ)を激しく打つ。

上総介はもう一度南に目を戻した。先ほどの煙は、さらに高く濃くなり、その先端は目に見えない空の扉を叩いて横に広がりはじめていた。

やがて、すでに上がった煙の横に、ゆらゆらともう一条の煙がたなびきはじめた。それはやや遠く、色もかすかであったが、先の煙よりずっと速く上昇し、広がった。勢(いきお)いは鷲津のそれよりも激しいようだ。

もはや、それが丸根からの煙であることをわざわざ口に出して指摘する者はいなかった。鷲津・丸根の両砦は、合わせて幾千もの敵に包囲され、攻めたてられ、そして業火(ごうか)に炙(あぶ)られて殲滅(せんめつ)されたのだ。

あの煙の上がり具合では、ほぼ誰も生き残ってはおるまい。

内殿前の渡り廊下にて、参集してきた織田軍幹部たちが粛然とした雰囲気に包まれるなか、上総介信長は言った。

「魚は、餌を食ったぞ」

その真意をはかりかね、数名の家臣が上総介の表情を窺った。上総介は笑っていた。

すべては、彼の読み通りに運んでいたのである。

第一章　陰(ほと)にて

泥のなかで生まれて、泥のなかで育ち、今も泥のなかでなめくじのように這いずりまわっている。それがこのときの弥七(やしち)について語れるすべてだ。

挙母(ころも)の野より周辺の惣村(そうそん)を潤(うるお)しつつ伸びてくる小川が、三河国を貫く大河・矢作川(やはぎがわ)の中流域にぶつかり、その滔々(とうとう)たる流れめがけてこぼれ落ちるあたり。そのせせらぎを挟んだ名もなき谷間で弥七は生まれ、育った。

弥七というのが、自分の本当の名前であるのかわからない。それはいつの間にか、気づけばただそうと皆に呼ばれていたというだけのことで、生まれ落ちたとき自分につけられた名なのかどうか、彼にはわからない。

名づけたはずの両親のことも、弥七の記憶にはない。まわりの大人たちは、もしかしたら父母のことを覚えているのかもしれないが、弥七のほうからそれを聞いたことはない。

とにかく両親はもう、この谷間にはいない。死んだのか、子を置いたままどこかに去ったのか。まあ、そのどちらであっても、大した変わりはない。

今、弥七は独りだ。独りで泥だらけの谷間を這いずるようにして、ただ黙々と日々を生きている。

谷間は、「陰(ほと)」と呼ばれていた。

幼い弥七には、女陰を指すその言葉の、本来の意味がわからなかった。

そのじめついた谷間にへばりつく矮小(わいしょう)な共同体が、他の社会階層とは明確に区分される被差別民たちの集まりで、また他所では生きていけなくなったあぶれ者や流れ者などが、最後の最後に身を落とす吹き溜まりであることも知らなかった。

そしてそこが、ただお互い肩を寄せ合うようにひっそりと生きる彼らを、都合のいい安価な労働力として好きなように使い捨てにする、強欲な権門勢家(けんもんせいか)の「慈悲」により存在を黙認されていたという事情も知らなかった。

周囲の小高い、日の当たる田圃(でんぼ)から土手で区分けされ、急に大河の流れに向けて下り落ちる、その斜面の途中に陰はあった。もう少し降りると、地面がじめじめと湿り寝起きすることなどできない。わずかに乾いた、しかし歪んだ斜面のところどころに、斜めに穴を穿ち、板切れなどをさし渡し、葦を葺いて人間が棲んでいた。

住めば都、これはあとになってから弥七が聞いた言葉だ。どのように考えても都などではなかったが、日がな一日そこにいればとりあえず安心で、腹がすくことさえ我慢できれば、なんとか命はつないでいける。

ただ、そこはあくまでも湿地の脇の斜面に過ぎぬ。ひとたび雨が降れば、谷はまるごとずぶ濡れになった。乾いていた斜面は泥だらけのすべすべになり、浅く穿たれた横穴には容赦なく風雨が吹き込み、被せただけの葦のあいだをしずくが垂れ、棲んでいる人々は目の粗い薦を被ってただガタガタと震えた。そして、そんな天候が数日続けば、必ずそのまま動けずに地面に張りつき、死んでしまう者が出るのだった。

人々は、それでも協力し合いながら生きていた。死人が出たら、まず手分けして骸を板に載せ、森の向こうの共同墓地に葬った。錆びついた鉄の鍬で土を掘り、皆が黙って死人にうなだれる。そこへ、誰かがどこぞで聞きかじった念仏を唱えはじめると、皆も倣って唱和する。意味まではわからぬ。ただ形式として、音に合わせて唱和するだけである。そのあと骸に土をかけ、花の一輪でも手向けて葬儀は終わった。もしかしたら弥七の両親も、ここでそのようにしてひっそりと生を焉えたのかもしれなかった。

豊富とはいえないが、それを探す技術さえ持ち合わせていれば、なんとか生き延びていくだけの食料はあった。葦に覆われた湿地や川に降りると、暖かい季節であれば手掴みで鮒や鯰が獲れた。たまに獲れる野鼠や蟇、蛇などはご馳走であった。もとから陰に住んでいた住民のほとんどは、獣の皮を剥ぎ、なめす作業に熟達しているので、こういう獲物を捌くことなどお手の物であった。野草は煮て食う。腹を下すいくつかの危険なものさえ避ければ、あとは火にくべた熱湯に放り込み、焚き付けが続くまでグツグツと煮ると、大抵のものは口に入れることができた。

たまに運がよければ、稗や粟飯などが配られることもあった。それらは土手の向こう、日の当たる田圃の奥に立つ「お寺さん」から喜捨された。喜捨といってもただ飯ではない。代わりに陰の住民は、比較的壮健な男どもを一定期間、労役に供出しなければならなかった。河原に棲みつく人間以下の存在を前に、寺僧たちは、仏のやわらかな慈悲を示すというよりは、むしろ日頃の厳しい修行の鬱憤を晴らすために彼らを追い使った。

やや大きくなってから弥七もその一隊に加わった。そこでは、頭を丸め、袴姿で手に棒切れを持った寺僧たちが、日がな一日、寺領の田圃の畔なおしや田植えを監督し、仕事のはかばかしくない河原者を容赦なく打擲していった。

「ありゃあ、まるで僧兵と一緒じゃ。とはいえ、あやつら戦じゃ役には立たん。弱けぇ者にだけ威張り散らすんじゃ」

少し年上の、他所から流れてきた「わけしり」と呼ばれた男が吐き捨てた。彼は足を引きずって歩く。もとは身分のある侍で、都での合戦で槍傷を受け、以降落ちぶれてここに流れてきたのだそうだ。

深田に足を取られながら、腰まで水に浸かって人様の作物を作る。田から上がっても、足も下半身も、まだ真黒く泥にまみれていた。それをすぐに清水で洗うことすら許されず、作業を終えたら、泥だらけの姿のままとぼとぼと土手のこちら側へと戻った。かんかん照りの日など、ろくな飯も水も給されず、寺僧の振るう棒切れの打撃に怯えながら労役につくと、陽に炙られて必ず倒れる者が出た。運よく畔に引き出され、ごく一部の親切な寺僧に介抱され回復する者もいたが、どちらかといえばそのまま動かなくなってしまう者のほうが多かった。

年月が流れ、弥七は身の丈五尺（約150センチ）ほどの大きさに育った。給養はいいとはいえず、なりもボロボロだったが、その身軽さは群を抜いていた。走っても速いし、木に登るのも速い。水練の技にも長け、ひとたび川に潜れば陰の誰よりも多くの魚を捕った。

また、弥七は石投げを得意としていた。弥七が水面に石を投げると、石は水を切り、数回跳ねてからまっすぐ目標物に当たる。少し傾けて投げれば、石は跳ねるうちに、まるで生き物のように右か左に傾いでいき、誰もが予測しないところにある意外な目標を捉える。

それらは、弥七がかすかな思い出とともに身につけたものだ。石を投げるとき、弥七の脳裏にわずかに蘇る景色があった。

昔、同じように河原に立ち、弥七は石を投げようとしている。今よりもずっと幼く、背も低い。そして小さい弥七を、さらに低いところからじっと見上げる目がある。どうやら、妹のようだった。

丸い額に、黒くて丸い目。顔はよくわからない。

その妹は、今はどこにもいない。いつ別れたのかも覚えていない。

泥のなかを這いずり、この歳まで生き残ってきた自らの痩せた肉体があるばかりだ。

妹の名前も思い出せない。もしかすると、そんなものはいなかったのかもしれない。

弥七には、よくわからなかった。

陰には、たくさんの新参者が流れてきて棲みつき、やがて死ぬか、ふらりと立ち去りいなくなる。ちょっとした昔のことすら、覚えている者はいない。誰も弥七の脳裏にのみかすかに息づく妹のことなど、彼に語ってくれる者はいなかった。

ただ石を投げる前、弥七は必ず、黒くて丸いその目を思い出すのだ。胸が締めつけられ、涙が滲んでくる。なぜかはわからないが、いつも必ずそうなる。

水面を見て石を投げなければ、その気持ちにはなれない。

だから、弥七は川に降りてくる。

そしてじっと水面を見つめ、あてどもない追憶にしばし浸り、そのあと石を投げた。

石は、必ず当たった。

陰は、弥七にとって世界のすべてであった。

そのなかにいる限り、弥七は安全であった。食うに困ることはあっても、まったく食えぬことはなかった。そこから出ぬ限り、昨日までと同じ今日と、そしてたぶん今日と変わらぬ明日があった。

たまに土手を越えて向こうに行くことはあるが、いいことは何もない。寺僧からは棒を振るわれ、村人からは嘲笑され、時には物理的な迫害を加えられた。

不思議なことに、たまに見かける身分の高い綺麗な身なりの人々の視線は、彼に同情的だった。それは憐み、あるいはある種の蔑みの目だったかもしれぬ。しかし当時の弥七にその区別はつかない。いずれにせよ、彼らは弥七の肉体を直接脅かしてはこない。彼にとっては、それだけで充分だった。

一方、弥七たちと同じように泥だらけで田に入る農民たちは、彼を執拗に敵視し、面罵し、愚弄した。畔道を通りかかっただけでも、誰かが目ざとく弥七を見つけ、集団で竹竿を突き出して転ばしたり、泥を固めて投げつけてきたり、いろいろな攻撃を仕掛けてきた。そこは彼らの場所であり、弥七たち河原の民のいるべき場所ではなかったのだ。

ある日、畔を通りかかった弥七ら三名の河原者に対し、村の悪童どもがいつものようにちょっかいを出してきた。河原者特有の蓬髪（ほうはつ）や、ぼろぼろのなりをからかい、自分たちの鼻をつまんで身体のにおいを馬鹿にした。

たしかに弥七の髪は、あの農家の子弟たちのきちんと結った髻（たぶさ）と違い、ただ伸びっ放しのぼさぼさである。日頃から一日に一度は必ず川に飛び込み、大いに水浴びをするので汚れやにおいは少ないのだが、身にまとっている襤褸（ぼろ）のような古着と併せ、弥七が彼らに較べ見劣りするのは確かだった。

土塊（つちくれ）が飛び、囃（はや）し立てる声が聞こえた。挑発である。彼らは、明確にこの界隈の階層構造における最下層に位置づけられた河原者たちが、自分らに決して反撃してこないことを知っている。ただのいびりであり、鬱憤晴らしだった。

いつものとおり、何を言われてもひたすら黙々とうつむいたまま弥七たちは畔を進んだが、今日は少しばかり勝手が違った。

畔の端に大きな身体の男が立ちはだかり、三人の河原者の行く手を塞いでいた。悪童どもは脇の畔から奇声を上げ、進むに進めず、立ち止まってしまった弥七らを、さらに嘲笑（あざわら）った。

一人が指をさし何事かを叫ぶと、脇にいたもう一人が、雀を脅すために竹で作った粗末な弓を鳴らした。放たれた矢は風を切って宙を飛び、弥七たち一行から胴ふたつほど離れた畔道に突き立った。仕方なしに今来た道を戻ろうとすると、今度はその先に矢が飛び、畔を外れて泥田のなかに沈んでいった。

一人が、狙いを外した悪童から弓を奪い、矢をつがえて今度はまっこうから一行を狙った。彼に、当てる意図まであったかどうかはわからない。しかし彼の放った矢は、今度は弥七の仲間の一人、「たにし」と呼ばれていた初老の男の肩に命中した。もんどり打って倒れた「たにし」は、泥田の脇に流れる用水溝に脇腹から突っ込み、足をばたばたとさせて動かなくなった。

瞬間、静まった悪童どもだったが、一線を越えたことで異様な興奮が彼らを包んだ。

「やれ！」

と叫びながら土塊と石と矢が同時に飛び、畔道に残っていた弥七と、十歳くらい年長の、仲間うちで「ねずみ」と呼ばれていたもう一人の河原者を襲った。

「たにし」と較べれば若い「ねずみ」と弥七は、ほぼ同時に来た飛来物をかわすと、溝に頭から突っ込んだ「たにし」を担ぎ、今来た畔道を小走りで逃れようとした。しかし悪童どもは「ねずみ」と弥七が「たにし」を助け起こす間を利用し、先回りして道を塞いだ。反対側の端には先ほどから大柄な男がのっそりと腕組みをしてこちらを睨（にら）んでおり、前後に逃げ場はなかった。

焦った「ねずみ」は、「たにし」の肩を担いだまま泥田のなかに逃げ込もうとしたが、「たにし」の反対側の肩を持っていた弥七はそれに抗った。泥田にはまると、もはや身動きすることもできず、悪童どもに狙い撃ちにされてしまう。彼らは殺気立ち、行きすぎた迫害の口塞ぎのため、すでにこちらの息の根を止めに来ていることが、弥七には本能的にわかっていた。

弥七の頭のなかで、何かが、はじけた。

彼は「たにし」から腕を離すと、そのままゆっくりと畔の先に立つ大男に向かって数歩近づいた。大男は少し驚いた風で、組んでいた腕を離し、腰を少し落として身構えた。

やにわに弥七は懐に手を入れ、一枚の平たい河原石を取り出した。彼が日頃、川面で石投げの練習に使っていたとっておきの一枚だった。手のひらほどの大きさで、四つ角を鋭く削り落とし、目標物を捉えるとそのまま刺突するように細工してある。

弥七はそれを抛り、大男の顎に命中させた。右肩の上に構える、あるいは左の腰の脇に抱え込む、そういった石を投げるときの予備動作は一切なく、石は何かの意思を持った生き物のように飛翔して大男を襲った。避ける暇もなく顎を砕かれた男は、ぎゃっと叫ぶと昏倒し、そのまま頭ごと泥田へ突っ込んだ。

弥七は駆け寄り、男を斃した河原石を拾い上げ、「ねずみ」に早くこちらに来るよう叫んだ。「ねずみ」は一瞬だけ逡巡したが、やがて意を決して「たにし」の肩から手を離し、自分の身ひとつで畔を走り抜け、弥七のもとにやってきた。

泥田に倒れた大男は、顔じゅうを泥と血とでぐちゃぐちゃに染め上げ、口からぶくぶくと泡を噴いていた。それだけ視認すると、弥七と「ねずみ」は土手を駆け上がり、そのまま向こう側に消えた。

あとに残された村の悪童どもは、凍りついたように畔から動かずしばし凝然としていたが、やがて弥七に斃された大男を助け起こし、彼がすでにこと切れていることに気づいた。

彼らの理不尽な怒りは、そのまま見捨てられた「たにし」へと向かった。倒れた「たにし」の腹部を蹴りつけ、背中を骨の音が鳴るまで肘打ちし、胸ぐらを掴んで顔面を拳で打ち据えた。「たにし」にはまだ意識があった。恐怖に震えた目で悪童どもを見やり、懇願するような言葉を何事か呟（つぶや）いたが、成り行きとはいえ心の箍（たが）が外れた悪童どもには、この哀れで罪なき初老の河原者に対し慈悲をかけてやる考えなどなかった。

言うならば、村人の罠にかかった鼬（いたち）や白鼻芯（はくびしん）と同じだ。害獣だ。

すでに陽は落ちつつあり、その光を背後に受け、大きな土手の影が泥田を覆い尽くそうとしている。

このまま夜の闇に紛れ、どのように残忍で喜悦（きえつ）に満ちた処刑を行なうか、今や殺人者（けだもの）

と化した彼らが話し合っているとき、彼ら自身の運命も極まっていることにまだ誰も気づいていなかった。

黄昏(たそがれ)どきの、黄金色の光線のあいだを縫うように飛来したなにものかが、悪童のうちの一名の後頭部を襲った。ごつっ、という鈍い音がして彼が倒れ込むのに気づいた別の一人が振り返ると、今度は彼の視界いっぱいに黒い影が広がり、そのまま顔面を撃たれ泥田のなかに突っ込んだ。

思いもよらぬ襲撃に慌てた彼らは、掴んでいた「たにし」を放り出し、そのまま畔道を村の方角に逃走しようと試みた。

夕照は、残酷なまでに影の位置にいた彼らから視界を奪っていた。いっぱいに広がる光で、彼らの目には襲撃者の姿がまったく見えない。そして、あたりを覆い尽くす巨大な土手の影が、かすかな畔道の輪郭を消し、逃げる彼らは次々と泥田に足を取られた。

動きの極端に遅くなった彼らを、土手の上の高みから、弥七は悠々と狙い撃ちにしていった。夕陽を背に黄金色に広がる世界のなかで、彼らの背に顔面に頭に、弥七は礫(つぶて)を次々と命中させていった。効果が薄かったと思われる打撃には、次弾を見舞うことで必ず埋め合わせをした。

脇には「ねずみ」が胸にいっぱいの河原石を抱え、次々と弥七に手渡していた。二人は土手の向こうに逃れ出たあと、河原で戦闘に適した石礫(いしつぶて)を拾い集め、ふたたびやって来たのだ。

ほどなく、とっぷりと陽は暮れ、弥七は攻撃を止めた。何人倒したかよくは覚えていなかった。あちこちの泥田のなかから、すすり泣く声や助けを求める声が弱々しく響いていたが、弥七と「ねずみ」はそれらを無視して土手を滑り畔に向かい、「たにし」だけを助け上げた。肩を抱き合った三名の河原者の影は、やがて土手を越えて見えなくなった。


翌朝、陰はものものしい雰囲気に包まれた。

手に鍬や鋤（すき）、手槍などを持った村人たちの一団が、付近の奉行所の代官を先頭に立て、土埃（つちぼこり）を蹴立てながらやって来た。代官は、陰の世話役らしき年寄りに、村を襲い田を踏み荒らし若衆を殺（あや）めた不埒者（ふらちもの）たちの居場所を尋ねた。年寄りは耳が遠く、代官の言葉をよく理解していなかったようだが、崖下にぽっかりと口をあけた横穴を指さし、そこに一名の怪我人が寝ていると言った。

代官とその手下、そして数名の村の代表が崖を滑るようにして降りてみると、横穴の奥にやや乾いて清潔な一角があり、そこには、廃材と竹で組んだ粗末な寝台に寝かされた「たにし」の姿があった。彼は小康を保っているが、肩に受けた矢傷がもとで発熱し、大量の汗をかいてブルブルと震えていた。代官がやって来たことにも怯えているようであった。

　あたりに漂う臭気に眉をひそめた代官は、形式ばかり、昨日の夕方に村の田の畔で何があったのかを尋問したが、怯えた「たにし」は答えることができない。弱々しく、村の代表の数名のほうを指さし、

「やられた、やられた」

　とだけ言った。

　興奮した村人たちは烈火のごとく怒って「たにし」を捕縛しようとしたが、代官は彼らを押さえ、他の二人を出すように求めた。

「いなくなり申した」

　年寄りは、はっきりとした声で言った。

「この者をここに連れ帰り、しばらく水など飲んで休んでいたものの、夜更けに二人ともいなくなり申した。どこへ参るとは誰も何も聞いてはおらぬ」

　村の代表たちは激昂し、すぐにでも崖を駆け上がって弥七たちを追おうとしたが、代官がそれを止めた。

「夜更けに奔ったとしたなら、今さら追うたところで捕まるまい。早馬でもあれば別だが、そちらの村には牛しかおらぬであろう。わしのもとにも老馬が一疋いるだけで、これは走らせようとしても、ものの役に立たぬ。罪人どもが逃げゆく先にはいくつか心当たり

があるゆえ、そちらはいったん村に帰り、一名の名や年格好、人相などを書きとり村長(むらおさ)を通じて正式に役所へ訴え出るがよい。あとは御上が然(しか)るべく御処置くださるであろう」

「こやつは、どうなさいます？」

村人の一人が、「たにし」を指さして尋ねた。

「わしらの村の働き手を殺めて、残りの六人も傷ものにしよる。縛り首にでもしねえと、皆おさまらねえ」

「どうもこうもあるまい。この役立たずの老体がここから逃げ出すとも思えぬ。そもそも、このような腰の曲がった年寄りがおぬしらの村の若衆を礫で襲おうとしたのか？わしには合点がいかぬ。こやつは放っておく。いずれ、御上から沙汰(さた)あればそのとき改めて吟味いたす。それまでは手出しすること一切まかりならぬ」

そして代官は一行を促し、汗をかきかき苦労しながら崖を登って去っていった。一方的な村人の訴えの内容に胡散(うさん)臭さを感じていたこともある。しかし本当のところは、陰に籠もった湿気と臭気に嫌気がさし、何か病魔でもうつされることを案じて、一刻も早くそこを離れたかったのである。

村人たちは荒れ、特に痛めつけられた若衆たちの家族は何度となく陰の襲撃を目論(もくろ)んだが、そもそもの犯人がもうすでにそこにいないのでは、如何(いかん)せん、彼らの舌鋒(ぜっぽう)も鈍った。

村と村との勝手な争闘は、たとえ河原者の集落を相手にしたものであったとしても、御上からの咎(とがめ)の対象になり得る。このあたり一帯を所有する寺院にとっては、村人たちからの年貢米も、対価のほとんどかからない河原者たちの労働力も、等しく有用なものであった。寺僧たちは、ひたすら村人たちを宥(なだ)めることに努めた。

逐電(ちくでん)した二名の河原者の罪は引き続き問われるものとされたが、陰にそれ以上の不幸が襲うことはなかった。

「たにし」はその後、十数日は生き続けたが、傷口が化膿して高熱を発し、うんうん唸りながら力尽き、河原の崖下の横穴のなかで死んだ。近親者はいなかった。いつもの、簡易な葬儀が執り行なわれ、「たにし」は土に還った。

陰には、また当たり前の日常が戻った。

第二章　逃亡

三河国の西の端、隣国の尾張(おわり)にほど近い平野をうねりながら走る矢作川の流れの脇を、ねずみと弥七は、水辺に張りついた潅木(かんぼく)の林や叢(くさむら)や葦原のなかをかき分け、少しずつ、少しずつ進んでいく。

ねずみはまっすぐ背を伸ばし、まるでそれまで負っていた重荷をすべて下ろしたかのように、身軽にひょいひょいと歩いていた。粗末な麻衣を着て、帯はないためほつれた縄で腰をなんとか留め、その上に粗末な打飼袋を巻き、肩の下まで伸びたぼさぼさ髪を粗い蔓で結っていた。でこぼこの河畔を一歩一歩進むたび、その髪が左右にブラブラと揺れた。

弥七はそのあとを必死についていきつつ、ねずみの背中がとても大きく見えるのを感じた。

二人はこれまで、さして仲のいい間柄ではなかった。いや、そもそも会話を交わしたことすらなかった。この地で生まれた弥七と、もとは他所から流れてきたねずみとでは、言葉も少し違っていたし、歳もうんと離れていた。お互いに、交わりを持つような共通項がなかったのだ。

ねずみが日頃の住処としていたのは、小川の向こう岸の崖に張りついた粗末な竹小屋だった。いっぽう、弥七が住んでいたのはこちら岸で、しかも主として河原あたりをぶらぶらしながら一日を過ごすことが多かった。

ねずみは陰から出て、どこかにしばらく姿を消すことがあった。黄昏どき、あの独特の束ね髪をした黒い影が土手の上を小走りに移動するのを、弥七は見たことがある。彼はときどき、何か弥七にはわからない仕事をしているようだった。

そんな、同じ河原者でもどこか得体のしれない大人だったねずみが、行きがかりとはいえ弥七の協力者に、そして共犯者になった。二人はともに逃げざるを得ず、やむを得ぬ事情で同志となった。

共通の目的はただひとつ。生き残ること。

そのために、今は追手を逃れ、誰にも見つからぬうちいち早く陰から遠ざかる必要があった。陰の外の世界をまだまるで知らぬ弥七にとって、迷いのない足取りで先を進むねずみの背中は、あたかも、自分の進む道を照らす唯一の光に思えた。

死の影にずっと追われてはいたが、彼らに悲愴感はなかった。二人の足取りはむしろ、浮き立つように軽やかだった。

あのとき、悪童どもの襲撃を受けて土手の向こうに逃げ出したあと、弥七は陰まで逃げ戻るのではなく、自然に足を止め、そこの河原の石を集めはじめた。やや遅れて逃げ出してきたねずみも、追っ手が来ないことに気づくと、何も言わずに弥七を手伝った。

ほどなく手頃な大きさ、硬さの石が集まったため、二人で抱えて土手上に駆け戻り、そこからたにしにとどめを刺そうとしていた悪童どもに制裁を加えた。弥七が投げ、ねずみが渡す。役割分担も無言のうちにできていた。陰での礫投げにおいて、弥七は他の誰よりも巧みな投げ手であることを、ねずみはよく知っていたのである。

長らく虐げられてきたことへの怒りが彼ら二人のなかで同時に沸点に達し、この無言の反撃に及んだのだ。だがこれまで、抗いようのない分厚い蓋のごとく彼らを圧しつけていたものが、いざ立ち向かってみると、意外にも脆（もろ）く打ち破られたことに弥七は驚いた。

弥七の手のなかには、あのときの河原石の硬い感触、手応えがまだ残っている。それは、彼が生まれて初めて味わう勝利の味だった。名もなき河原者に過ぎない弥七が、自らの秘めた力と可能性に気づいた瞬間だった。

もちろん、身分秩序でいえば上の存在を弑逆（しいぎゃく）してしまったことで、次に彼の身に迫ってくる脅威は、農村の悪たれによる嫌がらせ程度の生やさしいものではない。しかしまだ手に残る礫のぬくもりは、自らが、その持てる力をすべて発揮すれば打ち破れぬものなど何もないという、これまで知らなかった真実（まこと）を示すものだった。

弥七は、生まれて初めての幸せを噛みしめた。胸がふるえて、息が苦しくなった。そして身体のあちこちに力が漲（みなぎ）っていることに気づいた。前夜から睡眠をとっていなかったが、まったく眠くはない。腹も当然に空いていたが、何も食べなくてもずんずん先へと進むことができた。

自分の行く手を遮ることができるものなど、この世界には何もないように思えた。

土手の向こう側には街道が延びており、多少は人の行き来があり見通しもよかったため、追われる身となった二人は、昼間は常にそこから身を隠さねばならない。土手内の河原のなかであれば、生い茂る緑が街道の人目を避けるための格好の目隠しになった。

ただしその緑の木々や叢は手強い障害物ともなり、彼らの進行を著しく遅滞させてしまっていた。

陰と、そのわずか一町歩（約1ヘクタール）くらいの範囲を出たことのない弥七にとっては、草をかき分け、足を前に踏み出すその一歩一歩が、まったく未知の世界に進み入ることでもある。

しかし他所から陰へ流れてきたねずみは、すでにこの道を知っている。なぜなら以前まさにこの道筋を逆の方向へ、人目を避けつつ逃げてきたのだ。人か獣かわからぬものがつけた、かすかな踏み跡程度しかないこの場所を、慣れたねずみは音も立てずに進んでいく。

ときどき人の営みがある場所に突き当たることもあった。人里ではなく、湿った水辺であることには変わりはないが、陰に較べると遥かに日当たりがよく、少しは乾いて清潔な原っぱや、整地された小さな菜園などが点在していた。それにぶつかると、ねずみは弥七を残して進み、人の気がないことを確認してから弥七に来るよう合図した。

こうした小耕地や小屋の主は川漁師であり、昼のうちは、水中に打った杭へもやっていた小舟を駆って、遠い流れに出ていることのほうが多かった。

無人の小屋や葦を被せた風除けの囲いに残されている食物を、弥七は何度か手に取ろうとしたが、ねずみは小さく叱って、もとに戻させた。盗人が出たと漁師が騒ぎ、追捕の手がかかると、捕縛される危険が非常に増す。船を操り、川の流れや地形を知悉する彼らのほうが、遥かに素早くこの流域を移動できるのだ。

追われたら、まず逃げられない。土手の向こうにまろび出でて、街道上で捕縛されてしまうのが関の山だ。当座の空腹をしのぐことなどより、誰にも気づかれず、追われない工夫をすることが、生き残りたければ第一だと、ねずみは弥七に教えた。

「このまま歩いて、どこに行くんね？」

弥七はねずみに尋ねた。どこに行こうが、陰の外の世界を知らぬ弥七にとっては、大した違いはない。しかしねずみの足取りは確かで自信に満ちている。行く当てがある者の力強い歩みだ。

「ブエイ様のもとに行く」

まっすぐ前を向いたまま答えた。

「ここは、だめじゃ。わしはオワリから来た。オワリはブエイ様のくにじゃ。いっつも市が立ってての、湊もあって、いろいろなものが行き交う。だから飯がある。銭もある。女子もいる。そこに行く」

オワリとは、弥七は初めて聞く言葉であった。何かが終わるという意味なのかと思ったが、どうも違っているようだった。銭については、自分でそれを持ったことはないが、それがたいへんに価値のあるものであることくらいは知っている。

しかし何よりオワリに着けば、たらふく飯が食えるという。ブエイ様が誰のことなのかはわからない。その響きから、弥七はなんとなく地面の穴のなかでもぞもぞする黒い虫を脳裏に思い浮かべ、さらにそれを足で踏んでぐしゃりと潰す爽快な場面を想像した。だがすぐに、素晴らしい贈りものをねずみと自分にくれる、何かとても偉い神様なのだと思い直した。

やがてとっぷりと日が暮れ、川辺は闇に閉ざされた。

もはや、この暗闇をかき分けて水辺を歩くことはできない。だが逆にねずみは目を輝かせ、弥七に手招きをしながら土手を這い上がり、しばし様子を窺うと、そのまま斜面を滑り落ちて街道に降り立った。弥七もあとに続き、足裏にわずかに砂利がまじった平らな土を感じてぎゅっと踏みしめた。そして二人は街道を堂々と歩みはじめた。

これまでが嘘のように歩速が上がり、あたりの風景が次々と変わっていく。

前方の障害物に注意を払う必要がなくなったことから、弥七は顔を上げ、満天の星を飽きずに眺めることができた。ぐるりと丸い天球に、いっぱいの星くずが撒かれ、ところどころ刷毛で塗ったような真っ白い帯が見える。白銀色に輝く星のひとつひとつが、今の弥七には、自分の門出を見送る仲間たちの快哉に思えて仕方がなかった。

「あれは、陰の長。なんか、まわりにみんなが集まっちょる」

そう言いながら弥七は星のひとつに指をさした。そしてまた別の星をさして、自らに言い聞かせるようにこうつけ加えた。

「あれは、たにしじゃ。射られて怪我さしとるけど、じきに治る」

最初はこの無邪気な遊びに黙っていたねずみも、弥七の次の一言を聞いて、思わず笑い出した。

「おっ、あれがわけしりじゃな。なんかまわりの星に、いつでもむつかしいことば言いよるような素振りじゃ」

「そうじゃ、そうじゃ、で、まわりの誰も聞いとりゃせん」

ねずみはそう受けて、弥七に聞いた。

「わしはどれよ」

弥七は立ち止まり、くちびるに指を当てて、星を探しはじめた。

「ううむ、そうじゃな。あれは、どうじゃ？」

東のほうに指をやったが、もちろん彼がどの星をさしているのか、星の数が多すぎてよくわからない。ねずみはこだわらず、調子を合わせてこう聞いた。

「あれの、どこが、わしじゃ？」

ねずみが聞くと、弥七は、いたずらっぽく微笑（ほほえ）みながら、こう言った。

「なんかのう、すばしっこそうじゃ。ずっこくて、はしっこそうじゃ」

「わしは、ずっこいのけ?」

「うむ。そうじゃ。いろンなことば知っちょる。ブエイ様のことも知っちょる」

「ブエイ様な。とにかく、辿り着こう。でもその前に、何か食わねばならんな」

弥七の星あそびは、その後しばらく続いた。

「あれは、ととさん。あれが、かかさん」

ねずみは、弥七の両親のことなど何も知らない。弥七が両親の記憶をまったく持っていないことも知らない。

「そして、あれが……」

そう言ったきり、弥七は黙ってしまった。脳裏に、石投げをしているときに自分をじっと見つめていた、あの黒い目が浮かんできたのだ。

妹だった、たぶん。

そう思ったが、またしても、妹の顔を思い出すことはできなかった。

いつしか二人は街道を外れ、川の流れからも離れた小路を辿っていた。こぼれ落ちる星々の光を受け、右手にはため池らしき水面のさざ波が白く反射した。左手には等間隔に整然と植えられた見慣れない木々が連なっている。遠くを透かして見ると、なにやら四角い木枠のようなものがあちこちに転がしてあった。そして、行く手に大きな小屋の影が現れた。

弥七は、あたりに色濃く漂う人の営みの形跡に、思わず身を硬くした。陰からつながる川の流れから踏み出した未知の領域の闇のなか、どのような魑魅魍魎(ちみもうりょう)が待ち受けているのか、まるで経験がないため危険の度合いがはかれないのである。彼は、ねずみの後ろ姿を見やった。ねずみは落ち着いた所作で歩みを続けていたが、後ろからではその表情までは見えない。

不安に耐えかね、脇に並んで声をかけようとしたそのとき、やにわにねずみが振り返り、小声でこう言った。

「こりゃ、ええのう」

「何がじゃ？」

泣きそうだった弥七が尋ねる。

「ここらあたりは、おカイコ様の家じゃ」

「おカイコ様ってなんじゃ？　ブエイ様ではないのか？」

「まるで違うわ。絹の衣の糸を取るんじゃ」

もはや、なんのことだか弥七にはまるでわからない。しかしながら脇を行く相方が、怯えるどころかむしろ喜びの表情を浮かべていることに、ひとまずは安堵した。

「ええか、しっかとわしについて来いよ。声は立てるな。番人がいるかもしれん」

弥七は、声を立てずに頷いた。

ねずみは、その名のとおりの敏捷な動きで大きな小屋の影に近づいていく。仕方なしに弥七も従った。身軽さにかけては弥七もねずみに劣らない。二人の侵入者は、足音を立てず、苦もなく小屋の脇に取りついた。

ねずみは軽く指をかけて扉を引くと、それはかすかな音を立てて滑り出した。弥七の緊張は極限に達し、叫び声を上げてどこかに逃げ出したい衝動に駆られたが、小屋のなかからはなんの反応もなかった。人ひとり入れるだけ扉を開けると、ねずみの姿はそのなかに没した。少し待ったが出てくる気配はない。弥七も渋々あとに続き、黒くぽっかりとあいた空間に身を差し入れた。

闇のなかでもぞもぞと動いていたねずみは、

「ふう、ここにゃ、ありゃせん」

と呟き、少し場所を移動して別のところを探った。弥七はただきょとんとして見ている他はない。外から誰かに発見されるのが怖くなり、扉を内から閉めようとしたら、ねずみの鋭い声が飛んできた。

「こら、なんにも見えのうならあ！　探しとるんじゃ、今少し扉さ広く開けろ」

弥七が言われたとおりにすると、ねずみはまだガサガサと何かを探していたが、突然闇のなかに差し入れた手の動きが止まり、弥七のほうを見ながら歯を剥いてニヤリと笑った。

「ほうら、出るろ。出るろ」

引っ張り出したものを、両手に捧げて外からの光にかざした。

薄い葉っぱで包んだ、握り飯だった。

丸一日何も食ってない弥七が、なかば動物的な反応で腕を伸ばしたそのとき、額に打撃を感じ視界に火花が飛んだ。

「なにする、これは、わしのだ！」

そう言うや、ねずみはその大きくて形の悪い握り飯をうまそうに頬張りはじめた。

むしゃむしゃ、くちゃくちゃと咀嚼し、人ごこちつくと、初めて弥七のほうを見やり、笑いながら言った。

「叩いて悪かった。ごっつぅ腹が減ってたでな。安心せぇ、まだどこかに他の奴のがあるはずじゃ。そこらを漁って、てめぇで探せ」

弥七が頷いてあちこち探しはじめると、その背中に向けてねずみは説明した。

「ここはな、おカイコ様の小屋じゃ。貴人の召しものの糸を取るために、ここにはごっつぅおカイコ様がおる。そこではな、大勢の下人が使われとる。おカイコ様の世話をするんじゃが、いつもおらねばならんわけじゃない。日頃は田や畑に出とる。寝るところも別々じゃ」

気もそぞろに聞いていたが、弥七の手の先にも手応えがあった。引っ張り出してみると、それは口を紐で縛ってある小さなわら袋だった。指で少し揉むと、中身は何か細かい粒のようであった。

「おう、出たな、出たな。口を開いてみろ」

言われたとおりにして、手のひらの上でひっくり返してみると、さらさらとした小さな粒々が落ちてきた。少しばかりこぼれ、音を立てて床に落ちた。

拾って何粒か齧ってみれば、その硬さに歯が折れそうだったが、ぼりぼりと噛んでいるうちに、甘みを感じるようになってきた。しばらくすると、そのまますするりと呑み込めた。

「干飯じゃな。乾かした米じゃ。そのままでも食えんことはない。腹に力がつくぞ。落とした分まで拾って、しっかり食え」

ねずみは言うと、ぼりぼりとやる弥七に対し先ほどまでの説明を続けた。

「ここはおカイコ様を領主様にお納めしとる。家主様は大身代じゃ。村のものや、身内だけでは畑もおカイコ様の面倒も、同時に見るわけには参らん。そこで、おカイコ様の面倒だけ見る下人を召し使うのじゃ」

少しずつ、腹が満ちてきた弥七が、

「なんでそんなこと知っちょる？」

と聞くと、ねずみは笑った。

「わしも、そうやって働いていたことがあるんじゃ。ここの家じゃねえ、だがここらにはこういったでっけぇ家があちこちにあるのじゃ。さっき道に植わってた桑の木でわかった。で、な。下人どもは、ずるっこいし、はしっこい。家主様はあちこち見張ってなんぞいられないから、目を盗んで食いもんちょろまかすんじゃ。家の台所や蔵から、ちょっとずつな。それをここに隠す」

「ほんじゃ、こりゃ、盗みで隠してたものだか」

弥七は自分の手のひらを眺めながら尋ねた。

「そんじゃ。じゃが家主様は痛くも痒くもねえ。ちょっとぐらいは、いいんじゃ。みんなやっとる」

「盗んだ奴が、ここに戻ってこんじゃろか？」

「心配いらねえ。朝までは戻らん。腹が膨れたら少し寝るべ。夜が明ける前には出にゃならん」

ねずみはそう言って背を向け、ごろりと横になった。そして言った。

「扉は、閉めとけよ」

弥七は、あまりにも腹が減っていたので、その袋に入っていた米だけでなく、周辺を漁ってさらにふたつの獲物を口に入れた。ひとつは小さな芋、もうひとつは何かの豆の粒が入った袋だった。

ひとしきり、それらをぼりぼりとやっていたが、やがて腹が満ち、頭がぼうっとなってきた。考えてみれば今日は、夜が明ける前から歩きづめだった。もう足は棒のようで、裸足の足の裏は岩のように固くなっている。睡魔が弥七を襲った。

はっとして、弥七は約束通りまず扉を閉めた。あたりは闇になった。土の床に散らばっていた藁くずを手探りで集めてこんもりと盛り上げ、そこに頭を載せて目を瞑った。弥七は眠りに落ちた。

どのくらい経っただろうか、弥七は闇のなかに独りだった。独りであることが、そのときの弥七にはわかっていた。先ほどから誰かが、遠くのほうから自分を呼んでいる。声はひとつではなく、違った声もまじる。男だったり、女だったり。いずれもかすかな声で、なんと呼んでいるのかはわからない。だがそれは明らかに自分を呼ぶ声のような気がした。

唐突に、弥七の脳裏にある楽しい思い出が蘇ってきた。それは愉快で、快適で、腹の底から笑える何かの思い出だった。だが何についての思い出だったのかわからなかった。誰かと一緒に大笑いしているのだが、それが誰なのかも見当がつかなかった。

ひとしきり、そのようなあてどもない追憶に耽ると、意識はまたもとに戻り、闇のなかで誰かがかすかに呼びかける声が聞こえてきた。なんと呼んでいるのか。自分は弥七のはずだが、その声は弥七と呼んではいない気がした。なんだ、なんだ、おまえは誰だ？

弥七はその声の正体を知ろうともがいたが、身体は何かに縛りつけられたようで、まるで動かない。かすかだった声は、少し大きくなったり、また遠ざかったりした。身体は動かないが、誰であるか見ようと、弥七は声のするほうに目をやった。

彼方に、小さな影があった。

誰かに手を引かれている小さな影で、女児のようだった。

くすんだ紅の着物を着て、遠くから弥七を見ている。見ているのはわかるが、顔まではわからない。女児は、何事か呼びかけていた。

「さわ、さわ、さわ……」

よく聞くと、呼びかけているのは女児だけではなかった。

「さわ、さわ、さわ……」

いくつかの音が重なっている。しかし、いずれもかすかだ。

弥七は、ゆっくりと目を開いた。

そこには、さっきまでいた小屋のなかの闇が広がっていた。隙間から月の光が幾条か洩（も）れ、小屋のなかを照らし出していた。頭を捻（ひね）ると、向こうのほうに背を向けて寝ているねずみの身体の輪郭（りんかく）が見える。

　やがて、目が慣れて頭がすっきりしてくると、またあのかすかな声が聞こえてきた。

「さわ、さわ、さわ……」

　しかし、小屋のどこにも、あの女児の影は見えなかった。手を引く何か大きな影もいなかった。ただ、

「さわ、さわ、さわ……」

　と声だけがする。

　理由のわからないまま、弥七が闇のなかで慄然（りつぜん）としていたら、突然、男の低い声が響いた。

「うるさいぞ、早（は）よ眠れ」

　隣のねずみが、背中を向けたまま弥七を叱ったのだ。

　びくっとした弥七は、やっと声が出るようになり、ねずみに訴えた。

「変な声が聞こえるんじゃ。なんと言ってるかわからぬ、なんか、うらを呼んでいるんじゃ」

　ねずみはようやく頭を上げ、上半身を起こし、弥七のほうを向いて目をまたたいた。

「さわ、さわ、さわ……」

　音は、まだ続いている。怯えた顔で弥七が震えているのを見、しばらく耳をすませた。

　そして、笑い出した。

「ははは、こりゃぁのう、おカイコ様じゃ」

「おカイコ様？」

「そうじゃ。この小屋じゅうに、木でできた枠が差し渡してあるじゃろう？」

弥七も頭を上げ、周囲を見渡した。たしかに、黒く四角く、段々に組まれた構造物の影が、小屋のなかを占めている。

「あのなかに、おカイコ様がおる」

「おカイコ様が？　おカイコ様ってなんじゃ、偉い人じゃないんか？」

口元を歪めてねずみは笑い、

「虫じゃ、芋虫じゃ」

と言い、さらに続ける。

「桑の葉を食べて、糸を吐くんじゃ。その糸が強くて、きらきらしていて、見ばもよい。じゃから、京の都のお公家さんや、ブエイ様らがそれを紡がせて着物にするんじゃ」

弥七は、呆然としていた。

「うりゃあ、てっきり、ブエイ様と同じ偉いおひとなのかと……」

ねずみは、苦笑した。

「糸とは違って、おカイコ様は見ばの悪い、気持ちの悪いただの虫じゃ。暗闇のなかで、ちょっとずつ桑の葉を食うんじゃ。その音じゃ。気にしないで、寝ろ」

「そうか……うらはてっきり……」

弥七に、今度こそ本当の睡魔が襲ってきた。自分を呼ぶ声も、誰かに手を引かれた女児の姿も、すべて頭から吹き飛び、そのまま引きずり込まれるように眠りに落ちた。そのさまを見やり、ため息をついてねずみも目を閉じた。

「さわ、さわ、さわ……」

桑の葉を食む蚕たちが立てる無数のかすかな営みの音が、疲れ切って寝につく二人の男を、繭のように柔らかく包み込んだ。

第三章　小屋

幾本かに分かれた光の束が小屋の側壁に突き当たり、そこに小さく輪を描いている。闇は薄れ灰色になり、まだかすかな音を立てている蚕棚の形が目の端にはっきりと見える。そして視界のすみっこでは、まん丸い顔をした女がきょとんとした表情で見下ろしている。

弥七は土間からはね起きた。そのはずみで女は尻餅をつき、後ろの蚕棚に頭をぶっつけた。

「い、痛たぁ〜！」

女は呻いて後頭部に手をやり、そのままキッと弥七を睨んだ。

「なにする！　おみゃあは誰じゃ！」

弥七は、咄嗟のことに答えられない。ただ、

「あぁ、う、うらぁ……」

と、言葉にならない声を発するばかりだ。

「おカイコ様のところで、なに寝てるか！　どっから来た？」

高くて澄んだ声色だった。語調ほどには、弥七に敵意を持っているようではなかった。

やや落ち着きを取り戻した弥七は、夜明け前にここを発つという昨夜のねずみの計画が狂ったことを知った。

そのねずみの姿は、どこにもない。

女は弥七よりは随分と年上だが、艶やかな肌の丸顔にくりりとした大きな目、髪を束ねて後ろに垂らしてこちらを睨んでいるさまは、陰やその周囲の里では見たこともないような鮮やかさだった。

「あん？　ものが言えんのか、うりゃ」

詰問調だが、どこかに弥七を気遣う優しさが混じっている。やっと言葉が出るようになって、弥七は言った。

「すまねえこって。道に迷って、ここで寝ておりやした」

「なんで、こんなわかりいいところで道に迷うだ。おみゃあ一人か？」

なんと答えてよいか判断しかねたが、反射的に、へい、と口をついて出た。

「どこの村のもんよ？　どこに行くつもりね？」

女の矢継ぎ早の質問に、その場しのぎの答えが追いつかなくなってきた。しかし弥七が答えるよりも先に、女のほうが自分で答えを探し当てたようだった。

「はーん、おみゃあ、他所の村から逃げてきただね？　そうじゃろ？　ぼろぼろのなりじゃけ、よほど遠くから来なさったんね……ととさんかかさんはおるんね？」

「おとさんおかさん、いねえ。死んでしもうた」

「そうね……そう、気の毒にね。どこでも戦ばかり。お侍さんの身勝手にも呆れけえるわあ」

何かいいほうに誤解されたらしいことは、弥七にも感じられた。相手に警戒心や害意がないことは明らかだったので、弥七はおそるおそる言ってみた。

「ねえさん、転ばしてすまんです。うら、慌ててしもうて。怪我ねえだか？」

女は、少し嬉しそうに言った。

「はっ、心配いらねえ、うらは大丈夫だ。それよりおみゃあの格好はなんよ。母屋の脇に井戸があるし、水は綺麗だ。そこで身体を洗え」

襤褸をまとって蚕小屋に寝ていた、まだ子供といっていい他所者に、女はすっかり警戒心を解いたようであった。弥七の素性を誰何するよりも、何か世話を焼いてやろうという親切心が先に立ったらしい。

井戸、と言われても場所のわからぬ弥七がまごまごしていると、

「はっ、うらが連れていってやる。朝の見回りで忙しいのに、このおんぼろ坊主ときたら！」

と笑いながら言い、弥七の手を取って小屋から出ようとした。

そのとき、扉の脇の暗がりから黒い影が飛び出した。影は女を羽交い締めにし、口を塞いだ。驚きと恐怖に歪んだ女の目が後ろを覗こうとすると、先に影のほうが言った。

「騒ぐな、騒ぐと首さ絞める」

ねずみだった。

女は、しばらく何か唸っていたが、ねずみの手が口を塞いでいるため声が出せない。

ねずみは女の背中から冷たく言葉を継いだ。

「わしらは、旅の行きずりのもんじゃ。腹が減ったんで、ここにあった飯をいただいた。もう発つ。じゃが、騒いだり家の者を呼んだりしたら、絞める」

ゆっくりと落ち着いた声音は、腹の底から圧するほどの勢いがある。まるで声自体が

禍々(まがまが)しい鋭利な刃物のようで、それだけで人が殺せてしまえそうであった。昨日の親切で頼りになるねずみとは別人だった。弥七でさえも恐怖におののいた。

女は首に入ったねずみの腕の力の強さに身を硬くしたが、少しすると、わかった、というように頷きながら、手のひらでねずみの腕を叩いた。

ねずみは腕の力を弱めた。しかしまだいつでも首を絞められるよう警戒は解いていない。もし女が助けを呼ぶ声を発そうとすれば、おそらく声になる前にねずみの腕が女の喉を砕くであろう。

女はしばらくぜえぜえと喘(あえ)いでいたが、やがて切れぎれに言った。

「なんぞ、おのれらは！　盗賊か？」

「違うわ」

言下にねずみは否定した。

「なら、なにね？　こんな手荒な真似して、これが盗賊でなくてなにね」

叫ばず、静かな口調で、精一杯の抗議の意思を込めて言った。

ねずみはやや語調をゆるめる。

「訳あって、人に知られず旅をしちょる。ここの主人どもに知られたくないのじゃ」

女は、ねずみを睨んだ。だが騒ぐ気配は見せなかった。

「こったら子供さ、寝かせておいて。うらが油断したすきに襲いかかってきおって。やることが卑怯じゃ。言うなと言うなら、最初からそう頼め。そうなら黙っておってやったに！」

意外な答えにねずみも戸惑ったようだった。女は一気呵成（いっきかせい）に言葉を継いだ。

「こんな朝っぱらに、おカイコ様の脇でこんな襤褸着て寝とる子が、訳ありじゃないわけがなかろ。そンなことくらい、見た途端にわからあ。このあたりじゃ、あっちでもこっちでもちょいちょい戦が起こる。なんかあるたび、落ち武者とか逃げた雑兵とか、いろいろな訳ありがここらを通るんじゃ。おみゃあらも、そじゃろ？」

「そうじゃとしたら、なんじゃ？」

「言わんでおいちゃる、それだけじゃ！　おみゃあらが何者だろうと、うらにはかかわりねえ。どこへなりとも、勝手に行け！」

「行ったあとで、追手を差し向けるじゃろ？」

「知るかよ！　うら、別にここの家のもんじゃねえ！　おカイコ様に悪ささえしなきゃ、芋でも飯でも、そこらにあるもん勝手に持っていけ！」

ねずみはやっと、女から手を離した。

しばらく、女は荒い息を吐いていたが――

「言うたろ、勝手に出ていけ！　うら、他の小屋の見回りせにゃならん。向こうを回っていく。母屋とは逆のほうじゃ。おみゃあらからも見える。ひと回りするのに、昼過ぎまでかかる。番人は東と西の門にしかいねえ。お日さま見ながら南側に行けば、小さな川があるけ、それさ渡れば安祥さままで行く道に出る。岡崎に行きたきゃ逆さの方角だ。さ、どこへなりとも行け、二人とも、とっとと消えてしまえ！」

そう吐き捨てると、傍に置いてあった、桑の葉をいっぱいに詰めた背負籠を担ぎ、小屋を出ていってしまった。


あとに残されたねずみと弥七は、しばらくぼうっとしていた。やがてねずみは弥七に、言い訳がましく言った。

「すっかり寝過ごしてもうた。わしも疲れていたんじゃ。で、あの女子がいきなり入ってきおって。飛び起きて物陰に隠れたが、おのれが見つかって万事休すじゃ。あないに手荒なことしたくはなかったが、小屋の外に出したら、必ず追手を呼ぶ。だから、仕方なかった」

「いい人じゃったよ、そいなことしないよ」

「かもしれぬな。じゃが女子を信じたらあかん。痛い目みることになる」

「そいなことないよ」

語彙の少ない弥七の、精一杯の抗議だった。目に涙を浮かべながらの必死の訴えに、ねずみも少し心を動かされたようだった。

「わかった、わかった。でもわしら、捕まったら死ぬんじゃ。あのくらい手荒なことでもしなきゃ、頸を斬られることになる。痛いぞ、頸は」

　ねずみは自分の首に手を当てた。

「これから、どうするのじゃ？　出ていくのか？」

「いや……安祥に行くのは明日じゃ。今日はだめだ。もう明るすぎるからな。出るのは明日の暗いうちだ。駆けに駆ければ、まだ人目につかぬうちに城下に入れるじゃろ。そうすれば、しめたものじゃ」

「アンジョーってなんじゃ？　ブエイ様のおるところか？」

「何も知らぬな、おのれは。まあ、陰で生まれたんでは仕方なかろ。安祥とは、大きなお城のあるところじゃ。ほぼ尾張じゃ。ブエイ様のくにじゃ」

「ブエイ様がおわすのか？」

「ブエイ様はおらぬ。もっと遠いところじゃ。今はお城に誰がおるのか知らぬ。わしも安祥を出てもう幾年にもなるからな。このあたりじゃ、いっつも戦じゃ。大抵はどちらかがご城下に攻め寄せて、矢合わせ、槍合わせだけバチバチやって終わりだが、時にはお城が焼けて、まるごと落ちてしまう」

　弥七には、その説明の意味はよくわからない。「尾張」と「終わり」がごっちゃになるし、お城が落ちる、というのがどんなことをさすのかも理解できない。安祥という、これまでまったく聞いたこともない新しい名前まで出てきて、もう自分がどこにいて、これからどこになんのために行くのかすらわからなくなってきた。

混乱した弥七の表情を読み取って、ねずみは少し優しく言った。

「まあ、安心せえ。とにかく今日は動かぬ。あの女子に頼み込んで、もうひと晩だけここにおる。あの様子では飯も分けてくれようし、ゆっくりできるぞ」

女は言葉どおり、昼過ぎに戻ってきた。二人がまだ小屋に残っていることに気づくと、少しだけ顔をしかめたが、表情は変えずに淡々と言った。

「まだおるのね……はぁ」

「日が高くなったからな。もう一晩、ここに置いてもらいたい」

ねずみが、先ほどとは打って変わった丁寧な口調で頼んだ。

弥七がそっとねずみの袖を引いた。ねずみはやや眉をひそめると、さらに丁寧な口調で言葉を継いだ。

「先ほどは申し訳なかった。慌ててしもうて、つい手荒なことを」

弥七と揃って、二人とも両手をついて平伏した。女は目をまん丸くした。

ねずみはほどなく面を上げたが、弥七はまだ平伏したままだった。

「お寺さん」で、高僧が座敷に現れたとき、陰の住民は、両手をついて平伏せねばならなかった。足の付け根くらいまである深さにはまっている者だけは、腰から上を折ることで見逃してもらえたが、たとえ泥田のなかにいても、手をつける程度の深さであれば平伏しなければならない。そしてそのまま、高僧がそこを去るまで顔を上げてはならない。人間以下の彼らは、高貴な人の視野のなかに存在するべきではないのである。この掟を破る者には、あとで容赦なく若い仏僧からの棒切れによる打擲が飛んできた。

弥七にはそれが染みついている。だから、いつまでもいつまでも顔を上げようとしなかった。

困ったのは、ねずみである。いったん顔を上げたが、間がもたず仕方なしにまた平伏した。

女は、弾けるように笑い出した。

「うら、にっくいよ、あんたたちが」

女は言ったが、その声にすでに怒りは感じられなかった。

「その子の入れ知恵だね。まあ、いいさ。おカイコ様にだけは手ぇ出すな。水はそこの裏の手桶に少しある。乾いたら、人に見られぬようにそっと飲め。あとで少し飯を持ってきてやる。ええか、おとなしくしとけよ」

ところが、翌日は夜更け過ぎから雨が降ってきた。

勢いのある雨で、この宏大な荘園の敷地を抜けるだけでも辛そうだ。ましてや、ぬかるんだ道を安祥まで走るのはとても無理である。女も事情を理解し、二名の潜伏を了承した。

女の名は、おこと、といった。

三十年配の、小柄でややずんぐりとした、見た目は田舎の農婦そのものだが、立居振舞いにどことなく柔らかな気品があり、言葉のはしばしに人を気遣う優しさが滲み出ていた。特徴的な丸顔を覆う豊富な黒髪を、色あせた萌黄色の布で桂巻きにし、はっきりとした意思を宿す大きな丸い鳶色の瞳を持っている。

そしてその瞳をまっすぐ相手に向け、目をそらさずに話をする。

朝、おことが盆に載せ持ってきた飯は、弥七が見たこともない海の魚をやわらかく煮たものと、木椀にいっぱい盛った米の飯、真っ白い真菰と汁であった。

厨の残り物ということであったが、弥七にとってはこれまで口にしたこともない、えも言われぬ美味な食事であった。あまりにも美味なものを食べると、なぜか目のはじに涙が湧いてくることを、弥七は生まれて初めて知った。

箸が使えず、手掴みで一心に食らう弥七の姿を、おことはまるで母親のように笑顔で眺めた。ねずみはしかめつらをしながら、横目でそれを見て、黙って真菰を齧った。

やがて、おことは言った。

「うら、旦那がいたんよ」

弥七は食うのに夢中であり、ねずみだけがわずかに反応したが、そのまま黙っていた。

おことは続けた。

「戦に出たまま、消えてしもうた」

「討ち死にしたのか？」

「いや、生きとる。生きとるはずじゃ。じゃが、戻ってこれぬ」

「なぜじゃ？」

「松平（まつだいら）が旦那を虜（とりこ）にして、身代（みのしろ）を言うてきおった。うらに払えるわけがなか。村長に頼み込んでみたが、そのとき同じ村で六人も虜にされた。村の費（つい）えで払えたのは、そのうち四人までじゃ。ひどい負け戦で、お屋形様も何もしてくれんと」

「ひどいな」

「村の掟で、順番が決まっちょる。いや、いつの間にか掟が決まっちょった。うらが知らんかったのがいけんと、そう言われた。村では新参者だったでな」

「それで、そのまま村を出たか」

「子はおらんで、苦ではなか。そのままここに働きに出た。おカイコ様の世話さしっかりやって、いい糸をたんと出してくれれば、銭をくれる」

「松平に掛け合うのか？」

おことは少し目を落とし、気を取り直したようにきっぱりと言った。

「いや、だめじゃろ」

「なぜだめとわかる?」

「もう九年も前の話じゃ……そのあと二年くらいは、まだ生きちょうというような音信もたまに届いたが、ここ数年は、何も音沙汰がない」

「まっすぐ歩けば、数日のところだがな」

「松平の奴ら、憎いよ。旦那がどこにいるのか、ぜんぜんわからん」

「それは辛いな」

「たぶん、売られたんじゃ。安祥の邑で聞いたが、他所の国に売られるだけではのうて、最近じゃ唐天竺(からてんじく)にまで」

「西国の湊には、異国の船が来ちょるという話は聞くな。天狗みたいな貌(かお)した異国の商人が説法しに来るとか」

「その帰り道に、大きな船で人を連れていくんじゃ。生きてはいるだろが、たぶんもう会えんじゃろ。うら、あん人の子を産んで、親子三人で飯を食うのが願いだったんじゃ。御仏になんべん手を合わせてお願いしても、だめじゃ。あん人はもう、帰ってこん」

しばしの沈黙があいだに入った。

このようなときに、気の利いた一言を挟むような芸当は、ねずみにはできない。

「気の毒だな」

と、言おうと思ったが、言えばかえっておことの悲しみをかきたててしまうような気がして、言うべきかどうか迷った。

むしゃむしゃと、飯をかき込むことに忙しかった弥七が、そのとき言った。

「今、三人じゃ。親子ではないが、みんなで飯を食うちょる。飯はうまい」

おことは目をみはり、そして嗚咽（おえつ）した。泣きながら笑った。

ねずみも笑った。

弥七はさらに言葉を継いだ。

「飯は、おっかあが持ってきてくれる。ととさんは隠れるばかりで、まるで役に立たんわ」

「ととさんって、わしか？」

目を丸くしてねずみが尋ねた。おことは弾けるように大笑いした。つられて、ねずみも笑った。弥七だけが澄ました顔でもぐもぐとやっていた。

小屋の屋根を打つ雨だれが、ちょろちょろと壁面を流れ落ち、そのまま地面に吸い込まれていく。なかでは蚕たちの「さわ、さわ、さわ」が続く。あたりがいろいろな音で囃し立てるなかで、この奇妙な一家の団欒（だんらん）は、そのあともしばらく続いた。

第四章　潜伏

その後数日、冷たい小糠雨(こぬかあめ)が降り続き、弥七とねずみの出発は遅れに遅れた。

おことは、ぶつぶつ言いながらも二人の食い物をどこからか調達してきて、夜には蚕小屋で一緒に過ごした。

夫の行方をあちこち捜し求め続けてきた彼女の持つ情報は正確で幅広く、今後の逃走計画を練る上でも非常に参考になるものであった。

ねずみも知らなかったことだが、安祥城のあるじは、すでに十年近く前に変わってしまっていた。まだ彼が陰へと流れていく前、この城は、尾張武衛家(ぶえいけ)（斯波氏(しばし)）の実質的な家宰(かさい)・織田信秀(のぶひで)が攻め取り自らの勢力圏としていた。

が、尾張との国境、境川(さかいがわ)から張り出した交通の要衝で、三河への強力な軍事侵入拠点となり得るこの城は、以降、今川氏(いまがわし)による再三の攻撃に晒され、最後は軍師の太原雪斎(たいげんせっさい)が指揮する今川・松平の連合軍により奪回されてしまったのである。

そのとき降伏し、慈悲を乞うた敗兵たちの一人に、おことの夫が含まれていた。

攻守は入れ替わり、そのあと数年して信秀が死んだ。求心力を失った織田氏は揺れ、崩れ、ばらばらになった。さらにさまざまな思惑が尾張武衛家全体を覆い、この十年ほど、尾張は血で血を洗う内戦状態に陥っていた。

直接的な軍事力の行使よりも、自らの血を流さず、効率よく目的を達することを是とする戦略家今川義元と、その師太原雪斎は、この弱りはじめた隣国にさらなる高次の揺さぶりをかけた。

最前線の安祥から数十里の後方、伊勢湾を背にし良好な港湾を扼する鳴海城一帯の国人領主どもへ調略をかけ、その城将・山口教継を寝返らせることに成功したのである。

経験豊かな老将・教継は、すぐさま討伐軍を指揮する信秀の後継者・織田上総介信長を撃退することに成功し、この地域は今川の勢力圏の「飛び地」として確保された。

義元と雪斎は、無理にすぐ「飛び地」を自領に接続しようとはせず、熟柿が落ちるのを、ただじっと待った。

数年かけ、動揺は、じわじわと毒素のように周囲の国人どもへ波及していった。いっこうに収拾の気配が見えぬ尾張の内訌に嫌気がさし、鳴海に隣接する大高城が、今川方に奔った。これで義元は、労せずして伊勢湾の東側の港湾と水運利権の過半を手にしたことになる。

そのさなか知恵袋の太原雪斎が死去したが、独りとなった義元は、類稀なその政治的天稟を遺憾なく発揮し、粘り強く隣国への揺さぶりを継続した。今や今川の尖兵となった山口教継はよく働き、さらに内陸の沓掛城にも今川の威が及んだ。点と点が合わさり線になり、さらに面となって、尾張の東方国境地帯の防壁は、ぼろぼろと剥げ落ちてきつつある。


「ブエイ様のもとへ行くのは、だめか?」

弥七がねずみに質(ただ)した。

「行っても、追われるのじゃろ?」

「わからん」

ねずみは言った。

「これからどうなるのか、まるでわからん。ともかく安祥には行く。じゃが、その先さらに西へ逃げねばなるまい」

「おまえさんら、ずっとここにいてはどうかね?」

おことは言った。

「ここはお寺さんの持つ荘園だが、もとは京のえらいお公家さんの持ちものだと聞いたことがある。このなかにいりゃあ、ここらのお侍さんでも手が出せん。おまえさんらの素性はうらしか知らぬ。おカイコ様の世話には人手が要るで、うらが口を利きゃあ、ご主人さまだって雇ってくれるだよ」

「では、これからも皆で飯が食えるな」

弥七が弾む声で言った。だがねずみは、暗い顔でかぶりを振った。

「だめだ、それはだめだ。雨が上がり、ぬかるんだ道が乾きゃあ、絶対に追っ手がやってくる。わしらはあの村の働き手をなん人も殺めた。お代官が来なくても、執念深い奴らじゃけ、絶対に村ごと追いかけてくる。見つかったら、ここのご主人様もわしらを引き渡さないといけなくなる。で、わしらは、それでしまいじゃ」

おことは黙った。二人には言わなかったが、すでに蚕小屋に潜む他所者の存在は、荘園の下人や使用人たちには気づかれはじめていた。

おことに対する好意と気遣いで、まだ誰も主人に訴え出てはいないが、早晩彼ら二人と自分との関わりについて、おことは主人に対し、なんらかの申し開きをしないといけなくなるであろう。

「では、どうする？　路銀もねえのに。安祥様の前には関所があるぞ。通るにゃ、いくらか金子（きんす）も要る」

おことの問いに、ねずみは笑った。

「わしは十年前に、逆さの方角へ逃げた。夜、忍んでいけば、ぼんくら侍が居眠りしちょう関所なぞ、なにほどのことはなか。なんの苦労もなく通れるよ」

「こんな小童（こわっぱ）連れてか」

おことは食い下がる。

「その小童が、礫さぶんぶん投げて、奴らをいわしたんじゃ。こいつは、大した童だよ。関所だって通れるさ」

頼り甲斐のある大人であるねずみにはっきりと認められたことで、弥七は、なんだか自分の鼻がずーっと前に伸びていくような高揚感を味わった。自分のこれまでの生涯で、他人からわずかに肯定される経験は、陰の河原で石投げをしているときだけだったのだから。

だが同時に、そうしたねずみの言葉を聞くおことの表情に、ふと寂しそうな影が宿るのを、弥七は見逃さなかった。

それを知ってか知らずか、ねずみは淡々と、今後の自らの逃走計画の成否に関わることだけを語る。おことの表情がどんどん曇っていくのに、ねずみはまったく気づいていない様子だった。

弥七はどうしてよいかわからなかった。蚕小屋のなかで三人で過ごす時間は、まだ短い彼の人生で、もっとも幸せを感じるひとときであった。もうすぐ雨が上がり、大地が乾き、弥七は生き残るためここを去らねばならない。そのことはわかっていた。

だが、そうなるまで、せめてここを去る日まで、この幸せな三人の心のつながりに隙間風が入ってくるのは、弥七には耐えがたいことだったのだ。

ついに、おことは言った。

「わかったよ。関所は通れるのだな、捕まりはしねえのだな。それなら心配いらねえ。雨も、二、三日のうちには上がるじゃろう。そうなりゃ出てけ。でもな、おまえはともかく、この小童の頸が刎ねられるようなことになったら、うら、おまえを許さないぞ。うらも死んで、あの世まで追いかけて祟ってやるからな」

そのまま小屋を飛び出し、雨に濡れながら母屋のほうに走っていってしまった。

あとに残された弥七とねずみは、呆然としてただ目を見合わせた。互いに、何も言う言葉もなかった。

二、三日のうちどころか、翌日、雨は止んだ。
陽光が降り注ぎ、桑の葉に残る雨粒がそれを反射して、荘園のあちこちが煌めいていた。その日、籠を背負ったおことは蚕小屋の前まで来て、入り口から笹の葉に包んだ握り飯を放り込んだが、なかには入らず、無言で立ち去ってしまった。

まだ道がぬかるんでいるため、発つのは明日以降である。ねずみは難しい顔をしてずっと何事か考え込んでいる。弥七は今にも追っ手がこの小屋に踏み込んでくるような気がして、いてもたってもいられない気分だったが、同時に、今日は言葉もかけずに立ち去ってしまったおことの心中をはかりかね、なんだかそちらのほうが気がかりだった。

日がな一日やることもなく、話すこともなく、「さわ、さわ」と音のする蚕小屋のなかで、弥七とねずみはただじっとしていたが、壁の隙間からときどき、おことが籠を背負って別の小屋に歩いて行くのが見えた。

一度だけこちらを振り返ろうとしているように見えたが、横顔から少し視線がこちらに向かってきただけで、すぐにまた別の方向を向いてしまった。

そのまま日が落ちた。夜になっても、おことは小屋にやって来なかった。

久しぶりに語らいのない夜を過ごし、冷え切った虚ろな気分のまま、弥七とねずみは翌日の朝を迎えた。天気は曇りだが、おそらく道は乾いてきているであろう。

昼前に、おことが入り口に顔を出した。

「行かんのか？」

弥七の顔を見て言った。

おことに無視されたねずみが答えた。

「明日じゃ。明日に発つ」

何か、もっと何か言えばいいのに。

弥七は思ったが、ねずみの言葉はただそれだけだった。

「そうか」

おことは答えて、握り飯と大豆、少しの漬物を笹の葉で包んだものを弥七に渡した。

そして出ていった。

それから日が落ちるまで、時の経つのがひどく長く感じられた。

ねずみは何も言わない。ただ、おことが数日前に与えてくれた古草鞋(ぞうり)を、何度も念入りに手入れしているだけである。

同じものを弥七も貰った。履くのは初めてであり、もらったときには少しだけ得意な気分になった。ぶかぶかに大きな草鞋で、弥七の小さな足には合わず、小屋のなかで少しだけ歩いてみたが何度も前につんのめり、おこととねずみに大笑いされた。しかし弥七にはそれが宝物のように思えた。それを足に履いている限り、いつまでも、誰からも逃げおおせるような気がした。

まだほんのふた晩ほど前のことだ。それが今はすっかり色あせて見える。もう、逃げるのをやめよう。このままとっ捕まってしまえばいい。頸を斬られればいい。弥七は思った。死んでしまえばいい。だけれども、おことが悲しそうな顔をするのを見ることだけは堪(たま)らない。

ごちゃごちゃになった想念を抱えたまま、弥七は眠った。

闇のなかで、お蚕様の「さわ、さわ、さわ」を聞きながら、弥七はまた夢を見た。

あの薄紅色の着物を着た女児の夢だった。ここ数日まったく見ることのなかった夢だった。

今度は呼びかけてこなかった。ただ、これまでよりずっと近寄ることができた。陰の河原で、石投げをする自分をジッと見上げていたあの黒い、くりっとした目。女児の髪の下から、その目が自分を見つめてくるだろう、そう思った。

髪をかき上げたはずだが、そこには何もなかった。

ただ、虚ろな闇が広がっていた。

悪い夢を見たはずなのに、うなされて起きることもなかった。そのまま無事に朝がやって来て、小屋のなかは明るくなった。

ねずみはすでに起きていた。またも草鞋をいじりながら、弥七と目が合うと、

「今夜じゃ、今夜発つ」

と言った。

おことについて、弥七は何か言おうと思ったが、なんと言っていいのかわからず黙っていた。

昼を過ぎても、おことは小屋に姿を見せなかった。遠くの別の小屋のあたりを、桑の葉を担いだ後ろ姿が歩いていくのはときどき見える。

追手が迫る恐怖などは、弥七の頭のなかから、どこかに消えてしまっていた。

だが夜になっておことは小屋にやって来た。

「今日は、遅うなってね。おカイコ様の機嫌が悪うて、思うように糸を吐きよらん」

そう言って、笹の葉の包みをまた弥七に渡した。

「あのな」

そのとき奥から、声がした。

「おことには、礼の言いようもないら」

ねずみだった。

「わしは、元は盗人じゃ。尾張の津島のあたりに出てって、湊に着きよる舟を漁ったり、ときには商人の屋敷に忍び込んで物さ盗ったりした」

弥七とおことはびっくりして聞き入った。

「何人も、仲間がいたよ。錦の猪蔵っちゅう、界隈を仕切っちょう親玉がおってな。こいつ、裏で代官と手を組みおる。たっぷり金子さ渡して、女子さ抱かせて。で、何を盗ってもお目こぼしさ。要は、やりすぎなければええんじゃ。盗りすぎたら、いかん。人を殺めたりしちゃ、いかん。危ねえ湊だっちゅうことで、他国からの船足が遠のくからな。湊は、舟がようけ入ってなんぼじゃ。入りゃ入っただけ、荷が動く。荷が動けば税が取れる。だから、ほどほどにして、それでわしらの食いっ扶持だけ取るだ。わしはすばしっこいので、ねずみと呼ばれた。親玉にも可愛がられたよ。ええ暮らししとった。捕まる心配のねえ盗人だ。そりゃあ、毎日楽しかったよ」

ねずみは、平素とは違い多弁になっている。言葉が止まらない。日頃、胸につかえているものを一気に吐き出しているようであった。

「ところがよ」

言葉を継ぐと、おことのほうを見つめた。

「ブエイ様が、取り締まりをきつくしてきた。津島は尾張のいちばん大切な湊じゃけぇ、なんもかも綺麗に掃除しようと、怖ぇ代官さ置いたんだ。大学とかいう男だよ」

「それで、どうなっただよ？」

久しぶりに、おことがねずみに口をきいた。弥七はそのことに少しホッとした。

「どうもこうもねえ。もう賂も効かぬ、女子も効かぬ。一度なんぞ、抱かせようとした女子をその代官が斬り捨てるような始末じゃ。女子に罪はねえのにな」

だんだん言葉に熱が入ってきた。昔の憤りが、埋火のごとくまた胸の内に燃えてきているようだ。

「どうも、あたりに見せしめのつもりでやったことらしいよ。でも、その女子がかわいそうじゃろ。じゃから、わし、仕返ししてやろうとしたんだ」

「その、大学にか？」

おことが目を丸くして聞いた。

「そうじゃ。奴の屋敷に忍び入って、刀でも兜でも、目につくもの盗んでやろうと思った。誰かに見つかれば、いっそ斬ってやってもいいと思った。盗ったんが値打ちもんなら、親玉に渡せば金子をくれる。いや、金子なんぞいらん。船着場近くの辻に掛けておいてもいい。大学の奴の吠え面を見てみたかったんじゃ。わし、誰よりもすばしっこいさけ、大丈夫だと思った」

　少し笑った。

「ところがな、とんだ勘違いじゃった。それまでわしが捕まらなかったのは、ただ代官が賂で転んでいたからじゃ。大学は、そんなのと違っただ。屋敷のなかで、刀さ持った怖ぇ侍どもが、たんと待ち構えていたよ」

「どうなったんよ、斬られるでねえか！」

　弥七が叫ぶと、ねずみは、

「あほ。斬られたら、今ここにおれるわけがねえわ」

　と少し笑って、その顛末を語った。

「ほうほうのていで、何も取らずに逃げ出した。でもな、不思議だったのは、わしが忍び込むいうことを、あらかじめ皆知っているようだったことよ。そのあとすぐにわかったことなんだが、猪蔵の親玉がわしを売っていただ。大学に、盗賊のわしを成敗させて手柄を立てさせる。そして自分だけ罪を逃れる。そういうことだった」

「おみゃあの親分がねえ……悪い奴じゃな！　で、そのあとどうなったんよ」

おことが聞くと、ねずみは答えた。

「どうもこうもねえ。仲間の一人がわしを逃してくれた。もうあちこちに手が回ってて、境川を越えても追っ手がかかる。安祥に行っても追っ手がかかる。どこまでも追いかけられるから、仕方なしに陰に逃げ込んだのじゃ。それからはずっと陰にいて、出られぬままよ」

「今は、出られたな」

弥七が言った。皆、少し笑った。

ねずみはおことのほうに向き直って、改まった口調でこう言った。

「わしが言いてぇのは、人は信用ならんいうことよ。あれほど可愛がってくれた猪蔵の親分だって、我が身可愛さに、わしを売った。逃げる途中もいろんな奴に騙(だま)されたよ。陰に行ってからも、村の奴らや寺の坊主どもに散々ひどい目に遭わされた。もう人は信用ならん、わしは思った。ところがよ」

ねずみはここでいったん言葉を切り、弥七と目を合わせた。

そして、二人の男は同時におことの顔を見つめた。ねずみは言った。

「おみゃあは、ちがう。おみゃあは、他所者のわしらを匿(かくま)い、飯までくれた。気の利かねえわしがひどいこと言っても、怒りはするが、誰にも売らん。何か、安心したよ。なんと言っていいのかわからないが、礼だけ言うよ」

すでに、おことの顔は、涙でぐしゃぐしゃになっていた。

「馬鹿だね、あんた。そげなこと言われても、なんと言っていいか、うらもわからんよ」

途中で言葉もぐしゃぐしゃになった。

弥七は、自分の目の端からも涙が湧き出てきているのを感じた。

「うらはね、ただ、あんたたちと飯食ってると、旦那が帰ってきたような気がしていたんだよ。で、この子もいるようなね」

おことは、弥七を見る。

「それだけだよ。なのに、行ってしまうんだ。だから堪らなかったんだよ」

しゃくりあげながら、なんとか言葉を継いだ。

「でもな、仕方ないよね、追っ手がくるかもしれんもんね。わかってるよ。生きておくれよ。死んだらだめだよ」

第五章　安祥

本当なら夜更けの出発までのあいだ、ふたたび心の通い合うことになった三名で、もう一度安らかな、そして最後の団欒の時が持てたはずであった。ところが、切羽つまった周囲の状況は無情にもそれを許さなかった。

おことは昨夜、敷地の向こうの端にある主殿の座敷で、この荘園の主が京の公家(くげ)の縁者を迎えて賑(にぎ)やかな宴を催したことを知っていた。京は打ち続く戦乱で焼け野原になっている。だが、それでもさまざまな文化の香りや権威のきれっぱしを運んでくる貴人たちを、その地の贅(ぜい)を尽くして厚くもてなすことは、在地の領主にとって、いわば家門をかけた意地であると言ってよかった。

昨夜の宴では、土地の酒に加えて真菰や筍(たけのこ)、鮑(あわび)、そして蛤(はまぐり)といった食材がふんだんに振る舞われたことを、厨の使用人と仲のいいおことは知っていた。そして、宴で残った食材は数日貯蔵され、古くなると少しずつ荘園内の使用人たちの日々のまかないに「おこぼれ」として利用されていく。しかし日持ちのしない貝や魚などの海産物は、塩に漬けてそのまま寝かされてしまう。その使用量や保存処理した量などの管理は全体に甘く、いわば厨の使用人の一存に任されている。

この荘で厨を預かる使用人頭は、善良で実直な女で、主人に対する質朴な忠誠心を持ち、自らが利得を得るためにそうした特権を悪用しようとしたことは一度もない。だが仲のいい、気の毒なおことの願いであれば、目につかないようになんとか少量を都合した。これまで弥七とねずみの舌を楽しませた食事の数々は、女子同士の絆の余得であると言ってよかった。

おことは、弥七がまだ食べたことのないであろう鮑や蛤に期待をかけた。これを確保できれば、これから危険な旅に立つ弥七の舌を、しばしのあいだでも慰め、楽しませることができるであろう。また、目の端に涙を滲ませながら、うまい、うまい、と言って手掴みで次々と口に抛り込む弥七の姿を想像して、おことの心は躍った。

ところが厨口に来てみると、使用人頭から告げられたのは、次の衝撃的な事実だった。

「おことちゃん、危ねえよ。昨日から東の門のあたりに、見慣れねえもんらがちらちらと現れては、こそっとなかを窺うそうだよ。けさは、西の門にも現れたそうだ。何人かいるみたい。あの小屋におる二人組、早くなんとかしねえと、おことちゃん、とばっちり食らうよ！」

おことにとって、その事態そのものは想定内である。ただ思っていたよりずっと彼らの足は速い、ということだ。おことは、今さらながら弥七の放った礫の禍々しいまでの暴威を感じた。逃走した河原者たかだか二名を、村をあげてここまで追わせてしまう、その底なしの憎しみと殺意の量とを思い知った。

東と西の門に姿を現したということは、おそらく周囲の街道沿いには、もうあらかた監視の目が光っていると考えて差し支えない。その態勢を整えた上で姿がちらちらと見えるように出没し、不入の権を保持する安全圏の敷地内から、獲物をいぶし出す。戦から逃げ出した雑兵や落ち武者を狩り出すため、侍どもの追手がもちいる罠と同じだ。狡猾（かつ）だが、確実な方法である。

おことは、即座に決断した。

そのまま蚕小屋にとって返し、目を丸くしているねずみと弥七へ、すぐに身支度をするように命じた。そして二人の手を引くように小屋を出て、小走りに駆け出した。そしてそのまま敷地の南半分を覆う椚（くぬ）木（ぎ）の林のなかに導き入れた。

この林は、数多く必要とされる蚕棚の製材のために保持されているもので、なかは鬱（うっ）蒼（そう）と暗く、はっきりとついた道などない。しかしごくわずかの使用人しか知らない踏み跡が縦横に走り、奥のほうには小屋まであった。使用人たちは、そこでくすねた品物を交換したり、酒を呑みながら主人の悪口を言って興じたり、あるいは秘めやかな男女の逢（あい）引（び）きなどに使ったりしていた。

その林を抜けると、破れた築地（ついじ）の割れ目から街道と並行して走る里道に出る。こちらも椚木の林に負けず劣らず暗い道だが、踏み跡はよりはっきりし、街道を走るのと変わらぬ速さで進むことができる。途中で数本の小川を渡渉（としょう）しなければならず、また木の根や転がる石に足を取られる危険もあるが、河原者ならば何も苦にしないであろう。

おことはその里道までねずみと弥七を連れてきた。ぜいぜいと息を切らしながら、きっぱりと言った。

「ここで、お別れじゃ」

そのまま北の方角を指でさす。

「あちらには、この道と並んで安祥さまに行く街道が延びてる。じゃがそこには、おまえたちを追ってる奴らがたぶん、うようよいるよ。だからこの道を逃げろ。途中、祠さまのあるところで二股になるが、右へ行け。そのまま二里ほど先の街道に出る。奴らそこまでは見張っていないはずじゃ。そのまま、まっすぐ街道を駆けろ。おまえらなら数刻で安祥さまに着くはずじゃ。関所はおまえらでなんとかしろ。うらは、ここまでじゃ。早う、逃げろ」

ねずみは、おことにかける言葉を探していた。が、咄嗟には何も出てこない。弥七がそれを補った。

「あんがとうな、あんがとうな。うら、おことに会えてよかっただ」

おことは笑い顔を作って言った。

「今夜はたんとうまいものを持ってきて、おまえに食わしてやろうと思ってたんよ。だが、できなかったわ。心残りじゃ」

「そりゃ残念じゃ。でも、ほんに、あんがとうな」

ねずみも、ようやく自分が言うべき言葉を見つけたようだった。

「わしら、なんのお返しもできん。助けてもろうてばかりじゃ」

「いいんだよ。文なしの河原者から、代金取るわけにもいかんじゃろ」

少し笑って懐中に手をやり、口を縛った小さな巾着を取り出した。

「少しだけじゃが、足しにしろ」

ねずみに渡した。ねずみは驚き、それをつき返した。

「受け取れるかよ！　戻せ。わしらもう消えるよ」

「こりゃ、けったいな話もあるものじゃ。盗人が、貰える金を、いらんと言うら！」

おことは笑って弥七のほうを向き、それをそのまま手にぎゅっと握らせた。

「わかったな、ぜったいに、死んじゃだめだぞ」

目を見て、言った。弥七は黙って頷いた。

そのとき彼方で、誰かが誰かを呼ぶ声がした。一帯を監視している村人が、もしかするとこの一本裏に入った里道の存在を嗅ぎつけたのかもしれなかった。もはや一刻の猶予もないことは明らかだった。おことは二人の男の尻を叩き、

「さ、早よ行け！　走れ！」

と言った。

弥七はすっ飛ぶように走り出した。ねずみも続こうとしたが、やにわに振り返り、おことに言った。

「おみゃあの旦那な、粟田村の平蔵な。まだ、そんなに遠くには行ってねえような気がするんだ。わし、安祥さま行ったら、何かないか探してみるよ。ほとぼりが冷めた頃、

また戻ってくる。できれば連れて帰るよ。それが、恩返しじゃ」

そう言って、闇に向かって駆け出した。

あとに残されたおことの頬を、ひと筋、つと涙が伝った。

「ああ、そうだな。まだ近くにいるかもしれねえな。あてにはせんけど、待ってるよ」

闇に向かって呟いて、椚木の林に戻っていった。


このおことの機転によって、二人は文字通り命を拾ったのであった。

村人たちは、ねずみの想像を遥かに超える執拗さと賢さ、手強さを持っていた。おことが二人と里道で別れたまさにそのとき、村が放った追っ手の代表は、この不入の権を持つ荘園内に堂々と踏み込み、川向こうの代官所と、村の属する寺院の高僧の筆による書面をかざして、荘園の主人に不埒な河原者二人の逮捕と身柄の引渡しを要求していた。

本来は荘内の検断権を持つ主人は困惑し、今夜も逗留（とうりゅう）している京の公家の縁者の耳にこの田舎じみた騒ぎが届かないか、そればかりを気にした。

すぐさま荘内の使用人たちに対する尋問が行なわれ、「蚕小屋に潜む他所者二名」の存在が明らかとなった。やがておことが呼ばれて、殺気立つ村人たちの前に引き出された。おことは、しゃんと背筋を伸ばして座り、すました顔で言った。

「そのような不埒者とは知りませんでした。なにぶん、面倒を見る蚕小屋の数が多く、自分一人では手が回りません。蚕棚の世話が行き届かなければご主人様に迷惑をおかけすることになるため、自分で手配りして、ときどき行き場のない流れ者やら近在の水呑百姓やらを雇い、蚕小屋に寝かせ、わずかな飯を食わせて仕事を手伝わせておりました。届をせず、誠に申し訳ございません。以後きちんとご主人様に届け出いたします」

そして、不埒者二名の行方についてはこう説明した。

「おとといの朝より、姿を消しました。銭だけ取られ、ろくに働きもしねえで、ほんに迷惑なことで。しかし、これも身勝手な人つかいをしていた不徳のいたすところでございます。このたびはご迷惑をおかけし、誠に申し訳ねえことでございます」

そうして村人たちにではなく、自分の主人に対して両手をついて、詫びた。

荘園の主人は、おことが蚕を育てる上でもっとも優秀な働き手であることを知っている。思うように人を集められず、彼女にかなりの重労働を強いていることも知っていた。そして彼女がいなくなることは、そのままこの荘園の、もっとも割のいい事業である養蚕による収益が目に見えて減ってしまうことを意味している。

そこで、両者を取りなすようにこう言った。

「そういうことじゃ。おことに罪はない。おこともその不埒者に騙された。ぜひおぬしらに追捕を頼みたい。おそらく安祥や、もっと西の尾張へ逃げたのであろう。ついては、路用にいくばくかの金子を渡すゆえ、必ずその者らを捕らえてきてほしい。今夜はもう遅いゆえ、ここにて休め。さあさ、出陣の酒じゃ、酒を持て。この者らに酒を与えよ！」

村人たちの健脚と獰猛な殺意とが酒の力でしばし止められていた頃、弥七とねずみは、月のあかりを頼りにして、夜道を駆けに駆けていた。

おことの言うとおり祠の右手を曲がり、里道から街道に出ると、一刻もせぬうち行く手に邑のあかりが見えてきた。

「安祥じゃ。安祥さまじゃ」

ねずみは言うと立ち止まった。そのまま道を外れて脇の小川の流れに下り、ざぶと足を浸けた。

「汗をかいちょる。まず汗を冷やせ。ここからはゆっくり歩いていくんじゃ」

はあはあと荒い息を吐く弥七は、黙ってねずみに従った。

「巾着さ、わしに渡せ」

ねずみは命じた。弥七は少し逡巡したが、懐から大事に抱えてきた巾着を渡した。

ねずみはしばらく巾着の中身を月の光にかざしてためつすがめつしていたが、やがて、とろとろとした黒い小川の流れに足を浸しながらこう言った。

「関所はなにほどのこともなか。避けるには、このあたりから脇の山に入って道を探すんだ」

「こんな、前でか？」

弥七は目を丸くした。

「そうだよ。関所が近づいてきたところで脇によけて通ろうとしても無駄じゃ。そんなこと、誰でも考える。関所のぼんくら役人も考える。で、大抵、関所の脇にはそういう、抜け逃げを塞ぐ役目を持った奴らがそっと控えちょう」

「そういうもんかい」

「そうだ。夜中に関所を避けて邑に入ろうとする奴ぁ、大抵、ろくでもないもんよ。盗人、落人、他国の忍び、いろいろじゃ」

「忍びって、なんじゃ？」

「まあ、知らんでもよいわ。ともかく、いろんなんがこそっと入ろうとするけ、当然、関所もそれには目を光らせちょる」

「このまま、関所を通っちゃだめなのか？」

弥七が聞く。

「まあ、そうだな。やめたほうがよかろ。もしかしたらもう手配が回ってるかもしれんしな。村の奴ら思ったより手ごわいけぇ、やりかねんわ。それにな、どう見ても河原者か、せいぜい水呑のどん百姓みたいな二人組が、懐にこんなもんじゃりじゃりいわせて関所さ通ったら、なんと思われるかよ」

「おことはそんなに、銭を入れてくれたんか？」

「おうよ、たんとあるわ」

手のひらで巾着を揉んで音を立てながら、ねずみは答えた。

「あいつ、たぶんひと月かふた月の稼ぎを全部わしらに渡しおったぞ」

弥七は黙った。別れてからまだ少ししか経っていない。だが、弥七はおことと別れたのがもっとずっと前のような気がした。

「おことのことは、もう考えんな」

ねずみは、ぴしゃりと言った。

「気が鈍るぞ。気を張れ、こっからが本番じゃ」

「うん」

「とにかくな。また山に入るだ。必ずどこかに道がある。そういう道は大抵関所の向こうに抜けているもんだ。もともと盗っ人だったわしが言うんじゃから、本当じゃ」

やがて小川から上がって、すたすたと歩き出した。

弥七も慌ててあとに従った。

月の光だけを頼りに進み、思ったよりも遠回りになっていた迷路のような抜け路に悪戦苦闘させられ、夜更けになってやっとねずみと弥七は安祥の邑に入った。

弥七は、邑に入るのは生まれて初めてである。夜更けなので路行く者は少ないが、宿や酒場が何十も軒を連ね、まるで蛇のように板屋根の建物がうねりながら続いているさまは、そんな弥七を圧倒するのに充分だった。

「ほえ、こりゃ凄ぇ！」

目を丸くして言うと、ねずみは答えた。

「安祥さまはな、ブエイ様の邑のなかでは、せいぜい何番めか、つうくらいの大きさじゃ。いちばんは清洲、つぎに津島じゃな。熱田さまのまわりもいろんな店が集まっちょる。東でいえば、駿府が大きいそうじゃ」

「ここより、でっけえ邑があるだか！」

「そうじゃ。わしはよう知らんが、西国には、とんでもねえでかい邑や湊が、わんさとあって、唐と船で行き来しとるそうじゃ。あ、あと、戦で焼け野原になっちまったが、京の都もでっかいそうじゃぞ」

弥七はきょろきょろする。陰しか知らない彼にとって、その世界の外に出て目にする物事すべてが新鮮である。

彼方には、月を背にしてこんもりと盛り上がった丘と森が見え、その上にも建物の影がいくつも聳えていた。邑の店とは違い、まるで「お寺さん」のような堂々とした形の屋根が天を指すようにピンと立っていた。

「ああ、あれは安祥のお城じゃ。今は、今川さまが入っちょる。おことの旦那が虜にされたとこじゃな」

「じゃ、旦那はあそこにおるのか？」

「いや、おるまい。別のところじゃ」

まだ何軒かの酒場にあかりが灯っていたが、彼らはその場所を避け、朝の早い荷馬の馬丁たちが憩む溜まり場を見つけた。銭を払って片隅に居場所を確保し、やっとひと心地ついた。

荷馬はすぐ裏の厩舎につながれていたため、まわりは秣と馬糞の臭いが立ち込めていたが、馬丁たちはほぼ全員が寝につき静かだった。溜まり場の世話役からは彼らの安眠の邪魔をしないように申し含められていたので、ねずみは弥七と小声で話した。

「まずはな、明日、たたらの信三という奴を探す」

「たたら？」

弥七が聞いた。

「そうじゃ。昔、西国でたたらを踏んでいたそうじゃ。たたらとはのう……まあ、なんでもええ。とにかく信三は知恵が回って耳が聡うて、何でも知っちょう奴や。きっと、おことの旦那のことも知っちょるよ」

「さっきからおことの話ばかりじゃ。おことのことは忘れろと、おみゃあ、うらに言ったでねえか」

「ああ、そじゃった、そじゃった」

ねずみは苦笑した。

「だがな、恩を受けたでな。やれることはやる。それで何かわかれば、誰かに銭をやってあそこに知らせに行かせるよ」

「いやぁ、道も覚えたけ、うらがちょっとひとっ走り行ってくるよ」

弥七は言ったが、もちろんだめなことはわかっていた。

「あほ。騙されたと気づいて、たぶん明後日(あさって)あたりにゃあ、奴らがここまでわんさと追っかけてくらあ。明日のうちにここを離れにゃあならん。だから探すのは明日の昼までじゃ」

「見つかるといいな」

「うむ。明日じゃ。ともかく少し寝ろ」

弥七は何も答えず、すとんと寝た。蚕の、「さわ、さわ、さわ」は、もう聞こえない。夢に、あの小さな女児が出てくることもなかった。

第六章　追手

夜明け前、もぞもぞと起き出した馬丁たちが厩舎につないだ馬に水を飲ませ、秣を食わせて一日の仕事を始める準備をしているあいだ、ねずみは、たたらの信三の消息についての情報を聞き回った。数名の馬丁が口を揃えて、こう教えた。

「そいつなら、ようく知っちょる。死んだよ、五年くらい前にな」

秣を食(は)みながら、馬はいきなりぶるぶると震え、時にかすかな鳴き声を漏らす。馬丁たちはそんな馬の背をいとしそうに撫で、口々にこのようなことを語った。

「なんでも、乾(いぬい)の御門あたりで大立ち回りしたらしいよ。新しく安祥の城に入ってきた、今川のさむらいと諍(いさか)いを起こしてな。よしゃあいいのに刀さ抜いて、へっぴり腰で斬りかかったそうだ。それで返り討ちにあって、手もなく斬られた」

「耳の聡い奴じゃった、この邑のことなんでも知っちょったな。じゃがあまりに多くの噂を知っちょうで、疎ましく思った今川の代官さまに殺(や)られてしまったっちゅう噂が、そのあとけっこう流れただ」

「どうも織田に通じて、ここいらのこと、あれやこれや知らせとったらしい。それでまことしやかな口実つけられて、斬られた。あくまで噂じゃがな」

「織田の間者ならば、斬られて当然じゃ」

「ま、どうせわしらもこれから織田様の領内に入って、津島や熱田から荷さ、えっさらほいと、こちら側に運び入れるんだがな」

「あぶねえ、あぶねえ、おまえも斬られるぞ」

彼らは、どっと笑った。

「ほうよ、生きた心地もせえへん。今川さまはお裁きがきつい。疑われたら、それでしまいじゃ」

「そうだのう」

政治的には、今は安祥の西、境川の渡し場で三河と尾張の国境線が引かれている。あくまで双方の暗黙の了解をもとにした暫定的な国境に過ぎないが、その線を越えたあからさまな軍事行動や挑発行為は、今川と織田ともに行なっていない。

それぞれの勢力圏において、それぞれの法や掟に基づく徴税は行なわれている。しかし、この馬丁たちのように、異なった領主の勢力圏を股にかけた経済活動をする者たちは少なくなかった。

この三河と尾張の国境近くでは、ここ数年目立った軍事衝突はなく、一見安定しているように見えた。が、尾張側の後背地には、山口教継が依る鳴海・大高さらに沓掛の、東西に細長い三角地帯が広がっている。ここは今川方の飛び地として織田の勢威が及ばぬ空白地帯となっており、尾張側に不気味な威圧を加えていた。

こうした不穏な土地を軽やかに行き来する彼らは、さまざまな噂や情報を身につけ、またそれらを行く先々に撒きながら進む。正しいことも正しくないこともある。また彼らのなかになんらかの諜報活動を行なうような者も紛れ込んでいる。

話好きの彼らは、ねずみに対し、いとも気軽にさまざまなことを教えてくれた。だがやがて出立の刻限になり、彼らは馬の口を取り、かけ声を上げて次々と溜まり場を出ていった。蹄の立てる音がポクポクと響き、首に提げた鈴がちりりんと澄んだ音を立てた。

あとに残ったねずみは、困り果てた表情で弥七に告げた。

「たたらの信三いうのはな、実はもともとわしと一緒に津島で盗みさ働いてた仲間じゃ。忍び込むのはわしがうまい。が、信三は、あれやこれや調べたり眺めたりして、屋敷のどこのあたりの目がきつうないなどと、観てとるのがうまいのじゃ。だからいつもわしらは組で盗みに出てた」

「じゃ、ねずみの連れか？」

「そうじゃ、連れじゃ。頼りにしとったよ。じゃが、あの大学の屋敷に忍び入ったときだけは、信三が慌ててた」

「大学って、女子を斬った奴か？」

「まさにその大学じゃ。わしはその女子の仇が取りたくて取りたくて、もう見境なくなってた。信三はそんなわしを見て、おろおろしてたよ」

「ははーん」

弥七が、目を輝かせて言う。

「おみゃあ、その女子に、懸想してただな」

ねずみは驚きを目に表した。

「ほ、図星じゃ。おみゃあ、いつの間にそんなこと識るようになってきちょる？」

弥七は、得意げに笑った。

「陰にいたって、女子の姿さ見て、何も感じないわけがなか。それに、ねずみはわかりやすい。さっきだって、さっきだって……」

「さっきだって？」

「おことと、だよ。おみゃあ、おことに懸想してた。おことの旦那を探すだのなんだの、いろいろ言うけど、結局おことを好いちょるから、そういうこと言うだ」

「こら、わかったようなこと言うな、この餓鬼が！」

ねずみは、今更ながら自分が、この弥七という生まれながらの河原者の子供を、どこか甘く見ていたことに気づいた。礫投げの腕前以外、ただ単に陰で生まれ育った、世間のことを何も知らない無知な子供だと思っていた。しかしこの子は物事に対する恐ろしいまでの直感と、繊細な観察眼とを併せ持っている。

それは、弥七が生得的に持っていた資質であったかもしれなかったし、河原の石投げや、陰の周囲一町歩（約1ヘクタール）のあいだで起こる、さまざまな理不尽に揉まれて身につけたものなのかもしれなかった。

ねずみはこのとき、弥七を対等の仲間として扱うことを、心のうちに決めた。彼は言葉を継いだ。

「うん……じゃあ、わかるじゃろ、わし、その女子に懸想しとったんじゃ。それが斬られた。斬られた上に、女子なのにもかかわらず首だけ辻に晒されとった。夏場で、蛆がたかって、真っ黒くなって、ひどいありさまじゃったよ」

あまりのことに、さすがの弥七も黙った。

「まわりの皆は大学の情け容赦ないやりように震え上がってたが、わしは違った。大学の奴、いわしちゃると思った」

「ああ、そりゃ、聞いたよ。屋敷じゅう、たぷたぷといた侍たちに待ち伏せされたんだな」

「そうだ。そんとき、信三は逃げおった」

「逃げた？」

「そうじゃ。刀を振り回す侍どもに屋敷じゅう追い回されて、やっと塀の外に逃れたが、奴はどこにもいやせん」

「わかった！」

弥七は言った。

「その信三、たぶん親分のなんとかと組やったのや！」

「い、いや、それは違うわ」

ねずみは、少し慌てて弥七の先走りを抑えた。

「ありそうなことではあるけどな。あやつは怖気づいただけじゃ。単にその場から逃げた」

「なんだ、それだけか」

「おうよ、だが、塀の外で待ってるはずの連れに逃げられたわしの身にもなってみろ。もう目の前が真っ暗になったよ」

「それから、どうした？」

「仲間のもとに逃げ込んで、それから折を見て東に逃げた。信三もひと足先に同じ方角へ逃げとった。この安祥でばったり顔を合わせたときは、奴をぶっ殺してやろうかと思ったよ。じゃが、連れは連れじゃな。少ししたら、また二人で組んでここで盗みをやっとった」

「その頃は、ブエイ様のくにじゃったのだな」

「そういうことだ。じゃが、わしも落ち目じゃったな。いろいろあって盗みの腕が落ちとった。あるとき失策って、ここにもおられんようになった」

「信三は、どうしたんよ」

「奴はその頃、土地の女子（おなご）と懇（ねんご）ろになっておった。落ち着きたかったんじゃな。だから、わし、罪を皆ひっかぶって、さらに東へ逃げた。着いた先が陰よ。まだちっせぇ、おみゃあがおった」

「……ねずみは、お人好しじゃな」

「どうとでも言え。じゃが、信三にはあんときの貸しがあるけ、奴に聞けばいろいろわかると思った。無駄だったよ。おことに合わせる顔がねぇ」

「合わせる顔がねえって、どっちみちもう戻れんじゃろ。で、これからどうするよ？」

「うーん……」

ねずみは、顔をしかめ、困り果ててしまった。

「わからん。少し考えよう」

そのねずみの逡巡、わけても、おことに対する義理を返すことができないもどかしさを吹っ切れず、ついその場で足踏みをしてしまったひとの好い心の弱さが、ふたたび彼らを危地に陥（おとしい）れることになった。

荘園での豪気なもてなしで、夜は前後不覚になりぐっすりと寝た村人たちだが、その際、抜け目なく主人に交渉し、屋敷内に飼っている馬を二頭、借り受けることに成功していた。一刻も早く厄介払いをしたい主人は、喜んでそれを認めたのだ。

追手の機動力は飛躍的に増加した。駄馬に騎乗した経験のある者が、一行のなかに二名いた。村の世話役の息子・伝助と、まだ十五になったばかりの勘蔵である。彼らは、軽装のまま夜明けとともに馬へ跨り、尻に鞭をくれてまず街道を駆け出した。持槍で物々しく武装した徒歩の本隊も、続いてあとを追った。

ねずみが馬丁たちからさまざまな情報を聞き出していたまさにそのとき、馬上の先遣隊二名はすでに安祥の関所に達していた。不審な二人連れの通行者がなかったか、今川家中から派遣された役人に堂々と質す。

最初は、百姓の小倅が居丈高に言葉をかけてくることに激怒した役人たちだったが、ここでも、「お寺さん」の発行した書面の威力は絶大であった。伝助がそれを手にし、彼らの鼻先でひらひらさせると、奪い取って読みはじめた役人たちの態度がころりと変わった。彼らは、安祥での勝手な警察権の行使は厳禁事項であると言いつつも、伝助らが馬を駆って逃亡者を捜索することを、渋々ながら認めざるを得なかった。

そしてほどなく不審な該当者は誰もここを通っていないことを確認すると、伝助は、河原者どもは行き先を変え、狡猾な知恵を巡らしてどこか別の場所に逃げたのかとしばらく考えたが、やはりなんらかの方法で安祥の邑に入った可能性が高いと結論した。

徒歩の本隊の到着まで、まだ少しの間がある。本隊の村人たちは、まだ若い先遣隊の二人をあやぶみ、何か行動を起こすときは必ず後続の本隊へ駆け戻り、いったん村の年寄りたちの指示を仰いでからにするよう命じていた。だが、若者らしい前のめりの血気が弾け、そうした迂遠な手順を省くよう、伝助の身体を内側から揺り動かした。

伝助は、本隊の到着までの時間の空費が、必死の河原者に逃亡の猶予を与えてしまうことを恐れた。また、それまでいたずらに馬を遊ばせて何もせず待つことに耐えられそうになかった。

そこで、まずは邑に乗り入れ、様子を探ろうと考えた。そして仮に彼らを発見した場合、自分と勘蔵だけで成敗することに決めた。

伝助のこの判断は、正しかった。

馬を乗り入れてすぐ、邑の往来で、歩いてくる二人組と鉢合わせをした。お互いに顔は見知った間柄である。陰から土手を越えたこちら側、村の畔道で何度も行き合ったときと同じだった。あまりに唐突に行き合ってしまったため、お互い目が合い、しばし動きが止まった。

「うあぃっ！」

兄を礫で殺された十五歳の勘蔵が、まず奇矯な声で喚いた。続いて伝助が、

「こらぁ！　神妙にしやれ！」

と叫び、反射的に馬の尻に鞭をくれた。

弥七は、二騎を視認するや否や懐に手をやり、とっておきの礫を取り出した。

四隅を尖らせ、きときとに削った殺傷力抜群のあの礫である。

もはや、考える間などない。

その礫は、人間とは別の何かに操られているかのように弥七の掌を離れ、地面ぎりぎりにまっすぐな軌道を描いて飛び、その平滑な面に風を受け、揚力で少し持ち上がって、ちょうど馬上で喚き散らす勘蔵の頬を抉り、横に跳ねてそのまま伝助の鳩尾に当たった。

伝助は失神して手綱から手を離した。馬は暴れ、その背が激しく上下に揺れた。騎乗はできるが決して慣れた乗り手ではない彼の不運だった。意識はすぐに戻ったが、馬はいななき前脚をはね上げ、もはや制御できない伝助を鞍上から振り落とした。伝助は肘から地面に叩きつけられ、ぼきりと音がし、あたりには濛々と土埃が立った。

自分の顔面が突然何かに殴られ、視界一面に細かな血飛沫が立ったことで正気を失った勘蔵は、手にした棒切れを振り回し、河原者二人を馬上から殴ろうとする。だが、狼狽した馬の動きを制御することができず、そのままそこでぐるぐると回り出した。

往来をゆく人々は、突然の出来事に呆然として立ち尽くし、誰もその場を逃げようとしない。あるじを振り落とした馬と、まだ乗せたままぐるぐると回る馬が、蹄でその何名かを撥ね飛ばした。さらに、地面に這いつくばった伝助の腹に蹄が入り、屈強な農耕馬の体重がかかった硬い蹄が、人間の薄い腹の皮膚を破いて臓腑をはみ出させた。

真黒い血を噴き出し、伝助はぎりぎりと呻き、その場で反り返って痙攣したが、土煙に遮られ、そのさまに目を留める者はいなかった。このときになってようやく恐慌が往来の群衆を襲い、右往左往する人と馬とがもつれ合って、現場は凄惨な様相を呈した。

顔面を血だらけにした勘蔵が、やっと正気を取り戻し、馬の首を掴んで動きを止めた。土埃が収まって路上のすべてのものの動きが止まったとき、そこには、二名の死者と四名の重傷者が転がっていた。


徒歩で追捕隊の本隊が到着したとき、安祥の邑は物々しい雰囲気に包まれていた。その二刻（約4時間）前、往来で起こった喧嘩騒ぎが死人を出し、建物の一部を破壊して路上は血だらけになった。役人が出張って野次馬どもを長い竿で押さえ、現場にまだ転がる負傷者を手当てしていた。勘蔵は往来脇で座り込んで泣きじゃくっており、その目線の先には、顔に莚を掛けられた伝助の冷たい遺骸が横たえられていた。

追捕隊の村人たちは、勘蔵から不意の遭遇の顛末を聞き言葉もなく立ち尽くした。勘蔵はこう言った。

「河原者の弥七とねずみが、また襲ってきた。礫を投げ、馬を脅かして伝助を殺した」

勘蔵は、意識して嘘を言ったわけではなかった。畔で兄を殺され、異様な心理状態で追捕にかかっていた彼の前にいきなりぬっと現れた二人組は、あらかじめ意図して待ち伏せをしていたように思えたのである。さらにその後の極限の混乱が彼の記憶を乱し、ねずみの手抜かりによる不意の遭遇が、あたかもすべて計画された殺戮のように印象され、河原者二人は、きわめて危険で狡猾な殺人者として安祥の邑じゅうに恐怖を広げた。

しかし、その不埒な河原者たちの姿は、どこにもなかった。

役人たちは、今川領国の治安維持能力の信用にかかわるこの恐慌を抑えるため、その日の午後から夜にかけ、住民をも多数動員して安祥の邑を徹底的に捜索した。だが、どこの辻にも、どこの軒下にも、怪しい人影を発見することはなかった。

関所は固く閉じられ、往来は倍の人数で監視され、さらに郊外の森には松明を持った者たちが山狩りを行なった。それでも誰一人として、凶悪な河原者どもの姿を目にした者はなかった。

ねずみと弥七は、安祥の邑で、忽然とその姿を消した。

彼らを血眼になって探す数千もの目をかいくぐり、まるで煙のように消えてしまった。

その二人の河原者から悪夢のような返り討ちに遭い、あまりにも痛ましい犠牲を出した村人たちの追捕隊は、もはや全員の心が砕け、昨夜までの意気軒昂ぶりはどこへやら、捕縛を諦め、伝助の遺骸とともに無言で東へ撤収していった。

第七章　鉄漿の男

まだ冷たい海風が駿河湾を吹き渡り、駿府の邑の辻々を撫ぜあげて、そのまま、この座敷の柱と柱の間を駆け抜けていく。欄間に掛かった絹布がそよぎ、柔らかい皺が寄って影を落とし、あたりには汐の香りが満ちる。

遠くの船着場には数多くの舟が繋留され、商人や旅人たちの行き来で邑は殷賑を極めているが、安倍川を少しばかり遡ったここ今川館の奥座敷は静かである。座敷の前には鏡のような池の水面が広がり、陽の光を反射してきらきらと輝いている。

広い座敷には一面に清潔な青畳が敷かれ、まるで京の公家屋敷のようである。

そして今、そこに二人の男が向かい合って座っていた。一人は中年の恰幅のよい悠揚たる武士で、もう一人はまだ、とても若い。

いずれも烏帽子を被り、着衣はお互いに家紋を染め抜いた直垂。無言のうちに互いの肉体が発散する覇気と威厳は、まさに武家の棟梁のそれであった。

一段高い奥の座に座った中年の男が、まず口を開いた。

「三河から、わざわざ大儀。駿府から見る富士はどうじゃ？」

男の歯は黒く鉄漿がしてある。

一見、まるで公家のようであったが、その目は炯々とし、鼻の下から顎にかけてはもじゃもじゃの髭が覆っている。花鳥風月や風雅に生きる貌ではなく、現世の生臭い日々の営みに、むしろ全身全霊を捧げている男のそれであった。

「駿府は久方ぶり。懐かしい限り。富士はひときわ蒼く、海も美しゅうございます」

下座に座る若い武士が答えた。

こちらは、まだ若衆と称しても通りそうなくらいに滑らかな肌艶のやや小柄な男で、常に背筋をピンと伸ばし、油断のない射るような視線を対座する相手に向けている。

言葉遣いは丁寧かつ慇懃、年齢に見合わぬ落ち着きを感じさせ、考えながら、ゆっくりと喋る。

そして彼の歯にも、同様に黒く鉄漿がしてあった。

「なにぶん三河は土臭き田舎にて、同じ海でも山でも、斯様な趣はございませぬ。不思議なものでござる」

「松平殿は相変わらず、控えめなことだの」

高座の男は笑い、続けた。

「しかし、我らが欲するのは、その三河じゃ」

「はて？　三河はほぼ、大殿が手に入れられたも同然かと」

松平と呼ばれた若い男は、まるで親のような年齢の相手に、訝しげに尋ねる。

大殿すなわち、この駿府ならびに駿河、遠江、三河の大半を実質的に統治する領主・今川治部大輔義元は、

「なんの、なんの」

と、手にした扇子を振って松平の言葉を否定した。

「まだじゃ、まだじゃ。安祥までは固めているが、その先がだめじゃ」

「これは解せぬことを……その安祥がほぼ三河の西の端でございます。すぐ傍に境川が流れ、それが古来の国の境目。すなわち三河はほぼ、お屋形様ならびに大殿が統べるべき沃野にてございまする」

若いほうの男、すなわち三河の領主の子で、今は今川家に身を寄せ、優秀な客将として日に日に声価を高めている松平元康は言い、少し考えてから――

「拙者、そのように思いまするが……違いますか？」

お屋形様とは、義元の子氏真のことをさす。善得寺における北条、武田との三国同盟締結のあと、まだ四十になったばかりの義元は、突如隠居すると公言し、まだ若い長子の氏真を跡目に据えた。

そうやってすでに安定した駿河の仕置きを、周囲の老臣たちの補佐のもと氏真に任せて経験を積ませ、自分はより高次の戦略的判断がいる遠江・三河の仕置き、ならびにそ

れと密接に連動する外交政策の策定に集中するという、合理的な役割分担を行なった。

そして、いったん地元の三河岡崎へ松平元康を戻し、付近の土豪や国人たちの慰撫とつなぎ止めを役割として課していた。が、急遽その元康を駿府へと召還したのである。

「儂はのう、松平殿」

義元は笑みを湛えて言う。

「雪斎禅師より、昔、斯様に教えられた。国とは土地に在らず。人なり、また糧なり。単に国の境目までを獲ったからとて、その国を獲ったとは言えぬ。そこに住まう民草の生活を安んじ、安楽に糧を得られるようにつとめ、商いを活発にし、物成と銭とが回るようにせねばならん」

「それは、弁えてございます」

元康は答えた。

「同じことを、同じおひとに、教えられましたゆえ」

「そなたと儂は兄弟じゃからのう。同じ親に教えを受けた、まさに兄弟じゃ」

義元は言い、二人はひとしきり声を合わせて笑った。

「兄弟とは、拙者にとってあまりに過ぎたるお言葉。しかし幼きみぎりより禅師に教えを受けられたことは、拙者生涯の幸運でございました。今、その言葉のひとつひとつが、わが血となり肉となってございます」

「ほんに、雪斎は大した師であったわ。民草を安んじると言った、その舌の根も乾かぬうちに、別のところの城をそして邑を踏みにじり、そこに住まう民草をことごとく焼き尽くすための策を講じはじめる」

　義元は、皮肉っぽく言った。

「そこが、戦の世に生まれ出でた太守としての、辛い宿命でございますな」

　元康は慰める。

「生かすために殺め、殺めるために生かす。考えれば考えるほど矛盾し、一人の人としての心には、ひたすら辛く厳しいことでございます」

　義元は無表情に頷いた。そのまま、しばらく黙った。

　おそらく彼の脳裏には、自らが幼くして出家し、梅岳承芳（せんがくしょうほう）という法名を名乗って修行をしていた日々のことが思い起こされているのであろう。そして、そのあと強制的に還俗させられ、浮世のあらゆる理不尽と残虐と醜悪とを目にし、その挙句（あげく）に辿り着いた現在の浮世での栄華とに思いを致しているのであろう。

　元康は、話をもとに戻した。

「して、三河がまだ、とは、いかなるご存念で？」

　義元は答えた。

「鳴海のことじゃ、それと沓掛。沓掛と安祥とのあいだに、頑固（がんこ）な尾張の国人どもが立ち塞がっておる。たしかに安祥は今や完全に我らのものじゃが、なまじ背後に飛び地を抱えてしまったことで、境目あたりの国人どもの緊張がいや増し、物の流れが悪くなっておる」

「なるほど」

元康は相槌を打った。

通常、陸路でも海路でも、各地の物産は特定の集散地に集積され、そこからは国を跨いだ運送を請け負う、座や組といった代行業者に委託される。座や組は、広い領域にわたって長年築いた人的・商的なつながりを利用して円滑に物資を移送させ、各地の湊や関に適切な対価を支払うことで、関係者全員が（たとえ国境を挟んで対峙している敵同士であっても）いずれも応分に利得を得られる状態を作り出す。

義元が指摘しているのは、尾張との国境地帯の軍事的緊張により、そうした物流の仕組みや釣合いが崩れ、疑心や過剰な警戒感から無駄な手続きや障害の度合いが増し、その付近の荷が滞っていることである。それにより、せっかく軍事的に奪取した安祥の経済的な価値が落ちている。なまじ後背地に飛び地として新規の領土を確保してしまったことで、その手前の国境地帯全体の経済価値が下落しているのだ。

元康は義元の武士らしからぬ幅の広い発想と合理的な思考とに、心中ひそかに舌を巻いた。

たしかに、「国は土地にあらず、人なり」である。人の部分は「利潤」に置き換えてもよい。せっかく物理的・軍事的な投資を行ない、形ばかり保持している地域でも、そこから得られる物成が、支払う対価に見合わなければ、それは確保しているとは到底言えない。

義元の言う「まだまだ」とは、そのことをさしている。すなわち三河を、義元の考えるような今川王国を支える豊かな経済的基盤に変えるには、この国境地帯での緊張を緩和させる方策を講じるか、あるいは隣国の尾張までをも包摂したより広範な経済圏を強制的に獲得するかしかない。

前者のやり方は平和的であり、また即効性もあるように思えるが、あくまで対症療法であり、問題の本質を根治させる方策ではない。後者こそ唯一の本質的な解なのだが、しかしそれは、尾張への実質的な大規模軍事侵攻を意味する。

元康は、緊張した。

「つまり大殿におかれましては、西へ向けさらに進むことをお考えでありますか？」

「さすがはわが兄弟、察しがよい！」

義元は嬉しそうな顔になり、扇子で自分の膝をはたと叩いた。

「今日は、まさに、その話がしたくて松平殿を呼んだのじゃ」

膝を乗り出すと、ニヤリと笑った。

「互いに腹蔵（ふくぞう）なく、な。だからお互い鉄漿をした上で会おうと申したのじゃ」

「なるほど。合点がいき申した」

義元と同じく鉄漿をして真っ黒い歯を見せた元康は、力強く頷く。

武家における鉄漿、すなわち「お歯黒」の風習は、単に京風の優雅な趣味だけを意味するものではない。歯を黒く染め上げるという行為は、もはや自分は他の色には染まらない、すなわち相手に対し二心がない、と宣言するのと同義なのである。

既婚者となった女が歯を染めるのも、今後、自らの亭主に対し不貞を働くことはないという誓いの意味が大きい。今川の客将、言い換えればある種の人質である元康にとって、自らの生殺与奪の権を握る義元からこのような誓いを立てられることは、望外の栄誉であり、度外れた信頼と好意の証であると言ってよかった。

「おぬしも知ってのとおり、わが領国の東の脅威は今や完全に取り除かれた」

元康は、頷く。

「はい。禅師（ぜんじ）最後の大仕事でございましたな。善得寺にて」

「まさに、それよ」

義元は肯定した。

数年前、太原崇孚（そうふ）雪斎の善得寺において、東の北条氏康（ほうじょううじやす）、北の武田晴信（たけだはるのぶ）、そして義元とが会盟し、三者密接に結びついた姻戚関係が確立され、それに伴う強固な相互不可侵条約が結ばれた。これにより、それまで宿敵同士として牽制（けんせい）し合っていた三者間の脅威が消滅、彼らはそれぞれ別方向への外敵に全力で備えることが可能となった。

　東海道に沿い東西に広く延びる今川領国の場合、南面は海であるため、東（武蔵・相模）と北（甲州・信州）の脅威が消滅したということは、全力をあげて西方すなわち尾張への対策に傾注できることを意味する。

　当時、元康は、すぐさま尾張への全面戦争が開始されるものと早合点したが、義元はすぐには行動を起こさず、揺れる隣国への外交的揺さぶりと調略に徹し、軍事行動に至ることはなかった。

　今になってそれを行なうと言う。来るべきものが来た、と元康は身を硬くした。

　しかし、義元はまだ口元に笑みを浮かべている。

「おぬしはもしやこの儂が、清洲や犬山、那古野など、織田や斯波らの居城へ大々的に軍を寄せる、などと考えているのではあるまいな？」

「違いますので⁉」

　松平は、心底驚いた。

「はっ。てっきり、その御下知なのかと」

「こう言うては無礼だが許せ、弟よ。そちはまだ、雪斎の教えのすべてを理解してはおらぬようだ」

　義元は、はっきりと言った。

「西へ進むのだが、別に西が欲しいのではない。欲しいのは、南だ」

「はて、南と……。そこにあるはただ大海原でございます。白波が寄せるのみで、他には何もございませんぞ」

元康は訝しげな顔をした。この兄はいったい、何を言おうとしているのだろう？

「わが弟へは、勿体をつけずに、儂の存念を話そう」

義元は言う。

「儂が欲しいのは、まさにその海だ。わが今川の領国は、この駿府を挟み、焼津の湊から引馬にまで東西に細長く連なっている。東の北条は今やわが友邦だ。よって我らは、馬・鮭・昆布など、黄金にも等しい板東や陸奥の産物を、北条経由でほぼ切れ目なく仕入れ、東海道に沿った海路で運ぶことができる」

「ほう」

最近はどちらかというと、三河の泥臭い陸地のなかでの旧弊なしがらみに凝り固まった連中とやり取りをすることの多かった元康は、この新鮮な考えに、思わずわが身を乗り出す。

「なるほど……それらの産物は、円滑に手ばやく運ばれれば、京や堺にておそろしく高い値で売れますな」

「そのとおりじゃ。だが、問題がある」

「尾張！」

即座に、松平は叫んだ。義元は満足そうに頷く。

「まさに、それよ。なまじ伊勢湾の喉元にある大高と鳴海を労せず押さえてしまったことで、我らは、このあたりの海で生きている邑や国人どもの生活を脅かしていると思われているのじゃ」

「そして、それら愚かな尾張の国人どもは、織田に与力せんとしておるのですな」

松平元康は今や、兄の存念を完全に理解していた。

「愚かな。今川の湊とつながったほうが、より大きな利を得られるというに」

「そのとおりじゃ。よって儂は多少の軍を起こし、まずは飛び地となっている鳴海の湊と大高の湊をわが領土とつなげたい。そして……」

「熱田、那古野に清洲、そしていよいよ、津島、でございますか？」

津島は木曽川の河口域近くに拓けた大きな川湊で、水運を通じ運ばれた濃尾平野の豊富な物産を、伊勢湾の交易路に中継する重要な役割を担っていた。それは織田氏の、ひいては尾張の富強の根幹をなす湊である。これを奪うということは、尾張を経済的にそのまま併呑するに等しい。元康は前のめりになって義元の言葉を引き継いだ。

「いや、それは少し違う」

義元は、少し眉を曇らせた。

「儂はのう、松平殿。我が力をそこまで買いかぶってはおらぬ。また今のように四分五裂している尾張ではなく、我らのような外敵に攻められ、まとまったときの尾張の秘めたる実力を下算してもおらぬ。実際、信秀の在世中は、我らも何度か痛い目に遭わされた。松平殿もようくご存じのとおり、な」

つりこまれて頷く元康に、

「儂は、そうしたことどもを踏まえて、彼我の戦力差を今一度、さらに計量してみた。現在の我らに、津島まで尾張全土をすぐさま奪うほどの力はない」

と冷静に言った。

「いや、奪うことは、できなくはない。ただしそれには多大な犠牲が出ることは必定。我らは、そのあと戦いを続ける力を失う危険がある。そうなっては、元も子もあるまい」

この兄は、まるで商人が算盤を弾き利潤を計量するがごとくに戦を語る。勇を鼓して敵に向かっていくのが戦だと考えている元康とは、そもそもの発想の仕方が違う。しかし兄の言うことは絶対に正しいことが、聡明な元康にはもうわかっていた。

「それでは、どうなさいます?」

元康は尋ねた。

「捨て置く」

義元は、さらりと答えた。

「尾張の枢要部は、当座のところ打ち捨てておけばよい。我らは、大高・鳴海と伊勢湾南方の湊を押さえたあと、木曽の河口域を押さえる願証寺の一向宗徒どもに連絡をつけ、数年のあいだだけ湾口を完全に封鎖させる。そしてその間に我らは、伊勢へと向かう」

「伊勢に！」

　意外な答えに、元康は絶句した。伊勢とは入り組んだ湾の対岸で、もはや陸路での国境線をふたつみっつ飛ばしたような遥か彼方である。

「どのようにして……水軍を仕立てまするか？」

「はっ、はっ、はっ」

　義元は、扇子を開いて口元を押さえ、愉快そうに笑った。

「ほんとうに、我が弟は勇ましい仁だの。岡部や朝比奈が認めるだけのことはある。おぬしはまさに、武辺の男じゃ。まこと頼もしい限り」

　やや小馬鹿にしたようでもあり、感心したようでもあった。義元は言葉を継いだ。

「落ち着きやれ。儂はなにも兵を派して占領するなどと申してはおらぬ。大高と鳴海までを押さえたら、我らはもう何もせぬ」

　義元の思考になんとか従いていっていた元康は、ここで本当にわからなくなった。鉄漿をしたこの兄は、いったい何を言っているのだろう。彼は素直に聞いた。義元はまじめな顔をして頷き、自らの考えを説明した。

「あとは、商人(あきんど)たちがやってくれる」

義元は言い、彼方の海の方角を扇子で指し示した。

「鳴海、大高、その南にある知多(ちた)の数多くの湊から、我ら今川からの荷を積んだ無数の舟が出立する。普通ならそのまま陸地沿いに湾内奥深く入り、やがて津島へと至る」

「はい。そしてそこは織田の領域でございます」

元康が受けた。

「現在は、そのとおり」

義元は頷くと、言葉を継ぐ。

「しかし直接、湾を横切り対岸の伊勢へと到達することができればどうじゃ？」

「あっ！」

元康は、心底驚いた。元康自らは、まだ伊勢の向こうに行ったことはない。なのでその距離も航路の危険の度合いも知らない。遥か遠くに思えるが、意外に近いのかもしれない。

「わかったようじゃの」

義元は満足そうに笑った。

「ここ駿府と尾張をつなぐ航路には、遠州(えんしゅう)の灘(なだ)が立ちはだかっておる。西風強く大波がうねり、途中の気賀(けが)を除けば荒れたとき逃げ込める泊(とまり)も少ない海の難所じゃ。しかしそれは、商人たちの操る舟が小さいからでもある。東国と畿内を一気につなぐ大商いができるとなれば、おのずと舟も大きくなる。すなわち航路の危険も減る」

　元康は、目を輝かせながら頷く。

「そう、まるで異国の大船のような。近頃、西国の湊には、明や朝鮮からばかりでなく南蛮からも斯様な大船が着くという」

　そのことは元康も耳にしていた。義元はさらに言った。

「豊後の府内、博多、山口といった湊は、皆そういう大船のおかげで大いに潤っているそうな。それらは千里万里の波濤を越え、我らには想像もできないくらいの彼方からやって来る。いっぽう我らがやらんとするのは、ほんの目と鼻の先の伊勢にちょんと船を着けることだけじゃ」

「兄上！」

　興奮した元康が、ついこのような呼びかけをしてしまった。

　いくら義元が自分を弟と便宜的にこの席では呼んでくれても、それにそのまま乗っかって、客将ふぜいが自分の主人を兄と呼んでいいわけがない。

　しかし、まわりには他に誰もいなかった。そしてあえて人払いをして元康との会見に臨んだ義元は、寛大にも元康の無礼を笑って聞き流した。むしろ元康が身分の差を越え、胸襟を開いたことに満足している風ですらあった。

まだ若い元康は、それにも気づかず言葉を続ける。

「わかりましたぞ、お考えが。そうやって商人たちが直接伊勢に船を着けるようになれば、その手前の湾内をいちいち経巡る航路など、もはや、なんの価値もなくなります」

義元は目を輝かせて、嬉しそうに大きく頷いた。

「それでこそ、わが弟よ。太原崇孚雪斎の薫陶を受けたる弟子たる者よ！　そのとおりじゃ。そうなれば、湾の奥の川縁に張りつく津島の湊になどもはやなんの価値もなくなろうて。着く船の数は激減し、津島は立ち枯れる。そしてそのあとは……」

「織田は、弱りまする」

元康が、言葉を継いだ。

「津島は、織田の力のみなもとでございます。その津島から収益が出なくなれば、織田はもはや、まともな軍勢を整えることもかなわなくなりましょう……」

「二年後か、三年後か……」

遠い目をして義元が続ける。

「織田は、溶ける。信秀亡きあと、ただでさえ四分五裂してしまっていた家じゃ。最近は上総介が随分と気張って家中を引き締めているようだが、家全体の実入りが減るのでは、やがてまたばらばらになる」

「軍を起こすのは、そのあと」

元康が言った。

「そういうことだ」

義元は答えた。

「まずは戦わずして敵を弱らせる。その上で一気に征すれば、戦いに斃れる兵の数も減る。無意味な犠牲が減れば、そのあとさらに彼らは国の富強を支える基ともなる。これが今川の戦のやり方じゃ」

義元は息をつき、目の前に座るまだ十代の若武者を見やった。そしてにっこりと笑った。

「儂はの、おぬしの力を買っておる。この鉄漿にかけて誓う。おぬしは大切な今川の戦力じゃ。他には岡部と朝比奈もおる。皆おぬしのことが好きじゃ。そしておぬしの力を買っておる。皆で合力(ごうりき)して、尾張を取ろうではないか」

全身を痺(しび)れるような感動が走り、松平元康は、跳ねるように手をつきその場に平伏した。

「大殿！　本当に、本当に、身に余る栄誉でございます。この元康、命を賭して大殿と、そして皆様と合力して参ります。この鉄漿にかけて！」

第八章　救い主

今は曙(あけぼの)の頃合いか、それとも夕暮れか。

遥か高いところにある格子窓(こうしまど)から漏れてくるあかりの先端が、この牢のごく一部分だけを照らしている。弥七はその明るい区画に身を差し入れ、日のぬくみで少しでも凍(こご)えた我が身を温めようと試みた。

ねずみは、牢の反対側に藁束を重ねてしつらえた即席の寝台で身を横たえている。顔は暗がりに隠れてよく見えなかった。

彼ら二人がここに身を隠してから早や数日になる。安祥の目抜き通りで馬に乗ったあの二人の若造にいきなり遭遇し、意図せぬ大立ち回りを演じてしまってから、邑は上へ下への大騒ぎになっているはずだ。しかし、ここはそんなことを微塵も感じさせない静けさに満ちていた。

距離からするとほんの数町のはずである。だが小高い丘の上に占位(せんい)し、大きな空堀に隔てられたこの一角は、絶対に追捕の手が及ばぬ安全圏である。そのことは、数日も続く静謐(せいひつ)が、弥七の五感に教えてくれることだ。

ただ同時に、ここから身動きはできないことも知っていた。それは、彼ら二人をここに導いてきた男から厳重に申し渡されたことである。

男は言った。

「ほとぼりが冷めるまでここにいろ。ぜってえに、動くな」

「動いたら、死ぬ。鍵はかけねえが、動いたら、おまえらはしまいじゃ。うらを信じてここで待て。数日で迎えに行く」

男はこう言い残し、この牢に二人を置いて立ち去った。

牢屋の彼方のほうに出口があり、そこには牢番が一人で座っている。彼が日に一回だけ、粗末な飯を持って牢に投げ込んでくる。常に無言であった。

弥七はすることもなく、また高い窓を見上げた。日の光はますます強く明るくなっている。どうやら先ほどのは朝の光だったようだ。ここ数日の潜伏で、昼と夜の感覚をなくしてしまっている。弥七は、つい数日前のことを思い返してみた。

邑でばったりと行き合い、いきなり彼らが何やら喚きながら襲いかかってきた。意識せず一石だけを抛って、逃げた。

あたりには馬蹄の立てる砂埃が濛々と立ち込め、瞬時に視界がなくなった。弥七はどうしたらいいかわからず路上に立ち尽くしていたが、もとが盗人のねずみは身に迫る危険を敏感に察知し、もの凄い力で弥七の手を引き、脇の辻へと引っ張り込んだ。

しばしのあいだ物陰に座り、大混乱となった通りの様子を窺っていたが、ねずみはそれでも危ないと思ったらしい。

「さ、ともあれまずは逃げるぞ！」

そう言って立ち上がった。

ごん、と大きな音がして、ねずみがそっくり返った。続けて男の影が、ねずみとは反対側へとひっくり返るのを、弥七は真下から見上げた。

「いてて……痛ぇ、痛ぇ！」

もうひとつの影は、地面に叩きつけられたあと、頭と尻とを同時にさすりつつ派手に這い回り、ねずみのほうを向いて毒づいた。

「こらよ！　いきなり立ち上がる奴があるか！　うらがおるんだ、気をつけろい！」

弥七は遅れて立ち上がり、ねずみが何か怒鳴り返すかと思ったが、彼は何も言わなかった。ただ、目を丸くして立ち尽くしているだけだ。

その目の先に先ほどの影があった。弥七と同じくらいの背をした小さい男で、皺の寄った黒光りする膚に、しょぼしょぼした小さな目を光らせている。

男はまだ何事か喚きながら怒っているのだが、どこか滑稽で、顔が笑っているようにも見えた。皺が多すぎるからだ。あと体つきに比較しても顔が異様なまでに小さく、どこか人間以下の別の禽獣のようにも見える。

だが、ねずみはまだ立ち尽くしていた。やっと左手の指を男のほうに向けて、

「お、おめえ……ムツか?」

と尋ねた。

「おうよ!　ムツさまよ!　こげに久方ぶりだというのに、いきなりゴッツンたぁ、ご挨拶だの!」

男は今度は本当に笑っていた。だがそれも一瞬のことで、

「おのれら、逃げなくていいのか?」

と真剣なおももちで尋ねた。

「そうだ……逃げるとこだった」

ねずみは、慌てて、

「どっち行けばいいだ?」

と男に聞いた。

待ってましたとばかり、男は腕まくりをした。

「おうよ、うらに任せとけ!　ついて来い、けっつまずくな!」

そう言い残すと、辻を疾る旋風のように素早く駆け出した。

弥七は目抜き通りのほうを振り返り、やっと暴れ馬がその動きを止めようとしている

のを認めたが、あたりにはまだ土埃が舞い、人々は逃げ惑って誰も弥七へ目をやる余裕などない。

しかし後ろからぐいと肩を掴まれた。ねずみだった。

「さあ、愚図愚図してねえで、走るだ！」

弥七は、あの男のことや、これからどこへ走るのかなど尋ねようとしたが、ねずみはもう視界から消え去っていた。

仕方なく弥七も走った。あの小柄な男の背中は、もう遥か向こうの坂道の階段に差しかかっていた。おそろしい速さだ。男は階段のたもとでいったん振り返り、早くしろというように腕を上げさし招く仕草をしたが、続いて階段を凄い勢いで右に左に飛び跳ねた。その一連の動きは、まさに猿のようだった。

辻を駆ける弥七は、目抜き通りの騒擾を聞きつけて現場に向かおうとする野次馬たちの集団とすれ違う格好になった。やがて暴れ馬に恐れをなして、ちょうど弥七たちと同じ方角へ雪崩を打って逃げる群衆がその集団とぶつかって、辻も無茶苦茶な騒ぎとなった。

弥七はすんでのところでそれを避け、やっと階段に取りつき、息を整えて一気に駆け上がった。階段のてっぺんを越えた陰にねずみと男が座って、一息つきながら弥七を待っていた。男は弥七の姿を認めると、

「おっ、この坊主、うらにもましてはしっこいな！」

と言って、皺だらけの顔で口元まで歪め、にんまり笑った。

そして今度はゆっくりと立ち上がり、下り道を歩き出した。

「待て、待て！」

ねずみは男を止めた。

「待てや、ムツよ。なんでおみゃあが、こんなところにおるだ？」

「こっちが聞きてぇや。ねずみよ。陰におるんじゃなかったのか？」

「いろいろあって、おれぬようなった。で、逃げてきた」

「おおかた、そんなこったろうと思ったわ。そのはしっこい餓鬼もか？」

「そうじゃ」

「ま、積もる話はあとじゃ。まずは逃げにゃあのぅ」

「うむ。じゃが、どこに逃げる？」

ムツは振り返って、またもにんまり笑った。

「うらに任せとけ。絶対に追捕の手がかからねえ逃げ場がある」

「どこじゃ？」

弥七が割り込んで聞いた。

「この、すぐ先じゃ」

ムツは答えた。

下り坂はまた登りになり、もうすぐてっぺんに達しようとしていた。そしてその先にムツが行こうとしている場所がちらりと見えた。

ねずみは腰を抜かさんばかりにして驚き、

「ムツ、こら、馬鹿！」

と叫んだ。

「ありゃあ、安祥のお城の入り口でねえだか！」

弥七も腰が抜けそうになった。

ムツは、皺くちゃの顔で笑う。

「おうよ、お城じゃ。だから追っ手はぜってぇに、やっては来ない」

「お、おみゃぁ……」

ねずみは絶句して、言った。

「わしらを、殺す気け？」

「まあ、見とけ。このムツさまが、おみゃあら助けちゃるからよ！」

と言うと、やにわに両手を大きく振りながら、城門のほうへと駆け出した。

「ご注進！　ご注進！」

そう叫んで、ひときわ大きく腕を振った。

「ご城下で、戦が起こっちょります！　馬に乗ったおさむれぇが、槍さ振るって暴れておりやす！」

開け放たれた城門の前で槍を持ち柱にもたれて居眠りしていた門番が、やにわに目を覚まし、

「なに！」

と言って、槍から手を離して駆け出した。

ムツはその槍を手に取ると、逆さまにして、傍にある番所の板壁をごつんごつんと石突きで叩き回り、

「戦じゃ、戦じゃ！」

と叫んだ。

なかから半裸の門番が飛び出してきて、

「相手は？　軍勢はいかほどじゃ！」

などと叫びながら、また番所のなかに駆け戻った。城内から、ぱら、ぱら、ぱらと半武装状態の武士らが走り出してくる。

ムツは、先ほど番所に駆け戻り大慌てで支度をしている門番に呼びかけた。

「ご本丸には、儂からお知らせいたしやす」

「おう、藤右衛門（とうえもん）か！　わかった、頼むぞ！」

そう言うと、胴丸姿で草鞋も履かずに慌てて駆けていってしまった。

城門の内外は、しばらく無人となった。

ムツは頃合いを窺ってねずみに合図した。仕方なしにねずみと弥七が出ていくと、ムツは澄ました顔で奥のほうへと顎をしゃくった。

「さっ、おまえらの宿だ。さっさと入るぞ」

弥七はそのときムツの目を見たが、あの皺くちゃのなかに隠れた、猿のような滑稽な目ではなかった。叢で、正面から行き合ってしまったときの蛇の目に似ていたが、血の通わぬそれとは違い、すべてを見通し、すべての動きを計算し尽くした、小さく爛々と輝く目だった。それは紛れもない、狡猾な人間のそれだった。


そしてそのままこの牢のなかへと連れ込まれ、外へ出られぬ日々が続いている。彼方に座る牢番は、日に一日だけ下りてはくるが、常に無言である。何を聞いても何を話しかけても、一言も口をきかなかった。

しかしその日の夕方になって、やっとムツが姿を現した。

「おう、待たせたのう……何しろ今川さまは厳しい。捕物まで厳しい。安祥の邑じゅうが下手人を匿っていないか調べあげられ、もうみんな丸裸じゃ」

牢のなかにずかずかと入ってきた。

「でも、な……その乱暴者らが、まさか、もうこの安祥のお城のなかの牢に入っちょるとは誰も思うまい。咄嗟の思いつきじゃったが、このムツさま、冴えちょるわい、そうは思わんか？」

と、ニコニコ笑って弥七に語りかけた。目はあの滑稽な猿の目に戻っていた。

「礼ば、言わんとならんな」

ねずみが、気の乗らない風で言った。

「ひ、ひ、ひ……」

ムツは、下卑（げび）た笑い声を立ててると、言った。

「いろいろ、腐れ縁じゃな」

「おみゃあ、陰におったんだってな」

弥七が尋ねた。ムツが不在のあいだ、弥七は何度もムツとねずみの関わり合いをねずみに尋ねたが、やっと返ってきたのは、その答えだけだったのだ。

「おうよ」

ムツは答える。

「だがもう、ずーっと前のことじゃい。うらはねずみと入れ替わりに、外さ出てったからな」

「そんときは、うらもいたはずだぞ」

陰で生まれ育った弥七は、その頃はまだ幼かったはずだが、もしかしたらムツと話したことがあるのかもしれなかった。

「いや、おみゃあのことは、覚えとらん」

ムツは、にべもなく言った。

「なにしろいろんな奴の出入りがあるけぇな、いちいち覚えようらんよ。それに」

「それに？」

「もう十年も前のことよ。みんな、忘れてしもうた」

「ふうん」

弥七は過去の追及を諦めた。そこで、現在のことを尋ねようと思った。

「ここは、牢じゃろ？」

「うん」

「なぜに、おみゃあが好きに入れる？　安祥さまの手の者が、なぜに見張りようらん？」

ムツは、笑って答えた。

「それはな、坊主。現世（うつしよ）はすべて、銭で動く、いうこっちゃ」

なにやら難しげなことを言った。弥七が黙っていると、ムツは勝手に続ける。

「まあよ。ここの牢屋は古い牢でな。新しい牢は邑の代官所の裏にある。お城に罪人さ捕らえておいたのは、もう昔の話じゃ」

そして、入り口を見上げた。

「あやつはその頃の牢番でな。気鬱の病で気が塞いで、ひとことも口をききよらん。だがずっと、ここに座っておる。ご城主様も温情で捨て扶持さ与えて、そのまま座らせちょる。何か、忘れられない思い出でもあるのじゃろな」

「なんで、おみゃあ、そないご城内のことを知っとる？」

ねずみが訝しげに尋ねた。

「もとは、わしと変わらぬ河原者だ、おかしいじゃろ？」

憐れむように、ムツはねずみを眺めた。

「変わらんのう、おみゃあは。おみゃあだって、もとから河原者ではねえで。けっこう羽振りのいい盗人だったはずじゃ。うらは、その逆だよ。河原から出でて、今は別の生業をしておるだ」

「じゃ、盗人か？」

弥七が口を入れた。

「あほ。盗人なんて、割が悪くてやってられるけ！」

ムツは吐き捨てた。

「もっと、おつむを使うんじゃ」

自分の頭を指さして言った。

「ようは知らんが、とにかく助けられたんは確かじゃ。礼さ言う」

ねずみは言った。

「おみゃあも、今度のことで少しはあぶねえ橋を渡ったんじゃろ？」

ムツは、弾けるように笑い出した。

「は、は、はっ……まあな。あのあと城からお呼び出し食らって、ご家老さまから大目玉じゃ。他所者同士のただの喧嘩騒ぎを、戦じゃと吹聴して回った罪は重い、とかなんとかな」

「そら、打ち首でねえだか⁉」

弥七が、目を丸くした。

「なぁに、心配いらねえよ。ご家老も、家中の半分くらいも、実はうらがもう味方にしちょる」

だが、ムツはひとつため息をついた。

「でも、まあ、危ねえ橋ではあっただな」

「おめえが、今何をしとるかは、知らん」

ねずみは、少し冷たい口調で言った。

「じゃが、おめえのこった。なんの思惑もなしに、助けたわけではなかろ？」

「馬鹿にすんな！」

ムツは憤然としたが、やがて語調を和らげて、言った。

「まあ、な。昔の馴染みでおみゃあらさ助けた。じゃが、昔の馴染みで、うらの頼みを聞いてくれたら、そりゃあ、うらも助かる」

少しもじもじしていた。

ねずみは冷然と聞いた。

「なにやら、頼みにくいことじゃな。いいから言うてみ。どっか盗みにでも入ればいいのか？」

「い、や……違うよ」

ムツは座り込み、ねずみを見上げた。

「おみゃあら、西へ行くんだろ？　それなら好都合じゃ。うらの頼みというのは、おみゃあらに、鳴海のお城に行ってもらいてぇんじゃ」

どこかで聞いた名だった。

そうだ、おことが言っていた、遥か西の先にある小さな湊の名前だ。背後に大きな海が広がっていて、そこにはブエイ様のお城があったが、裏切ったんだっけ。

ならば今は安祥さまのお味方だ。ムツは今、今川様のために働いているんだな。

弥七はやっとここまでのことを推測した。

第九章　六指

三人は、夜の闇に紛れて城を出た。

城内で行き合った使用人も、城門の番卒も、誰も弥七とねずみを咎める者はなかった。門脇の番所にはムツのほうから歩み寄って、なかにいた中年の番卒頭と何事かを話していたが、互いに親しいようで特に障害なく城門を通過することができた。

町に降りるまでの道すがら、ムツは二人に説明した。

「うらはのう、今は口入稼業をやっとる」

「口入ってなんや」

弥七が聞く。

「いろんなとこさ行って、働く奴らさ集めて普請の現場に連れていく役目よ」

ムツではなく、ねずみが答えた。

「そうじゃ。今はの、稼ぎ時じゃで。今川様と織田様とのあいだでいつ戦が起こるかわからぬ。うらがこの安祥のお城さわがもの顔で出入りできるのも、門やら柵やら蔵の造作を作り直すため、毎日のように顔を出しとったからじゃ。ここのお城の作事はたいがい終わって、今は別の城を手掛けようとしちょる」

「それが鳴海か」

　ねずみが言うと、

「そういうことよ」

　と、ムツは即座に肯定した。

「それで、な」

　ムツは言葉を足す。

「うらは今、口入屋の藤右衛門で通っちょう。ムツなんて古い名を知ってンのは、おまえらだけだ。だからよ、これから連れてくところじゃあ、ずうっと藤右衛門と呼んでくれよ、断じてムツとは呼ぶな」

「そもそも、なんでムツだな？　まるで女子の呼び名みたいじゃ」

　弥七が思っていたことをそのまま口にした。

「おう、教えてやるよ」

　ムツは言い、先を歩いたまま肩の上に自分の右手をかざして、指を一本ずつ開いて見せた。

　小指、薬指、中指、人差し指、親指、そして親指。

　六本あった。

正確には、親指のたもとにもうひとつ伸びていた。

そしてその指は他の指と同様、自在に動いた。

弥七は驚いた。

「こういうこっちゃ。うらも訳は知らん。生まれつきこうじゃ。指が六本でムツじゃ。陰ではそう呼ばれとった。そこのねずみにもな」

ムツは、弥七を振り返る。

「じゃから、藤右衛門と名を変えた今も、陰では六つ指の藤、なぞ言われちょる」

「そっちだけなのか？」

弥七が、ムツの左手をさして聞いた。

「そうじゃ、左手は五本よ……。変わっちょうのは右手だけじゃ。それでよ、別に指のことはええんじゃ。じゃがここじゃあ誰もムツちゅう名のことは知らぬ。だからよ、おみゃあらもうらの名は藤右衛門で通してくれよ」

「陰のことも、言っちゃいけねえんだな」

ねずみが見透かしたように言った。

「ほうじゃ。そんとおりじゃ。うらはな、今じゃ百姓家の出だっちゅうことにしとる。河原者じゃとバツが悪いんじゃ。何かと稼業にもさし障る。じゃがな、実際、百姓家のかかあがおるだ。村祭りの夜に原っぱでまぐわったら、そんまま夫婦になってしもうた。

本人がうらでええっちゅうんで、向こうのとと様かか様も、うらがどこの出かなんていちいち詮索しねえ。そういう勢いじゃったが、うらには運のええ話じゃった」

下卑た笑い顔を見せた。

「ほんに、ええかかあなんじゃ。別嬪でな」

嬉しそうに舌舐めずりした。

「ふた月に一回くらいは家さ帰るけどよ、もう、毎夜毎夜、寝床に潜るんが楽しみでしょうがねえ」

そう言って、ひひひ、と笑った。

「そんとき以外は、あっちこっちと作事の現場か」

ねずみは取り合わずに聞いた。

「鳴海のような、危ねえとこばっかか?」

「まあ、そういうこっちゃな」

ムツ改め藤右衛門は、まじめな顔に戻った。

「だけどよ、考えてもみろやぃ、今すぐ戦が起こるわけでもねえ、なのに作事の代金は倍もふっかけられる、こんなにええ話があるかよ」

「なぜそんなに?」

ねずみは訝しげに問う。

「いくら戦を控えて危ねえっちゅうても、他からも人が呼べるんなら、おみゃあにだけそんなに銭をば払う謂(いわ)れはねえだろ?」

「へっ、へっ、へっ……」

藤右衛門は、小狡(こずる)そうな目でねずみの疑念を一蹴した。

「そこがよ……口入屋の藤右衛門様の賢いところよ。ここを使うんじゃ、ここを」

そう言って、頭を六つ指でつついてみせた。

「考えてもみろやい、お城の作事だぞ。戦が起こりゃあ、その作事のよしあしでお侍が死んだり生きたりするんじゃ」

当たり前のことを言った。

「だからよ、作事もそんじょそこらの浮浪者(はぐれもの)だの乱暴者だの、そういう雑魚(ざこ)ばかり集めてやらせるわけがねえ」

「おめえ、気は確かか?」

ねずみは、半分笑いながら言った。

「今おめえが連れてるのは、そのまさに浮浪者で乱暴者だぞ」

呆れた口調で続けた。

「うらもこの餓鬼も、お城の作事なんかやったこともねえ。わしは盗人、この餓鬼は礫投げは巧(うめ)えが、他のことなんぞ何もできねえ」

「へえぇ、おみゃあ、礫を投げられるだか」

弥七を見ながら藤右衛門は聞いた。

「ただ、抛るだけじゃのうて、しっかり的に当てられるか？」

弥七は、頷いた。

「陰の河原で、毎日投げよったけぇ」

それだけ言った。

「あぁ、あの河原でな。そりゃあ、まずまず高く売れるな」

藤右衛門は、感心したように呟いた。

「こら、おみゃあ！　わしとこいつをどっかに売り飛ばす気か？」

ねずみがすかさず抗議すると、藤右衛門は、右手の六指でそれを制した。

「ヘンな取り方すンな。陰の仲間を、売り飛ばしゃあしねえよ」

言下に否定するが、その目は油断のない光を放っていた。

「ただな、礫衆としても使える餓鬼もおるち、城のお侍に売り込むと、たぶんあいつら、値を上げても文句を言わんようになる」

藤右衛門は歩きながら身をひねって、ねずみを見据えながら言った。

「今ここで、算盤を弾いてるけどよ」

そして、頭を指でつつく。

「おみゃあらよりもずっと作事に長けて、戦場近くの仕事にも慣れてる奴らとうらは懇ろなんよ……というより、そいつらの身代わりでうらはここ三河から、尾州、濃州、あちこち行き来してる。そいつらを高く使うてくれるお城とかお侍なぞを探して、話をつけるんだ」

藤右衛門はさらに言葉をつないだ。目が爛々と輝いている。

「で、よ……そいつらは、黒鍬というて、鳴海のもうちょい南あたりに行ったとこの出でよ、日頃は田畑さ耕しているが、暇なときはあちこち出張っていっては、仕事をしよる」

「今は、農事はいいのか」

「そういうことよ。そいつらは腕がいい。じゃが、偏屈での。あと、どいつもこいつも、ごうつく張りじゃ」

「そりゃ、そうじゃろ。村から離れて、危ねえ仕事をするだからな」

ねずみが納得したように茶々を入れると、藤右衛門は肩をすくめて言った。

「まあ、そうよ。だがな、いくら高い代金せしめても、こいつらにもそれなりに支払わないと、次から相手にしてもらえねえ。だからよ」

「だから?」

「おみゃあらを、使うのよ」

藤右衛門は、得意げに言った。

「ぜんぜん、わからねえ」

　話を聞いていた弥七が割って入った。

　藤右衛門は少し笑って答える。

「いやさ。おみゃあらを、黒鍬のもんちゅうことにして仲間に入れるんよ。もちろんおみゃあらに、大したことはできねえ。だが、黒鍬の仕事場にもいろんな仕事がある。全部が全部、難しいことばかりじゃねえのよ。ちょっとそこらの石を退けたり木の根をひっこ抜いたり……だがよ、もらえる金は黒鍬一人ぶんとおンなじよ」

「汚ねェな、おみゃあ……」

　ねずみは、呆れたように言った。

「で、おらたちには安っすい銭だけ渡してよ。そういうこっちゃろ」

「まさに、それよ」

　藤右衛門は、得意満面である。

「だがよ、安心せえ。おみゃあらは陰の仲間だ。だからよ、少しは扱えをよくしてやる。でもよ、このこと他の奴らに言ってはなんねえ。わかったな」

「えっ！　まだ、他にもおるのかよ」

　ねずみは、驚いて藤右衛門に確かめた。

「おうよ。今、うらがここ数日で集めた奴らが待ってるとこへ、おみゃあらを連れてくところよ。そんでもって、すぐに出発じゃ。稼がにゃあ！」

そのまま前を向いて、ずんずん進みはじめた。

弥七とねずみは、目を見合わせた。

言葉を交わす必要はなかった。仕方がない。いろいろと思うところはあるが、この男には危ない命を救われたばかりだ。しばらくはこの藤右衛門の掌の上で、我と我が身を委ねるしかなかろう。


そうこうしているうち、一行は安祥のはずれに差しかかった。

驚いたことに、藤右衛門が集めた人足どもが待っていたのは、数日前ねずみと弥七が夜を明かした馬丁どもの溜まり場だった。

ざっと見渡しただけでも二十名近くはいる。主人とどう話をつけたのか、今日は馬丁どもの姿はほとんど見えない。つながれている馬もいなかった。

「黒鍬とかいうのが、この衆か?」

ねずみは聞いた。

「どう見ても、うらと同じ浮浪者の集まりにしか……」

「うむ。そんとおりじゃ」

藤右衛門は悪びれることなく答えた。

「黒鍬どもは、今もうすでに作事の現場よ」

三人が着くやいなや、入り口の脇で待っていた細身の人影がつと藤右衛門に近づいて、なにやら耳打ちをした。

若い女であった。短めの下げ髪を簡素な灰色の布でまとめ、渋柿色の袷に括り袴という地味な出で立ち。目つきがどこか鋭い娘で、耳打ちしながらずっと弥七のほうを横目で睨んでいる。

藤右衛門は、女の耳打ちにまじめな目をしてひとつ大きく頷いた。そしてそのままパンと手を打ち、屯していた人足どもに号令した。

「さあさ。おみゃあら、そろそろ発つで。今から歩きゃあ、夜明けまでには着くだろ。人数が多いけえ、追剥や盗賊に襲われる心配もねえ。先頭にゃあこの娘っ子が立つだ。手には松明を持つ。夜道が暗いからって、おみゃあら、悪さするんじゃねえぞ」

一同から、気の抜けた笑いが起こった。

言われた娘は腰へ、くの字に両の手を当て、きつく眉根を寄せつつ、藤右衛門のほうをひと睨みした。

「後尾にはうらがつく。松明も持つ。だからおみゃあら、そのあいだを迷わずついて来い」

ここで、ねずみが藤右衛門に質した。

「待てよ。今から歩き出したんじゃ、鳴海にゃあ、夜明けまでには着かんぞ」

藤右衛門は、おっと、という風におどけた。

「おう、言い忘れた。行き先は鳴海じゃのうて沓掛じゃ。沓掛は少し近ぇからな。頑張れば夜明けに着くじゃろ」

少しざわめきが起こった。

「何か、いろいろ話が変わるな」

ねずみが皮肉を言う。

「馬鹿。この娘っ子が沓掛から戻ってきて、新しい作事の話を持ってきただ。沓掛のお城でも、戦に備え堀に水を入れにゃならんのだが、とにかく急ぎでやらねばならねえそうだ。うんと銭も弾むと。鳴海はそのあとでええっちゅうことになった」

藤右衛門はそのまま人足どもに向かい言った。

「そういうことでよ、おまえら喜べ。余計に仕事が増えたけ、終わりの日には銭を倍にして渡してやれるでよ！」

静かだった人足どもから、低い声で歓声があがった。

一行は、娘がかかげる松明の火に従い、夜道を西の方角へと歩みはじめた。

第十章　黒鍬

松明をかざす括り袴姿の娘に率いられて、一行は夜明けとともに沓掛の邑に到着した。夜通し歩いた安祥とのあいだには織田方の支配地域が広がっていたはずだが、表だって警備兵の姿を見ることはなかった。今はまだ衝突を起こしたくないという双方の暗黙の合意のもと、このあたり一帯は、軍事的な緩衝地帯としてわざと緩く放置されているようであった。

しかしながら沓掛の城下は、そのまとう空気からしてどこも重苦しく、敵中に孤立した堡塁（ほるい）としての緊迫感に満ちていた。一行は関所で今川方の役人に厳しく誰何され、完全武装した足軽たちの槍の石突（いしづき）で小突き回され、荷物の隅々に至るまで詳しく調べられた。

そのため、邑に入ることができたのは昼前になってからである。かろうじて道路に人の往来はあり、路上に簡単な小屋掛などして露店も出てはいるが、そこに笑いさざめく顔はほとんどない。どこか疲れ、表情の消えた非番の兵たちがふらふらと行き来し、それを避けて目立たぬようにひっそり歩く住民の姿がわずかにあるばかりだ。

一行は、そのまま沓掛城の正門へと至った。

主郭の周囲には巨大な空堀が掘られ、城内は外郭より一段高い土塁で囲まれており、なかの様子は窺えない。

そして城門脇にはすでに黒鍬の一行が到着し、物々しく陣羽織を着用した城側の奉行とともに、作事の詳細を打ち合わせている最中であった。

「源蔵親分！　ははァ……よう、よう参られた！」

到着するや否や、藤右衛門はなにやら難しい顔で奉行と話し込んでいた、大柄でがっちりとした入道姿の男のもとへ駆け寄った。

しかしその源蔵は、藤右衛門をじろりと睨むと、低いしゃがれ声で一喝した。

「こら、この馬鹿猿めが！」

見事な禿頭に、耳の横から顎にかけてもじゃもじゃとした髭を生やした大男が、肩をいからせ、ぎょろりとした目で、駆け寄った小男を高みから怒鳴りつける。

皺くちゃの笑顔で駆け寄ろうとしていた藤右衛門の顔に、どうしてよいかわからないという戸惑いの表情が浮かんだ。

「ど、どうしたんで？」

おろおろしながら聞くと、渋い顔の奉行と並んだ源蔵は、前にもまして大声で藤右衛門を叱った。

「聞いてた話と、ぜんぜん違わぁ！　こちらのお奉行は、この堀いっぺえに、水さ張りたいとおっしゃるでねえか！」

脇で奉行は藤右衛門のほうを向き、無表情で大きく二回頷いた。

源蔵は言葉を継いだ。

「おみゃあは、堀をこさえるのが仕事だと言うたがよ。ところが来てみりゃあ、もう堀ならこんなんが、できてらあ！」

そう怒鳴って、彼らの目の前に広がる巨大な空堀を指さした。

「あほんだら！　空堀を掘るのと、そこに水を入れるのとでは、ぜんぜん違う作事なんだよ。連れてくる奴も変わる」

「ひゃあ、そりゃ、行き違(ちげ)えだよぉ！」

藤右衛門は、素頓狂(すっとんきょう)な声で叫んだ。

「濠(ほり)を作ると言ったんだ。堀じゃないよ。だから当然、水も引くだ」

源蔵はとりあわずに——

「ともかくよ、この作事はできねえよ。まるっきり連れてきた奴らが違うだ。掘り子ばかりよ。水を入れるにゃあ、いったん堀底の床締(とこじ)めをしねえとよ。ただの掘り子どもにゃ無理だぁ」

そう言って、彼が連れてきた若い黒鍬衆のほうへ顎をしゃくった。

それまで脇で無言だった沓掛城の奉行が、藤右衛門に向かって冷然と言った。

「いま源蔵からその説明を受けていた。藤右衛門よ、おぬしの差配の誤(あやまち)だな。日限は決まっておるぞ。駿府のお屋形様も作事の完成報告を待ちかねておる。さて、どうするのじゃ」

藤右衛門は青くなり、その場でかがみ込んで震えはじめた。

「待ってちょうよ、そりゃ、いくらなんでも……」

そして、落ちつかない目を周囲に向ける。

「待て待て。考えるけぇ、考えるけぇ……」

藤右衛門が連れてきた一行は夜も寝ておらず、疲れ切った顔で悄然(しょうぜん)と立ち尽くしていたが、やがて状況を呑み込むと、へなへなと堀端に座り込んだ。このまま作事中止となると、わずかの手間賃だけを渡され、飯も食わずに安祥まで帰る羽目になる。皆厳しい非難の目を藤右衛門に向けた。

「お、親分よ……」

藤右衛門は、哀願するように言った。

「ここに、あわせて四十人(しじゅう)ほどおおるけ、力さ合わせて水を入れようよ」

「三十六きゃ、おらねえよ」

いつの間にか源蔵は、その場に控えている全員の数を正確に把握していた。

「しかも水入れの作事にゃ、ずぶの素人ばかりじゃ」

「なんとか、しようよォ」

藤右衛門の目尻の皺のあいだからは、すでに涙がこぼれ落ちんばかりになっている。

奉行は、むっつりとした顔のまま腕組みをしている。

源蔵はため息をつき、しばらく考えてから言った。

「お堀に水を入れるにゃあ、ただ水を引いてくるだけでは足らん。その水が、土に染みてどっか行っちゃあ元も子もねえでよ」

藤右衛門というより、藤右衛門が連れてきた新参の皆々に聞かせるような口調だった。

「だからよ、水を引く前にあらかじめ粘土でしっかり時をかけて地固めをせんとならん。でも、ここには、そもそもその粘土が見当たらねえのよ」

足でとんとん、と地面を叩いた。

源蔵は少し考えながら、言葉を継ぐ。

「で、よ。本当なら、このまま帰(けえ)るとこだ」

藤右衛門が唸り声を上げた。奉行も目を剥いた。

が、源蔵は構わず続けた。

「黒鍬の名に傷をつける作事さ、わかっててやるわけにゃあ、いかねえ……だがよ」

「だが、よ?」

藤右衛門が半分泣きながら尋ねると、源蔵は、

「あそこまで深く掘り下げちょうと、たぶんな、堀の底をひっくら返すと、そろそろ粘土が出てくるんだ」

と空堀の底を、指さす。

「だからよ、まず堀の底をぜんぶ掘り返して、粘土を上に出すのよ。で、それをしっかりと皆で踏み固めて、床をギュッと締めりゃあ、まあ、なんとかできねえこともねえ」

「それだ！」

藤右衛門は叫んだ。

しかし源蔵は冷たく言った。

「でもよ、お堀もこの大きさだと、普通にやっても床締めにはひと月かかる。それを、地面をひっくり返すとっからはじめて、しかも日限は半月後だっちゅう……」

奉行がすかさず言い添えた。

「日延べはできんぞ。いつ戦になるかわからんからな」

「だろ。だからよ、もう床締めに慣れた奴らをいちいち呼び集めてくる余裕はねえのよ。ここにいる奴らだけで、夜も昼もなく働くしかねえ」

「わかったよ、わかったよ、ちくしょう」

藤右衛門は泣きながら大声を出すと、弥七たちのほうを振り返った。

「もう、どうにでもなれだ。うらもやるぞ。おまえら、払いは倍にするけぇ、寝ないで働け！」

「いつからだよ？」

後ろのほうに控えていたねずみが大きな声で聞いた。

「こちとら、寝ないで夜道を歩いてきたんだぞ」

「うっせぇら、今からだ！　さあ、さっさとおまえら堀の底さ降りろ！」

藤右衛門はそう言ってぐるぐると手を振り回し、自ら堀底に飛び込んでいった。

沓掛城の奉行は、とりあえずそれで納得したようだった。

「ともかく、日限に間に合わせよ。さりとて手抜きはするな。おぬしらの作るこの濠に拠って、我らは命を張って戦うのだからな」

「黒鍬がいったん請けた以上は、なんとかするよ。手抜きもしねぇ。だが払いは約定のとおりだぞ」

源蔵は胸を張り、奉行に言い放った。

ここいらあたりの地相に慣れ、土質についても深い知識と経験を持った源蔵の見立ては、きわめて正確であった。

若い黒鍬どもが掛け声とともに堀底を大鋤で浚うと、ほどなく、いっぱいの木の根や砂礫と一緒に黒々とした粘土の層が露出した。

黒鍬の若い衆どもはもちろん、藤右衛門の連れてきた夫丸（ぶまる）のうち壮健な者には、堀底をさらにほじくり鋤（す）き返す役割が課された。ねずみはこれに充当された。身体の小さな弥七は、鋤き返した粘土から、石や木の根っこ、砂などを取り除き堀の上へ搬出する役目である。

汗みどろになって必死に小石を拾い上げながら、ねずみが慣れない大鍬を振るうへっぴり腰を見て笑い、日頃のおしゃべりはどこへやら、ただ黙々と土に向かう藤右衛門の姿を見て楽しんだ。

この鋤き返し作業はほぼ三日のぶっ通しで終了し、弥七らはその場に崩折（くずお）れてしばし眠った。翌日は雨で、彼らは生き返るような心地がした。藤右衛門と源蔵は、空を睨んで苦虫を噛み潰すような顔をしていたが。

次いで床締めの作業に移った。

弥七にはよくわからない黒い粉を地面にぶちまき、平らに均（なら）してから少しだけ湿らせ、黒鍬衆が荷車で運んできた大槌（おおつち）でもって地を叩き、掛け声をかけ合いつつ皆も足を踏みならして地面を固めた。

いつの間にか、藤右衛門が使うあの目つきのきつい小娘が、括り袴姿のまま、男たちに交じり作業に加わっていた。

黒鍬の若造のうちの一人が、大声で調子をつける。

「ここは沓掛、わしらは朽ちかけ」

そーれ、そーれ、と皆が唱和する。

「藤右衛門あんさん、いくらなんでも、そりゃ、でけぬ」

そーれ、そーれ。

「しかしやりゃあさ、ほらきた、ほらきた」

ほーら、ほーら。

難工事に腰の引けていた皆が、今ではゲラゲラと笑い、なんと当の藤右衛門本人も、自分を貶す歌を、皆と同じく楽しそうに放吟していた。弥七はこのとき、目のきつい小娘が笑っているのを初めて見た。

黒鍬による作事の質の高さと進捗の速さの秘訣は、こうした仲間内の共同作業を、身近な祭りのように盛り上げて、目先の重労働の苦痛から解放する工夫を盛り込むことにあるのかもしれなかった。そしてそれはまた、もとはばらばらの出自を持った、黒鍬たちと夫丸たちの連帯感を強くするのにも役立った。

そのうち、話を聞いて地元から駆けつけてきた黒鍬の仲間衆たちも加わり、作業の効率はぐんと増した。

当初は黒鍬のあいだを縫って石拾いをするだけだった弥七も、たまに鍬を振るって大地に突き立てる快感を味わうような余裕すら、出てきた。

作業は当初の源蔵の懸念よりも順調に進み、雨降りの日を除けば、着工から早くも八日程度で完工の目処が見えてきた。いや、これはむしろ源蔵の見立ての通りだったのかもしれない。二、三割は多めに事前申告しておいて、早めに終わらせ、最終段階における雇主の印象を操作する、手練れの手なのかもしれなかった。

床締、地固めのあと、いよいよ最終段階である水入れの工程を迎えた。

数丁先に隣接する勅使池から細い溝が切られ、仕切りが外されると、水が少しずつ堀底に浸潤してきた。

当初はただ地面を湿らせるだけであったが、小半刻（約30分）もすると、徐々に深さのある大小さまざまな水溜りがあちこちに形成されるようになった。やがてそれらは生き物の触手のように伸び、相互につながり、最後は堀底全体を黒い水の層が覆った。濠としてはまだまだ浅いものであったが、この難しい突貫工事が成功裏に終わったことは、誰の目にも明らかであった。

黒鍬たちや夫丸たちは歓声を上げ、見物に出ていた城兵たちや城下の民たちも手を叩いて喜んだ。

ねずみと弥七も空に向かって大声を出し、作事の成功を祝った。

第十一章　英雄の黄昏

外はうららかな小春日和だというのに、奥の書院にはまだ薄く翳（かげ）がさしている。板間の一角に残った冷気の塊が、名残惜しげに彼の膚をさっと撫ぜ、どこかへ消えていく。彼方で木々の枝を跳ねつつ囀（さえず）る小鳥たちの歌が聞こえ、童どもがそのまわりを駆け回り、はしゃぐ声が響く。

憂（う）し。

書院に端座したまま、彼はそう感じた。

わが身のまわりに起こること、関わる人々、聞こえてくる言葉、流れていく風景。そのすべてに意味がなく、味も匂いも彩りもない。ただそれらとつきあうことに、彼は心の芯（しん）から、じわっとした疲れを覚えるのであった。

早く、こんな憂い時は過ぎ去ってしまってほしいのに、去りゆくその時の経過までもが物憂かった。彼の世界は灰色で、彼の心は石のようであった。

彼は誰とも会わず、昨夜からこの書院に籠ったままである。書見台（しょけんだい）の上に綴本（とじぼん）が置いてあるが、彼の目はもちろん文字を追ってはいない。脇には飲みさしの湯呑が置いてあるが、最後にいつ口をつけたかも覚えていない。最後に誰と話をしたかも覚えていない。

名を、佐久間大学允盛重という。

尾張国守護、斯波武衛家の守護代である清洲織田氏の一派で、「弾正忠家」と称される最有力一族の家老格である。しかし今彼の背中は丸く曲がり、かつては理知を感じさせた広めの額は、ずっと下を向いている。半白となった鬢のあたりはまるで手入れされておらず、ふたつ折りの髷は半ばほどけてばらばらになっている。数日も着古した素袍はあちこち皺が寄り、すでにかすかなにおいを放っているが、もちろん彼はそのことに気づいていない。

このとき四十歳を超えたばかり。まだ気力も体力も充実し、名門の家老としての働き旺りであるはずだが、この齢にしてすでに彼の心は冷えきり、身体には、芯から鈍く重い疲れが蓄積されている。

原因は、この十年、際限もなくだらだらと続いた尾張国の内戦である。

弾正忠家は、同じ清洲織田氏の傍流である因幡守家と争い、また岩倉織田氏とも争った。そのたびに同じ国内で血が流れ、同じ家同士で諍いが起こった。

おそらくは、織田氏や斯波氏の勢力を削がんと欲する近隣諸国からの内々の干渉があったであろうし、そもそもの主筋である斯波氏による、織田氏の勢力伸長を牽制する思惑も絡んでいたことであろう。

そしてさらに、その織田氏内部の内訌である。

そこには、外敵に対し一致団結して戦うときの使命感や高揚感はない。

ただ、じとっとした人間同士のいがみ合いと対立、意見の相違、利益の相反、終わりのない足の引っ張り合い。そして、時が経過するとともに深まる溝と、相互の憎しみの連鎖があるばかりだ。

大学允はそうしたことどもに、疲れ果てていた。


かつて彼は若く、覇気に満ち、織田家中で重きをなすという大いなる野心を持って日々の政務、軍務にあたった。

織田の富強を支える津島湊の治安維持を担う奉行職を先代の織田信秀からじきじきに拝命したときには、夜も寝ずに職務に精励し、前任者の時代に少し淀んでいた空気を一掃し綱紀を粛正した。

賂は受けず、そうした打診をしてきた者には重い科を与えた。見せしめのため、かかわる何人かを斬った。容赦なく斬った。女まで斬った。そしてその頸を、ためらわずに辻へと晒した。

そういう自分の行いに、なんら疑問を持つことはなかった。

汚れた皿は、拭かなければならない。しかし拭くのが手間ならいっそ割ってしまい、皿そのものを取り替えた方が早い。

緩みかけていた津島の秩序は最短時間でもとに戻り、大学允は信秀から功を賞され、そのまま彼の息子の織田勘十郎附の家老格へと抜擢された。三十代に届いたばかりの頃である。

勘十郎はまだ元服したてであり、附家老の職掌範囲には彼への教育も含まれていた。織田家中には勘十郎の実兄がいたが、奇矯な振舞いが多く、身勝手で、世継ぎには不向きだとする意見が多かった。いっぽう勘十郎は、大学允の影響で、折り目正しい家中の人望厚い息子に育った。

晩年の信秀は、家中の統制よりも対外戦争、わけても東方国境における今川氏の軍師・太原雪斎との安祥争奪戦に心を奪われていた。相手の優秀さが信秀の闘争心に火をつけ、戦いはすでに国家間の利益を巡るものというより、信秀が自分のすべてを抛ち、自己の存在証明を行なうための個人的事業になってしまっている。

織田家中には、信秀の暴走を止め、織田家内部の地固めを進言しようとする者はいなかった。守護代の奉行格から一代で主家を凌駕し、今や守護をも差し置き実質的に尾張国の王となった信秀は、その存在がひとつの絶対権力であり、織田家は自浄能力を持たなかったのである。

そのため、むしろ絶対権力が活動を止めたとき……すなわち信秀死後に備えた熾烈な権力闘争が陰で始まっていた。信秀の家中序列に対する無関心、その結果といえる勘十郎と兄との無造作な並立状態が、周囲の密やかな疑心と野心を凝集させ、ひとつの恐ろしい火種となりつつあった。

謹直な大学允は、周囲の思惑には構わずひたすら身を粉にして勘十郎の教育と補佐に努めた。しかしそうやって誰の目にも明らかに優れた若者へと成長させることが、逆に勘十郎を権力闘争の黒々とした奈落へ追いやってしまう結果となることに、大学允は思いが至らなかった。

やがて信秀が死ぬと、重しの取れた家中は麻のごとく乱れはじめた。

まず隣国からの働きかけで、鳴海城主・山口教継が背いた。同じ尾張守護代の岩倉織田家との内訌も始まっていた。北方の美濃では斎藤家内部での政変が起こり、兄と気脈を通じていた当主・斎藤道三がその息子に討たれるに及んで、勘十郎を担ぎ、兄に対抗しようとする動きが活発になった。

大学允の見るところ、勘十郎の兄はそれほど馬鹿な男ではなく、彼を打倒しこれに取って代わる試みは無謀である。しかし、家中の動揺と、日々途切れることなく続く周囲からの阿諛追従と謀叛の働きかけに、ついに勘十郎が乗った。

その決意を知り大学允が取った行動は、いち早く兄すなわち織田上総介信長へと意を通じ、自らの主である勘十郎を見捨てることであった。我が身と佐久間の家門を護るためというより、自分の補佐にもかかわらず情勢判断と進退を見誤った勘十郎に対する、大学允なりの叱責という意味合いが多かった。

兄弟の対立は、両者の一千近い手勢を率いた大規模な軍事衝突となり、庄内川沿いの稲生原における野戦にて決着がついた。大学允はこのとき、最前線となった名塚砦をわずかな手勢で守り切り、当初優勢だった勘十郎側の進撃を阻止、鋭鋒の勢いを削ぎ、戦の流れを変えた。その功績は群を抜くものだった。

謀叛が失敗に終わったあと、大学允と、同じ佐久間の一門で信長附の家老を務めていた出羽介信盛とは、共同で勘十郎の助命を願い出て、容れられた。

家中にくすぶる火種が発火し、鬱積した疑心暗鬼と憎悪とが一時的に揮発したこの瞬間を捉えて、度外れた寛大さを示すことが、以降の家中統制に大いに資することになるという大学允の進言は、まだ若い上総介信長に感銘を残したようであった。

勘十郎は助命されたが、この一年後、ひっそりと世を去ることになる。兄に殺されたとも、兄の意向を忖度した誰かに手を下されたとも、当時さまざまに噂されたが、少なくとも言えることは、勘十郎に従い謀叛に参加した多くの織田家中の諸将が、今や、誰も彼の死を悼まなかったということである。

彼らはそんなことよりも、家中における自らの失地回復に必死であった。必死に勤め、上総介に忠誠を誓い、その下知に対しては敏活に反応した。織田家における決定事項の施行の神速ぶりは、そんな彼らの必死さのあらわれであった。

勘十郎の存在は、織田家における過去の負債として、ひっそりと忘れ去られてしまった。

いっぽう、そのような人の世の無常を目にし、心が壊れてしまったのが、他ならぬ大学允であった。

彼は勘十郎とともに過ごした十年の日々を思い返し、自らの行動が、勘十郎を最終的な死に至らしめたことを悔いた。

人の心は移ろいやすく、勘十郎を担ぎ織田家を乗っ取ろうと画策した連中、柴田権六や林新五郎などは、今や上総介に取り入り、その信任を得て家中の柱石となりつつある。

それはまさに大学允本人が上総介に予言したとおりの状況であり、その結果、分裂しかかった尾張はひとつにまとまりつつあるのだが、あまりにもあざとく無慈悲な人の心のありように、大学允は疲れを覚えはじめていた。

もとが一本気でまっすぐな気性の持ち主だったがゆえに、心の柱がぽきりと音を立てて折れたとき、彼の人生は暗転を始めた。

大学允に恩義を感じ、名塚砦での威功を鮮明に記憶している上総介は、引き続き彼を大切に扱い、家中において重用しようとしたが、その好意はむしろ重荷でしかなかった。

すべてが、負の方向に連鎖しはじめた。

彼は臥せりがちになり、日がな一日この書院に引きこもってぼうっとしているようなことも多かった。やがて登城することも稀になり、義理堅い上総介も日々の多忙のなか、大学允の存在を忘れはじめた。

その代りを、同じ佐久間一門の出羽介信盛が埋めた。頭の回転が速く、弁が立ち、すべてにおいて如才がない信盛は、本来は大学允へ向けられるはずの上総介の好意をも合わせた厚遇を受け、家中において、今や筆頭といっても過言ではないくらいの重鎮となっている。

こうして佐久間大学允盛重は、齢四十余にして、過去の存在となってしまった。

大学允は、今日も物憂い想いを抱えたまま、障子に映る、庭木のかすかな影を眺めている。いつの間にか昼近くになっているようだ。

一度だけ家人が朝餉(あさげ)の膳を持ってきたが、食欲がわかず、廊下に置いておくよう障子越しに仕草だけで命じた。おそらく夕方になっても腹はすかず、障子は開けずじまいになり、いずれ同じ家人がそのままになった膳をひっそりと下げにくるであろう。

しかし昼過ぎ、この物憂い書院にわずかばかりの変化があった。障子の向こう側に、女の影が浮かび上がり、大学允に呼びかけた。

「おぬしか」

大学允は、おそらく数日ぶりにまともに口をきいた。

「どうした、三河を巡っているはずであったな」

「そう申してから、すでに十日になります」

　女の影は言った。

「そうか……もう、何日になるかなど、数えておらんでな」

　大学允は天井を見上げて呟いた。

「して、三河の様子はいかがじゃ」

「全般としては静か。しかしながら、飛び地に不穏の動きあり」

　女は、まるで戦場での敵情報告のように言う。

「不穏？　何が不穏じゃ」

「大高、鳴海、沓掛。三城いずれも濠を穿ち櫓を堅め、備えを厳にしておる模様」

「それが、不穏か？」

　大学允は聞いた。

「その三城の者どもにしてみれば、あまりにも当然の備えじゃ。むしろ我らが寄せていくことを惧れてのことと見える」

「それが……」

　女は言葉を継いだ。

「つい先日、松平元康どのが駿府にて今川の大殿と談合に及んだ由にございます。それとともに、にわかに三城の動きが慌ただしくなりました」

「ふむう……」

大学允は考えた。目に少し光が戻ってきている。

「兵粮や弓箭の蓄えは？」

「続々と。大高と鳴海の湊には、堺や西国から目立たぬように一艘ずつ、しかし絶えず船が入ってきております。ゆえに両城の蔵は徐々に満ちてきておるはずでございます。一部は馬匹による輸送で沓掛にも回送され、三城それぞれ削平を広げ堀を深くし、郭の数を増やしておるようでございます」

「兵を新たに雇い入れているか？」

「それは、まだ。どちらかといえば、城の備えを大きくし、蔵や器を大きくせんとしている模様にございます」

「そうか。ここ一年くらいかけて徐々に城域を拡大しようとしているな。しかもそれはまだ中途だ。おぬしはこれをどう観る？」

女の影は、少し逡巡したが、やがて言った。

「少しずつ、目立たぬように備えを堅くしております。我らを刺戟しないよう、さり気なく。斯様な意図が見えまする」

「儂が思うたことと同じだ。だがそれは備えというより、寄せの準備のように思える」

「まだ、兵の数は少のうございます」

「そのとおりだ。だが、駿河から大軍を率いて尾張へ寄せようとするとき、いちばん難渋するのが兵站(へいたん)の維持と給養じゃ。義元はこの点、巧みな将でな。必ず事前に充分な準備をしようとするはず。三城の備えはそのための布石と見た」

「して、義元どのの御心は？」

「わからん。じゃが、いつか寄せてくることは必定じゃ」

大学允は言って、そのまま立ち上がった。

「上総介様に、御注進なさいますか？」

「今か？　いや、まだ早い。寄せてくるまでにはまだ間がある」

「さりとて、お知らせしておくだけでも……」

「殿の覚えがよくなる、か？」

大学允は、笑った。

「そちの気遣いは嬉しいが、儂はもう半分は死んでおるような身だ」

少し背伸びをして、続ける。

「今さらこのようなことで登城するのも面倒じゃ。家中の好奇の目に晒されるでの」

「好奇の目？」

女が、やや鋭い声で聞いた。

「いかにも」

大学允は、あくびをしながら、のんびりとした声で答えた。

「一度病に伏した大学允が、ふたたび上総介さまに胡麻をすり、家中に復帰せんとしておる……このようなことを考える輩が、必ずいる」

「本来、とのは……」

女の影は、言いにくそうに、言った。

「権六様や出羽介様に代わるべきお人。皆そのことを知っております。陰口など意に介すことはございませぬ」

「これは、嬉しいことを言ってくれるの……信盛は身内じゃが、奴をも差し置いて、この儂が織田の政（まつりごと）を差配せいと、おぬしはそう言うのじゃな」

「いえ、そこまでは……女子の身で、差し出がましいことを申しました」

影は障子の向こうで恐懼（きょうく）し平伏した。

大学允は、はっはっはっ、と笑いながら言った。

「戯言（ざれごと）じゃい。気にするな」

障子は開けなかったが、うっすらと映る影に向かって柔らかな眼差しを向けた。

「儂はまだ休む。登城もせぬ。じゃがそちと久しぶりに話せて、嬉しかった……いや、待てよ。最後に人と話したのは、もしかしたら十日前、そちと話して以来のことかもしれぬな」

「そんなに！」

女が驚いた。

「いや、よく覚えておらぬのよ。どうも気鬱の病だけでなく、歳のせいで惚けてしもうたかもしれぬな」

「まだ、四十二でございます」

女はやんわりと叱った。そして言った。

「少しはお元気そうで、何より。これよりまた鳴海のほうに出でて、動きを探って参ります」

影は消えた。

「うむ。ご苦労だの。気をつけて参れ」

大学允はそう言い、立ち上がったまましばしのあいだ引障子のほうを見やった。そして、やがて方角を変えて座り、きちんと両手を合わせ念仏を唱えはじめた。

旧主・織田勘十郎信行に対し、懺悔とともに、その冥福を祈ったのである。

第十二章　沓掛

十三日間にわたる突貫工事のあと、沓掛城本丸を囲む水濠は無事に完成し、源蔵率いる黒鍬衆と、藤右衛門が連れてきた安祥の夫丸たちは、作事奉行からじきじきに嘉賞(かしょう)の言葉を賜り、特別に二の丸広場に足を踏み入れることを許された。

そこは、戦時には武者溜まりとなるべく削平された広大な四角い郭で、周囲に土塁が盛り上がり、その上へさらに柵が植わっていた。郭内に正式な建物はなかったが、小屋掛や板囲いがしつらえられ、さらに大きな桶が吊り下げられた上、下のかまどに薪(たきぎ)をくべて、湯がぐらぐらと煮立っていた。

「皆の衆よ、よう作事に励んでくれた褒美(ほうび)じゃ。もっとも、はじめはどうなるかと思ったがの」

作事を監督した奉行が、ここで刀を抜きかかる仕草をし、そのままじーっと藤右衛門のほうを見た。

藤右衛門は即座に反応し、自分の首に手を当ててまだつながっていることを確認すると、ヒィと声を上げてそのままそっくり返った。皆が爆笑した。

着工前にはあれだけ冷然としていた作事奉行は、工期のあいだにすっかり源蔵や藤右衛門と打ち解けており、今では弥七たちにさえ笑顔を見せるようになっていた。

彼は上機嫌で、煮え立つ湯桶を指さした。

「ご城主さまより特別に、これにて汗を流し疲れを取るがよいとのお言葉じゃ。破格のことであるぞ。皆、ありがたく頂戴(ちょうだい)するとよい」

黒鍬どもは歓声を上げてすぐさま脱衣し、湯桶のなかへ一目散に飛び込んだ。日頃、こういう雇主からの無償の好意に慣れていない夫丸どもは、はじめおろおろしていたが、黒鍬の若者どもに囃し立てられ、やがておずおずと裸になり、あとに続いた。

ねずみと弥七もそのなかに入っていたが、あのじめじめした陰で育った弥七には、温かい湯に漬かるという経験は生まれて初めてである。ふわりと浮きながら茹(ゆ)でられると心持ちがよく、身体が溶けて湯のなかに滲み出すような気さえした。

全員が浸かり終えたあとも、出ては入り、出ては入りを何度も繰り返して、奉行や城方の足軽たちを失笑させた。

やがて日が暮れ、そのまま仮設の小屋掛のなかで酒宴となった。これも城主の好意で酒樽が供され、この城に水濠を巡らせその防御力を比類なきまでに高めた男たちに対する最上級の謝意を示した。

酒宴では、この十三日間の緊張から解放された藤右衛門がしたたかに酔い、顔じゅう皺くちゃにしながら陽気に歌い踊り、車座になった皆を爆笑させた。城方の足軽たちや作事奉行、さらには源蔵やねずみもその輪に加わり、皆で大きな仕事をやり遂げたことを祝った。

湯に浸かったあとの陶然とした心持ちが忘れられず、また呑みつけない酒に飽いた弥七は、小屋掛を一人出て、削平されただだっ広い二の丸の広場を歩いた。

見上げると、まんまるい空に、いっぱいの星々が散らばっている。しばらく前にも、河沿いを歩きながらこんな星空を見上げたことを思い出したが、なんだかそれがとても昔のことのような気がした。

あのときは、いつまで逃げられるか、どこに行けばいいのか、何もわからなかった。ただ仲間を救うための条件反射的な反撃で、数人を礫で撃ち殺し、そのままブエイ様の国に向かって川沿いをねずみと一緒に下ってきただけだ。

蚕小屋のこと、おことのこと。弥七はそして、安祥の邑で自分たちに襲いかかってきた馬上の二人のことを思い出した。あいつらはどうなったんだろう。

やがてここしばらく、まったく夢を見なかったことを思い出した。作事の疲れでそのままますとんと寝てしまい、あとは目覚めるまで弥七の意識は真っ暗なままなのだ。だから、河原で石を投げていたことも、脇で自分を見上げるあの丸い目からも、ひどく遠いところへ来てしまったような気がした。

不意に、涙がこぼれ落ちてきた。

理由は、わからない。

ただ、自分がとても大切なものを失いかけている気がした。

陰から遠く、ひどく遠いところに来てしまった。

あそこへ戻りたいわけではないが、もう戻れないのかもしれないと思うと、弥七はなぜかこの場から駆け出して、どこか知らない別のところに行ってしまいたい気がした。

「なぜ泣いてる？」

突然、声がした。女の声だった。

声の主は見えない。二の丸をぐるりと見渡してみたが、人影はどこにもない。向こうの端っこに先ほどまでいた小屋掛があるばかりだ。その脇には火の消えたかまどと、濠のほうへ湯をぶちまいてごろりと転がされたままの大桶。小屋のなかからはあかりが漏れ、まださんざめく酔漢どもの声がかすかに聞こえる。

弥七は、その声が満天の星から降ってきたのかと思った。周囲を見渡したあと、おそるおそる上を見上げた。

「はっ、はっ、はっ……お空から神様が呼びかけてきたのかぁよ！」

今度は、声の主がわかった。

前方の闇のなか、二の丸の端に盛り上げられた土塁の上で、植えられた太い柵の陰から人の手がひらひらと振られるのが見えた。

そして声の主は顔を見せた。

星あかりに照らされ、弥七はそれが娘であることに気づいた。

「お、おみゃあ……」

弥七は言った。

「藤右衛門にくっついちょう、あの娘ごじゃな」

「そうだ」

弥七たちを安祥から松明の火で導いてきた、あの目のきつい小娘であった。

「こげなところで、何してるがよ?」

弥七は土塁を見上げて尋ねた。

「おまえこそ」

娘は投げ返してきた。

「あっちさ行って、酒でも呷ってきたらどうじゃ? ご城主様じきじきに下される酒なんて、滅多に呑めるもんじゃねえぞ」

「あんなもん、呑めん」

弥七は口を歪めると、ほうっと息をついて言った。

「湯に浸かってるほうがよかったな」

「ははは、そういやおめえ、ずーっと浸かっておったのう」

娘は言った。

「見てたんがよ？」

弥七は、詰問調で聞いた。

「ああ、おめえらの素っ裸、ぜんぶ見た」

娘はいたずらっぽく笑った。笑うと目はきつくなくなり、どことなく愛嬌(あいきょう)を感じさせる顔になる。

「おめえはよ、あっちで酒さ呑まんのか？」

弥七は聞いた。そういえばこの娘も濠の作事で働いたのに、湯には浸かっていなかった。女子だからの恥じらいであろうか。

「馬鹿野郎」

娘は笑った。

「行ったところで、まともに酒なんて呑めねえよ。べろんべろんになった源蔵や藤右衛門どもに、尻さ撫ぜられて終わりだあ」

弥七は笑った。

「そりゃ、そうじゃな。あいつらさっきもひでぇ塩梅(あんばい)じゃったしな。でもよ、だからって一人ぽっちで、こげなとこに座ってることもあるまいよ」

そう言いながら土塁に上がり、娘の隣に腰かけた。

「沓掛の邑が、見下ろせるんだよ」

娘は顎をしゃくった。そのとおり、前方には黒々とした濠が闇のなかに落ち込んでいるが、彼方にはまだぽつぽつと邑のあかりが見える。

「おれは、この景色が好きだぁ」

娘は言い、弥七に笑いかけた。

「あのあかりの下に、人がいる」

弥七は何も言わず、ただじっとこの眺めを見下ろした。

「おめえ、礫投げがうまいんだってな？」

唐突に娘が聞いた。

「お、おう。誰から聞いたよ。藤右衛門が言ってたか？」

「誰でもええ。おれも少しは投げるんだ。投げっこすっか？」

この思いつきに娘は目を輝かせ、まるで幼子のように、弥七の肩を叩いて腰を浮かせた。

弥七は、呆れたように言った。

「こんな、真っ暗闇でかよ。的に当たったかどうかもわからねえ」

「そういや、そうだな」

娘は残念そうに言って、浮かせかけた腰をまた下ろした。

「もっともおれは、石より金具がええ」

「金具？」

「おう。刃のついた金物だよ、礫なんかよりよく飛ぶ」

「そげな危なそうなもの、女子が持つのかよ」

「まあな。普通の女子は持たねえ。おれだけだ。人も殺めることができるけぇの」

娘は黙り、二人のあいだに沈黙が流れた。

やがて娘は言った。

「おもろかっただな。この作事は」

「違（ちげ）えねえ。黒鍬の作事たあ、疲れるが、おもろかったなぁ」

「おれ、あんなに腹の底から笑ったことはねえ。みんなで歌って、声合わせてよ」

娘はどこか遠くの闇を眺めて言った。

「でもよ、これから鳴海に行って、またやるんだろ」

弥七は娘に言ったが、娘は首を振った。

「おれは、もう行かねえ」

「えっ？」

「ここで終わりじゃ。明日、尾張さ帰（けえ）る」

「おみゃ、尾張から来たのか？」

尾張とは、ブエイ様の国だ。目と鼻の先だが、今ここの城とは敵方だ。その程度のことは、弥七にもすぐにわかった。

娘はまたあのきつい目をして言葉を継いだ。

「誰にも言うな。おめえらには何もしないよ。安心しろ」

「どういうことだよ。わからねえ」

「わからねえで、いいよ」

そう言うと、やにわに、弥七の懐に抱きついてきた。

弥七は本能的に引き剥がそうとしたが、娘の腕は、たおやかな水草のように弥七の腰と背中に絡みついて離れなかった。

殺される。

そう思い、弥七は必死で抗った。

娘の細い身体はそれどころかますます柔らかく、しかし強靭に弥七の身体を締め上げていった。しかし苦しさはない。締め上げられているのではなく、弥七は娘に愛撫されていたのだ。

声を上げようとしたが、娘はそれに気づき、ゆっくりと弥七の唇に手を当て、

「何も、言うな」

と囁くと、そのまま自分の唇を弥七のそれに押し当ててきた。

娘の身体はたおやかで、それでいて強靭で、そして温かかった。

「おめえ、いい匂いがするな……そうか、湯に浸かったんだ、あれだけ浸かったんだ。ぽかぽかとして、温けぇ」

娘はうっとりとした顔でそう言うと、弥七の腰帯を解き、そのまますするすると衣を剥いでいった。

弥七は、娘のなすがままになった。

身の危険などないことがわかった。甘美な思いが胸を満たした。

一瞬だけ脳裏の、あの丸い、くりっとした両の目が自分を見上げている気がしたが、それもすぐに消えた。満天の星が、睦み合う二人の姿を見下ろしていた。

すべてを終えたあと、柵の太い柱の陰で抱き合ったままの二人はポツリ、ポツリと言葉を交わした。

「おれはこのまま、夜が明けきらんうちに、消えるよ」

「藤右衛門は、知ってんのか？」

「いちいち言うてはいねえ。だが、あいつもわかる。何も言わねえよ」

「おみゃあ、何者なんよ？」

娘は笑って答えなかった。しかし、こう言った。

「藤右衛門はよ。こわいぞ」

「なに？」

「おめえ、鳴海には行かねえほうがええ。なんか起こるよ」

「どういうことだよ」

弥七は、困り果てて尋ねた。

「ぜんぜん、わからねえ」

「巻き込まれるよ……で、たぶん、死ぬよ」

娘は、真剣なおももちでそう言った。

「おめえとは、ここで、こうして睦み合った仲だ」

弥七から身体を離し、衣を手繰り寄せて、自分の身体を隠して言った。

「まさかよ、あの話、信じてるんじゃあるめえな？」

不思議そうな顔をする弥七に、畳みかける。

「六つ指のしてた話、だよ」

ムツと途中まで聞いて、弥七はびくっとした。ムツとは呼ぶな。そう藤右衛門から厳しく申し渡されていたが、娘がそのことを知っているのかと思ったのだ。

しかし弥七に何も言わせず、娘は一気にまくしたてた。

「おれが取ってきたっちゅう、この作事のことだ。たしかにあの奉行から言われて、すぐに六つ指に伝えたよ。水を張るんだと、しっかと伝えた。それがよ……黒鍬の源蔵に、空堀を掘るとか、あいつが間違えて別の奴に伝えさせたんじゃろ。おかしいと思わねえか？」

　あのきつい目に戻り、弥七を睨みつけた。

「濠を張るって、最初から言うといた。作事代金はそっちのほうが何倍にもなる。水を扱うのは難しいけえの。で、抜け目のねえあいつが、そこんとこを間違えるわけはねえ」

「どういうこったよ」

　弥七は、困ったように言ったが、娘の言うことはよく理解できた。

「わざとだよ」

　娘は言った。

「わざと間違（まちげ）えて、黒鍬には空堀の作事だと思わせたんだ」

　弥七が目を剥いた。娘は言葉を継いだ。

「たぶん、わけはふたつあるな。ひとつはてめえを間抜けに見せるためよ。人に用心されねえようにな。あいつ、人前じゃ皺くちゃだらけの笑みを振りまいちょうが、一人しかおらんときはぜってぇに笑ってねえ。おれの前でもそうだ」

　わかるか？　とばかりに弥七に目配せをした。

「もうひとつは、噂にするためよ。口入屋の差配の手違いで、急いで難しい作事をやらにゃあならなくなったが、無事に終わらせた。ご城主様にも褒められた。こうして黒鍬の源蔵の噂が高まりゃ、別のお城の作事も、もっと難しいもんをやらそうとして、いろンなところから話がくるじゃろ」

「なんとなく、わかった。ムツ……いや藤右衛門は、いつも口癖のように、ここじゃ、ここじゃ言うて頭のいいのをひけらかせちょう」

頭を指でつついた。

「あほ。そげな軽い話ではねえ！」

娘は、弥七を叱りつけた。

「わからねえか？　噂が高まりゃ、それだけお城の奥深くを大手を振って造作できる、ってことじゃ」

「奥深く？」

「そうじゃ。あいつはよ、鳴海のお城のなかに近寄りたいんだよ。それもこンな武者溜まりとか二の丸どころじゃねえ、ご城主様のいる、本丸に近づきてぇんだよ」

娘は衣を直し終えて、立ち上がった。

「だからおめえも、鳴海には行かぬほうがええぞ。きっと、なんか起こる」

弥七がきょとんとしていると、寂しそうに言葉をつなげた。

「でも、な。きっと行くんだな……おれにはわかる。あの、ねずみとかいう野郎と一緒に、地獄まで一緒に行くんだろうな。止められねえ。おれにはわかる」

そう言うと、やにわに身を翻し、目にも止まらぬ速さで闇のなかに姿を没した。

まだ裸身のままの弥七は、立ち上がる暇もなかった。

娘の姿は消えたが、あとにこう声が聞こえた。

「おめえ、いい匂いがしたよ……じゃあ、な」

第十三章　鳴海

鳴海に行ったら……という娘の懸念は、幸いにもそのあとしばらく実現することはなかった。

沓掛城における難工事を、きわめて短い時間で仕上げた黒鍬の源蔵の名は、近在の国人や土豪のあいだで否が応でも高まり、水入れ前の沓掛の堀端にすら早くも他所の城や砦からの使者が顔を覗かせる始末だった。

藤右衛門は、人を介した連絡でしきりに鳴海城と折衝し、先に周辺の作事を片づけてから向かうことへの同意を得た。

通常、硬直した発注しかできない武家の作事にあって、これは珍しいことである。それだけ、鳴海の山口氏が海浜に面した邑の領主らしい柔軟な思考を持っているとも言える。だが、もしかしたらそれは、より高次の地位にいる者からの指令で、鳴海のみならずこの今川氏の「飛び地」全般の人心収攬、防御力の総合的な強靭化を意図したものであるのかもしれなかった。

源蔵と藤右衛門は、請われるまま池鯉鮒や刈谷といった近在の土豪たちが拠る城館や砦を補修し、わずかな工数の投下で最大限の利益を得た。

沓掛に来た当初は緊張していた源蔵と藤右衛門の仲は好転し、黒鍬の一団はどこへ行っても破格のもてなしを受けた。また藤右衛門は意外なことに、自らはあまりがめつく利幅を搾取することなく、配下の夫丸や人足どもへ気前よく賃銭を支払い、ねずみと弥七もその余得にあずかった。

ねずみは素直である。以前はちょくちょく漏らしていた藤右衛門に対する悪口を、まったく口にしなくなった。

もちろん、陰では考えられなかったような生まれて初めての満ち足りた日々を満喫していた弥七としても、あの夜に聞いた「藤右衛門から離れよ」という娘からの警告を、真に受ける気持ちは薄れていた。

そうしてまたたく間にふた月が過ぎ、弥七とねずみは、以前のような流浪の河原者ではなく、または臨時に駆り集められた人足でもなく、いっぱしの黒鍬衆としての技能や経験を身につけつつあった。

二人は作事においては常に冷静であり、次に何が起こるのか、それまでの濃密な経験から正確に予測することができた。また、作事の内容と使える人手の質や量から、瞬時に正確な工期の見積もりを言い当てることができるようになった。一見無理と思えるような施主からの依頼にも、必ずなんらかの対案を出して、定められた工期までに約定どおりの結果を残した。

その多くは、源蔵を脇で見てただ彼の技能を真似ただけのものであったが、作事の一部については、弥七やねずみが新たに知恵を出すこともあった。源蔵は良い意見については、何も言わずに採用した。

二名の技能が短期間にこれだけ向上したのは、やはり帰るところのない彼らが日々必ずなんらかの作事に関わって経験を積み、貪欲に知識を吸収していたからという理由が大きかった。

他の人足どもは、目先の賃銭を手にするとにわかに労働意欲を失い、作事現場を離れる者が多かった。彼らには目に見えぬ自らの未来よりも、今日現在の享楽のほうが重要である。

また黒鍬の若衆たちはといえば、皆歩いて数日で戻れる郷里に田畑を持っており、そちらの農事の都合で、頻繁に行きつ戻りつを繰り返さなければならなかった。

そんなわけで、常に自分の側にいるねずみと弥七は、今や源蔵にとってなくてはならない配下であるといってよかった。二人が何か訳ありであることは察していた。が、ここでは過去のことはあまり意味を持たない。彼らは今現在この緊迫した国境地帯における危険な荒仕事を迅速に、そして確実にやり遂げるため、欠かせない存在なのである。

藤右衛門は、沓掛での水濠造りでは先頭に立って汗をかいたものの、そのあとの作事の現場にはまるで入ってこなくなった。

例の娘がいきなり消えてしまったため、多方面との交渉や臨時の雇人の駆り集めを、仕方なく一人で行なっているようであった。

ひとつ着工すると、そのままどこかへ消える。見積もった期日がくるとひょっこりと現れ、作事代金を施主から受け取り、連れてきた新たな人足や夫丸をねずみたちに託し、皺だらけの笑顔で何か卑猥な冗談をひとつふたつ飛ばして、また消えてしまう。

そんな藤右衛門がある日いきなり現れて、弥七とねずみに言った。

「さあよ、とうとう、行くでよ」

「どこへだ？」

ねずみが聞くと、

「時が満ちたンだよ……鳴海だ、鳴海に行くんだ」

と、謎のようなことを言った。

最近、さまざまな相手との会話でうんと語彙を増やしていた弥七は、「時が満ちる」を、「潮が満ちる」とかけた洒落であるらしいことをかろうじて察した。鳴海は、その名が物語るとおり伊勢湾の波の音を城の背後に聞くことができるような海沿いの土地である。が、この際に「時が満ちる」は、なんだか似つかわしくない言葉であるような気もした。


ちょうど作事は一段落しており、彼らはすぐに荷をまとめ、数台の荷車を曳いて移動を始めた。

土地に詳しいねずみが、いつの間にか藤右衛門や源蔵を差し置いて先頭に立ち、この隊列を率いるようになっていた。かつて盗人としてこのあたり一帯の山野を駆けていたことのある彼は、鳴海まではほぼ二日の行程だが、とっておきの近道がある、と弥七にそっと耳打ちした。

「翳道というてな。わしらのような盗人が使う裏道だ。十年前、大学の屋敷から逃げたとき、夜通しずっとこの道を走ったよ。大学の飼ってる忍びどもに追われてな。怖かったよ。だが今度は逆さまじゃ。黒鍬者として堂々と、この道を通れる」

あたりはすっかり初夏の気候となり、うっすらと熱気を帯びた風が、一行の行く手から吹きつけてくる。

道端にはいろとりどりの花が咲き、羽虫が音を立ててその蜜を吸っていた。

彼方には、遠くの空を背景にもくもくと白い雲が盛り上がり、烈(つよ)い日の光が降り注ぎ、地上の万物にまんべんなく初夏の精気をわけ与えている。

行く手の視界を遮って、濃い緑と黒い闇とで構成された丸い小山が横たわり、その少し向こうには、黄緑色の小丘の上に植わった木々が、燃え立つように枝と葉とを宙に向かって翳(かざ)しているのが見える。

路は上り下りを繰り返しながら、そうしたさまざまな山や森や丘のあいだを縫って進む。一行は小川のせせらぎにぶつかるとそのたびごとに小休止を繰り返し、夕暮れ前には、丘と丘とに挟まれた、だだっ広い谷間に差しかかった。

「おぅい、そろそろ、休もうぜぇ」

列の後ろのほうにいた藤右衛門が、先頭を行くねずみに大声で呼びかけてきた。

「こんなサシバ道じゃ、上り下りがきつうてかなわん。もっとええ道があるじゃろうがよ！」

「もとは百姓のおみゃあさんが、そんな言葉知っとるだか？」

ねずみは、藤右衛門の希望を汲み調子を合わせて笑い、周囲を見渡してから頷き、号令をかけた。

「よっしゃ。暗くなる前にもうひとつ丘さ越えるけ、ほんの少しだけ休めぇ」

手拭いで汗を拭きながら、源蔵はねずみに質した。

「それにしてもよ、ほんまにこれが近道なんか？」

「おうよ、近道に違ぇねえ。こん道さ知ってる奴は、そうはいねぇ」

ねずみは胸を張った。

「これは、翳道じゃ。さしばっちゅうのは天子様にお付きの者がかざす大団扇のことでよ。陽の当たらぬこの道にぴったりの名じゃろ？　わしのような穢れた連中だけが使う裏道でよ、歩き巫女やら遊女やら、訳ありどもが夜中にこそっと土地を移りたいときに使うんよ」

「黒鍬でも使わんな、こげな狭い道は。たしかに、昼でもまるで陽が当たらん。ここだけは違うがよ」

源蔵は、大きく開けた周囲の地形を見渡しつつ言った。

「意外に踏み固められてて、通りやすいじゃろ？　道のはじまりとおわりがわかりにくいけど、それは、わざとそう道をつけているんだ。もちろん、他にもっと道はあるのよ。このあたりゃ、ウネウネしとるけ。太いだけなら、街道筋を行けばええ。だがよ」

「うン？」

源蔵は先を促した。

「あの荷車さ。あれを押して、曳いて、この上り下りのきついとこを行くにゃあ、この道がいちばん楽だ」

「そうけぇ。ま、おみゃあに任せらあ」

源蔵はそれきり黙った。

「ここは、なんというところよ？」

弥七が聞いた。

「土地の者は、はざま、と呼んじょる。狭間じゃな」

「こんな、広けぇ谷間じゃけどな……はざま、なんか？」

「そんとおりじゃ。ここなら千やら万やらの軍勢でも、苦もなく通れそうだよな」

ねずみはそう軽口を叩いた。東方からの軍事侵攻が近いという噂を、これまで沓掛の周辺でさんざん聞かされてきたからである。

大軍なら、徒歩（かち）の兵だけでなく、騎馬兵や大勢の輜重（しちょう）（輸送）隊を伴うであろう。そして彼らはおそらく、今の我らの数百倍もの荷車を曳いてくるに違いない。ならば街道筋ではなく、こちらを通ったほうが楽なのに……。ねずみは、彼とたいして変わらぬ身分の輜重兵や夫丸たちのことを思った。

しかしねずみは、次の瞬間にはそのことをぜんぶ忘れていた。

張りのある声で、テキパキと指示を出した。

「さぁさ、皆、尻(けつ)さ上げろ！　日暮れまでに、もうひとつ丘さ越えるぞ！」

一行は、狭間をまたゆっくりと進みはじめた。

＊

その頃、彼らの行き先である鳴海の城の本丸御殿では、城主である山口教継・教吉(のりよし)親子と、今川氏の重臣、岡部元信(もとのぶ)が、それぞれ数名の腹心を伴って協議に臨んでいた。

岡部は今川家中でも、朝比奈泰朝(やすとも)と並びもっとも勇名を謳(うた)われる前線指揮官である。今川軍団の先手衆(さきてしゅう)として戦場を駆けはや二十数年。その声望と実戦経験においては、最近の代替わりで家を受け継いだばかりの若い朝比奈を、まだ遥かに凌駕(りょうが)しているといってよい。

彼は、山口教継が今川方に帰順してのち、鳴海への在番と称してここに詰めており、山口親子の上位指揮官として君臨している。尾張に張り出した鳴海・大高・沓掛三城を結ぶ「飛び地」の三角地帯は、事実上、元信のものであるといっても過言ではなかった。

だが彼は努めて表には出ず、さりとて裏ですべてを差配するようなこともしない。この地を統治するのは、累代にわたり地侍や土民たちの支持を得てきた山口であり、今川ではないということを、内外に態度で示していた。

「飛び地」の政治的独立性を演出することで、軍事的な緊張を緩和する知恵である。そしてそれは、今川がまだあからさまに尾張への侵攻を策しているわけではないという意思を、暗黙のうちに敵味方へ伝える効果をも持っていた。

よって元信は、何かあるごとに山口教継へ相談し、その事前の合意を得るよう努めていた。鳴海周辺の統治に際しては、息子の教吉を立てる。

現に今も上座には親子が座り、岡部とその一党は彼らの脇に控え、あくまで親子の補佐役としての位置づけを明確にしていた。

「左馬之助さま」

元信が、丁寧に教継へ呼びかけた。

「何か、さし迫った儀がおありであるとか」

「わざわざのお運び、痛み入る」

教継が頭を下げ、続けた。

「大殿さまにおかれましては、当地、尾州へ近々お入りいただけるとのこと、誠に慶賀の至りでございます」

元信はにこやかに頷き、ただ目配せだけして先を促した。

「それに備え諸城の作事を行なっておりますが、なるべく目立たぬようにとの丹波守さまのご指南、これが、行なうになかなか難しく」

丹波守とは、岡部元信の通名である。

「難しいとは？」

「それが……配下の諸城のあるじどもには、丹波守さまの深い御心までは伝え切れませぬゆえ、ひとつが堀を深くすれば、隣も負けじと他の作事に走り、そうしたことが次々と」

「つど、左馬之助さま、そして九郎（くろう）さまが、止めよ進めよと指示なされればよいこと。違いますかな？」

「はっ。仰せのとおり」

教継は認めた。

「さりとて、皆々、今川さまの飛び地のなかにて不安になっており、一城が何かことをなすと、我も我もと相争うように」

「ふむう」

元信は、顎に手をやって考え込んだ。

「それは困りましたな。この情勢ゆえ、ご配下の諸城の不安は至極当然。備えを固めたくなるのも自然なこと。ただ、あまりあからさまにそちこちで作事ばかりとなると、織田に気取（けど）られます」

「まさに」

教継は言った。

息子の教吉がおずおずと口を挟んだ。

「現に、この城にても」

目を丸くする元信を見やり、続けた。

「汐風で朽ちかけた櫓の建替えを行ないます」

「それは、聞いておりませなんだ」

元信は、わずかに苛立ちを示して言った。

「申し訳ございませぬ。城の作事はわが職掌ゆえ、ご多忙の御身を煩わせてはと」

教吉は、やにわに上座から平伏した。

「いや、いや」

元信はすぐに機嫌を直し、鷹揚に構えてから言った。

「どうか、お直りくだされい。九郎どのの御心づかい、この老身には、逆にまこと嬉しゅうございまする」

老練な元信は、教吉とほとんど同時に、隣の教継もがばと平伏するのを見逃さなかった。おそらく若い教吉の先走りを教継もつい最近知り、一刻も早く弁明させたいとの親心で、他の諸城のことなどを言いつのったのであろう。それならばこれ以上叱っても仕方がない。

「して、その作事は、いつから?」

「はっ……実は、すでに作事にあたる黒鍬者の一隊が、今日明日にも城下に着到するものと聞いておりまする。先頃、沓掛の堀に水を入れた者どもで、黒鍬のなかでも腕は最上、と」

教吉が答えた。

「なるほど、さすがは若君。ご手配が早く感じ入ります。老いたる我が身ではこうは参りませぬ。のう、皆の衆」

そう言って自分の一党を振り返った。皆は調子を合わせて少し笑った。

「して、建替えられる櫓は、何本ほど？」

「坤、乾、卯、しめて三本にございます」

「海に面した二本と、陸側を見張る一本、ですな。これは大掛かり」

「もちろんのこと、作事は少しずつ時をかけ、一本また一本と。数カ月にわたることになり申そうが、さほど目立たず、比類なき堅城に替えることができ申そう」

教継が言い添えた。

「すでに黒鍬どもの世話役と約定を交わしており、少しばかり手付も渡しておりまする。腕がよいゆえ、ご領内のあちこちから声がかかる者のようで」

教吉は、言いにくそうに言った。

「決まってしまったものは、仕方がありません。またそれをお決めになるのは、ご城主たる九郎さま」

元信は納得したように言ったが、こうも言い添えた。

「されど……ご油断めされるな。黒鍬ども、他国の夫丸どものあいだに、よからぬ間者(かんじゃ)など紛れ込んでいるやもしれませぬ。特に、櫓の作事は御城の大事。その者ども、よくよく吟味され、常に目配りされることこそ肝要ですぞ」

「ははーっ」

親子は上座からまた平伏し、そのままいつまでも顔を上げなかった。

脇座の元信が、状況をどのように駿府に知らせるかを考えはじめ、直るように言うのをしばらく忘れていたからである。

どこか奇妙な城には、違いなかった。

第十四章　金蔵

六つ指の藤右衛門が、ついに、その地金(じがね)を出した。

鳴海での作事が始まって早や一カ月が過ぎようとしていた頃、例によって現場からしばらく姿を消していた彼は、いきなり、ふらりと戻ってきた。脇には、以前にいた目のきつい小娘とは似ても似つかぬ、小太りで額にひどく大きな瘤の突き出た男を伴っていた。

「甚介、だよ。仲良うやってくれろ」

いつものとおりそう紹介して身柄をねずみと弥七に託したが、藤右衛門は浮かぬ顔で、お得意の猥雑な冗談口をきかない。

「どうしたんだあ、おまえさんらしくもない」

最近すっかり藤右衛門に対する当たりが柔らかくなったねずみが気遣った。

「いや、よ。すっかり、こう、気が塞いでな」

藤右衛門は、およそ彼に似つかわしくないことを言った。

理由がわかったのは、その日の夜である。

藤右衛門は、ねずみと弥七を呼び、

「甚介の身元は破れなかったかよ？」

と聞いた。

「大高の湊から来た漁師くずれだろ？　てめえでそう言ってた」

ねずみが答えると、藤右衛門は陰気な声で言った。

「違うよ。今川のお侍はそれで収まったかよ、っちゅうこっちゃ」

「なして、そげなこと」

ねずみは訝しむも、

「ああ、べつに怪しんだりはしてなかったがよ」

と答えた。

この城に彼らが到着する前々日、城代・岡部元信が本丸御殿で表明した懸念を受け、作事にあたる黒鍬者や夫丸どもに対する城方の詮議が、にわかに厳しくなった。大手口の櫓門をくぐるなり、番兵たちから槍をつきつけられ強制的に半裸にさせられ、荷を調べられ、一人ひとり番舎に呼び入れられては、こと細かに生まれや育ち、この一隊に加わった経緯などを尋ねられた。

幸いにも、ねずみと弥七には回ってきた順番が遅かったため、なかで何を聞かれるかをあらかじめ知ることができた。二人は藤右衛門と慌てて口裏を合わせ、陰のことや村のことには触れず、安祥で生まれ育った下人ということにし、この危機を乗り切った。もとは三顧の礼をもって招請されたにもかかわらず、打って変わったこの強圧的な扱いに源蔵は立腹し、そのまま荷をまとめて帰ろうとすらしたが、藤右衛門とねずみがそれを宥めた。

鳴海での作事の依頼は、おそらく三月以上にわたる大掛かりなもので、得られる利得もはかりしれない。源蔵も最終的には納得し、矛を収め、あとは無言で作事の指揮に専念するようになった。

それからひと月。沓掛のときとは似ても似つかぬ緊張を孕んだ雰囲気のなか、なんとか予定通りに作事は進んでいた。

そして同じように、厳しい口頭の詮議が新参の甚介に対しても行なわれた。彼の申告と、別に呼ばれた藤右衛門の証言に食い違いがないこと、さらに大高の湊に関するいくつかの問い（港湾の形状、目印、地名や地元の名士の通称など）に対する甚介の答えが、同郷の他の侍のそれと大きく食い違わないことが確認され、やっと作事に加わることが許された。

詮議にはまるまる一刻（約2時間）を要し、つい先ほど終わったばかりである。疲れ果てた甚介は、まだ明るいうちから、門内の離れで持参した壺酒をかっ食らって寝てしまった。

夫丸どもの束ね役となっていたねずみは、櫓門を預かる奉行から甚介の城内への出入りを許可する印判を貰ってきたばかりであった。

藤右衛門は、それを聞くと、

「よっしゃ！」

と突然、弾んだ声を出し、

「じゃ、よ。うらたち四人で、やったるがよ」

と言った。

「何を……何をやるだよ？」

弥七が聞くと、

「櫓だよ」

と藤右衛門が言った。

「櫓に、忍び込むんだよ」

「は？　おみゃあ、何を言うとるが。櫓なら毎日、なかに入っちょうよ」

ねずみが言う。

「今、乾櫓（いぬいやぐら）の作事のまっ最中だ」

久しぶりに戻ってきた藤右衛門が、進捗状況を把握していないと思ったらしかった。

「違うわ」

藤右衛門は、吐き捨てるように言う。

「目当ては、月見櫓（つきみやぐら）よ」

そして、睨（ね）めつけるような目で弥七とねずみの顔を交互に覗き込んだ。

「あそこにはな、地面の下に隠し部屋がある」

「隠し部屋？」

弥七が聞き返した。

「聞いたこともねえ。なんの話だよ」

思いもよらぬ話に、ただ呆然としていた。

この城の西面は、崖下に開けた伊勢湾の荒磯を天然の防壁とし、そちら側の防備は薄い。ただし湾内の船の行き来を監視するため、高く望楼式になった隅櫓が両の端に建てられ、海を睨んでいる。

戦闘拠点としての利用は考慮されていなかったため、剥き出しの柱材を組んだだけの簡易な構造であったが、数十年も汐風に晒され続け、木質の劣化が激しかった。

よって、この際に柱穴から穿ち直し、四囲を強固な板壁で囲った上、防火・防錆のための化粧をし直す作事が進んでいる。

ただし両の櫓のあいだに、月見櫓と呼ばれる三層の櫓が鎮座しており、守城の折、追い詰められた際の最終防衛拠点として重厚なしつらえがなされていた。こちらは平素、城主の山口教吉が一族とともに起居しているため、手入れや警備も行き届き、今回の源蔵たちの作事の予定には入っていない。

藤右衛門は、ここに忍び込むと言う。

「おみゃあ、へんな酒でも呑んだのか？　いったい何を言うちょる？」

ねずみが、正気を疑うような口調で藤右衛門を難詰した。

「あンなとこ、忍び込めるわけがなかろう。第一、なぜわざわざ……」

皆まで言わせず、藤右衛門は六指で制した。

「それじゃ」

人差し指、ないし第二の親指で宙をなぞる。

「わざわざ、なぜやるのか。教えちゃろう」

「おう、言うてみいや。わかるように言うてみい！」

ねずみは、久しぶりに喧嘩腰である。

藤右衛門は笑った。

「源蔵がよ、わしらを裏切りおったのじゃ」

「なに？」

「あいつがよ、知らんうちに駿府の今川の殿様とわたりをつけちょう。ここの作事を終わらせたあと、そのまま駿府さ行ってあちらのお抱えになる、そう話をつけおった」

「源蔵が？」

弥七は、あっけに取られて聞いた。

「いつの間に、そンな遠くに行ったよ。毎日うらと一緒におるぞ」

「あほ。あっちから使者が来るんじゃ。なんでも、今川の殿様から破格の見返りを貰うらしいぞ」

たしかに、この城と外部との使者の往来は頻繁である。

多くは海路で湊に到着するが、なかには陸路を馬で走ってくる使者もある。それらの行き来は日頃から弥七も見慣れていた。櫓門ですれ違うことすらある。

「ところがよ」

藤右衛門は言った。

「条件がついちょる。わかるか？　ここの作事が終わったあと、不首尾があるとかなんとか難癖つけて、奴ら、銭をまるで払わんつもりよ」

「なんじゃ、そりゃ？」

弥七とねずみは、同時に立ち尽くした。

「ほんまのこっちゃ。源蔵は、黒鍬の棟梁の座を捨てて駿府に行くけぇ、もう不首尾があろうが黒鍬の名に傷がつこうが、知ったことじゃねえ」

「そげな、阿呆なことがあるか。まさかあの源蔵が」

「ほんまにお人好しじゃな、おみゃあは……陰にいた頃から、まるで変わらん」

憐れむようにねずみを見て、藤右衛門は言った。

「源蔵が、銭に吝い気質なのは、知っちょろうが」

「ま、あ……それは違えねえ。でもな。あの源蔵がわしらを見捨てるとは思えぬわい」

「そげに人が好いから、陰からいつまでも出られんのよ、おみゃあは！」

藤右衛門は、とうとう言った。

「人なんて、そげなもんよ。源蔵も銭になるうちゃあ、皆と仲良うする。じゃが、皆を捨てて駿府に走りその何倍もの見返りを貰えるということなら、捨てるよ」

「いったい、誰に聞いた？　そげな話よ」

「あほ。この口入屋の藤右衛門さまの地獄耳を知らんか……うりゃ、ここらあたりの宿場やご城下やお寺さんや、どこでも知り合いがおるで。あちこちでもう噂になっちょう」

「まだ、信じられんわ」

　ねずみは、考え込むように言った。

「信じんでもええわ。じゃが、おみゃあらには、もっと言っとくことがある」

「なんじゃ？」

　弥七がつりこまれて聞くと、藤右衛門は同情するかのような目つきで二人に言った。

「おみゃあらの、これまでの悪事な。河原で百姓さ打ち殺したこと、安祥で追っかけてきた村のもんを襲ったこと……源蔵は、みんな知っちょる」

「なんだよ、それ」

「考えろ。ここさ使って、考えろ！」

　頭を指でつついた。

「おみゃあら、売られるぞ。ここにいたらな」

　ぼうっと立つ二人に、さらに浴びせかけた。

「わかるか？　今川に突き出されて、頸さ、ちょん切られるぞ、おみゃあら！」

弥七は、目の前が真っ暗になった。

陰を出て数カ月。だんだんと暖かくなってくる季節の風とともに運命は好転し、穏やかで、楽しく満ち足りた日々を送ってきたが、それが突然、粉々に砕けた。

またも、追われる身である。

しかも今度は、どこにも逃げ場がない。現在いるのが海辺なだけに、弥七は余計に追い詰められた気がした。

なぜか知らないが、弥七の脳裏ではそのとき、しばらく見ることのなかったあのふたつの黒い、丸い目が自分を見上げていた。

あの目はもしかしたら、自分の妹などではなく、自分に憑いた死神か何かの目なのかもしれなかった。

「ちょ、ちょっと待てやい」

ねずみの声に、弥七は我に返った。

「で、よ……それがほんまのこっちゃとして、なぜに櫓に忍び込むんよ？」

しごく当然の疑問を出した。

「おう、その話よ」

藤右衛門もまじめな顔で受ける。

「この山口さまのご領内はよ、もとはといえば、織田さまのもンじゃ」

「うむ。十年前に今川さまについた」

「そうよ。じゃがな、ご領内の年貢や段銭、湊やらなにやらの冥加金、それがどこに行っちょう、話じゃ」

「駿府や岡崎じゃねえのか？」

ねずみが言うと、藤右衛門は首を振った。

「違う。運び出せねえんだよ。陸は織田さまの関所で塞がれちょう。海は海でよ、それとなく織田方に味方する海賊衆なんかが目を光らせちょる」

「へえ！」

これまで、そんなことを考えたこともない弥七が、思わず声を上げた。

「で、よ。山口さまは、それをことごとく銭に替えて、月見櫓の地面の下にある隠し部屋にたんと溜め込んでらっしゃるのよ」

「そんなこと、にわかに信じられるかよ」

ねずみは、なおも抗った。

「あの櫓に荷駄が運び込まれるとこなんざ、見たこともねえ」

「あほ。おみゃあのような、余所者の夫丸が見てる横で、運び入れるわけがなかろ！真夜中、ひっそりとやっとんのよ。磯のどっかに、誰も知らねえ船着場があるっちゅう噂もある」

藤右衛門は、黙ってしまった二人を見ながら、なおも続けた。

「うらはよ、とにかく、源蔵と今川のやりようが許せねえ。だからよ、櫓に忍び込んで、銭箱のふたつみっつかっぱらって、それでおさらばする肚よ」

「でもな」

ねずみが、落ち着きを取り戻して言った。

「あの櫓は、手強いぞ。昼も夜も、番卒どもが交代で見張りをしちょう。櫓の前の広場なんざ、夜も篝火で真昼のようじゃ」

「ひ、ひ、ひ……」

藤右衛門は、久しぶりに下卑た笑いをもらして言った。

「さすがじゃ！　弥七、見ろやい！　昔、津島湊を荒らしたねずみ様のお出ましじゃ。陰にずっとおって、盗みの腕もなまってしまっちょると思ってたが、やっぱり盗人は盗人じゃな」

「その盗人がよ、あそこは無理じゃと言うとるが！」

ねずみは怒鳴った。しかし藤右衛門は泰然としたまま、答えた。

「そこで、あの瘤付きの甚介さまよ」

ニヤリと笑う。

「うらが、拾ってきただよ……ありゃあ、もとは甲賀の忍びじゃ」

「忍び？」

弥七はこの数カ月で、忍びのことを少しは聞いていた。しかし、あの風采のあがらぬ小太りな男は、話に聞いた忍びのようにはとても見えない。

「あれがか？　どう見てもそうは見えねえ」

ねずみも、まったく同じことを口にした。

「おみゃあら、本物の忍びを見たことなど、あんめえ」

藤右衛門は手を振り、

「ありゃあ、その本物だぞ。奴はこの城の裏手の荒磯を、海から素手で渡ってこれる」

「なんだと！　ぜってぇに、無理じゃ」

ねずみは叫んだ。藤右衛門は声を抑えろというように手でねずみを制した。

「酒かっ食らって、寝てしもうたろ？」

弥七が聞くと、藤右衛門はニヤリとして言った。

「あれは、ふりじゃ……寝てしもうたふりをして、今はもう、磯の先のほうにとりついちょる」

「なんだと！」

弥七とねずみは同時に叫んだ。

藤右衛門は、愉快そうに言った。

「おうよ。もう、始まっちょう。おみゃあらも、とっくに巻き込まれちょる」

はっはっはっ、と呵々大笑し、続けた。

「ともかくよ、うらを信じろ。うらについてくりゃあ、必ず、たんと銭箱さ抱えてこの城を逃げ出せるからよ。そんでそのあとは……どこへでも行って、富貴の身よ。考えてもみぃ、河原者の三人がよ、ふンぞり返ったお城の殿様さ、ぎゃふんと言わせてやるんだ。こんなおもしれぇ話は、世の中ちょっとあるめぇよ」

第十五章　豹変

藤右衛門が語った計画は、次のようなものであった。

まず甚介が門内に入り、そこで寝入ったふりをして、警戒が緩むのを待つ。

次に、夜の闇に紛れて城脇の傾斜から波打ち際に下り、そこからあえて磯の先まで回り込み、素手で黒々とした磯の巌をかい潜って、波打ち際の崖を攀じのぼる。

門外からは、脇道に厳重な監視の目があり崖まで回り込めない。しかし一度門内に入れば、そこから外に出ることは比較的簡単なので、甲賀の忍びの技なら、進むになんら問題はない。

そもそも城内に入った曲者がいったん外に出て、しかも常人には通過不可能な磯に回り込むなど、誰も想定していない。

肝心の月見櫓も、陸地側からの侵入に対しては番卒を配し厳重に警戒しているものの、海側からのそれに対しては想定外である。

しかも両脇に聳える二本の高櫓のうち一本は作事中で、もう一本の不寝番も遥か彼方の沖のほうに気を取られているであろう。

磯を潜り崖を這いのぼった甚介は、海側から櫓のたもとに潜入し、前庭を警戒している歩哨二名を背後から打ち倒し、縛り上げる。次いで望楼上の不寝番も倒す。

その上で櫓に通じる門を開け、藤右衛門ら三人を迎え入れる。

藤右衛門は、地下の金蔵に通じる入り口の情報を掴んでいるので、そこから忍んで、銭箱を数個盗み出す。

脇の乾櫓には、昼間の作事に使う資材を運び入れてきた荷車がそのまま放置してあるため、銭箱を乗せ、薦か何かで隠し、倒した歩哨の着衣を奪ってそれに化け、城主の急な申しつけであると叫びながら城外へ出て、そのまま夜の闇のなかに消える。

こういう流れであった。

弥七には、これがうまく行くのかどうかまったく見当もつかない。

場数を踏んでいるはずのねずみは、ただ渋い顔をしていた。藤右衛門は、構わずまくし立てた。

「櫓門の番卒たちゃあ、夜中で半分寝とりゃあよ。それに、外からの入りは気をつけとるが、内からの出は、まず詮索せん」

この部分は説得力があった。平素、昼間の出入りにおいてもそうである。侵入困難なこの海辺の要害から堂々と外に出ていく者が曲者だとは、よもや誰も思わないであろう。

「でもよ」

弥七は言った。

「それじゃ、あとに残った源蔵が、頸を斬られちまう」

「あほ。おみゃあまで、こいつの人好しが伝染ったか」

藤右衛門は、ねずみのほうに顎をしゃくりながら言った。

「裏切ったんは、奴じゃ。今さら何を心配しちょう……心配すんな。おみゃあらは、なんも難しいことはにゃあで。ただ金蔵から箱さ抱えて車に載せりゃ、それでええだ。あとは足軽に化けて、外に出るだけだあ」

「わしらは、要るのかよ」

ここまで黙っていたねずみがポツリと聞いた。藤右衛門は呆れたように言う。

「もと盗人が……わかっとるじゃろ？　門を潜るとき、荷車転がすのが二人じゃ少ねえよ。四人なら気取られねえ。縛り上げた足軽どもの胴丸つけて頬被りでもしときゃ、門の高櫓からは顔まで見えねえし、番卒見上げて話すのは、うらだけだ」

たしかにこの計画では、どうしても四名の仲間がいる。荷車を曳いて門外へ出るとき、支木を抱えて引っ張る一名と、両脇で荷を支える二名、さらに城主の口上を番卒に言い渡す指揮者とがいないと、急な荷の受取に出る車としてはどことなく不自然さをまとうことになり、番卒に怪しまれるもとになるであろう。

「それによ」

藤右衛門はニヤリと笑う。

「門の上で不寝番しちょう番卒は、今夜は新顔じゃ」

どうにも周到である。おそらく番卒の順番にも手を回し、金でもやって入れ替えたのであろう。弥七には、もしかしたらこの脱出計画はうまく行くかもしれないと思えるようになってきた。

だが、ねずみは言った。

「気に食わねえよ、悪いがな。これがうまく運ぶとは思えねえ。盗人の勘だ。どこかほつれが出て、門さ出れねえよ、たぶんな」

藤右衛門は相手にしなかった。

「おみゃあがどう思おうと。ついて来るしかねえ。来なくたって、明日になりゃおみゃあら、とっ捕まっちまう身だ。さ、どうすンだよ？」

ねずみの抵抗も、ここまでだった。

二刻（約4時間）ばかり経ってから、三人は、話をしていた夫丸の休息所を忍び出た。門内から三の丸に至る木橋のたもとに立つ建屋で、平素から、作業の終わる日没後もさまざまな残務をこなさなければならないねずみのような世話役のために開放されている。

木橋に番卒は詰めておらず、人の行き来もなかったため、三人はやすやすと二の丸に入り、夜の闇に紛れて気配を窺った。二の丸と月見櫓のあいだには、五間（約10メートル）もの高さの巨大な土壁の上に、大きな櫓門が立ち塞がっているのが見えた。

日中はなんの気なしに乾櫓の作業場まで往復しているところだが、今の弥七には、この櫓門が何か強固な意志を持って佇む兜を被った武者姿の巨人のように思えた。今はまだ閑（しん）とした静寂のなかに目を瞑って歇（やす）んでいるが、ひとたびそのたもとを潜ろうとすると、カッと目を見開き、小さい虫けらのような弥七たちを苦もなく踏み殺す。

弥七は闇のなかで一人身震いした。

遠目に見ると篝火は焚かれておらず、番卒の姿もない。藤右衛門は、ねずみと弥七にそこで待てと身振りで指示して走り出し、音もなく櫓門の脇に取りついた。その動きは無駄がなく滑らかで、よく訓練された者のそれであった。

小さく見える藤右衛門の姿はしばらくそこにあって、なにやら門内とやり取りしているようであったが、やがて大きな身振りで二人をさし招いた。

ねずみと弥七も闇のなかを疾走り、武者姿の巨人のたもとに滑り込んだ。黒々とした巨大な影が上から三人を押し包んだ。

やがてコトリと音がして何かの掛け金が外される音がし、固く閉じられた櫓門の脇に小さく四角い空間が現れた。黒い影が三人をさし招き、藤右衛門は俊敏に動いて、そこに身を没した。ねずみと弥七もあとに続いた。

空間のなかはそのまま番卒の詰所になっており、土間に水甕が据えられ、小上がりには囲炉裏が切られて火が入っていた。壁には素槍が数本、真横に並んで掛けられていたが、一本だけ斜めに落ちていた。そして詰所には、ふたつの人間の胴体が転がっていた。

ひとつは、斜めに落ちた槍の石突を抱え込むように倒れており、右の耳のあたりから肩までが無残に裂け、そこから真黒い血の塊がドクドクと噴き出していた。奥の小上がりには、もうひとつの胴体が大口を開けたままそっくり返って倒れていたが、傷口の具合はわからない。ただ微塵も動く気配はなく、それがすでに生命を喪った物体であることは、一目でわかった。

横には甚介がニヤニヤしながら立っていた。手にはまだ血糊のついた小刀を下げている。背後の囲炉裏の火に照らされて、顔の脂がぎらぎらと照った。

藤右衛門が口を開いた。

「おう、殺っちまったな」

「こいつらだけでねえよ」

甚介は事もなげに答えた。

「あっちにゃあ、三人転がってる」

詰所の外に広がる、門内の暗がりを指さした。

「おう、おう」

藤右衛門は喜び、声を上げた。

「ま、ここにいたのがこいつらの運の尽き、だな」

そう言って平然と暗がりのほうに数歩進み、様子を窺った。

「番卒二人と、櫓の上の一人だよな。息の根は止めたか？」

「おうよ、手筈通りじゃ」

「月見櫓にゃあ、気取られてねえな？」

藤右衛門が念を押すと、甚介は少しむっとしたように答えた。

「あったりめえだぁ。音も立てずに皆、殺ってやったぁ」

なおも気配を窺っていた藤右衛門だったが、詰所のなかに戻ってきた。

そしてやにわに、あの皺だらけの顔でニカッと笑った。

「さすがだな、聞きしに勝る腕じゃ。甲賀の甚介よゥ」

「このくれえ、わけねえ」

甚介は目を輝かせ、得意げに答えた。

「おみゃあが誂えた、この装束よゥ。はじめゴワついて気になったが、布が頑丈で、磯でも水を弾くし、崖さ登るにもええ塩梅じゃったぞ」

身にまとった柿渋色の装束の裾を引いて、藤右衛門に褒め言葉を返した。

「おう、諸国さ経巡って、たまたま知り合うた仕立の名人に作らせたのよ。おみゃあくらいの上忍にゃ、装束もそれなりのもん用意しねえとな」

殺人者同士の奇妙な馴れ合いが続いたが、やがて甚介が尋ねた。

「でよ、金蔵の入り口は、どこだよ？」

「まあ、待てやい」

藤右衛門は呆然と立っているねずみと弥七のほうを見、やや肩をすくめて言った。

「こういうこっちゃ。少し手荒にやっちまったよ」

「縛り上げて、猿轡かませるんじゃ、ねえのかよ！」

弥七は、泣きそうになりながら吐き捨てた。

「こりゃ、むごい、こりゃ、むごい……」

後半は、ただの嗚咽になった。

「おみゃあだって、ただの人殺しでねえだか？」

藤右衛門は事もなげに言い、さらに冷然と告げた。

「殺っちまうほうが、早いんだよ」

ねずみは、烈々たる怒りを噛み殺しながら三人のやり取りを聞いていたが、ここでやっと口を挟んだ。

「もとから、ぜんぶ殺る肚だったな」

ぎろりと、甚介のほうを見据えた。

「話が、違うじゃねえか……これから、どうするんだよ」

「どうするも、こうするも」

甲賀者は、おどけて言った。

「金蔵さ入ってよ、銭箱かっ攫って、おさらばすンのよ」

「で、そのあと、わしとこいつもバッサリか？」

背を波打たせて嗚咽している弥七をさして聞いた。

甚介は、へへへと笑う。

「さあて、どうすっかなあ……なあ、藤右衛門よ」

藤右衛門は、まじめな顔で甚介をたしなめた。

「あまり戯れてる場合でねえぞ。こいつらはうらの仲間だ。手は出すなよ」

静かな口調で言うと、ねずみのほうへ目をやる。

「さあてよ。次は、盗人のおみゃあの出番だ」

そして、詰所の出口をねずみに譲った。

「さあ、ようく闇を透かして、見ろ」

ねずみは仕方なく、前方の暗がりに目をやった。

視界の奥には、月見櫓が、今いる櫓門の数倍にもなる威容で聳えている。

左から、右へ。

白砂を敷き詰めた広場があり、数本の松の木が植わっている。

ひとつだけ篝火が焚かれているが、丸く照らされた隅のほうに人の足が見えた。おそらく甚介に殺された番卒のものであろう。

それから数間離れて、もうひとつ篝があったが、これは倒されて、火が消えている。

視界には、動くものは何もない。

「何も、見えねえ」

ねずみは、そう藤右衛門に言った。

「櫓にも、入れそうにねえぞ。門はぴったり閉まっちょる」

「へええ、そうかい」

後ろに下がった藤右衛門は、槍持に掛かった素槍に手をかけ軽く答えた。

甚介がやや焦れて、

「盗人ならぁ、金蔵の入り口くれえすぐにわかりそうなもんだぁ！　どこだよ、入り口はよ！」

と、藤右衛門は相手にせず、壁に掛かった槍を撫で回しつつ言う。

藤右衛門を見て詰問した。

「入り口は、一流の盗人ならわかるはずだぞ。ようく見ろや」

ねずみはもう一度、目をこらして入り口を探したが、それらしいものは何も見えない。

「わからねえ」

素直にそう言った。

なんとなくだが、ここにはそんなもの、もとからありはしない。

ありもしないものを、さっきから自分は探すよう強いられている。

盗人の勘は、ねずみにそう告げていた。

甚介は、焦れた。

「うぉう、なにやってんだよぉ！」

そのままねずみの背を掴んで押しのけ、自分が前に出る。

闇を透かしながら荒々しく眺め渡し、

「どこだ、どこだよぅ、勿体つけてねえで早く言え！」

と、前を向きながら叫んだ。

それまで嗚咽していた弥七は、部屋の隅のほうでこのやり取りを見ていた。

焦れたまま前方の闇を探す甚介の後ろで、藤右衛門が落ちていた素槍を拾い上げるのが見えた。さりげない所作だった。

「どこだよぅ！　場所さ早く言え！」

甚介は怒り出した。

藤右衛門は、拾った素槍をためつすがめつしながら、涼しい顔で言った。

「左のほうを、ようく見ろや。ずっと左じゃ」

甚介は、詰所の出口から半分身を乗り出して、左の脇の闇を透かし見た。

弥七はそのとき、藤右衛門が拾った素槍を半身に構え、間合いをはかりつつ腰をグッと落とすのを見ていた。

彼はそのまま左足を踏み込み、全体重をかけて槍の穂先を前に突き出した。穂先はまごうかたなく甚介の背を刺し貫き、腹まで斬り破り、虚空に突き立った。

それまで甚介だった物体は、痙攣し硬直してから、槍柄に引っかかるただの肉の塊になった。

槍柄がその重みを受けてしなり出した。藤右衛門はするすると柄をたぐりながら近づき、思い切り肉塊を蹴り上げた。ごりっ、と骨を齧るような音がして肉塊が穂先から外れ、闇の彼方に姿を没した。

　藤右衛門は、まだ血糊と肉片と臓物とが一緒になってしたたり落ちる素槍を、ねずみにポンと手渡した。

　呆然としたねずみは、渡されるがままに受け取った。

　藤右衛門は顔色も変えずに、言った。

「お手柄だな。これでおみゃあも、大出世だぁ」

第十六章　現場検分

「ええか、一度しか言わんぞ」

　藤右衛門は今や、まったく感情のない顔で静かに言った。

「生き残りたければな、死ぬ気で聞けや」

　弥七もねずみも、凍りついたように動かない。

「こやつはな」

　外の闇のなかに斃れた甚介の身体のほうに顎をしゃくって言う。

「ご城主、山口教吉様を殺しに来た。あわよくば岡部様も」

にやにやと笑い、言葉を継いだ。

「が、おみゃあに串刺しにされて、万事休すだ」

ねずみが、先ほど手に取った素槍に目を落とし、そして何か言おうとした。

藤右衛門は六つ指をいっぱいに開いて、それを邪険に制した。

「死ぬ気で聞けやぁ！　口を挟むな。とにかく、そういうことだ。詮議についちゃ、申し開きはうらがする。おみゃあらは、あとは調子を合わせとけ。そうすりゃ生き残れる」

今度は弥七が口を開きかけたが、藤右衛門が、皺の奥で陰気に光る蛇のような目でじっと睨んだ。

弥七は、何も言えなくなった。

「こいつはな」

藤右衛門は甚介のほうへ顎をしゃくった。

「はじめっから、こうなる運命じゃった。そのために連れてきた。死んでもらうためにな。だがよ、おみゃあらまで命を取ろうとは思っちょらん」

蛇のような目に光が宿り、少し柔らいだ——少なくとも、弥七にはそう見えた。

「富貴になれると言うたのは、嘘じゃ。ここにゃあ、地下の金蔵なんてはじめっからありゃあせん。じゃが、うまく行きゃあ無事に城は出れる。それは約束じゃ」

時が凍りつき、弥七は自分の意識が遠のきそうになっていたが、

「城は、出れる」

　という藤右衛門の言葉に、なぜか自分は縋(すが)りつけるような気がした。今はただ目の前にいる、このまったく正体の知れない男(ばけもの)の言葉通りにする以外にない。痺れたように動くことができない弥七の身体は、そのことを間違いなく理解していた。

　藤右衛門はここで、小さくため息をついた。

　そして少し笑みをこぼして、二人に優しく言った。

「同じ陰(ほと)の仲間じゃ。おみゃあらには、ぜってぇに悪いようにゃせん。じゃがよ、この藤右衛門を助けると思って、もうちょっとだけ辛抱してくりゃあよ。悪い夢はもうすぐ終焉(おわり)じゃ。そのあとはおみゃあら、もうぜってぇに追われることのねえ身じゃ」

　言い終わると、二人を見つめてこう結んだ。

「さあさ、気張りゃあ！　全員が一蓮托生(いちれんたくしょう)じゃ。死ぬか生きるか。この世で一番のどん底を……陰を知る儂らに怖いものはねえ。今度もきっと、生きれる」

　その一刻あと、凶変は城内すべてに知れ渡っていた。

　真夜中にもかかわらず、城中すべての回廊と広間で慌ただしく人が行き来し、月見櫓の扉は開け放たれ、無数の松明や篝火が殺戮(さつりく)の現場をあかあかと照らし出していた。

　弥七とねずみは、両の脇を完全武装した足軽に押さえられたまま立ち尽くし、藤右衛門はといえば、うなだれてそのそばに座り込んでいた。彼の丸い背には、城兵の突きつける槍先が鈍い光を放っている。

櫓の入り口前、清浄な白砂を敷き詰めた大きな広場に、篝が倒され、薪が飛び散り、番卒の死骸が三体並べられている。

そしてそのそばには、背中一面をどす黒い血で染めた侵入者の身体が、無造作にごろりと転がされていた。

寝間着に陣羽織を羽織っただけの岡部元信が本丸からやって来て、はやばやと現場を検分していた。

「この三名以外に、向こうの詰所のなかで二名害されております」

今川の足軽大将が、やや震える声で岡部に報告した。

「こやつが」

岡部は地面に転がる甚介の死骸を睨み、

「この曲者が手にしていた得物と、傷口が符合いましてございます」

と言った。

「こやつが一人で、五人も斬ったか……」

「はっ。おそらくかなりの手練れ、もしやどこかの忍びではないかと」

「この、ひどい瘤つきがのう。で、そのあとすぐに背後から刺されたのか」

そう言って、チラリとねずみたちのほうを見た。

岡部の意図を察して、周囲の足軽たちが三人を槍の柄で小突き、前に移動するように促した。三人はよろよろとうつむきながら歩み、岡部の前に並んで跪いた。

岡部は、むしろ労わるような口調でこの卑しい三人の男どもに声をかけた。

「そのほうら、大儀であったのう。疲れておるかもしれぬが、検分の最中ゆえ、今しばらく我慢せよ」

三人は一斉に頭を白砂にすりつけ、

「へへえ……」

と押し殺した声で岡部の命に応えた。

「いくつか質したい」

岡部は言った。

「まず、あの曲者を討ったというのは、誰じゃ？」

「わ、わしでございます」

左に控えていたねずみが、くぐもった声でおずおずと答えた。

「そちであるか。まずはご苦労。ご城主様もお近くにおられたゆえ、曲者を止めたその働き見事である。検分が終わり、仔細がわかったあとは、厚く恩賞も取らせようぞ」

「と、とんでもねえ……」

ねずみは弾かれたように拝跪し、また白砂に額をすりつけた。

「わ、わしは、ただ……」

言いかけたが、真ん中に座っていた藤右衛門があとを引き継いだ。

「お、お奉行さま！」

「お奉行、ではないが……まあ、なんじゃ？」

無礼を咎めようとした周囲の配下どもを仕草で抑えて、岡部が聞いた。

「へえ。うらは、この曲者をご城中に引き入れてしまった大罪人でごぜえます。お侍ではねえで、腹さ切るわけにゃあいかんが、いかなお裁きを下されても仕方ねえ、ほんに、ほんに、申し訳ねえこってごぜえます！」

言い終わるやいなや、泣きじゃくりはじめた。

岡部は少し困ったように、扇子で自分の首筋をトントンと叩いていたが、こう言った。

「おぬしが藤右衛門、だな。口入屋と聞いておる」

「へ、へえ……左様でごぜえます」

涙で岡部には半分しか聞き取れなかったが、構わず詮議を続けた。

「よし。委細を説明せよ」

藤右衛門は涙ながらに、これまでの一行が実施した作事のあらましを語った。沓掛のこと、周辺のいくつかの砦群の作事のこと。

すべてがうまく行き、今川方の城兵や奉行たちにも親切にされたこと。作事はやっていて楽しく、いつまでもご領内にとどまり役に立ちたいと思ったこと。

そして鳴海に移り、みっつの櫓を補修するその依頼が予想以上に手間のかかる大きな作事であることを悟り、口入屋の自分の義務として、腕のありそうな夫丸を増やし、工期が遅延しないように手当てする必要を感じたこと。

あちこちで人を集めたものの思うようにならず、やや風体は怪しいが、作事に並々ならぬ意欲を示した甚介を喜んで雇い入れたこと。

鳴海での事前の詮議は厳しく、もし不適格な者であれば城の奉行に入城を拒否されるはずだが、問題なくそれに通り、自分も安心し切っていたこと。

実際の城中の作事については、その差配を源蔵やねずみらに頼り切っており、自分は一切の管理の責任を自ら放擲（ほうてき）してしまっていたこと。

そして、源蔵やねずみには一切の責任はないこと。この不始末の罪は自分が一身に被るべきものであること。

城主と家臣団、犠牲となった城兵やその家族に、心から申し訳なく思っていること。いかなる処断をされても異議はないこと。しかし自分以外の誰をも、罪には問わないでほしいこと。

以上を涙を流しつつ、とつとつと語った。

感情の波に押し流され、ときどき言葉尻は不明瞭になるが、その内容は、その場にいた誰もが身分や立場の違いに関係なく感銘を受けるほど立派なものだった。

岡部は言った。

「そちの覚悟(こころがけ)、見事である。されどいまだ変事の委細が分明ならず、裁きはしばし待て」

「ははーっ！」

藤右衛門は拝跪した。

「さて。おまえたちは、この甚介なる曲者を入城させたあと、二の丸木橋のたもとで作事の相談をしていたということだな」

岡部が問うた。

「左様でごぜえます」

藤右衛門が答えた。

「そして甚介が怪しげな動きをするのを見た、と」

「ここなる、弥七がはじめに見つけましたんで」

すかさず弥七が答えた。

「うらが見つけました。夜闇をスイスイ動きやがるんで、怪しいと」

「そうしてそのまま、あとを追従(つ)けた、と」

「へえ」

三名が一斉に答えた。

「甚介は、どのようにしてあの高い櫓門を乗り越えたのじゃ？」

「それが……遠く、暗くてよくは見えなかったんでごぜえますが、この甚介、気がつきゃすでに門の向こうに行ってしまっておりやした。我ら三人もあとを追い、御門の横にある詰所の扉を叩いて、お侍様に曲者が忍んだと声をおかけしたのでごぜえやす」

藤右衛門が整然と説明した。

「ところが」

「ところが、なんじゃ？」

「お侍様は扉をお開けになり、何が起こったのかと。そして怪しいことなど何もないではないかとお笑いになり、我らをなかにお入れくださいました。息せき切って走り、ぜえぜえ言っていた我らに、水の一杯でもお恵みになろうと思われたのかと」

「ふむ」

岡部は頷く。

「そんときでごぜえました。いつの間にかそこに忍んできていたあの曲者が、背後からお侍様に斬りかかり、見る間にうち倒すと、我らをチラとだけ見て、そんまま御櫓まで走っていったのでごぜえます」

「チラとだけ見て、か？」

「へえ。そのまま斬りかかりゃあ、全員何もできずに殺られてたはずですが、うらにも解せんこってごぜえます」

「そのあとは？」

「へえ。御櫓のほうで物音がし、叫び声というか唸り声というか……あそこのお侍様が」

篝火のもとに横たえられた三体のほうを振り返る。

「甚介にやられた音でごぜえましょう。うらはもう恐ろしゅうて、がたがた震えてるだけだったんでごぜえますが、ここなるねずみが……」

「ねずみ？」

岡部は怪訝な顔をした。

「へえ。こいつの名でごぜえます。なんでも昔、尾張は津島の湊を荒らし回っていた、盗人だった野郎で。ねずみというのは、そんときの綽名でごぜえやす」

藤右衛門が説明した。

「津島か。織田弾正忠の膝元じゃな」

岡部は言い、ねずみに声をかけた。

「おぬしが盗人だった頃の、泊奉行は誰じゃ？」

「へ、へえ。なにぶん、随分昔のことでごぜえやす。わしが覚えているのは、佐久間の大学さま」

ねずみは、くぐもった声で答えた。

「ひでぇ目に、遭わされやした。わし、それですっぱり足を洗ったんでごぜえやすが」

「大学允のう。あやつはそれで名をあげたのじゃ。今はどうしておるのかのう」

少し考え込む風だったが、ねずみに先ほどの藤右衛門の説明を引き取るように命じた。

ねずみが答えた。

「へえ。わし、盗人の頃は少し腕に覚えもあり、無我夢中で壁に掛かった素槍を手に取りました。そんまま闇に飛び出し、たまたま野郎の背中が見えたンで、思い切りドンと突き立ててやったんでごぜえます」

「ほう」

岡部は不思議そうに聞いた。

「暗闇のなかで、出会い頭（がしら）にドン、か」

「へえ。偶然（たまたま）でごぜえやす。野郎が櫓のほうに気を取られていたからよかったもンの、もしこっちさ向いてたら、逆に殺られてたのは、わしのほうでごぜえやす」

「ふむう……」

岡部は相変わらず、扇子で自分の首筋をトントンと叩いている。考え込んでいるときの彼の癖である。

いちおう筋は通っている。しかしどうにも、この三人は胡散臭い。

すべての説明の筋道が綺麗に通っていたら、岡部は一も二もなくこの三人を牢に抛り込み、容赦なく拷問にかけて背景を自白させようとしたであろう。——特に、まだ稚気の残る弥七だ。

しかし彼らの説明には、要所要所に自然な「ぬけ」があった。

曲者が、あの十間（約20メートル）以上にもなる高さの櫓門を、人知を超えた力で飛び越えたかのような証言をしていること。

詰所のなかで、曲者がなぜか三人だけを見逃したこと。

真っ暗闇のなかで、「ねずみ」が曲者の背中を一撃で刺し貫いたこと。

たった一人で、五人の城兵を鏖殺にできるほどの腕前の曲者が、遮るものの何もない広場で、その「ねずみ」の接近を察知できなかったこと。

こうした「ぬけ」は、実は彼らの証言の信憑性を、かえって高める。人の目で見た事実は、常にわずかな不自然さや矛盾を孕むものである。そのことを、この熟達した武人は、よく知っている。

しかし、広場で殺害された二名の番卒はわかるとして、なぜ海際の望楼にいたはずの不寝番の兵まで殺害されていたのか？　岡部は、この不自然な犠牲に一番の引っかかりを感じた。

今、藤右衛門らから聴取した説明では、不寝番の兵も異変を察知して、櫓まで駆け、そこで曲者の返り討ちに遭ったことになる。が、なぜ彼は一切声を上げず、応援も呼ばずに闇のなかへ駆け出したのか？

もしかしたら、曲者は城内から来たのではなく、海側から、あの磯を越え崖を攀じのぼってまず不寝番を殺し、次いで城内に侵入したのではないのか？

だとすれば……？

そうとは逆の証言をしている三名は……？

岡部はその鋭敏な頭脳を回転させ、思考した。トントンと扇子が首を叩いた。

やがて考えがまとまりかけたとき、一人の部下が岡部の前に来て片膝をついた。

「ご城代。しばしお耳を」

思考を邪魔され、得かけた結論がどこかに消し飛び、かすかに苛立ちを覚えた岡部だったが、その部下の深刻なおもちを目にして、願いに応じた。

「拙者、曲者の装束が怪しいと睨みました」

彼は岡部に囁いた。

「そこで、先ほど検めさせましたところ、これが襟元に縫い込んでありました」

そう言って、こより状に丸められた、皺々の紙を差し出した。

岡部は紙を開いた。

目を落とし、しばし沈思していたが、やがて跪く三人のほうを振り返って、言った。

「そちらにかかっていた嫌疑は、晴れた」

先ほどまで首筋を叩いていた扇子が開かれ、周囲の兵どもが持つ松明の熱に炙られて流れ落ちようとしていた額の汗をあおいだ。彼は息をつき、言う。

「ねずみとやら、恩賞を取らせよう。委細は後日申し渡す。藤右衛門、おぬしに対する咎めも、当座のところはなしとする。皆々勇を鼓して曲者を追い、ご城主様の危地を未然に防いだこと、天晴れである」

ただし、こうも言い添えた。

「まだ少し確かめねばならぬことなどもあるゆえ、城内から罷り出でることは許さぬ。今夜はひとまず、寝め。明日、黒鍬の源蔵も登城させ、あわせて詮議を行なう」

全員がもう一度拝跪し、岡部はその場を立ち去った。

弥七はふと、向こうの篝火のたもとに転がるものを見た。装束を剥かれ、丸裸にされた甚介の骸だった。

片方の眼球が飛び出し、顎が裂けているのではないかと思えるくらいに大きく口を開けていた。何かを弥七に訴えかけているようであった。

弥七は目を背けて、違う方角を向いた。

第十七章　執行

夜が明けると岡部は、城主・山口教吉と、急を聞いて近在の砦から駆けつけてきた教継の親子に状況を報告した。

教吉の家族には、すでに多くの警護の武士がついて月見櫓の周囲を固めており、城門は固く閉じられ、不審な者の出入りを厳重に監視している。

「曲者の身元は不分明ながら、おそらくは伊賀者ないし甲賀者。その手にした忍刀からしても、ほぼ間違いないことと思われます。この者、異様なまでに腕が立ち、ご配下の三名を害し、わが手の者も二名」

「傷ましいことですな」

教吉が、どこか他人ごとのように言った。

「この腕の立ちようから考えても、まず間違いなく九郎さまを害せんと忍び入ったもの。背後にはもちろん、尾張の影がございます」

ここまで言って、岡部はいつもの脇座から膝行して、親子の正面、下座へと移り、そこでやにわにがばと平伏した。

「我ら今川に合力し、この敵中孤立したご領地にて日々馳走してくださっておるにもかかわらず、御身を危機に晒してしまうは今川の恥。ゆえに警護の大任を自ら買って出たは、拙者でござる。その任を果たせず、誠に申し訳なく。深く、深くお詫びを申し上ぐる次第でございます！」

そのまま額を床に擦りつけた。

いつもの、丁寧ながらもどことなく親子を見下したような気配は微塵もない。殊勝な態度であった。膝行する余裕まではなかったものの、岡部が駿府から伴っている家臣団も皆々その場で平伏している。

「丹波守どの」

教継が、慣れないその状況にやや困惑を表に出しつつ言った。

「どうか、どうか、お直りくだされい。曲者、忍び込んだりとはいえ、無事に討ち取られてございます。これもひとえに水も漏らさぬ日頃の丹波守様の警護の賜物。むしろ我ら親子が、御礼を申し上げねばならぬ立場。しかも」

一気呵成に言葉を継いだ。

「聞けば、まだ明けやらぬ時分より現場をいち早く検分差配され、すでに城内ほぼすべての混乱を収められたる模様。さすがの落ち着きぶりと、我ら親子ともども感じ入ってございます」

「それは過分なるお言葉……大いなる不始末をしでかした身として、いくぶん救われた心持ちがいたします」

元信はなおも平伏して、ゆっくりと言った。

「して、城中で手引きせし者は捕縛されたのでございますか？　よもや、わが手の者が……」

教吉が、少しおどおどしながら聞いた。

「今のところ、城中斯様な不埒者がいた形跡はございません。賊を追い、これを斬ったという黒鍬者どもにも問い質しましたが、怪しい素振りは見られず、おそらくは無関係でございましょう」

「なるほど」

教吉がほっとして答えた。

「この者ども、とりあえず城内にとどめ置いておりますが、昨夜の働きについて、拙者のほうから恩賞など出し労っておきまする」

「それがよろしゅうございますな。して、櫓の作事のほうはいかが取り計らいましょうぞ？」

「城内検分のためしばらくは作事を止めさせまするが、すでに落成せし坤の櫓は、堅固で出来晴えよく城中でも評判ゆえ、いずれ再開させましょう。作事の現場でも、警護と監視の人数を倍にし、今後斯様な不祥事の出来しないよう努めて参りまする」

岡部はふたたび平伏した。


その後しばらく、鳴海には平穏が続いた。すぐに作事も再開され、また平素の生活が戻ってきた。春の陽はやがて熱を帯び初夏のそれとなり、作業にあたる夫丸や黒鍬者たちの首筋をじりじりと灼いた。眼下には伊勢の海が広がり、涼しい風を時折運び、また青く靄がかかった向こう側にうっすらと陸地の翳が見えることもあった。

藤右衛門、ねずみ、弥七の三人は、作事に出ているあいだは皆とともに働き、仕事が終わると城内の人夫溜まりに帰り、そこで起居する。邑に出ることは許されず、事実上の軟禁状態であったが、今川方の待遇は悪くなく、食事もよく、夜には酒なども出た。

あの現場での詮議以来、三人は岡部と会うこともなかった。たまに下級の役人に呼び出され、すでに何度も喋ったことをあれこれとまた問われたり、書付にその証言を記入されたりはするが、こちらも日を追うごとに緊張感は薄れ、形式的な手続きのようになっている。

しかしながらあの惨劇の直後、本性を顕した藤右衛門から厳しく申し含められたとおり、三人は、たとえ彼らだけになった瞬間であっても、決してあのときのことについて話をしなかった。

なぜなら彼らには、常にそれとなく監視がついていたからだ。城方から彼らの世話をするべく夫丸小屋まで遣わされてきた足軽たちは、にこやかで友好的であったが、三人の一挙手一投足、交わす会話などに対し、逐一注意を払っていることは明らかであった。

作事の途中に話しかけてくる城方の足軽、進捗状況を確認しに来る奉行、さらに洗濯女や飯盛の下人に至るまで、もし彼らが油断してあのときのことについて何か口を滑らせようものなら、即座に本丸御殿まで報告が飛ぶ仕組みになっている。そのことを、藤右衛門は、弥七とねずみにあらかじめ何度も言って聞かせていた。

「儂はな、織田様のために働いておるのよ」

藤右衛門は、弥七とねずみを使い、甚介の骸を櫓前の広場に運ばせる途上で、そう言った。

「もはや末世じゃい。百鬼夜行の恐ろしい世界よ……このくれえのこと、もちろん今川も、しよる。だからな、決して相手を信用しちゃだめだ。儂を怖ぇと思うなら、今川の連中もおんなじだぁ。儂を信用せぇとはもう言わぬ。だがな、一蓮托生なことだけは確かだ。だからよ、頼むからよ、かたときも気ィ抜くな」

もちろん、日がな一日あの件に一切触れないのも不自然である。だから三人は、問わず語りのうち、たまに触れるようにはしていた。が、そこで語られる言葉は、以下にほとんどが集約されてしまう。

「ひでぇ目に遭った」
「死ぬところだった」
「早く作事を終わらせてぇ」

平穏だが、かすかに緊張の糸を張った上で、そこを両の足でそろりそろりと渡るような日々であった。

やがて曲者を討ったねずみには銀貨数枚の恩賞も下され、やや監視の目も緩んだ――ように思えた。黒鍬の源蔵はいつも通りに現場を差配し、凶変の際にはまだ普請途中だった乾の櫓も無事に落成した。この城の海側の守りは鉄壁となり、作事は次いで陸地側へと移り、現在は卯の櫓の柱穴が穿ち直されているところである。

そうしたある日の昼下がり。丹波守岡部元信は月見櫓へと向かい、山口親子に対面を願った。

通常、この櫓は私事の空間として政治向きの話はされず、茶会や連歌の会のような雅ごとなど、寛いだ非公式な行事のみを行なうのが慣例となっている。

これまであくまで公的な用向きでしか彼ら親子と交わろうとしなかった岡部が、本丸御殿以外で親子に対面するのは、数年前の入城以来、ほぼ初めてといっていいくらいの珍事であった。

親子は、いささかの困惑と緊張感を面に表しながら対面した。

まず平伏した岡部は、日頃とは打って変わった気さくな笑みを振りまき、親子にこう言った。

「お喜びくだされ。わが大殿、今川治部大輔義元公の西遷ならびにご動座が決まりましてございます」

「なんと！　ついに！」

親子は驚愕し、腰を浮かせかかった。そして親子ともども目を見合わせ、喜悦の表情を浮かべた。

「ご動座」とは、現在駿府にいる義元がここに来ることを示す。すなわち今川軍の西進、ひいては尾張への全面的な軍事侵攻である。そしてそれは同時に、織田氏、斯波氏の打倒をも意味する。

「拙者これまで、先日の不始末につき、大殿に報告しご叱声を賜っておりました」

岡部は目を少し伏せる。

「むろん使者を通してのやり取り。直に叱責されたわけではございませんが、とにかく勇敢にもわが今川に与力し、遠く離れた飛び地にて長年孤軍奮闘されておられるご両所を、決して粗略にしてはならぬ。ご両所を見捨てては、今川の武門としての義がたたぬ。斯様に仰せでございます」

親子は、じんわりとした感動に身を震わせた。長年の飛び地における緊張と、ひとつ間違えば破滅を招きかねない極めて重い数々の決断のことなどを思い出し、そこから解放される日が来た幸せをまだ信じられぬ思いで噛み締めた。

「おわかりですか？　ご両所の苦労が実る秋が、やっと来たのです」

笑顔の岡部は、言わでものことを言った。

「して、いつ頃？」

教継が、やや威儀を正して聞いた。

「そこでござる」

岡部は扇子でもって自分の首筋を叩いた。

「その時期について、また西遷の手順について、大殿はご両所とじきじきに談合したき由にございます」

「大殿と、じきじきに？」

教吉は、目を丸くした。

「我らが、駿府に参上するのでござるか？」

「いかにも」

岡部は頷いた。

「城は拙者が、しかとお守りいたしまする。大殿におかれましては、ご両所長年の労苦を大いに労りたいとのご意向でもあり、ぜひ、ぜひに、打ち揃ってのご来駕を願っている、とのことでございまする」

言い終わりまた平伏した。

「もちろん、ただ饗応したい、というだけの話ではござりませぬ。駿府にて枢機に参与し、家中の事情に通じた懇意の者からひそかに漏れ聞いたるところでは、尾張の平定後、山口家に、この東尾張一帯の統治をお任せになり、伊勢湾を囲繞する水利の奉行を充て行ないたい、大殿は、斯様なご意向であるとのことでござりまする」

すでに年老いたる梟雄・山口教継にとって、この岡部の申し出は、自らの苦しみに満ちた人生の歓喜に満ちた最後の総決算であるような気がした。

鳴海周辺の小土豪の長として生まれ落ちたばかりに、あるときは織田、あるときは今川、そして松平と、自らより大身の勢力の都合に小突き回され、足蹴にされて生きてきた。

周辺の横並びの小勢力どもも、頼りになる存在などひとつもなく、皆我儘な都合で離合集散を繰り返してばかり。

泥をかぶり、血反吐を吐くような思いで、それでも必死に生き残ってきた。

十年前、あの憎き大国・尾張の内紛に乗じて今川への帰属を申し出、たまたま時宜を得て重んぜられ、この伊勢湾東岸の利権を巡る大国の争闘において、常に背後で鍵を握る存在であり続けた。

常に物事の鍵を握ること。そして自らを、もっとも適切な時に、もっとも高値で売りつけること。

この技こそが、梟雄を梟雄たらしめる、六十有余年の苦しみに耐えて身につけた教継の人生のすべてであると言ってよかった。

そして今、その労苦が報われようとしている。

西遷作戦が成功し、織田の勢力が撃砕された暁には、伊勢湾東岸の全部が我が山口氏のものとなるのだ。

すでに定命の近づいた自らの老躯は、この栄華を永く愉しむわけにはいくまい。しかし横にいる息子の教吉、そしてつい先日も危うい目に遭った正室や幼い息子や娘たちにとって、これは雄飛の機会である。

教継は駿府に行くことを決めた。教吉の顔を見て、万感の思いを込めて頷き、ゆっくりと笑った。

山口親子はその四日後、鳴海の城を出た。

城中ほぼすべての者が沿道に拝跪し、城主の栄光に満ちた門出を祝った。弥七とねずみも城門のすぐ近くで見送った。藤右衛門はいなかった。

岡部は城外にまで馬に乗って見送り、いっぱいに開いた扇子を振り、笑顔で行列が見えなくなるまでずっとそこに立っていた。

親子は、道中の安全を危惧した岡部の意見を容れて騎乗せず、これから富貴の身になるに相応しく、輿を仕立てて街道を東へと向かった。その美々しい行列の前後はしっかりと今川の精鋭部隊に警衛されていた。

途中、織田方の関所が数カ所設けられていたが、事前に通過を告知し、織田の定める関銭の徴収にも応じたこの行列の通過を、誰も阻止することはできない。

行列は、彼方に蒼く霞む富士の嶺を眺めながら穏やかな旅を楽しみ、数日後、無事に駿府の邑へ入った。

教継の人生最後の悦びに満ちた旅は、ここで終わった。

そのすぐあと、親子は、付き従った数十名の従者たちとともに、刃を剥いた今川の警護の武士たちに取り囲まれ、道端であえなく虐殺されてしまったからである。


その知らせが届いてすぐ、鳴海城に残った岡部元信は、配下の兵どもを率いて月見櫓に乱入し、山口教吉の正室と幼子ら一族の身柄を拘束した。やがて城外の隠居所周辺にいた教継ゆかりの者どもも捕らえられて同所に連行され、岡部は表情を変えずに、ただちに全員の処刑を通告した。

声にならぬ、嗚咽とも悲鳴ともつかぬ呻きの合成音が、月見櫓の中庭に谺した。

教吉の正室が気丈にも立ち上がり、岡部を詰った。

「おのれ元信！　おぬしこそが、この城に忍んできた卑しい曲者ではないか！」

元信としても、もちろんこの処刑は本意ではない。罪なき女子供を自ら求めて殺戮しようとする人間なぞ、この世にあるものか。しかし元信は、自らがわずかな慰めを得るためだけに、そのような空々しい言葉を相手に投げかけるようなことはしない。彼の情は鉄石であった。

彼は正室の難詰には何も答えず、中庭に縄を打たれて団子のように丸められた山口一族の老若男女へ向かい、その周囲を取り囲んだ槍隊に一斉に突きを命じた。

ひと突き、ふた突き。悲鳴はここで半分くらいに小さくなった。さらに槍を三突き入れさせ、あとは抜刀した武士が一人ひとりの息の根を止めて回った。

正室はまだ生きていた。胸部に突きを食らい、口から赤黒い血を吐き出しながら、まだもぞもぞと腕を動かし、周囲に我が子の姿を探していた。

「助けよ……この子たちは、助けよ」

先ほどの気丈さは消え、哀願するように岡部のほうに向かい呟いた。

その脇に歩んできた武士が、正室にとどめを刺すのが自分でよいのか、身振りで岡部に問うた。岡部はゆっくりと頷いてそれを許した。正室はこと切れた。

さすがの岡部も、すべて終わった瞬間、大きく息をつき肩をわずかに落とした。

そのまま後始末にかかる部下たちを避けるように、中庭に背を向け座敷へと歩みいった。そして懐中から小さな、皺々の紙を取り出した。

山口親子、付き従っていった者たち。そして今まさに中庭で生を焉えた者どもすべての運命を決めた一枚の小さな紙である。

それはほぼひと月前、この櫓の前面にまで忍んで斬られた甚介という曲者の装束の襟口へ、巧みに縫い込まれていた密書である。

あの正室。名はなんというたか。気丈にも岡部を難詰し、凛として我が子を護ろうとした女は、なかなかいいことを言った。

「曲者が、儂か」

岡部は、それを小さい声で口に出した。

しかし思い直して、すぐに首を振った。違う。ぜんぜん違う。

あの正室は、どうしようもない思い違いをしている。

曲者は、忍んできて、山口一族の命を奪おうとしたのではない。

むしろ一族の未来と弥栄を嘉するために忍んできた。そして斬られた。

おぬしたち、運が悪かったな。

元信の鉄石の心に、今ようやく虚ろな何かが忍び寄ってきている。

もう一度、甚介が持っていた密書に目を落とした。

それは、山口親子の内応を喜び、これまでの行きがかりをすべて水に流して織田方への帰参を認め、本領安堵は無論のこと、今川打倒の暁には東方に広大な新領の給付を確約する内容だった。署名は、織田上総介信長。

岡部はこの密書をあの凶変の夜に手に入れ、それ以降ずっと駿府と密使をやり取りして善後策を協議してきた。徹底した粛清と城地の接収。それが導き出された結論だった。

もはや、後戻りはできない。

岡部はふたたび心に硬い鎧をまとい、このあとに続く鳴海城の完全占領の手順を反芻しはじめた。

第十八章　制圧

城主の一族がすべて屠られ、鳴海城は今川軍の占するところとなった。本丸と月見櫓の周囲には、今や無数の二つ引紋の旌旗が翩翻とたなびき、残存する山口氏の軍勢や家臣たちは、なんら抵抗する術を持たなかった。やがて事情が知れ渡ってくると、彼らをより一層の無力感が蔽った。反撃し城を奪回しようにも、そのあと自らが依って立つべき主家そのものがもはやこの世に存在しないのだ。

ほぼ事前に立てた計画どおり城内をまたたく間に完全制圧すると、岡部元信は主だった山口氏の重臣を本丸御殿に連行し、その縄をとき事情を説明した。

すなわち城主親子が家臣にも内密に織田と通謀（つうぼう）し、来るべき織田と今川との合戦において背後で蜂起し、今川軍の退路を遮断する意図であったこと。

その連絡役として城内に入った忍びが、たまたま発見され斬られたことで事態が発覚したこと。

今川方はやむなく措置として山口一族を鏖殺（おうさつ）したが、その罪を家臣や国人衆にまで問うつもりはないこと。

その上で、山口氏への忠誠を捨て今川への帰属を希望する者は、これまで通りに扶持を給し城内での奉公も許すこと。

ただし城内で不審な行動を取る者があれば、今川方の武士の判断で、警告なしに斬り捨てる可能性があることなどもを伝えた。

この説明を聞くと、多くが渋々ながら引き続き今川氏のもとでの奉公を希望した。もちろん形ばかりでも忠誠を誓っておかないと、今度は自らの生命が危険に晒されることを皆知っていたのである。

岡部元信が、その怜悧（れいり）な頭脳で練り上げた鳴海城奪取計画は、こうしてほぼ完璧な成功を収め、混乱は最小限に抑えられた。

とはいえ、いくつか小さな不都合が起こった。

山口一族の生き残りの何名かが城兵に化けて逃走を図った。これは城門を出るまでに全員捕縛され、そこで斬られた。

また、岡部がこれだけ寛大な条件を示したにもかかわらず、山口氏への忠誠を捨てずに城を退去しようとする頑固者の家臣が数名いた。これは予想できたことだったので、いったんはそれを許したが、以降の動向は厳重に監視するように手配がなされた。いずれ折を見て処分することになるであろう。

そしてもうひとつ。

城内に黒鍬者たちを連れてきた、口入屋の藤右衛門が姿を消した。

山口一族の粛清事件が起こった二日後、彼の姿は忽然と城内から消え、いくら捜索しても見つからなかった。もとから軟禁状態だった彼には昼夜分かたず厳重な監視の目がついていたが、その合間を掻い潜って巧みに逃げたものと思われた。

事件のあと月見櫓に入り、今や唯一の城主としてここに君臨する岡部元信は激怒した。

源蔵、ねずみ、弥七を代わる代わる呼びつけては、藤右衛門が消えた前後の状況を自ら厳しく問い質した。

源蔵は前後の状況を何も知らない。そして実は、弥七とねずみにも藤右衛門の逃走はまったく予想外のことであった。彼らは素直にそう答えた。

「一度はそちの功を認め、それに報いた」

岡部は首筋を扇子で叩きつつ、座敷を苛々と歩き回りねずみに言った。

「しかし事と次第によっては、それをなかったことにし、逆に厳しく罪を問わねばならぬことになるかもしれぬぞ」

ねずみは、月見櫓の中庭の白砂の上に一人拝跪した。

つい数日前、縄を打たれた山口一族とその郎党三十七名もが一斉に槍の錆となった、あの現場である。

「そちは口重だのう。わざとか?」

岡部は、ねずみの背を上から見下ろした。

「あの藤右衛門とやら、怪しい奴とは思っていたのじゃ。どこぞの……事によると織田の間諜かもしれぬとな。もと盗人のおぬしは、あるいは忍び込みの腕を買われて、ただあやつに使われただけなのかもしれぬ」

ねずみは見ていなかったが、岡部は上から扇子でその背をさした。

「使われていただけであっても、何かを存じておろう。早めに言うてしまったほうが身のためぞ」

「へ、へえ……」

ねずみは、ここで初めて口を開いた。

「藤右衛門の野郎とは、儲け話があるとかで安祥の邑で拾われ、ただそれだけの仲で」

そして額を砂に擦りつける。

「ご城代様と同じく、わしもなんだか六つ指の怪しい野郎だとは思いましたが、とんかく銭をたんまり持ってやがったんで……」

「その、銭じゃ」

岡部は吐き捨てた。

「ただの口入屋風情が、なぜにそこまで銭を溜め込み、ぶらぶら袋に提げて持ち歩いておったかじゃ。何か訳があるとは思わなんだか?」

「へ、へぇ……たしかに」

ねずみは、認めた。

「訳ありとは思いました。だがわしらにとっては、そんなことより目先の銭がすべてでごぜえやす」

ここで岡部を直に見上げ、キッとしてこう言った。

「野郎を信用してたわけではごぜえません。だが人を下手に疑ったりも、しやせん。奴に従いてきゃ、銭が入る。それで充分でごぜえやす」

岡部は首を叩く扇子の動きを、止めた。

今この下賤な盗人に、自分の抱える内なる葛藤を見定められ、ずばり言い当てられたような気がしたからである。

人を下手に疑い、その結果、城主の一族を女子供に至るまで鏖殺にしてしまった。もしかしたらその誹りを免れないかもしれない。

岡部はそう考えはじめていたのである。

岡部の目の奥に、数日前、気丈に言い返したあの岡部教吉の正室の姿が蘇った。

「おぬしこそ、忍び入ってきた卑しい獣」

彼女はそう言った。

もし、あの甚介の装束に縫い込められていた密書が偽物で、自分が織田とその間諜たる藤右衛門に乗せられ、ただその掌の上でずっと踊らされていただけなのだとしたら。

そして山口親子を死に追いやったのが、自分の錯誤であったのだとしたら。

またそれを受けて鳴海に残る多数の一族郎党、女子供の命を奪ったことについても、もとが藤右衛門の策略による結果なのだとしたら。

まさに儂は、卑しい獣であろう。

岡部はその可能性について思い至り、さらにそれを眼下の卑しい盗人くずれから言葉にして投げつけられ、内と外から打撃を受ける格好となった。

おそらくは数日前、まさにここで見たあの凄まじい光景が、彼の鉄石の心を、少しばかり脆くしていたのかもしれない。目の前が少し昏くなり、一瞬だけふらついた。

しかし、すぐに持ち直した。

何度も死線を潜り抜け戦い続けてきた。何度も味方と敵の断末魔の叫びを耳にしてきた。渦巻く謀略や政争の現場を見てきた。正しき者が罪に問われ、清き者が血と涙と汚物にまみれて最期の時を迎えるさまを、真近にしてきた。

すべて、この世が自分の心に課した試練である。

あまたの試練に鍛えられ、わが心は鉄石となった。

現世とは常に残忍で、人とは常に醜いものなのである。

岡部の脳裏に、山口親子が駿府に向かう朝の光景が蘇ってきた。うららかな陽光。彼方にはたゆたう陽炎。その陽炎の向こうに、親子を乗せた塗輿がしずしずと消えていった。

経験の深い山口教継は、今川の援将として鳴海に乗り込んできた自分にかたときも気を許してはいなかった。慇懃に丁寧に。常に適切な間合を取り、万事、遺漏のないように応対してきた。

子の教吉は、それよりは少し迂闊なところがあった。まだ若いがゆえに直情的であり、父親がすべてにおいて岡部の下風に立つことが許せなかったのであろう。たまに小さなことで岡部の気に入らないようにしたり、口の端に皮肉が出たりした。

いい親子だった。岡部は、山口親子が好きであった。

いずれ世が鎮まり、この親子とともに働くことができたら、どれほど親密になれただろうかと思った。腹蔵なく語り、呑むことができたら、どれほど愉快なことだろうかとも思った。

しかし、瘤つきの醜い下忍が失策ったことで、すべてが暗転した。

岡部は冷徹にその課された義務を遂行し、将来の今川に祟らぬよう、山口親子を処断しなければならなくなった。

そしてあの一族の処刑。

叛乱予防のため、当然の措置である。むごくはあるが、やるべきことであった。

砂が朱に染まり、池に幼児たちの血飛沫が飛び散った。

死骸はすべて片づけられ、血糊は入念に拭き取られ、あとには新たに白砂が撒き直され、ここ月見櫓の中庭はもとの清浄さを取り戻している。

しかし、鬼哭啾々たる妖気はまだあたりに漂い、その空気は淀んでいる。岡部ですらそう感じた。まして岡部ほどには心の剛くない配下の武士たちにとってはなおさらである。

いずれここには幽霊が出るといった噂が立ち、ほんの少しの事故が、怨霊の仕業として鳴海の邑じゅうに喧伝されることになるであろう。

岡部が一族処刑のあと、すぐに自らの家財を移してここで起居することにしたのは、まさにその手の口さがない噂話へ、今川の残忍や不義といった尾鰭がつかぬようにするための予防措置であった。

とにかくすべて、あの醜い下忍が失策ったことによる因果である。

岡部は断固とした意志の力でそう考えた。醜い曲者とは、儂ではない。あの下忍だ。

あの正室はどうしようもない思い違いをしている。心のなかでそう反芻した。

岡部は、見上げるねずみの目線を正面から睨み返し、そのまま落ち着いた声で言った。

「そうか……知らぬと申すか。なら仕方がない」

ねずみから視線を外し、空の彼方に目を遣った。まだ暮れなずんではいないが、そこにあるはずの月の影を思い描いた。

「それでは、少々荒っぽくはあるが、縄を打たせ責問いといたそう」

ねずみはがっくりと背を落とした。目の前が少し暗くなった。これから自分は地下牢にでも連れていかれ、そこで夜となく昼となく凄まじい拷問が始まる。

自分自身は捕まったことがないので経験はない。しかしかつて津島の湊で、佐久間大学の手の者に捕縛された仲間が拷問を受けた。そのときはあとから嫌疑が晴れて釈放されたのだが、戻ってきた彼を見て盗人仲間たちは皆ギョッとした。四肢はあちこちに折れ曲り、身体じゅうが赤紫色の痣だらけ。しかも恐怖のあまり、もとは気丈な男だったのが、泡を吹きながら訳のわからぬことを口走っており、もはや人間としての態をなしていなかった。

目の前の岡部元信も、たいがい大学の同類であろう。ならば自分に加えられる打擲や陵辱(りょうじょく)も、あのとき同様、いや、それ以上のものになる。

ねずみは考えた。

すべて喋ってしまおうか。

口をつぐむことを弥七と自分に命じ、一蓮托生という言葉を連呼していた藤右衛門は、またも自分たちを裏切って、たった一人で消えてしまった。今さら奴の本性について喋ったところで、盗人としての信義に悖(もと)るとは思えない。

しかし、すぐにその考えを打ち消した。

だからとて岡部がそれで自分を許すとは到底思えない。藤右衛門は自分でもはっきりと「織田の手の者」と言っていた。だとしたら、岡部は藤右衛門のなんらかの策に嵌められたのであろう。もし自分が岡部だとしたら、随分と面白くない話である。

また武士ならば掟やら慣習(ならわし)やらがあり、なんらかの重い責などを負わねばならぬのかもしれない。いずれにせよ岡部にはひどく不都合なことのはずであった。そんな彼が、その委細を知る自分をそのままにしておくであろうか。

仮に岡部が単に本件に巻き込まれただけの自分を罪には問わなかったとしても、これまでの逃走の理由については事実を知ることになるであろう。すなわち、陰(ほと)の近くの村での一件である。

身を守るための行動であったが、弥七が礫投げにより数名の村人を殺した事実は、村人たちが執拗に自分たちを追い回していたことと考え合わせ、おそらく本件とは別に詮議の対象となるにちがいない。

弥七は……あのまだ幼い弥七は、自分の目の前で縄をかけられ、引っ立てられていくかもしれない。

数カ月の逃避行をともにし、もはや自分の分身のようにすら思える弥七をそのような目に遭わせ、なおかつ自分独りだけが助かるという考えは、ねずみにはなかった。

ねずみは静かに、覚悟を決めた。

しかし岡部元信は、彼の想像をさらに超えた手強い相手であった。

彼の鉄石の心は、すでにその強靱さを取り戻していた。さらに冷静な観察眼と冷徹な思考能力が、ねずみの心の動きをなぞり、絶大な効力を持った、次なる言葉の一撃を見舞った。

「そちは、何を案じておるのだ?」

少し面白そうに言った。

「責問いと、するぞ」

ねずみが怪訝な顔をすると、岡部はねずみの目を見てゆっくりと言った。

「責問いと、する……あの弥七なる小童をな」

今度こそ、ねずみの目の前が真っ暗になった。

第十九章　地下牢

「う、うりゃぁ、それでも人かあ！」

ねずみは吠え、軒下から立ち上がって岡部に掴みかかろうとした。

「あんな童を！　年端もいかねえ餓鬼だぞう！」

警護の武士が槍の柄で彼の顔面をはたき落とした。ねずみの突然の動きを予測し、それに備えた熟練の対応だった。

ねずみはあえなく地面に叩きつけられた。数名の体重がのしかかり、縄がかけられ完全に身動きができなくなった。頬っぺたごと武士の草鞋で踏みつけられ、逆の頬に小石が食い込んだが、それでも、

「わしにしろ、わしを痛めつけろぉ……」

と、もごもご言い続けた。

岡部は上からそのさまを見やり、冷然とこう言った。

「生憎だな。つい二日前のこと、そちの目の先にあるその白州と池のまわりで」

ねずみは、眼球だけを動かしてそちらのほうを見た。

「あの弥七なぞよりさらに幼い子を何人も突き殺した」

「くそぅ！」

もう言葉にならなかった。

ねずみは、なおも手を振りほどこうともがいたが、かけられた縄がよりきつく手首に食い込むだけの結果になった。

「やはり何かあの弥七とつながりがありそうだのう。これは楽しみだ」

言葉ではそう言ったが、岡部の表情に笑みはなかった。

「まあ、あとは弥七に聞こう。その者は解き放て」

「城外に召し放ちまするか？」

警護の者が聞いた。

「いや。内に留めおけ。縄は解き、飯なども与えよ。理由なしに乱暴はするな。何事か考え直すようであれば、夜中でもよいので知らせよ」

庭に背を向け、座敷のなかに歩み入りながらそう指示した。


そのすぐあと、二人の獄卒が荒々しく弥七の両の脇を掴まえると、そのまま東の丸にある獄へと引っ立てていった。外は雲行きが怪しくなり、久しぶりに嵐が来そうであった。

獄卒は、牢の奥の小部屋に弥七の身体を放ると、

「さあ、伝左（でんざ）。仕事持ってきてやったけ」

と、奥の四角い石の上に座っていた痩せぎすの男に声をかけた。

はじめ腰かけたままうつらうつら舟を漕（こ）いでいたその男は、やにわに目を覚ますと、目をこすりながら立ち上がった。牢のほうを見たところで、ギョッとしたように立ちすくみ、獄卒らを振り返って言った。

「ま、また、童（わっぱ）かぁよ。堪忍（かんにん）してくりゃろ！」

本当にやり切れないような、情けない口調だった。

胸板や肩のまわりが伝左の倍はありそうな獄卒の一人がニヤニヤ笑いながら言う。

「おみゃあ、これが生業（しごと）だろが。いっつも楽しそうにやってやがるくせによ」

「でもよぅ、童はよくねえよ。こいつら縄さ、かけただけでぴいぴい泣きやがんのよ」

「そりゃ、童だからよ」

獄卒は、何を言ってるんだとばかりに呆れ返った。

「ともかくよ、縄責めすりゃあ、一晩とたたぬうちに吐くぜ。まあ、適当に手心加えてやんな。でもな、明日の朝までにゃあ吐かせねえとな」

伝左は目を剥いて首を竦めた。

「よ、よせやぃ。朝までなんて。そんなにやったら、童はぜってぇ死んじまうよ」

「じゃ、もっと早くにな」

「おう……。とりあえずおめえら、膝を縛るの手伝え」

「おっしゃ」

獄卒二人は慣れた口調で答えると、牢の床に転がされた弥七の両脇に回った。身にまとっていた衣を全部剥ぎ取ってから座らせ、両の膝頭に手を置いて力を入れ、下腿部を曲げさせた。

荒縄を肩に巻いた伝左が入ってきて、いかにも気が乗らないといった風な顔で弥七の前後左右、さまざまに手と顔を動かして縄をかける。やがて弥七は、胡座をかいたまま、股を限界まで開いた格好で地に座らされていた。

すでに拷問を受けることになると覚悟していた弥七は、やや意外なおももちで、自分を縛り上げた三名の大人を見上げた。

特に痛みもなく、たいして苦しくもない。

藤右衛門からさんざん脅されていた今川の拷問の烈しさとは、似ても似つかぬ内容である。

藤右衛門は言っていた。

「今川にとっ捕まって、拷問なんぞされてみぃ。痛ぇぞぅ。なんも知らなくたって、何か吐きたくなる。それっくれぇの痛さじゃ。で、一言でもなんか漏らしてみぃ」

恐ろしげな顔で、さらに言葉を続けた。

「もっと痛くしてくる。こちらが悲鳴さ上げると、もっと吐かなきゃ、さらにきつくすんぞと、こうじゃ。おのれら、今川にとっ捕まるくれぇなら、さっさとおっ死んだほうがええ。そこの崖からでも飛び降りたほうが楽よ」

そう言っておいて、奴は自分だけ逃げた。

弥七は、牢に転がされた瞬間から烈しく殴る蹴るの乱暴をされるものと思っていた。あるいは指の数本でも折られたり、切られたり。そのような扱いを覚悟していたので、ただ丸裸にされ縛り上げられただけであることに拍子抜けしたのである。

伝左たち三人は弥七を囲んで立ち、まだ腕組みなどして笑っている。

「こりゃ、なんね」

異例なこととは思ったが、弥七は彼らに聞いた。

「馬鹿野郎！」

伝左が叱った。目はまだ笑っていた。

「これから徐々に、来るんだよ。そんなこと言ってられるのも、今のうちだけだぜ」

「じゃ、よ。儂らはこれで。ひでぇ雨さ来そうだでぇ」

仕事を終えた獄卒二人は、手を振って出ていった。

弥七は縛り上げられ、床に転がされたまま、この伝左という男と二人きりになった。

伝左は何も喋らず、しばらく弥七の無様な格好を眺めていたが、ふとため息をつき、そのままぷいと牢を出ていってしまった。

岡部の前から叩き出されるようにして下がらされたねずみは、悄然として夫丸の詰所に戻ってきた。あとを番卒が従いてきて、そのまま詰所の門口に立った。先ほどから雲行きが怪しくなっていたが、やがて沛然たる豪雨となり、剛直な棒のような雨脚が詰所の前の地面をまっすぐに叩き、穴を穿ち、四囲に高く茶色い飛沫を飛ばした。

先ほど視界のはじのほうに、両脇を掴まれ連行されていく弥七の姿が見えていた。今頃すでに鬼のような獄卒たちによる拷問が始まっているであろう。岡部の言っていたようにねずみが「考え直」し、全部を自白しさえすれば、暴行は止み、弥七は解放されるであろう。

だがおそらくそのあとに待っているのは、弥七との数カ月にわたる逃避行の終わりである。もっとも恐れていた形での、道の終わりである。ねずみは座り込み、頭を抱え込んだ。自分がこれほどまでに惨めで、これほどまでに無力だと感じたことはなかった。落ちぶれて、逃げて逃げてついに陰に辿り着いたときも、このような惨めな思いはしなかった。あのときはむしろ安全な逃げ場を得た思いで、心の底からほっとしたものだ。

陰を出て、逆方向に逃げ、「ブエイ様の国」へと弥七を連れてきた。追われていても、弥七との道中は楽しく喜びに満ちていた。ねずみは、陰に沈潜しているあいだに忘れてしまったものを取り戻した気がしていた。

　そしてその希望に満ちた「ブエイ様の国」で待っていた結末が、これである。

　もしねずみが何もせずここで座り込んだままでいたら……岡部の思惑とは別に、何も白状せずにただ座っていたら。そして夜が終わったら。

　弥七は死に、ねずみは助かるかもしれない。岡部も打つ手がなくなる。強引な占領の後始末など他の諸事にかまけ、自分に対する処断などいずれ考慮の埒外（らちがい）に追いやられてしまうかもしれない。

　しかしそのとき弥七は確実に、この世にはいないのだ。

　歳はおそらく十四か？　十五か？

　河原者として生まれ、河原者として育ち、ほんのわずかばかりの自由を味わい、そして最後は藤右衛門の野郎に利用されて、ひどい死に方をしてしまうのだ。

　くそったれ、絶対に！

　ねずみは、遠い昔、津島の湊で自分が思いをかけた女が無惨に殺されたときとまったく同じ怒りを覚えた。佐久間大学のあまりに徹底した峻厳な取り締まりに、ひたすら腰が引けるまわりの連中たちに一人抗して、渋るたたらの信三を無理やり説き伏せ、大学の邸に忍び入った。あのときのねずみの烈々とした激情が戻ってきた。

　しかし自分は、今、何をなすべきなのか。

何を捨て、何を残すべきなのか。

弥七を助ける方法はあるのか。


ここまで考えたとき、ねずみは、誰もいない詰所の入り口にのっそりと大きな影が現れたことに気づいた。ぎょろりとした目、いかつい肩。頭はつるっと禿げ上がり、その代わりに耳の横から顎にかけもじゃもじゃと巻き髪のような髭が張りついている。

黒鍬の源蔵だった。

鳴海に来て以来源蔵は、城方との折衝はすべて藤右衛門やねずみに任せ、しばらく作事の現場での指揮に専念していたため、彼とねずみはあまり話をしていない。甚介が斬られたあの夜以来、それとはなしに監視の目がつくようになった三人には、あえて接触の頻度を落としているようにすら思えていた。

源蔵は、言った。

「えれぇことに、なってるようじゃねえか」

そしてどかっとねずみの隣に腰を下ろし、手に持っていたどぶろくの壺を渡した。むかむかしていたねずみはそれを受け取り、一気に呷った。

「で、よ。おみゃあ、なんか知ってるのかよ?」

源蔵は単刀直入に聞いてきた。ねずみは気づいた。源蔵は、岡部に何か申し含められ自分のもとにやって来たのに違いない。だとすれば、この問いに素直に答えるのは、まずい。

その思いがつい表情に出たか、源蔵は怒ったような顔で言った。

「あんま、この黒鍬の源蔵さまを甘く見てもらっちゃあ、困るぜ」

ねずみの手から壺を奪い取り、自分もうまそうにグビグビと呷った。

「丹波守かなんか、知らねえがよ、あの岡部の野郎がよ、何するもんかよ」

左手でもじゃもじゃの口髭のあたりをぬぐう。

「で、よ。さっさとみンな、儂に教えろやい。てめえらのおかしな素振り、ずうっと見てて気になっとんたんじゃい。案の定、藤右衛門の野郎が消えちまった。なんか起こると思ってたのよ」

部屋にあかりは少なく、ただ源蔵の大きくてまるい目ばかりが炯々と光る。

「さぁ、早く教えろやぃ！　こうしてる今も、弥七が痛めつけられとるんじゃろがぃ！」

＊

夜半を過ぎて、弥七は、伝左が先ほど言った言葉の意味をようやく理解した。

肩が外れるように痛くなり、太腿（ふともも）のなかの骨が、飛び出したげにゴッゴッと膝の皿を突き上げてくる。股のあたりはまるで日干しにした土壁のごとく硬くなり、そこから発した筋が、足の隅々にまでキリキリとした痛みを伝達していくようである。腰は何か大力の天狗にでも押さえつけられているみたいで、後ろと前がジンジンと痺れ、自分の身体から飛び出していってしまいそうな気がした。

頬にも額にもじっとりとした汗がつたい滝のように全身に流れ落ちてきた。

弥七は声を上げなかった。

しかしこのままでは、この痛みだけで自分は死ぬ、そう思った。

誰も殴らず、誰も蹴らず。しかしこの痛みはこれまで誰に殴られたときよりも、蹴られたときよりも烈しく厳しく、そして永遠に続くような暗黒の絶望感を伴っていた。

ふと気づくと、伝左が牢の竹格子のあいだに腕をまわして寄りかかり、ニヤニヤとこちらを眺め下ろしていた。

「おめえ、凄ぇなあ。根性あらぁ」

素直に、感じ入ったように弥七を褒めた。

「ほんと、凄ぇよ。大抵の童は、始める前に泣き出して、そこで洗いざらい全部喋っちまう。ととさんやかかさんが、それで殺されちまうとしてもよ」

そして、伝左は憐れむような目をして続けた。

「子の情けなんて、そんなモンよ。まあ、無理もねえや。ここはどだい童の来るとこじゃねえ」

　牢の鍵を開け、なかに入ってきた。

「でもよ……大人が童より我慢強ぇたぁ、限らねえ」

　弥七の前に屈み込み、顎を挟んで上を向かせ、手にしたぼろ布で弥七の顔じゅうを流れる汗を拭いた。

「大抵はよ、童と同じで、始める前に降参よ」

　クヒヒ、と下卑た笑いを浮かべる。

「まあ、このようにして縛って、しばらく我慢してる奴もいるけどなあ」

　そしてその布を、やにわに、弥七の口のなかに突っ込んだ。

「へっ、へっ、へ……苦しくて、舌を噛む奴もいるからなあ」

　伝左は、無抵抗の童に対するこの悪戯が自分でいたくお気に召したらしかった。

　一度突っ込んだ布を、また掴んで抜き取り、口のなかの血と唾液で濡れたそれで顔じゅうを拭って、ふたたび突っ込んだ。

　そうして、弥七の鼻先で、にかっと笑った。

「おめえ……いいぜぇ。童が泣き出して白状しはじめりゃ、おれも御上にお伝えしなけりゃなんねえ。そしたらお楽しみも終わりよ。ところが、おめえときたらよ」

　伝左は無抵抗の弥七の顔面を、突然両の手で撫ぜ回しはじめた。

汗や唾液や血がつくのもお構いなしである。撫ぜながら、耳の穴や鼻の穴に指をつっ込み、ほっぺたを掴んで横に伸ばしたりした。楽しそうだった。

「おめえ、いいぜぇ。おめえ……こんだけやっても、吐かねえたあ……いったいぜんたい、なにやらかしたんだァ？　でもなぁ。どんなに頑張っても、ぜぇんぶ、どうせ、無駄なんだよなあ」

弥七は腹が立った。しかし苦しさのあまりに声は出ず、ただギロリとこの唾棄すべき男を睨んだ。

「おお、怖ぇ、怖げえ目じゃあ……」

へへへ……と、舌なめずりするように笑った。

弥七は、それがどこかで見た顔だと思った。

すぐにわかった。藤右衛門だ。

あの笑いは、こいつらみたいな手合いが共通して持っている心の卑しさの表れであるような気がした。

弥七は苛立ち、縛り上げられた身体を左右に揺すった。

しかし伝左は言った。

「おめえよぅ、下手に動かねえほうがええぞ。動くとな、よけい縄目が入って、今度は膚が擦れてきて血だらけになる……これはよぅ、実は骨に来るより余計に痛ぇぞぅ。これで死ぬ奴はよ、たいがい痛くて、呻いて、もがいて死ぬんだぁ……擦れた膚から、血が出んのよ。苦しいぞぅ。身体じゅう真っ黒くなって、朝になりゃあ死んでらぁ」

さらに冷たい、光のない目で、弥七を睨んで聞いた。

「さあてよ。別に止めてやってもいいんだゾぉ。吐きゃあよぅ。さあて、どうするよぉ？」

目まで！

こいつの目までが、蛇のような目だ。

藤右衛門とおんなじだ。

弥七は思った。少しだけだが痛みが和らいだ。自分の心の奥底に怒りの炎が、噴き上がったのだ。

第二十章　対決

烈しい雨脚が櫓の屋根を叩き、中庭を囲む回廊沿いに閉め立てた板戸の群にぶつかってこれを揺らし、ごとごとと音を立てた。ときどき彼方で雷霆が閃き、板戸の隙間から座敷のなかを、ほんの一瞬だけ蒼く照らした。

そのなかで一人眠れずに端座しずっと雨音を聞いていた岡部元信は、回廊のはじに人の姿が立ったのを認め、武士の習性でなかば反射的に刀の柄に手をかけた。甚介のような曲者が忍んできたと思ったからではない。板戸の向こうの中庭で、数日前に自らが指令して命を奪った数十名の老若男女の霊が姿を現したのではないかと感じたのである。

人の姿は、配下の番兵であった。彼は言上した。

「申し上げます。黒鍬の源蔵が、火急の要件にてと御目通りを願うておりまする」

「源蔵？　黒鍬の？」

「はっ、左様で。追い返そうとしましたが、火急の件と言うて退かず」

「よし、会おう。通せ」

通された源蔵は、下座にてさっと一礼し、言われもせぬうちから面を上げた。暗い室内でその炯々たる眼光だけが光る。源蔵は驚くべきことを口にした。

「誠におそれながら。明日、作事を止め当地を去りまする。お暇乞いに伺いまして」

「これは面妖なことを。しかも雷雨のなか斯様な夜更けにわざわざ言いに参るようなことか？」

岡部はつとめて冷静に言った。

「へい。大切なことで」

源蔵の口ぶりも静かである。

「聞こう。なぜか？　作事は卯の櫓で終わりと承知しておる。あと少しで落成となるではないか」

「いろいろ危のうございましてな。ご城中ここ数日の出来事、あまりに忙しなさすぎ、また城内で多くの血が流れ、配下どもに不安が広がっておりまする」

「不安は、わかる」

　岡部は即座に答えた。

「今はまだ、すぐに手はつけられまい。ここ数日は皆城下に控えて憩むがよい。多少の手銭も給そう。城内の秩序はほどなく回復する。さすればまた作事へと戻り、櫓を仕上げてから去れ」

「それが、そうもいかねえんで」

　源蔵は頭をかき、困ったように言った。

「うちの黒鍬のなかでも、もっとも腕が立ち儂の両腕ともなっている二人が、今まさに岡部様のお仕置きを受けておりまする」

「弥七と、ねずみか」

　岡部は考え込んだ。

「へえ。ほんに、不埒千万（ふらちせんばん）、申し訳の立たねえこって」

「だが両の者とも安祥の出で、おぬしの黒鍬に加わってからまだ日が浅いそうではないか」

「それが、そうでもねえんで」

源蔵も、困った顔をした。

「沓掛の御水入れ以来、ずーっと切れ目なく儂とともにあちこちの作事を差配していたは、奴ら二人でごぜえやす。筋がよく、熱を上げていろいろ教え込みましたんで。今じゃあの二人なしにゃあ、儂の黒鍬は力の半分も出せませんや」

「あの二人は、まだ解き放てぬ」

岡部は冷たく言った。

「なにしろあの藤右衛門と近しく、こそこそと動き回っていた、この上もなく怪しい奴らじゃ」

そう言ってじっと源蔵を見た。

「藤右衛門が曲者であったことは明白。そしておそらくはあの二人も。本来はそちにも累が及ぶところ、手控えておるは我らの温情ぞ。多少は手不足でも、作事に念を入れんでなんとする」

源蔵の目が、ぎらりと光った。

ちょうどそのとき、雷光が閃き室内が蒼白く輝いた。それは明滅を繰り返し、会話が一瞬途切れた。

それが収まり、座敷のなかがもとの仄暗さに戻ったとき、源蔵は豹変していた。

「やい、てめえ、今なんと言いやがった？」

彼は岡部に言った。

語調は静かだが、低く押しつけるように圧力のある声である。

岡部はやや身を引いた。周囲の武士たちが無礼者と怒鳴って源蔵を叱りつけた。がちゃりと刀の柄（つか）が鳴り、思わず数名が腰を浮かしかけた。

源蔵はまったく怯まなかった。彼は続けた。

「藤右衛門と儂らが同類たァ、ご挨拶じゃねえか。儂らは黒鍬、あやつはただの口入じゃ」

「控えよ！」

叫んで、武士の一人が刀を抜きかけた。

岡部が右手の扇子でもってすぐにそれを制した。そして、努めてゆっくりとした語調で言った。

「なるほど。作事に就くおぬしたちこそ黒鍬、口入の藤右衛門は別もの。それはおぬしたちの仕来（しきた）りに疎いこちらの失言であった。許せ」

素直に詫びたあと、岡部は言葉を継いだ。

「されど別ものとはいえ、おぬしらをこの城へと連れてきたは藤右衛門じゃ。ほぼ同類とこちらが思うても、仕方があるまい。その藤右衛門が明らかに怪しい動きをなし、城中から姿を消した。よって、藤右衛門とともに詰めていたあの二人を厳しく詮議している。このことになんら不自然はあるまい」

「たしかに」

今度は源蔵がそれを認めた。

「藤右衛門がどっか怪しい野郎だってことは、儂も薄々勘づいておりました。だが奴はあくまで黒鍬の外の人間。奴の口入で儂らはご領内を動き回り、あちらこちらで稼がせてもらいやしたが、そのどこの現場でも、藤右衛門だけはほとんどそこにいなかったんで」

そして、少し膝で岡部のほうへにじり寄って続けた。

「実はさっき、詰所でねずみの野郎が不貞ってやがったんで、根掘り葉掘り聞き出してきやした」

「ほう？」

岡部は、目を輝かせた。

「ここで詮議したときは、随分と頑固であったが……」

つい数刻前、ここの中庭で、警護の武士どもに組み敷かれていたねずみの姿を思い浮かべた。

「おぬしにはすべて喋ったというのか？」

「へえ。最初は、儂がご城代様のまわし者か何かと疑っていたようでしたが」

首筋を太い指でぼりぼりと掻いた。

「結局、洗いざらい喋りやした。野郎は、今川様のご領内でちょっとした罪を犯し、それで尾張に向け逃げていたんで。あの弥七と一緒に」

「ちょっとした罪とは？」

「なに、盗みでさぁ……ねずみの野郎、今じゃ随分と改心しちゃあいるんですが、津島ん頃の地金がたまに出るようで。失策って追われ、捕まりかけたところを、あの藤右衛門が巧みに言い寄り弱みを握って、以後はてめえの好きなように使っていやがったってえ次第でさあ」

「ふむう」

岡部は、考え込んだ。

「一応は筋が通っているかに思える。だが儂が知りたいのは、もっと別のことだ。実のところ、あの二人が曲者の一派かどうかなど、どうでもよい。それよりも……」

「手紙の、ことでしょ？」

源蔵が言い、岡部はびっくりして扇子を取り落としかけた。

「なぜ、それを？」

「へえ。高貴な皆さんが思われるほど儂らは馬鹿じゃありませんや。ねずみにしても同様で。奴は甚介が斬られたときに、ご城代様が配下のお奉行からこよりのようなものを渡されるのをちゃんと見てたんで」

「中身を知っておるのか？」

「そこまでは、さすがに。だがよ、だいたい想像はつくぜ」

「なんだと！」

「そのすぐあと、山口様がご一族ともどもあんなことに」

源蔵はさらりと言った。岡部は渋い顔をした。

「察するに織田様あたりからの偽密書で、あんた、それに引っかかったんだァ」

源蔵は言い、ぎろりと岡部を睨んだ。

激昂した数名の武士が抜刀して源蔵を取り囲んだが、源蔵は平然としていた。

「図星、だろ」

岡部は無言だった。

武士たちは、刀を手にした腕をぶるぶると震わせている。だが源蔵の胴体をすぐさま両断しようとする者はいなかった。

「まあ、お武家同士の騙し合いは、勝手にやってちょうよ。そこでの勝った負けたまでは、儂らの知ったこっちゃねえ。だがよ」

「だが、なんだ？」

岡部がやっと口を開いた。

「だが、よ……ただ盗人にくっついてて、こんないざこざに巻き込まれただけの童を、責め苛んで、それでねずみの口を割らせようとするなんてぇのはよ、よくねえぜ」

源蔵は、そう言ってまっすぐに岡部の目を見つめた。

「よくねえぜ。人の道を外してらあ。それによ、山口様のご一族に対するなされ様よ」

板戸の向こうの中庭のほうを顎で指した。

「聞けばよ、幼児はおろか、ただ仕えてたというだけの下人まで、みんなまとめて殺っちまったそうじゃねえか。これも、よくないぜ。まがりなりにもこのあたりを、あんたたちが来る前までずっと治めていたご一族じゃねえか。同じ殺すにしても、もうちょっと情けのあるやり方があったんじゃねえのか？」

すでに箍の外れた源蔵の舌鋒は、止まらない。

「誰も言わねえけどよ、城の内でも外でも、ここらあたりに住んでる連中は、あんたらのやりようにえらく怒ってるぜぇ。いずれ戦にでもなりゃ、あんたたちには誰も力を貸さねえよ。貸すふりだけして、手ぇ抜くぜぇ。いざというときに味方に手ぇ抜かれる恐ろしさは、黒鍬の棟梁の儂にゃ身に染みてようくわかる。あんたたち、この飛び地でほんとにひとりぼっちだぜ」

不思議なことだが、岡部は、先ほどより続く源蔵の遠慮会釈ない言葉遣いに対し、怒りどころか、むしろ一種の快い解放感のようなものを感じていた。自分がここ数日独りでじっと受け止めて耐えていた重石のようなものを、源蔵が、身分をも弁えぬ爽快な言葉の鑿で、次々と削り取ってくれている気がしたのである。

しかし岡部の配下たちは、それでは収まらなかった。

「ご城代！　斬り捨ててよろしゅうござるか！」

口々に叫び、岡部のほうを見た。

岡部は彼らに刀を収め座り直すよう命じた。そして源蔵に言った。

「して、そちはどうすると言うのじゃ？」

「言っただろ？　雨が上がりゃあ、それで終了よ。荷さまとめて、さっさと帰る。それだけのことじゃ」

「作事はまだ終わってはおらぬぞ。音に聞こえた黒鍬衆が、それを擲って帰るのか？」

岡部は、やや呆れたように言った。

「おう、そのとおりよぅ！」

源蔵は大声で怒鳴った。その声は、外の雨音を吹き飛ばして、板戸を逆になかからガタガタと揺らした。

「仲間がよぅ、殺されかかってんだぞ！　しかも年端のいかねえ子供がよ！　ここのご城代は、血も涙もねえ子殺しなんじゃゃ。儂ら黒鍬はよぅ、今後一切、今川の仕事はやんねえ。おう、途中でおっぽり出すんだ、おめえらが払わねえと言うなら、今度の作事の代金はいらねえよ！　だがな、これから儂らが手伝うのは、織田様だけよ。すんげぇ城でも砦でも建ててやる！　道もつけてやるし、橋だって架けてやらぁ！　織田があんたたちを討つためだったらな。鳴海城を攻めるための仕寄（しよせ）だってよ。黒鍬が本気になりゃあ、強（つえ）えぜぇ。へっ、おめえら、ここで全員のたれ死によぅ！」

「黙れぇ！」

配下の武士たちがまた口々に叫び、岡部に詰め寄った。

「斬りましょう！　こやつの雑言、もはや堪忍できませぬ！」

一人が激情にかられて、泣き出しそうな顔で岡部に哀訴した。

岡部は源蔵を見た。

源蔵のほうは、もう岡部を見ていなかった。けろりとした顔で目を瞑り、斬るなら斬れよとばかり腕組みをして、どっかとそこに座っている。

また雷鳴が聞こえた。雨だれが板戸をドンドンと叩いた。

＊

やがて伝左は、その獣のような本性を露わにしはじめた。城内の誰にも知られていない、あの獄卒にも知られていない、やがて死にゆく囚人と二人になったときにだけ見せる、陋劣（ろうれつ）で醜悪な中身を剥き出しにした。

彼は、弥七の顔の前に自らの汗だらけの顔を突き出し、べろりと舌を出した。そのままニヤリと笑って、舌の先で弥七の顔面をねぶり出した。素っ裸でぎりぎりと縄の巻かれた弥七の身体を横倒しにし、顔を舐め回しながら、手を這わせ、弥七の下腹部をさわさわと撫でる。

弥七は、叫んだ。

身動きの取れぬままただ相手のなすがままになるということが、これほどまでに惨めで恐ろしいことだとは、まったく知らないことであった。脳天まで突き上げる恐怖に炙られ、弥七はただ声を限りに泣き叫んだ。

伝左は、法悦(ほうえつ)を感じているかのような惚けた顔で、泣き叫ぶ弥七の顔を眺めた。そのまま、汗と泥と血にまみれたこのツルツルした肉の塊を、手と舌先でもって賞翫(しょうがん)し続けた。そして弥七の耳に口を寄せ、こう囁いた。

「吐かねえでもいいぞ。まだ、いい。まだこうやっているだ。だがな」

今度は、逆の耳に口を寄せ——

「朝になると、まずい。だから、もうすぐ……吊るすだ」

弥七には、なんのことだかわからなかった。

「おみゃあをもうすぐ吊るすだ。逆さによ。上から縄でもって吊るすだ。わかるか？　おみゃあ、逆さまになるのよ。そうするとな、すぐに頭に血が降りてくる。頭んなかがじゃぶじゃぶんなって、顔じゅう真っ赤になって、おみゃあ、人の顔でなくなる」

弥七は反射的にもがいた。叫びながらもがいた。

縄がますます食い込んだ。

「言っただろ……言っただろ。もがいちゃ、よけい苦しゅうなるぜ。静かにしちょれ。で、よ」

伝左は弥七の身体を撫ぜ回しつつ――

「人の顔でなくなったらな、うらがつまらんのよ。だからな」

突然、指先で弥七のこめかみのあたりを、強くつついた。

「ここによ、針で穴さ開けんのよ。ちっちゃなのをな。で、血を少しずつ抜くんよ。ひひひ……」

その言葉を聞くと、もはやもがく気力もなくなった。

自分は死ぬのだ。ここで死ぬのだ。

こんな、死骸にたかる蛆虫(うじむし)よりも汚い男とからみ合い、地の底の牢で果てるのだ。

陰で生まれて、陰で育った。

そして最期は、こんなところで。

なんてことだ。なんて一生だ。

弥七は薄れゆく意識のなかで思った。

そのとき、あのふたつの黒い目が脳裏に蘇ってきた。

じっと、見ていた。弥七を見ていた。小さな妹の顔だった。

紅色の着物を着ていた。紅ではあるが色あせた紅だ。それでも彼女には充分に綺麗な着物だった。妹は嬉しそうに笑っていた。

よく見ると、彼女の手を取って、ふたつの大きな影が両脇に立っていた。

妹は振り返って弥七を見ていた。影は彼女の手を引いて向こうに去っていった。色あせた紅の着物を着たまま、妹はときどき弥七のほうを振り返り、名残惜しそうにしていた。

みっつの影は小さくなって、やがて消えていった。

第二十一章　涙

闇のなかに落ち込んだ弥七の意識が、また、すうっと戻ってきた。

目を開けると、さっきとは視界がひっくり返っていた。汚い土の床が頭の上のほうに見え、自分の顎の下に、さっきまでの牢の天井とそこから生えた滑車に縄がかかっているのが見えた。縄が伸びる方向をずっと目で追っていくと、それは自分の身体へとつながっていることがわかった。

そして頭の上のほうで、なにやら男同士で言い争っているらしいやり取りが聞こえた。

「なんでだよ、なんでだよ……」

などともごもご言っているのが、先ほどまで彼の顔を舐め回していたあの蛆虫のような男だ。もうひとつの声は弥七が聞いたことのない声だ。伝左の声に較べ凛として、ピンと張った折り目正しい命令口調である。

伝左はまだぐちゃぐちゃと言っていたが、やがて立ち上がり、下から何かを引っ張るのが見えた。すると、逆さに吊るされた弥七の視界が震え、足のほうに解放された感覚を覚え、ついで身体がひっくり返って地べたに落ちた。牢の床のひんやりとした土の感触が、また弥七の膚に戻ってきた。

息が苦しく、喉が渇いていた。弥七は口を大きく開け、はあはあと空気を吸い込んだ。しばらく麻痺していた脳髄にふたたび力が戻り、周囲の状況がやっと目のなかに入ってきた。

視界の左のはじでは伝左が座り込み、頭を抱えて何か不平をぶちまけている。右のほうには、袴姿に帯刀した若い武士が立ち、何事か伝左を叱りつけているように見える。

弥七は息を吸い込み、状況をさらに把握しようとした。とりあえず自分はまだ生きているらしい。もしかしたら頭に穴が開けられてしまったのであろうか？　だとすれば、頭に溜まった血が流れ落ち、顔じゅうが血だらけになっているはずだが、どうもまだそこまでには至っていない。

やがて右の武士が、地面に転がった弥七を見下ろして言った。

「弥七とやら。大事ないか？」

「見てわからねえか、この野郎！」

弥七は反射的にそう吐き捨てようとしたが、ただ口のなかに溜まった涎と血が、霧のごとく飛び散っただけだった。

そのあとゲホゲホと咽せ、武士は慌てて駆け寄り、屈み込んで弥七の肩に手をかけた。弥七は荒々しくその手を振りほどき、地面に向かってぜえぜえと息をついた。身体のあちこちにかかったままの荒縄がほどけて、ずるりずるりと両の肩から落ちてきた。

脇では、伝左がぶつぶつ言うのが聞こえた。

「ちっくしょう、ちっくしょう……うらのもんだのによう、なんで今になって持ってっちまうんだよう……」

お気に入りの玩具を取り上げられた童のようなことを言いながら、べそをかいていた。

先ほどは弥七の烈しい反応に驚愕き、いったん一歩後ろに下がった武士が、今度は遠くから声をかけてきた。

「弥七よ、城代様の格別の思召しによって、そちの罪を免じ、ここから召し放つこととなった。さ、落ち着いたら立てい。外で黒鍬の源蔵と、おぬしの連れのねずみなる者が待っておる」

　ねずみの名を聞いて弥七は我に返った。そうだ、ねずみと自分は岡部の厳しい詮議を受けている最中だったのだ。その途中いきなり両脇を掴まれ、この地獄のような土牢に抛り込まれた。そして横でしゃがみ込んでいる、こいつに……

　弥七ははっとして伝左のほうを向いた。あの汗とあばただらけの醜い顔がそこにある。この男を、この蛆虫を、存在ごとこの世から消し去ってしまわなければ。すべての忌わしさの具現である、この嫌らしいにやけ顔を叩き潰して粉々にしてやらなければ。そうしないと自分が、いつかまたあの責め苦に遭う気がした。

　弥七はそのまま、武士が腰に差している小刀を抜いて伝左に斬りつけようとした。武士は驚いて飛びのこうとしたが、一瞬早く弥七の手が刀の柄に届いた。掴んでそのまま刀を引き抜こうとしたが、鯉口(こいぐち)に引っかかって、抜けない。武士が腰を引いた勢いで刀に引っ張られ、弥七は頭から壁に突っ込み、そのままひっくり返った。

　伝左は「ひひひ」と笑った。指をさし、震えながら、

「ざまあ、みろやい……」

　と憎まれ口を叩いた。

「控えい、下郎(げろう)！」

　自分が言われたと早とちりした武士は伝左を叱りつけ、そのあと弥七に手を貸した。

弥七はよろよろと立ち上がった。足が自分のものではないような気がして、動かすのに苦労した。数歩、前に出てはよろけ、出てはよろけながらなんとか歩き、階段では武士の腕を借りて牢の外へと出た。

外は、ざあざあ降りの雨であった。

黒鍬の源蔵とねずみの二人が、心配そうな顔をしてそこに立っていた。

弥七は、「ああ、ああ、ああ……」と、言葉にならないまま、ただ声を発して泣き崩れ、ねずみの前でがっくりと膝をついた。

雨がそんな弥七の髪を、顔を、肩を濡らしたが、素っ裸のままの彼にはありがたいことであった。どこか生温かい雨水が身体をつたい、あの穢(けが)れた地下牢で付着したすべての汚れを濯(すす)いでくれているような気がしたのである。

弥七は、ああと声を上げ続けた。

ねずみは弥七の手を取り、自分も片膝をつきながら言った。

「さあ、もう大丈夫さ。おみゃあは外に出れる」

弥七はまだ言葉を出せないが、ねずみの手を弱々しく握り返して自分の感情を伝えた。

「源蔵がよ。城代に掛け合ってくれた。命がけでよ」

ねずみは言い、弥七の手を源蔵のほうへ向けた。

源蔵の手は、指が太くて掌が分厚く、握る力が強かった。

「もうええ。もうええ。大丈夫だ。おみゃあはこれからしばらくゆっくり寝ろ。もう大丈夫だからな」

源蔵はそれだけ言うと、手をねずみに返した。

弥七はここで一層激しく嗚咽した。なぜか涙が出て、涙が出て、仕方なかった。

それは、地下牢で流したあの恐怖の涙とは違う。

妹の幻に再会したあと、目のはしからじんわりと溢れてくる涙とも違う。

それは、心の底からほっとして、安堵のあまりに全身の筋肉が弛緩して流れる涙だった。弥七の人生で初めて味わう、心からの安らぎの涙だった。

安心しているのに、なぜか涙だけが止めどなく流れてくるのだった。

激しい雨のなか、ずぶ濡れになりながら、そのまましばらく弥七は幼児のように、延々と泣きじゃくり続けた。

*

その頃、月見櫓の板戸のなかでは、岡部元信が、いきり立つ配下どもをようやく宥めて散らせ、また一人きりになれたところだった。

彼はふうと深いため息をつき、ゆっくりと座り直した。

あの黒鍬の源蔵には、言いたい放題のことを言われた。この地上でおそらく、あのような悪口を自分に浴びせかけられる存在は、駿府にいる大殿・今川義元くらいのものであろう。しかもその大殿ですら、自分に対し声を荒らげたことなど、実際にはまだ一度としてない。

岡部の人生において、自らの行いが他人からこれほどまでに激しく論難された経験は、幼少期のごく短いあいだを除けばまったく初めてのことであった。しかも黒鍬なる、要はただの作事人夫たちの棟梁という身分の卑しい者に、自らの配下たちが居並ぶ前で大っぴらに蔑まれ、罵倒されたのだ。

なぜ斬らなかったのか。自分でもわからなかった。ただ、斬ってはならぬと心のどこかで決めていたことは確かだ。源蔵の言うことにはどこか有無を言わさぬ真実(まこと)があり、それが真実であるがゆえに皆を苛立たせ、怒りに火をつけた。しかし同時に、真実であると皆が心のうちのどこかでわかっていたからこそ、源蔵に刀を振るうことができなかったのに違いなかった。

あの殺戮の日からずっと、繰り返し、繰り返し考えてきたが、甚介の襟元に縫い込まれた密書を発見したあとの自分の対応には、まったく手落ちはないはずだった。

それが偽物であるかもしれないという可能性については、もちろんかなり早い段階から考慮していた。駿府とやり取りした手紙のなかで、もっとも字数を割いて義元と検討し合ったのも、そこだった。

それは山口親子の忠誠の度合いを測るというより、彼らが再度寝返ることによる政治的な得失がいかほどのものか、彼らの身になって判定することであり、また織田方の利が最大化するのがいったいどのような情勢の変化が起こったときなのか、さまざまな筋書きを想定して検討するという地道な作業であった。

しかしどのように努力しても、結局、正確な判定は不可能だった。傍証を固めて事実確認をしようにも、その時間も手立てもなかった。よって、事態が悪化する前に思い切って処断することになった。やる以上は徹底的に、そして迅速に。自分は鉄石の心をもって鬼と化し、それを完璧にやり遂げた。

なにしろここは飛び地。仮に山口親子に裏切られたら、岡部とその一党は敵中に孤立し、なすすべもなく死すしかないのである。疑わしきは、まず処断する。それが、この戦国の世に生きる者の心得である。

結果、敵地のなかに張り出した肥沃な三角地帯を接収し、直轄地として獲得することができた。それは伊勢湾に面したいくつかの港湾まで伴っており、来るべき尾張侵攻作戦の橋頭堡として有用だ。これほど重要な地を、敵に先んじて占領することができた利は計りしれないものがある。武人として、またそれ以上に優れた軍政家としての岡部には、その価値が充分すぎるくらいにわかっている。

しかし義元と自分は、もしかしたら、ひとつだけ政治的に重要な側面を見落としていたかもしれない。それは源蔵がはからずも言ったように、現地の住民や地侍たちの支持を得られたかどうかである。

今のところ表立った抵抗はない。その芽は事前に摘んだ上で岡部は行動を起こした。すべては完璧に成功した。よって不穏な動きはなく、この三角地帯は表向き唯々諾々と君主の交代を容認しているように見える。

しかし、そこに生き、そこに住まう人々の心の奥底まではどうか？　そこまでは、岡部にもまだ窺いしれない。岡部と、飛び地で彼と運命をともにする彼の部下たちの、心のどこかにきざすそんな不安を、源蔵はまさに言葉にして叩きつけてきたのだ。

さらに。

岡部は考える。山口親子への騙し討ち、それに連動した電撃的な城内の制圧と城主一族の処断。これも飛び地における権力奪取を、安全に、完璧にやり遂げるためのぎりぎりの策だった。だが必要と思って断行した一族の処断が、長らく山口一族の統治に慣れていた民心を得る上でどう作用するかは、また別問題である。

源蔵はここも指摘した。現地の民心の動向がこの後の我々の運命にどう影響してくるかを、きわめて的確に容赦なく指摘してきた。我々もそれについて漠とした不安を持っていたがゆえに、苛立ちつつも源蔵を斬れなかったのに違いない……

い、いや、違う。

おそらく、そうではない。

源蔵が言ったのは、人の道に外れていないかという問いかけである。誰もがそれぞれ心のうちに持つ、人の道という規範に照らして、それが是認され得る方法だったのか。

皆はそこを見ていると、源蔵は言いたかったのだ。

岡部はあの日以来、自分の心をぎゅっと抑えつけていた重石（おもし）の正体がなんであるのかを、改めて悟った。自分一人で抱え込みその責め苦に耐えることが、最高指揮官である自分の責務だと思っていたが、そうではなかった。

やってしまったことの重みは、おそらく、自分の命を受けてそれを実施したに過ぎない部下たちの心にも、重く重くのしかかっていたのに相違ない。

だから、誰も源蔵を斬れなかったのだ。

「斬りましょう！　斬りましょう！」

彼らは泣きそうな顔で自分に哀訴してきた。

それは言い換えるなら、「自分には斬れません」という言葉の裏返しに相違なかった。

岡部は、雨の音が続く板戸のほうへ眼を遣った。

その向こうで、命を散らした数十名もの人々へと思いを馳せた。

涙が、こぼれ落ちてきた。

すでに夜は更け、皆は散り、この回廊の奥の座敷を訪う者はもう誰もいない。岡部は、ここに誰もいないことを感謝した。涙が、止まらなくなった。

夜の闇に、雨の音。

その片隅で、一人声を上げて泣き続ける男の姿があった。

第二十二章　疑心

死んでしまった。皆死んでしまった……

松平元康は、駿府の邑の北外れ、小さい辻に面した破れ築地の前に佇みながら、誰にも聞かれぬようにそっとひとりごちた。

辻の片側は柴の生えた緩い斜面になっており、名も知らぬ禅寺のくすんだ板壁の塔頭がところどころ見えた。黄昏の光が斜面を黄金色に照らし、辻はその下に落ちて大きな黒い影になっていた。

元康の目の前いっぱいに、鳴海から美々しい隊列を組んでやってきた数十名の人間の、砕け散った夢のあとが散乱していた。

大きな塗輿の宝形の屋根が打ち毀され、折れた轅が斜めに突き立っている。死んだ馬が朱に染まった口を開け、無念そうに歯を剥き出している。轍や蹄のあとが縦横に錯綜し、そこらじゅうに供奉した者どもの着衣や骸が散らばり、早くもそれを見つけた蝿どもがブンブンと音を立て集っていた。

彼らに対する襲撃は、ついこの小半刻（約30分）ほど前に決行されたばかりである。鳴海の城より彼らを護衛して来た武装兵が、指揮官の合図とともに一斉に抜刀し、辻の両側に伏せていた槍兵と同時に隊列へと襲いかかった。誰一人抵抗もできずに虐殺された。列の主たる山口親子は、それぞれの塗輿のなかで声もあげずに刺し貫かれ、後から頸を取られた。

今元康の足もとに、ふたつの首桶が直に置かれている。元康は山口親子と直接の面識はないものの、本拠地が近い関係もあって、ある意味でよく識る間柄でもあった。父親の教継は、小勢力の国人の生まれでありながら、織田と今川そしてわが松平のあいだを巧みに遊弋、勢力を保全し、そして近年はむしろそれを大いに興隆した傑物である。

先ほど首桶の中身を検分したときが初の顔合わせとなったが、彼は目を閉じたまま生を焉え、ついに元康と相見えぬままに虚しく塩漬とされてしまった。

元康は、二人だけのときは兄弟とも呼び合う主君・今川義元じきじきの依頼で、この現場を検分し、山口親子の確実な死を報ずるために来ている。また、臭気があたりを覆ってしまう前に死骸を片づけ路上を清掃し、襲撃の痕跡を跡形もなく消し去り、事実そのものをなくしてしまうべく、その工作の指揮一切を任されていた。

この寂しい辻を通りかかるごく数名の旅人や行商人は、現場のずっと手前に敷かれていた警戒線で番卒に誰何され、そのまましばし留め置かれている。事前の決定では、襲撃が成功したら、山口親子は実際に義元と対面し内通の罪を認め、今川館のなかで潔く腹を切った、という発表がなされる手筈になっていた。よって現場の清掃と原状回復が終われば、旅人たちはあえて通され、そこでは何もなかったことを彼らの脳裏に自然に刷り込むという計策である。

すべて順調に推移していた。元康は、義元自らの懇請による、誰にとっても後味の悪い嫌な仕事を円滑にやり遂げつつあった。これにより今川家中における自らの地位は、また少し向上し、松平の安全も増すはずだ。来たるべき西方への一大侵攻作戦において、その尖兵となり大功を立て、今川政権下における松平の家名興隆を実現するための、ひとつの確実な前進になったであろう。

しかし、元康の胸中は晴れなかった。

この鬼哭啾々たる陰惨な風景を目にしたせいもある。現場がうら寂しい辻の、黄昏どきの光線の影に埋没してしまっていたせいもある。ある意味で旧知の仲とも言えた、山口親子の死顔と間近に対面したせいも……義元の言うとおり、誰にとっても「嫌な仕事」だから、それで嫌な気分になっていることは確かであろう。

しかしその義元の胸中が、少しばかり気にかかる。義元は今川館の奥で元康と二人きりになり、またも「弟よ」と呼びかけて、これがもっとも信頼できる自分にしかできない仕事であることを強調したのだ。とてもとても嫌そうな顔をして、そちにしか頼めない、何度もそう言い頭を下げた。

こうした義元の胸中を推し量るうち、松平元康は、ある恐るべき可能性に思い至った。

もしかしたら。

あの怜悧で合理的で、すべてにおいて用意周到な義元は、山口親子のこの悲惨な末路を、他でもない、自分に見せつけることを意図したのではないだろうか。

うら寂しい辻路で、声もなく散った骸の数々を検分させることによって、今川帝国への反逆を企てた者たちの末路を見せつけ、恐怖を元康の身体の隅々にまで染み渡らせるという深謀なのではないか。

つい数カ月前、鉄漿(かね)をした自分と義元は、心地よい汐風に頬を撫ぜられながら、腹蔵なく互いの意見を交換し合った。来るべき西方侵攻作戦について、その政治的な成果までも含めて、義元の思考の雄大さと周到さとに自分は圧倒された。そして同時に、誠実な言葉の数々に感激し、今川家に対する忠誠は、本当に心のうちから発し、極限にまで高まったといってよい。

その義元の示す信頼によもや嘘はあるまい。あのときの義元の誠実さは、歯に施した鉄漿だけでなく、実際に親しく語らった自分が空気感として等しく共有している。しかし……

しかし、客将たる自分とは立場が違い、東海三国にまたがるこの巨大で重層的な大帝国を円滑に切り盛りしていかなければならない義元としては、いずれ、なんらかの理由で情勢が変化したときに備え、自分の「心変わり」を未然に防止しておかなければならない。

すべて物事には、光と影がある。

義元の心のうちにも、自分に対する思いの、光と影とがあるのであろう。

光のうちにある自分は、西方侵攻における尖兵としてその重責を充分に果たし得る、勇猛果敢で術策にも長けた、若く優秀でどこまでも忠良な前線指揮官である。

しかし影のうちでは……かつて親の代には敵対し、互いに相克を繰り返して最終的にはなんとか取り込んだ潜在的な敵国の王子である。身内同様として慈しみ、大事に訓育しながらも、同時に厳に警戒すべき存在でもある。

元康に対する義元の思いは、もしかしたらこの光と影の両端を、時間軸によって行ったり来たりするきわめて不安定な動きを伴うものなのかもしれなかった。

気の、回しすぎか？

そうとも、思う。

元康は自分の気質を熟知している。まだ若く、すぐ血が猛り立つ性格だが、同時に彼には、ひどく内省的な一面がある。やってしまったことをあとからくよくよと考え、何度も何度も過ぎたことで自分を責め苛むような、乱世の軍事集団指導者としては不適格であるとも言える心の脆弱さを併せ持っていた。

　もちろん、彼はそうした一面を人には見せない。気心の知れた部下にも、もちろん義元や今川家中の各将にも、決して見せない。巨大な師であった太原崇孚雪斎ですら、彼のそうした隠れた一面について、気づいていたかどうかわからない。

　もし雪斎がそうした元康の気質に気づいていたら、当然そのことを現在の義元も知っているはずである。ところが義元は、いかにも粗野な武辺の部下に接するような調子で、芝居けたっぷりに「そちにしか頼めない」とやった。

　おそらく、元康の隠れた一面は周囲にまったく知られておらず、彼は煽てておけば御しやすい武芸だけの男として認知されているに相違なかった。それはそれで一面歓迎すべきことではある。韜晦は、生き残りの秘訣である。本当の自分を隠し通すことは、他者が認知する自分よりも少しだけ意識の層の深いところで、ひそやかな意思決定を行なう素地を残すことになるのだ。

　さまざまな思惑が行き交う今川家中のようないわば敵地では、元康がもって生まれたこの多層的な人格は、歪みではなく、自己防衛を図る上での有効な最後の砦として機能するであろう。

　黄昏時の辻路の脇に立った元康は、そうやってしばらく無言のまま考え込んでいた。だが、やがて部下たちによる現場の清掃と偽装作業とが終わりに近づくと、迅速な撤収と報告を行なうべく、意識を目の前の現実に戻さなければならなくなった。

　彼は現場指揮官の仕事へと戻る前に、今一度、足元に塩漬にされたふたつの首桶へ目をやった。

　ともかくも、油断は禁物である。大殿の自分に対する信頼は本物であろう。しかしその信頼は、未来永劫に続くと決まったものではない。行ったり、来たり。しばらくは、そうした不安定な状況のもとで、ただ身を粉にして今川のため忠義を尽くさなければ、自分と、松平氏とが生き残る道はない。

　来るべき西方侵攻において、元康は、他はどうあろうとも、自分は本当に死力を尽くして戦い続けなければならない運命であることを悟った。それは自分と家臣たちと一族の今後の運命を決める、とてもとても大切な一戦となるであろう。

　そういえば……この襲撃と時を同じくして、鳴海では城代の岡部元信が、山口一族の近親者一切を残らず誅戮する手筈になっている。計画は完璧に連動しなければならない。自分が今から報告を義元に持ち帰ることで、それはすぐさま岡部に知らされ、罪なき女子供が大量に殺害されることになる。

元康はぶるり、と慄(ふる)えた。

彼方から、鳥が啼(な)く声が聞こえた。

＊

初夏の陽ざしが燦々(さんさん)と降り注ぎ、これまで憂鬱だった書院を無理やりに明るく照らし出している。

書院のなかでは、ここ数日かなり元気を恢復(かいふく)していた佐久間大学允盛重が、今日、七回目にもなる背伸びをし、次いで、はああと声を上げてあくびをした。

「お元気そうなことで」

障子の向こうに浮かぶ女の影が、親しげにそしてわずかに嬉しげに、大学のあくびを揶揄(やゆ)した。

「久方ぶりに帰ってみますれば、大学様のお加減がうるわしく、妾(わたくし)も少しは安堵いたしてございます」

「からかうな」

大学は面倒くさそうに言った。

「儂の気鬱の病は、まだまだ癒えてはおらんよ」

軽く、ため息をついた。

「して、その後の飛び地の様子は？」

女の影は、様子をあらため、少し間をおいてから言った。

「鳴海にて、大事出来」

先ほどの少し優しげな口調とは打って変わった、武家の口上である。

「ご城主・山口教継どの、教吉どの、ともに駿河にてご生害され、城代の岡部丹波守どの、にわかに城中にて軍を興し、山口方の城兵すべてを誅戮された模様でございます」

書院のなかが、閑と鎮まった。

「いつのことだ？」

大学は尋ねた。

「一昨日の夕刻と。山口さま親子のご生害については、まだ詳らかではございませぬ」

「そちは、それを知りすぐに駆けてきたのか」

「はい。今しばらく城下にとどまり、城内の様子を探ってからとも思いましたが」

「いや、正しい見極めじゃ」

「おそれいります」

女の影は、頭を下げた。

「理由は、知っておるか？」

「委細は承知しませぬが、以前より城内に入り込んだ黒鍬どものなかに、よからぬ企てをなす輩が混じっていた模様」

「ふむ」

大学は自分の顎に手を当ててから、言った。

「もしや……その者、おぬしが前に行をともにしていた……」

「はい。口入屋の藤右衛門なる者にてございます」

大学は、久しぶりに座敷の上に立ち上がった。そのまま数歩動き、障子を開けたてた。燦とした陽光が直接入り込み、書院の青畳を照らし出した。少し乾いた空気がどっと流れ込んできて、外界のすべての煌きが同時に大学の目を刺す。

大学は、左腕で自分の目を庇い、少し瞼を閉じて視力が戻るのを待った。やがて外の様子がじんわり見えるようになってくると、縁の上で拝跪する女の背と、その上に載った束ね髪とを認めた。

女は言われる前に顔を上げた。まだとても若く、娘と言っていい年頃である。久しぶりに現れた大学の顔を見て、にっこりと笑った。小ぶりで、目もとが細く鋭く、きついと言ってもよい顔立ちである。美しくはないがとても人の印象に残る造作だった。

「おしの」

大学は、呼びかけた。

「はっ」

「その藤右衛門なる男、おそらくは殿が派された細作（さいさく）じゃ。山口を討つためというよりは、何がしか、事態を大きく動かすために企てたと見る」

「それでは」

おしのは聞いた。

「いよいよ、戦になりましょうか」

「おそらく、そうなる」

大学は答えた。そして言った。

「こうしては、おれぬ……そろそろ働かなければな」

「妾が、どこまでもお供いたします」

おしのは、大学に有無を言わせぬ口調で言う。

「して、どちらに行かれます？」

「殿のもとへ参る」

大学は言った。

「最後のご奉公じゃ。死に場所を探しに参らねばならぬでな」

おしのは口元を引き締めると顎を引き、前のほうを睨んで、キッと頷いた。

第二十三章　宣戦布告

駿府における山口親子の「切腹」と、それに伴う鳴海城での流血の政変に関する一報が、尾張東部、今川氏の飛び地たる三角地帯と、そこを取り囲む広域の一帯とに及ぼした衝撃は、尋常なものではなかった。

旗幟（きし）を鮮明にせず、どちらにつくかを迷っていた境目の国衆（くにしゅう）たちにとって、この今川方の断固とした措置は、ある種の恐惶（きょうこう）状態をもたらしたといってよい。駿府から発せられた公式発表の内容を額面通りに受け取るとしても、一度今川につき、そのあと再内通を疑われた場合、同じ運命が彼らを見舞うことになるのである。

有為転変する日々の情勢を読み切ることは、誰にとっても難しい。今川と織田の軍事的緊張のもとに置かれた尾張東部の国人領主（こくじんりょうしゅ）たちにとって、一度の判断が自らの命運を決めるという精神的な重圧は、なまなかなものではない。

まず、安祥周辺に引かれた勢力圏の境界線により近い勢力は、一も二もなく今川帝国への忠誠を誓わざるを得ない。義元の采（さい）ひとつで、数刻以内に大軍がなだれ込める地勢である。少しでも織田への接近を疑われないように努めなければ、自らの死につながる。

恐ろしいのは義元ばかりではない。尾張側に張り出した、沓掛を頂点とし西から東に倒された二等辺三角形をなす「飛び地」の今川勢力との挟撃にも備えなければならない。

今川への帰属の明確化は、彼らにとり、とりあえずそうした懸念をすべて打ち消すための、現状では唯一の解となる。あとは疑われぬよう、境目にて息を潜めて逼塞し、ひとたび西方侵攻の大号令がかかればいち早く馳せ参じ、あとは義元に犬のような忠義を尽くすだけである。

しかしながら、境界線からはやや遠い徒歩で数日かかるほどの距離を置く勢力にとってはいささか事情が異なる。彼らの背後には、東方国境よりもよほど近い位置に明確な織田の勢力圏が存在する。

そこには、つい数年前まで内訌に明け暮れてはいたが、近年うつけとも英主とも言われる謎の青年君主に率いられ、めざましくまとまりを取り戻しつつある弾正忠織田家の大勢力が控えている。

津島湊の殷賑と、熱田宮への信仰の広がりに伴う各種の利権を我が手に収める織田家が、実際の版図以上の偉大な経済的実力を持っていることを、もちろん、この地域一円の領主で知らぬ者はいない。

東方国境から遠い彼らが、もしいち早く今川に通じたということが知れれば、逆に北方の織田氏から、対今川戦争に備えた予防措置として事前に排除されてしまう危険性が高い。その措置はおそらく、周辺諸勢力への見せしめ的な残虐さを伴うことになるであろう。

すなわち、今川から同様の予防措置として取り除かれた、山口一族と同じ運命である。

彼らは首筋に、じんじんと竦むような戦慄を覚えている。

進むも地獄、退くも地獄。今川と織田、どちらの道を進んでも、自らの滅亡へと至る危険な陥穽（かんせい）が、痩せた隘路（あいろ）のすぐ脇にくろぐろとその大きな口を開けていることには変わりがない。

彼らは自然、同じような小勢力の諸侯と談合し、日常と異なる覚悟と真剣さでその紐帯を確かめ合った。共通の巨大な敵を抱えた小勢力同士が、利害を同じくして団結し、互いに対する誠意を持ち合い、幾多の書状がやり取りされ、また時には相互に膝を突き合わせての懸命な議論が繰り返された。

そうした過程で、皆の心に等しく醸成されてゆくものがあった。郷土を同じくする者同士だけが持ち合える意識である。

伊勢湾の磯風を背に、肥沃な大地の恵みを得て生きる。この東尾張に生まれ、そこに結びついて生き、そこで死ぬ。日頃は個々の配分利益を最大化するため、小異につき領主同士で相争うことはあっても、今日のような共通の危機においては、そのような些事（さじ）はひとまず脇に捨て置かねばならない。

彼らは団結した。それまではばらばらに分裂していた東尾張の諸侯が、これほどまでに強固な団結を見せたことはなかった。危機が過ぎ去るまでの、いっときのことかもしれない。いや、危機が去り東西二大勢力のどちらかが生き残れば、自分たちは否応なく勝者に糾合され、やがてその勢力圏のなかにゆっくり溶けてゆく運命であろう。

しかし、父祖より受け継いできた政治的独立を喪う事態にはなっても、彼らはしぶとく生き残り、子々孫々に至るまでその血を伝えることができるのである。

諸侯はまとまり、そして結論を得た。

東方より漸進しつつある今川勢力は、東尾張にとり明らかな侵略行為をなす異物である。利益が相反し、おそらくは違う経済原理と価値観を持ち、彼らが東尾張を制圧した暁には、我々はこれまでの地位と経済的特権をすべて喪い、荒野に放浪する身の上となろう。我が地の民草どもは今川帝国の末端に組み入れられ、ひたすらな収奪と苛斂誅求とに晒されることになるであろう。

織田が今川よりもましであるという保証は、どこにもない。しかし従来の津島湊・熱田湊を核とする伊勢湾広域の海運経済圏による余得は、これまで東尾張に生きる彼らを、常に間接的に潤してきた。具体的には、津島を起点に、多くの陸運と海運による活発な経済活動が生まれ、商人たちが動けば物資が動き、人が動き、そして銭が回った。銭が回れば関わる皆が潤い、富が各地に少しずつ蓄積された。

東尾張の諸侯のあいだに、織田に帰属する意識と動きとが顕在化してきた。鳴海における虐殺は、おそらくは彼ら東尾張の諸侯が持つ既得権に対する今川の挑戦であろう。山口親子が寝返り、岡部元信が鳴海に出張ってきてからの数年間、この地域一帯を覆っていたかすかな政治的緊張感は、今や明らかな軍事的危機へと変じつつあった。

これら鳴海城での山口一族鏖殺からわずか半年かそこらで相次いで起こった一連の変化は、おそらく、断固とした予防措置を講じた今川義元と岡部元信の予想を超えた結果であっただろう。それはまた、この地域における膠着状態を揺り動かすため一枚の偽密書を放った織田上総介と、その走狗として奔り回った口入屋の藤右衛門の、当初の意図をも超える事態であったに違いない。

尾張に、ようやく、昏い戦雲が立ち込めてきていた。

先手を取ったのは、なんと織田上総介信長であった。

その年の冬、筆頭格の重臣佐久間信盛が突如一軍を率いて南下し、岡部元信の支配する今川の飛び地を侵した。侵した、とはいっても、ここはもともと十年以上前、織田の先代信秀と、今川を率いた太原雪斎とのあいだの領土交渉で正式に確定した国境線の織田側である。すなわち、公式には織田軍は自領の勢力圏で軍勢を移動させているに過ぎない。

しかしそこは表むき織田に属しつつも、実際上は半独立国として織田に反抗した旧山口領であり、現在は今川氏の直轄地としてあまねく認知されている。この上総介の命による進軍は、それ自体が両国間における重大な挑発行為であり、事実上の宣戦布告であるといって相違ない。

織田は十年余にわたる「まやかしの平和」に対し、ついにその終了を一方的に告知したのだ。

その一軍は尾張の織田領から南下し、「飛び地」の鳴海城と沓掛城とを結ぶ線を分断する位置で停止した。鳴海城は、その名のとおり伊勢湾の海を背にし高台に占位して、怪しい動きをなす織田勢を静かに見下ろしている。半年前、黒鍬の源蔵らが手がけた櫓三本を含み、海側、陸側とも防備の盤石な堅城であり、今回のたかだか一千名程度の織田勢だけで陥とせるはずはない。

織田勢も、それは当初から考えていない様子だった。その代わり、路上に鹿砦（ろくさい）や逆茂木（さかもぎ）を置き、杭を打ち、簡易な櫓まで組んで街道の行き来を阻止し、同時に城方が討って出てこられないよう差配した。しかしそれはあくまで臨時の阻塞である。冬季の陣でもあり、そんな簡易な吹きっ晒しの陣地がいつまでも維持できるものではない。

次いで、佐久間の一軍が啓開した進路を進んできたのは、数百の荷車よりなる大量の輜重隊であった。彼らは到着すると、やにわに鳴海城を中心とした扇形に散開し、先発隊の設けた臨時の阻塞をたよりに、三カ所で荷を解き作事を始めた。

城の真北、乙子山に鎮座する成海社の脇に、一軒の古い屋敷が朽ち果てたまま遺棄されていた。一隊はその塀や門をそのまま利用し、四囲に空堀を穿ち、その土を堀の前にかき上げて防壁となした。数本の物見櫓や狼煙台が建てられ、古屋敷は十日のちには、立派な小要塞と化していた。

その東の方角でも、同様の砦が急速に構築されつつあった。城の縄張りが尽きそのまま緩やかに延びた丘陵の裾野付近に、四方三十間（約30メートル）程度の空間が削平されており、小さな寺院が置かれていた。織田の輜重隊はそこにも入り込み、土塀や山門など既存の設備を巧みに活用して、みるまにただの寺を屈強な砦に変えてしまった。

南東の方角では、城の脇を流れ海に注ぐ扇川のわずか上流の中州に井楼が組まれ、その周囲に柵などを打って、北方のふたつに較べればやや防備は簡素ながら、川の流れを天然の濠にした攻めづらい砦が築かれていた。

これら三塞は、それぞれ正確に鳴海城の本丸から七町（約750メートル）ほどの距離を保ち、城からの攻撃に対し備えることのできる絶妙な位置に占位していた。北方の二塞相互の距離は約十町（約1キロメートル）ほど。中州の砦は、川の流れを挟んでさらに六町（約650メートル）ほど隔たっている。そのあいだを大軍で押し通ることは、物理的には可能だが、あまりにも見通しがよいため容易に挟撃される。強行突破するには、おそらく多大な損失を覚悟しなければならないであろう。

要害・鳴海城は、これら三塞に陸側の三方向を押さえられ、沓掛城との連絡線を完全に遮断されてしまったのである。わずか十五日ほどの電撃的な敵前築城であった。今川方の後詰は来ず、城内からの本格的な邀撃(ようげき)は手持ちの兵力不足により不可能であった。

やがて三塞の完成を見届けると、佐久間の一隊は陣を解き北方に避退していった。あとに残された敵味方合わせて四つの防塞は、それぞれ不気味な沈黙とともに、ひたすら睨み合いを続けた。


「やられたな。見事なものじゃ」

卯櫓の楼上で、鳴海城城主・岡部元信は賛嘆の声を上げた。

眼前の蒼く朝靄がかかった七町彼方に、扇を広げた形で均等に広がった敵の三塞が声もなく佇み、じっとこちらを睨んでいる。

「敵は、あれなるを丹下砦(たんげとりで)と」

完全武装した部下の一人が北方を指さし、次いで東のほうへと指をずらして説明した。

「そして、真ん中を善照寺砦(ぜんしょうじとりで)、次いで中州(なかす)の砦を中島砦(なかのしまとりで)と称し、それぞれ数百の防兵を入れておる模様でございます」

「ご城代、討って出ることは、できまするぞ」

別の部下が励ますようにいった。岡部は今では正式の鳴海城主であるが、駿河から連れてきた部下たちは慣習的に岡部をまだ城代と呼ぶ。

「どれか防塞ひとつを叩き、これを燃やしてしまえば、敵の士気は挫けます」

岡部はそれには答えず、誰に言うともなく呟いた。

「物見は、今夜も出したか」

「はっ。しかし敵に気取られずに忍ぶことは至難とのことでございます」

誰かが答えた。

「敵勢、備えは万全。各砦とも充分に堀など穿ち、落とし穴を掘り、あちこちに細縄を渡しては鳴子などの仕掛けを用意し、どのようにしても半町（約50メートル）先までしか近寄れぬとのこと」

「なんと無様な。たかが砦のふたつみっつに」

先ほどの威勢のいい部下が歯噛みした。しかし岡部は彼を優しい目で見やり、こう言った。

「作事にあたった者の腕がよかったようだのう」

「わずかな期間で、あれだけの要害を。しかも我らがしばしば妨げに寄せなど試みるなかで」

別の部下が、ため息とともに腕組みをして言った。

「ご城代の仰せのとおり、なまなかな腕ではありませぬ。彼奴らただの作事人夫でなく、戦事にも心得のある、おそらくは足軽や野伏あがりの者どもではないかと」

岡部は頷き、そして言葉を継いだ。

「そちの申すとおりであろうな。だが……儂はその者を、おそらくすでに識っておる」

楼上に控えた皆が、一斉に驚いて岡部を見た。

「ご承知と！」

先ほど腕組みをしていた部下が、目を丸くして聞いた。

「どこの……いったい、どこの何奴でござる！」

岡部は仕方なさげに口のはじで薄く笑い、

「そちと、儂が」

と言うと、そのままコツコツと目の前の望楼の壁を足先で蹴った。

「今、立っている櫓を組んだ男じゃ」

そう言い残し、さっさと梯子を滑り降りて姿を階下に没した。

第二十四章　運命

鳴海城卯櫓の楼上から岡部元信に名指しされた当人は、しかしそのときすでに目前の三塞にはいなかった。前線から避退した佐久間の軍兵一千から分派された一隊百名ほどに護られ、用の済んだ作事道具一切を車に括りつけ、さらに南下しようとしていたのである。

目指す南には、彼らの故郷がある。知多半島の東西にまたがる大野の古路に沿った諸村だ。彼らは前線において危険な作事に従事する雇われの戦闘工兵でありながら、同時に大半が農民でもあった。自作農の跡取り息子は含まれておらず、ほとんどが次男坊以下かあるいはより身分の低い下人や小作農たちである。

彼らは、織田上総介信長じきじきのお声がかりで呼び集められ、行きは織田の仕立てた船便で北へと運ばれ、そこで護衛の佐久間隊に合流したのである。作事を終えたあとの帰郷の足はなく、陸路であった。

だが敵地と言っていいこの危険地帯のでこぼこ道をガタゴトと荷車を揺らしながら歩む彼らは、異様な昂奮状態にあった。笑いさざめき、歌って、誰かがかけ声を発すると、一斉に拳を握って左腕を真上に突き上げた。黒鍬衆同士の誇りと連帯を示す仕草である。

とにかくこの気分の高揚は無理もないことであった。彼らはたった今、織田と今川の睨み合う最前線において、危険という言葉ぐらいでは足りない、それまでの作事の常識では考えられないような難工事をわずかな期間で首尾よくやり遂げたところなのである。

すなわち敵城の目前で、簡易とはいえ紛れもない固定戦闘拠点たる砦をみっつも同時に造り上げ、城を完全に封じ込めるという離れ業をなしたのだ。

一隊の長として彼らを引率している黒鍬の源蔵にとっても、これだけの危険を伴う難度の高い仕事を請け負うのは初めてであった。織田の使者から依頼の内容を最初に聞いたときは、思わず「けっ」と吐き捨てて、「おみゃあら、頭おかしいのか?」と言ってやったものだ。

源蔵は鳴海城を、識りすぎるくらいによく識っている。現にそこでわずか半年前まで、敵方のために櫓を建ててやっていたのだ。海を控えた高台にあって、四囲の見晴らしがよく、目前の濃尾平野を寄せてくる敵勢をいち早く望見できる。堅固なだけでなく、軍兵の出し入れがしやすく、機動的な防御にも適した城である。

あえて言うなら、まだ臨戦状態にはなっていないため常駐兵力は少ない。しかし異変を察知し半鐘を鳴らして周辺の兵力を即座にかり集めれば、優に五百ないし七、八百程度の守備隊が瞬時に編成できるであろう。そうなると、地の利と縄張りの強固さもあり、千や二千そこらの攻撃兵力ではすぐに手詰まりとなる。そして、やがて安祥の方角から、霞む冨嶽の翳を背に今川の大軍が後詰に寄せてきて、逆に攻囲軍を粉々にしてしまうであろう。

しかも……源蔵は、そこを守備する長のこともよく識っていた。現にその彼に対して堂々と毒づき、あわや周囲の武士たちに斬り捨てられかかるという極限の危険を冒した経験を持っているのだ。

あのときは、部下の哀れな少年を救い出すため夜中に無我夢中で櫓に向かった。結果、あの男、岡部元信は源蔵の言を容れた。少年を解放するだけでなく、こうも言ってくれた。

「そちも黒鍬の長ならば、やりかけた作事だけはきちんと仕上げろ。代金も約定通りに、支払う。そのあとは自由だ。織田方の作事でもなんでも、好きに請けた仕事をすればよい」

源蔵はひそかに胸が熱くなり、こう返したものだ。

「おう！　やってやるよ。黒鍬の源蔵さまが、最高の作事をしてやる！　天下で一等の櫓にしてやるよ。安心してできるの待ってろ！」

あの岡部。頭が切れ、あまりにも優秀だ。敵にするのは恐ろしい男でもある。敵地の奥深くで数年にわたり孤城を守り続けるなどという無茶な任務をこなすには、あれ以上の男はいない。部下たちは奴に心服しており、城内は一枚岩だ。おそろしく強固な城だ。

もちろん、追手門の脇に聳え立っているのはこの源蔵が建てた卯櫓である。この上もなく堅牢で、この上もなく機能的だ。

あの櫓は、それまでの自分のやった最高の仕事だ。宮大工の建てる寺院の楼門などとは訳が違う。黒鍬ならではの実戦的な経験と知恵が活かされた、無骨な戦闘のためだけの櫓だ。ただ守るだけではない、攻めに転じるときの手順もすっかり考え、造りに反映させてある。

そんな鳴海城をまともに攻めたとて、破れるわけがない。

そしてこの織田の使者は、そのおっかない城の前で、砦を造れという。

てめえたちは警護の兵を出すだけ。作事はみんなやれ、と、こうである。

思わず、口をついて出た言葉である。

「頭、おかしいのか？」

しかし、織田の使者も粘り強かった。

黒鍬衆の大半が、尾張の知多半島の付け根に根を下ろしている事実を指摘し、貴様らも尾張の人間だと、源蔵の持つ尾張の郷土意識に訴えかけてきた。

報酬次第で、行けるところならどこにでも行き、他国の領主の仕事でも構わずこなす黒鍬だが、たしかに尾張こそが故郷だ。

今、その尾張の独立が危殆(きたい)に瀕(ひん)している。

仮に今川が全面的に寄せてきて、鳴海や大高を含む沿岸地帯までを完全に自領に組み込んでしまったら、その南に位置する源蔵の里は、他国への往来の自由を失う。そして、以降は今川に安い賃銭で都合よく使われるだけの、お抱えの作事衆に堕してしまうかもしれない。

使者はかき口説く。

尾張の独立を守れ。伊勢湾の東岸を今川の侵略から守れ。さすればおぬしたちの自由も守られる。今回の砦造りはそのための一歩だ。できるのはおぬしたちしかおらぬ。

源蔵は、やる気になった。

もちろん、使者の言葉巧みな煽りに乗り、尾張の人間としての郷土意識をかき立てられたからということもある。他国を経巡り、根なし草のような毎日を送るからこそ、郷里への思慕はそれだけ純粋なものとなる。

もしかしたら、今回の今川の侵略は本物かもしれない。尾張がなくなるかもしれない。あの岡部のような優秀な男が、もとからいた一族を討滅して自ら尖兵として居座ったところこそが、その証拠だ。

しかし源蔵はまた、こうも思ったのだ。

この使者の言うがごとく、仮に鳴海城を囲んでこれら付城（つけじろ）群を造り上げてしまえば、鳴海は連絡を遮断され、以降は今川と織田の決戦で、この城を戦闘の埒外に置くことができるかもしれない。

岡部を戦闘に関与させないという考えは、源蔵の気に入った。優秀な敵将の率いる一軍を拘束し、その活躍を封じるという意味もある。しかしそれ以上に重要なのは、もしそうすれば、あの岡部は、死ぬことも傷つくこともなく、生き残れるということだった。源蔵は、岡部が好きであった。もしお互いに生き残り、平和が回復することがあれば、またいつか源蔵が身分もわきまえずにあれこれと毒づくのを、岡部が扇をさしながら、笑って鷹揚に聞き流してくれるような日が来るかもしれない。

源蔵はそんな未来を夢想した。そして岡部を戦闘から切り離すための砦造りをやり遂げた。鳴海は完全に今川領の沓掛から遮断され、南西にある大高城とともに尾張のなかの孤城となったのである。

大きな仕事を終え、これ以上ないほどの達成感を共有した黒鍬者の隊列は、敵地であるにもかかわらず、道々大声でがやがやと喋りながら、時に大笑いし、歩きながら酒を呑んでは気勢をあげている。源蔵自身の腰にも酒の入った瓢箪（ひょうたん）がぶら提（さ）げられ、その歩みとともにタプタプと音を立てた。

源蔵は振り返り、誇らしげに仲間の顔を見渡した。皆、弾けるような笑顔である。仏頂面（ぶっちょうづら）で周囲の安全に気を配る警護の武士たちを脇に従え、我がもの顔で戦地のさなかを征く。この隊列を見れば、どちらの身分が上なのか下なのか、誰もわからないであろう。

まるで物怪(もののけ)でも出そうな丹下の古屋敷に分け入り、使える木材や柱を片っ端から引っぺがして櫓や小屋掛に仕立て直した喜助(きすけ)。沓掛以来の穴掘りの熟練者で、屋敷の周囲に強固な空堀を巡らすことに大功のあった太吉(たきち)。坊主あがりの仁助(じんすけ)は、無人の荒れ寺に近かった善照寺を「改装」するにあたり、まず敵前で堂々と経を読み、礼を尽くして作事に取りかかった。奴はいつも掌のなかに持念仏(じねんぶつ)をしっかと握りしめている。

そして、もっとも難航すると思われた中島での作事では、あの二人が大いに働いてくれた。

何もないだだっ広い河原に、迅速に手のものを指揮して夜のうちに資材を下ろし、夜明けとともに望楼を組み、昼過ぎまでには一本建ててしまったねずみの野郎。闇に紛れて動き回ることと、相手の隙をついて鼻を明かすようなことをやってのけるには、本当にうってつけの男だ。さらに……源蔵自身が命をかけて救い出し、我が子同然とも思っている弥七。

源蔵は思い出す。あの土牢から救い出したあと、弥七は源蔵とねずみの腕のなかで、泣きに泣いた。そのあと数日死んだように眠り、ときどき「行くな、行くなぁ」などと譫言(うわごと)を言っていた。やがて目を覚まし、何も言わずに外に出て、そこらの石を拾っては遠くに投げはじめた。

あれから弥七は少し変わった。以前に較べ無口になり、笑うことが少なくなった。かといって塞ぎ込むわけでもなく、要は少しだけ大人になったとも言える。以降、彼は源蔵と行動をともにし、日頃は大古根（だいこね）という源蔵の郷里の村で農事にいそしみ、遠くで道路の修繕や砦の修理などの仕事が来れば、年上の黒鍬どもを引率して出かけもした。

　やせっぽちで非力だった弥七の身体は、この半年のあいだで別人のように太く逞（たくま）しくなり、身長もグンと伸びた。

　奴は中島では、作事にあたるねずみたちの護衛役を買って出た。

　東方からの水利を通すこの中州に砦を建てられてしまうと、鳴海の敵方としては、北方のふたつの砦以上の致命的な痛手になりかねない。岡部は、夜間に手練れの泳ぎ手を選抜してこの中州に上陸させ、妨害のため牽制攻撃を仕掛けさせた。

　夜も突貫で砦を建てているねずみたちをめがけ、中州の葦原（あしばら）に身を隠しつつ接近し、火矢を射たり長槍で突っかけたりするのだ。攻撃は一過性のもので、死者こそ出なかったが、妨害効果は相当なものだった。丸腰で作事にあたる黒鍬衆のあいだに夜が来るたび不安が広がり、そのままでは進捗に大きな狂いが出かねなかった。織田の警護隊は、中州に孤立したこの陣立てを嫌がり、なんやかやと理屈をつけて北方二塞の警護に回ってしまった。

　そこで弥七が礫投げに長けた者どもを選抜し、河原に伏せ、敵の上陸隊が来たところを撃退することになった。河原なので、武器はそこらに山ほどあった。

礫隊の多くは、あらかじめ積み上げておいたただの礫を雨霰と投げつけ、敵の動きを止める。そのなかで弥七の他数名の選抜された投げ手が、大岩の上や柵に跨るなど高所に陣取った。そして自ら拾い集めたそれぞれ数十個の平たくて重い礫を脇に置き、作事現場のあちこちの篝火に照らし出された敵影に向け、狙いすました一投を叩きつける。

これは、単純だがきわめて効果的な抑止策となった。敵を多数殺傷できるわけではないが、闇のなかから無限に放たれる黒い飛び道具は、接近する敵兵にとって不快な脅威であった。数夜続けて撃退すると、もう敵は上陸してこなくなった。やがて丸裸だった河原の真ん中へ無事に中島砦が完成し、もはや川手から鳴海城に連絡することも不可能になった。

あの難工事の成功と、鳴海城の完全な封じ込めは、ねずみと弥七の存在があってこそだと源蔵は思う。沓掛城の堀端で初めて見かけてから一年ほど。痩せてみすぼらしく、あの藤右衛門にいいようにこき使われていた彼らは今や、押しも押されぬ立派な黒鍬になった。

今、あの二人は隊列の後尾のほうにいて、その姿は見えない。

中島における礫衆の偉功は、警護の織田軍をも含めた皆の知るところとなった。今後予想される今川軍との決戦においても、正規の軍兵だけでなく、多くの農民や河原者などが駆り集められ、組織的に礫衆が編成されることになるともっぱらの話だった。もしかすると、弥七がその隊の長に選抜されるのではないかという噂まで立ったが、源蔵はそれを嫌がり、正式な話が来る前に、こうしてさっさと帰郷の途についている。

尾張防衛のための、愛郷心あっての作事ではあった。しかし今回は同時に、この作事を重視した織田方から提示されたありえないくらいの破格の報酬が源蔵の動機の多くを占めていた。

相場の三倍。

茶筅髷と渾名されるあの殿様は、おそらく噂通りのうつけか阿呆だ。戦地での危険手当は充当されているにしても、それでも普通は相場の倍である。

たいへんに、いい話であった。いい話であったがゆえに、まだいいうちに早く抜けるのが何よりだ。

諸国を渡り歩き、さまざまな話に乗ってきた源蔵の経験則である。何事も、深入りしすぎるとろくなことはない。現に藤右衛門に関わりすぎたねずみと弥七は、鳴海であやうく命を落としかけたではないか。

戦争の機運に乗じ大儲けをした。恩義のある岡部を、結果的に自分の仕切った作事で巧みに戦闘から切り離した。黒鍬の皆はまた危険な仕事をやり遂げたことで名を上げ、大いに自信をつけた。いいことずくめだ。これからあのあたりで大戦が始まるが、それには関わるまい。さあ、いち早く里に帰ろう。源蔵は大古根に待つ家族の顔を思い浮かべた。

ところが。

今回、源蔵は不運であった。危険地帯を抜け、ようやく隊列の警戒が緩んだ頃、後方から駆けてきた早馬が隊列を追い越し、やにわに馬首を巡らしてから大音声(だいおんじょう)で呼びかけた。

「源蔵は？　黒鍬の源蔵はどこぞ？　返答せよ！」

源蔵が答えると、汗だくになった武者は馬を寄せてきて言った。

「殿のお申しつけである。ここより、戻せ」

「何？」

源蔵は、唸った。

「約定の作事は、終わりだぁ。儂らは今帰(けえ)るとこだぁ」

早馬の武者は一切譲らない。凛とした命令口調でこう告げる。

「上総介様からの命である！　そちらは今すぐとって返し、そのまま大高に向かえ！」

「大高ってよぉ！」

隊列の前のほうから、仁助が言うのが聞こえた。

「敵さんが籠ってるお城じゃねえかよぅ！　城攻めは、そっちでやってちょうよ！」

それを引き取り、源蔵が野太い声でこの性急な使者を例の文句で怒鳴り上げた。

「おみゃあ、頭おかしいんじゃねえのか？」

「大高の城ではない。その近くだ」

使者はやや語調を和らげた。

「上総介様はそちらの働きに大層満足され、ご嘉賞のお言葉を何度も賜った」

「おぅ、そうかよぅ！　そりゃ、ありがてえこった」

源蔵は話を打ち切ろうと思って、吐き捨てるように礼を言った。

ところが、喜助が興味を示した。

「で、なんだよぅ？」

「いまだ籠る大高の敵勢に対しても、上総介様は、早急に付城を築くようにお命じになられた」

これには、隊列の皆がぎょっとして、歩みを止めた。

「それを頼みたい。斯様に仰せじゃ。畏れ多くも、上総介様よりじきじきの命である！」

「ふざけんな！」

源蔵は、野太い声で叫んだ。

「今ひと仕事終わったばかりだ。これから帰るとこよ。儂らは皆、里心がついてて、ものの役に立たねえ！　悪いけどよォ、他を当たんな！」

使者は馬を操り、そのまま路上に立ち塞がった。

「上総介様は、そちらに頼んでおる」

ゆっくりと言った。

「できぬと申すか。申すなら……」

「なら、なんだ！」

源蔵は吠え、使者を馬の鞍からはたき落とさんばかりの勢いで詰め寄った。

「相場の五倍にしよう」

使者は、ゆっくりと言った。

源蔵はぬかるみに足を取られ、あやうくひっくり返そうになった。

「上総介様じきじきにそう仰った。五倍にして払う。そう仰った。この服部玄蕃允こそが証人だ。もし殿があとから約を違えるようなことがあれば、儂がそちらの前で、この腹を切ろう」

そう言って馬を下りた。下りるばかりでなく、両膝をついてこの下賤な黒鍬どもの隊列にいさぎよく頭を下げ、こう言った。

「今回の戦、織田のみならず、尾張の存亡を賭した戦。この付城が必要なのじゃ」

静かだが、有無を言わせぬ迫力があった。

源蔵は珍しくやや気圧されかけたが、負けぬように声を励まして言った。

「おぅ、そうかい。じゃ、やってやるよ……春になればな。今年はもう終了じゃ」

そう言って、両手をかざして宙を見上げた。チラチラと雪が降ってきていた。

服部は黙って源蔵を見つめた。

「春では遅いのじゃ。今すぐに取りかかる」

「お侍さんよ、なんだってそんなに急ぐんだよォ？」

列の向こう側から、ねずみが聞いた。

「詳しくは言えぬ」

服部は言った。

「これだけは教えよう。大高を干殺にできることがわかったのじゃ。そこに今、付城を築けばな。大高は兵糧の備えが少ない。補給を鳴海に頼っておる。よって、両城のあいだを塞げば、大高は陥としたも同然なのじゃ」

「今頃、言われてもな」

源蔵は、少し声音を落ち着けて言った。

「でもな。だめなものは、だめだ。儂ら、これから帰って、正月さ迎える準備をしねえとな」

「オイ、大将よぉ」

後ろから喜助が、源蔵に声をかけた。

「相場の五倍だってよ。おらにはどんだけ回ってくんだ？」

どっと笑いが起こり、列の皆がそれぞれ口々に何か言いながら皮算用を始めた。

最初は冗談半分だったものが、先ほどの高揚感と相俟って、隊列の皆のあいだにただならぬ決意のようなものが漲ってくるのがわかった。

源蔵は不穏な空気を感じた。

早く話を打ち切り、服部を置いて先を急ごうと考え足を踏み出したが、意外な声がして立ち止まった。

「うら、行きてぇ」

弥七だった。

「おみゃあら里に待ち人がおるじゃろ。うらにはいねえ。だから、行くよ。ついてくる奴だけついて来い」

「こら、弥七！」

源蔵は叱りつけた。

「勝手に決めるんじゃねえ。大将はこの儂だ！」

しかしこの弥七の一言で、隊列の雰囲気が変わった。皆口々に行きたいと騒ぎ出した。

「相場の五倍たァ、たまげた！」

「こんな儲け話、滅多にねえよぅ」

「かあちゃん、腹いっぱいにさしてやれるな」

「さっさとやって、さっさと帰りゃあ、それでよかろうよ」

「なに、やれる。うらたちだったらな……他じゃ、無理だがな！」

みんなどっと笑った。

もはや、止まらなかった。

隊列の異常な高揚感に押され、源蔵も何も言えなくなってしまった。

誰かが歌い出した。

織田の殿さん、遣いが荒い
遣いは荒いが、払いは五倍
あれはうつけか、そうではないよ
かしらにゃ、名だたる茶筅髷

織田の武士たちの前であるにもかかわらず、皆が腹を抱え、げらげら大笑いした。服部は渋い顔をしたが、すぐそれを打ち消した。どうするのだ、とばかりに源蔵のほうを見た。

いい話は、いいうちに……まだいいうちに、早く抜けるのが何よりだ。

源蔵の頭のなかで声が響いたが、もはや彼にも皆を止める力はなかった。

冬の枯れ果てた路上にちらつく細雪のなか、隊列はやがて向きを変え、北方に向けいま来た道を戻り出した。

第二十五章　終着点

織田軍による一連の電撃的な軍事行動は、佐久間大学があの書院のなかで練りに練った計策を、上総介が採用したことで実現したものである。

上総介は、かつて実弟との戦に際し大学が自分のためにしてくれたことをよく覚えていた。覚えていたのみならず、その軍事の才能をきわめて高く評価し、おのずと敬意も持っていた。その大学が、危急存亡の秋を間近にして自分の帷幄(いあく)に戻ってきてくれた。これほど嬉しい驚きはない。絶えず隣国からの軍事的脅威を感じつつ、頂点に立つ身の孤独をかこっていた上総介は感激した。

大学は、気鬱の病で自らを責め苛みながら、しかし尾張全体を侵し来た今川の圧力に抗し得る戦略を一人書院に籠って考え続けていた。

大学には、打ち続いた尾張国内の内訌で、自ら抜刀して敵と斬り合うような局地戦に参戦した経験が豊富にある。より大規模な軍事作戦についても、先代の織田信秀のもとで東方の対三河作戦に何度か従軍し、今は今川の勢力圏内に収まっている安祥の邑を、乗馬の蹄で蹂躙(じゅうりん)したこともある。佐久間大学は、この時代でも数少ない、あらゆる規模の軍事作戦に熟達した有能な指揮官であった。

いや、もと指揮官と言うべきか。

彼の活動能力は大幅に制限されていたが、書院のなかに座し、時におしのから障子越しに聞かされる三河や東尾張の情勢に関する生々しい情報を得て、きわめて高い精度で将来を予測することができた。

なまじ織田家中に出仕して、組織内での諸事雑事や政治的駆引きに明け暮れ心身を消耗させている他の将星どもに較べて、大学のほうがよほど純度の高い軍事的思考を続けていたのである。

彼は織田と今川の戦力差を厳密に計量し、その格差を一対三と弾いていた。東西に長い今川帝国は、その地勢的宿命として、長大な北方国境線付近に永続的な圧力を受け続けることになる。しかし今は亡き軍師太原崇孚雪斎が主導した甲駿相三国の領袖(りょうしゅう)同士の会盟によって、その圧力が大幅に減じた。これまで時に激しい争闘を繰り返していた東方の北条氏との仲も大幅に改善し、その秘めた全力を西方に集中し得る理想的な態勢を作り上げている。

しかし一方、織田の戦力も、ここ十年間の内乱がほぼ終息したことにより大幅な上積みが期待できる。織田もまた北方の美濃の脅威を考慮せねばならないが、こちらは逆に骨肉相食む壮絶な内訌の後遺症で現在その勢力を大幅に弱めており、重大な軍事的脅威とはなっていない。西方は諸勢力が林立し合うきわめて中世的な混沌のさなかにあるため、織田もまた、今川に対し戦力の過半以上を集中して対抗できる戦略的条件下にある。

その差が、一対三である。より実際に近い数値に落とし込むなら、今川が約一万五千ないし二万の戦力を長駆遠征させ得るのに対し、織田方の迎撃兵力は最大に見積もって五千程度である。ただしそのうち、鳴海を中心とした三角形の飛び地が存在するがゆえに、そこより東方の諸侯は十全な戦力としては計算しづらい。むしろ今川に靡く危険性のほうが高いだろう。

また、今川義元の強力な政治指導のもと、政権としての安定・求心力の点で駿府政権は偉大であり、それに引き換え上総介はいまだ貧弱である。そうした差は、急場における急速動員力の差となって顕れる。権力基盤の弱い政権は、えてして軍を呼集したときの各諸侯の反応が鈍いことを覚悟せねばならない。

すなわち、今川に先手を取られたら、それにあたる織田の戦力は実質的に大いに目減りするということである。来るべき戦争において織田は常に主導権を握り続け、相手の意表をついた動きを繰り返し、むしろ今川の大軍を振り回さねばならない。常に先手を取ること。それが、大学が上総介に伝えたことである。

その考えは上総介も本能的に持っていたことであった。両者はその戦略的思考の方向性で一致した。それを確認し合い、現状に即して大学は具体的な計策を行なった。

「まずは、鳴海城を押さえ込んでおくことです」

大学は言った。

「岡部元信は、今川家中でも音に聞こえた名将。果断で勇猛なだけでなく、その思考は常に冷静で、軍中において大きな過ち（あやま）をおかすことがございませぬ。拙者もご先代に従い転戦しているさなか、元信には随分と悩まされ申した」

それには、と大学は言う。

「まずは義元が大軍を寄せてきたとき、策源地となる沓掛と、鳴海とを分断しておくことです。とりあえず連絡や補給を遮断できれば、それで充分。そして、できればですが、さらにその鳴海と南の大高との連絡も断てれば万全」

家中の統制と対今川対策とに憂き身をやつし、やや憔悴（しょうすい）気味の上総介の姿が書院のなかの自分に見える、などと戯言を言いつつ彼を励まし、さらに言葉を継いだ。

「義元は、冷静沈着かつ多方向に対する思考に優れた男。この状況をおそらく憂慮するでしょう」

ここで上総介は、目を上げ大学を見る。

自分と比較して、どうであろう？　やや自信なさげに上総介が聞くと、

「現時点では、較べものになりませぬ」

と大学ははっきりと言った。

「義元のほうが、将として数段上。ただし奴にも弱げなるところはありまする」

「たとえば？」

「潔癖に過ぎるところ」

大学は、笑って答えた。

「完璧な計量が得意ゆえ、すべてが自分の思惑通りになっていなければ、落ち着かぬのです。奴はこの状況、すなわち伊勢湾に張り出した飛び地と自らの通交が思い通りにならぬこと、そして鳴海と大高両城が封鎖されている状況とに焦るでありましょう」

「そういうものか」

「必ず」

大学は断言した。

「拙者も、その同類でござる。すべてが思い通りにならざるときに、説明のしようのない居心地の悪さを感じます。これはおそらくある種の人間に、共通したる心性」

「しかし、戦事(いくさごと)においては常に何か思惑が狂う。すべて事前の思い通りにはならぬ」

上総介は、言った。

「そういうものであろう」

「まさに。それでござる」

大学は、すぐに同意した。

「落ち着かぬがゆえに、居心地の悪さを感じるがゆえに……それを長くは放置しておけませぬ。必ず、なんとかしようと動きます」

凛として言い切った。

「すなわち両城を封鎖することで、敵のほぼ全軍を、東尾張の海岸線近くへと誘致できるのです。そして我らは、それを予め知っております」

「万全な態勢で迎え撃てる、と」

「ただ迎え撃つだけでは、足りませぬ。そこにて、決戦。この時点でおそらく条件、五分と五分」

「勝てるか？」

「わかりませぬ」

大学は、あっさりと言った。

「これ以上の予測は、むしろ計算違いのもとになり、危険。我らはとにかく両城の封鎖に全力をあげるべきと考えまする」

「すなわち、敵の撒いた小さな餌に食いつき、その自らが実は囮となって、より大きな魚を魅き寄せるという策だな」

「まさに」

「ならば、囮こそ大事。大魚に食いつかれるが、逃げずに従容と食われる役じゃ」

「そのとおりでござる。そして……拙者も、そこに参りまする」

大学は決意を込めて言った。

「何を申すか。そちはこのまま余の帷幄におれ」

「お断り申し上げまする。拙者、お屋形様の臣には非ず、今は亡き勘十郎君の臣でござる」

「この余についたであろう。今さら、何を」

「あれは、拙者一代の過ちでございました。お屋形様が勝たれたことは、織田家にとり重畳。しかしご信頼を裏切り、結果として主を死に至らしめたわが罪は消えませせぬ」

「斯様なことを今さら気に病む武士など、見たことがないわ」

「お言葉ながら、拙者がまさにそれでござる」

大学はにこやかに言う。

「拙者、書院に籠って、ただ一人でおったわけではございませせぬ。常に、脇には勘十郎君が」

「阿呆な。儂は信じぬ。奴は愚かだった。そして自滅した。それだけのことじゃ」

「弟君をそのように導いてしまったは、拙者でございます」

そして、と大学は言う。

「常に、拙者に呼びかけてこられます。早くこちらに来いと。ゆっくり話をしようと。決して恨(うら)んではおらぬ。ただ暗くて、寂しくてたまらぬ、と」

さすがの上総介も黙った。怪異を信じぬ彼が、たまゆら弟の霊の存在を感じたようでもあり、また少し大学の正気を疑っているようでもある。

大学は構わず言った。

「とにかく、決戦はすべてお屋形様がご差配なされ。やりたいようになさればよい。拙者は囮となりて、いち早く勘十郎君のもとに参ります」

*

伊勢湾の打ち寄せる波濤を背にし、彼方に聳え立つ大高の城を臨んだ黒鍬の一行は、次いでふたつの小さい丘に目を移し、かすかな唸り声を上げた。

丘は、先発してこのあたり一帯の砦の建設適地を探っていた細作(さいさく)が、もっとも造りやすしとして指定したものである。ともに大高の城からは七町（約750メートル）。相互の距離は五町ほど。鳴海を取り囲む砦群とほぼ同じで、敵の連絡を遮断し、効果的に相互支援し合うことができる。

しかし、問題はその小丘そのものである。丹下と善照寺の二塞は、それぞれすでに建物の立つ平地を急ぎ修繕したために、あれだけの急速造成が可能となった。ところがこの丘ふたつは、ただそこに丘があるというだけで、一切、人の手が入っていない。

また中島砦は、たしかに何もない川の中州に建てたが、地形上、敵も本格的な攻撃はしにくい場所と言えた。ところがこの二丘には、大高城から比較的たやすく兵を押し出すことが可能である。さらに、左手に見える丘のほうは、背後に鳴海城を背負い、両城の軍勢に挟撃される危険すらある。

「こりゃあ……難儀すっぞぉ」

土かきに関しては黒鍬一等の腕前を持った、太吉がまず言った。

「上さ、まっ平にせにゃあ。楽ではねえよ、あれは」

顎に手を当て、髭ごとじょりじょりと左右に擦った。考え込むときの彼の癖である。

「いや、その前に空堀だ。土をわんさとかき上げて、きっつきっつに固めねえと」

「で、その上にサッサと柵さぶっ刺さねえと、襲われっぞ」

ねずみが言葉を継ぐ。

「ぜってぇに城から、ちょいちょい寄せてくっからよ。夜に来られたら難儀だぞぉ」

かたわらの、弥七を見た。

弥七も頷いて、言った。

「また礫で、少しはやっつけられると思うけどよ、夜は、やだなあ。昼ならいくら寄せても全部やっつけてやっけどよ。なあ」

そう言って配下の礫衆どもを見やった。皆、頷いた。

「そうさな、削平すんのは最後だなあ。まずは外から作らねえと。ふたつ同時にな……これじゃ、はじめはお侍さ入れられんよ。それまでどっか脇で野宿でもしてもらわんと」

太吉は言い、織田方からつけられた護衛隊の指揮官のほうを見やった。寒風の吹きさらしを連想した指揮官は憮然として首をすくめた。

「あっちは」

坊主あがりの仁助が、左手の丘をさして言った。

「麓に、お寺さんがあるな」

「真言のお寺だ。長寿寺じゃ。あすこは駄目だ。善照寺さんとは違うて、お坊さんもたんとおられる。勝手に板なぞひっぺがしたら、きっと、ばちが当たるぞう」

陽気な喜助が、ついひと月ほど前の仁助の「活躍」を冷やかした。

皆、どっと笑った。

平滑に製材された板は貴重品である。遮蔽や防備の役に立ち、小屋掛の床にも応用でき、居住性が土間や藁柴の上で起居するのに較べ格段に増す。長期の駐留や籠城では、士気と健康を維持するためにそれがもっとも留意すべき要素のうちのひとつであることを、この熟練の黒鍬衆たちは皆知っている。

「何を言いやがる！」

仁助は、神仏をも畏れぬようなばち当たりなだみ声で、喜助にやり返した。

「丹下のお屋敷をよ、そこらじゅうひっぺがして、まるででっけえ魚の骨みたいにしやがったおめえがよ！」

ゲラゲラと、陽気な笑い声が谺した。

あまりにも厳しい条件下である。笑い飛ばしでもしないと、やってられない雰囲気であった。

源蔵は口々に言い合う配下どもを眺めていたが、やがて大将らしくこうまとめた。

「まあ、もうちょっと近づいて、いろいろ検分してみようぜ。だがよ、今度もきっちり手分けせにゃなんねえな」

そう言って、その炯々たる目を光らせ、警護の織田の武士のほうを見た。

「足りねえ材木やら食いもんやら、あとできっちり届けてもらうぜえ」

武士は気圧され、頷かざるを得ない。

「いい作事してやるよ。相手が寄せる気なくすくれえの凄え砦にしてやる。でもよ、籠って戦すんのは、おめえらだ。死ぬ気で儂らに手を貸さねえと、あとで、ほんとに死ぬぜ」

もう一度ふたつの丘のほうを見た。そして自らに言い聞かすように、言った。

「五倍も貰う作事だい！　少しは歯ごたえがねえと、茶筅髷の殿さんに申し訳が立たねえって、話だい」

第二十六章　処刑

さまざまに現地を検分した結果、源蔵はふたつの丘の作事の割振りを決めた。

まず、より北に占位する鷲津の丘には、自分がじきじきにあたる。東から延び、大高へと至る小街道を小脇にかかえ、現地の交通の要衝と言ってよい細長い丘である。ここが来るべき戦闘で大きな焦点になることは明らかであった。

鷲津の丘の麓の街道沿いには、長寿寺があった。大高周辺で広い信仰を集めている寺で、大高城内に籠る敵兵どものあいだにも檀家の出身者が多い。源蔵は織田の侍とも示し合わせ、寺の財物や持仏など一切をより安全な後方に下げるよう説得した。退避に際しては自分の配下もそれを手伝う。そして、戦闘が終結して織田がこの地域の覇権を確定した場合は、相応の手付を含めた補償を行なう。

このような条件で寺は条件を呑んだ。ただし、伽藍(がらん)や僧堂などに手を一切触れぬこと、という条件を入れた。通常、寺院は現世権力同士の闘争において、禁制の聖域として戦闘の埒外に置かれることが多いが、このあまりにも戦地に近接した地勢においては、どのみち避退しなければならぬことは明らかであった。その誘導と引率は、坊主あがりの仁助が名乗りを上げた。

あとは、源蔵と喜助が人数を指揮して、なるべく早くに丘の頂上を平らに均し、防備の設備を施して、戦闘の態勢を作り上げる。頂上付近はさほど急峻ではなく削平はしやすいが、樹々が生い茂り、その除去に多大な労力を費やすことになる。そのあとにはおそらく十数間四方くらいの郭がひとつふたつ、造れる。そうすればなんとか数百の兵を収容し、城方が押し出しても、しばらく抗堪力を保持することができるであろう。

工期は、昼夜ぶっ通しで約ひと月、と源蔵は見積もった。

鷲津より重要度は低いが、より難工事と思われたのが、その五町ほど先にある丸根の丘である。

その名のとおりただの丸い丘で、周囲には何もなく見晴らしは抜群である。樹木の繁茂の度合いも鷲津ほどではない。ただ頂上付近の傾斜がきつく、大幅に削り取らないとまともな防衛施設としては機能しないであろう。また、地形の複雑な鷲津に較べると麓の地形が単純で、まとまった人数が寄せやすい。ここにまず太吉の一隊を置いて、早めに空堀を穿ち、その土を盛り固めて強固な土塁を築かなければならない。

こちらに割ける人数は限られるので、源蔵はここの指揮をねずみに任せることにした。弥七と、彼の率いる数名の礫衆がそれを補佐する。

地形からして城方からの頻繁な妨害が予想されたため、黒鍬のなかでも卓抜した勇気と戦闘能力を持つこの二人を割いた。工期は、読めない。妨害によりどのくらいの影響が出るかが、わからないからだ。

もちろん、城方がまとまった数の軍勢を押し出したときに備え、作事のあいだは織田軍から派遣された護衛部隊が待機する。その大半は、坊主どもの退去した長寿寺の伽藍や僧堂を使う。

指一本触れぬ、との寺側との協定違反であるが、これから命をやり取りしようとする彼らに、そんなものをいちいち遵守（じゅんしゅ）する気持ちはなかった。寺を大きくは毀さず、またそのまま明け渡せば文句はないだろう、という程度の認識である。ただ火急の場合、寺からでは駆けつけるのに時間がかかるため、丸根の丘の麓に粗末な小屋掛をして、そこにわずかばかりの支隊が交代で常駐した。

このような差配（てくばり）をして、敵前での危険な作事が始まった。

翌日から始められた鷲津と丸根の作事は、単なる作事人夫たちの砦造りではなく、大高の城兵と、黒鍬衆という名の戦闘工兵たちによる、無数の小戦闘の集積に他ならなかった。

この二丘に砦を築かれ、鳴海との連絡線を切断されることは、大高城にとって死活の大事である。すでに伊勢湾周辺はひと足先に戦時となっており、織田に与（くみ）する武装商船の跳梁によって次々と今川方の荷舟や商船が拿捕され、大高城の背後の港湾は事実上、封鎖されていた。

よって、大高への補給は陸路鳴海城より細々と、まさに今、砦の建設が進む鷲津の脇を通る街道を使って行なわれていた。今回の黒鍬どもの行動を許すと、それはそのまま大高城に対する陸路の補給も遮断されることを意味する。

山口一族の討滅後、岡部に並ぶ今川方の宿将としてこの城に入っていた鵜殿長照は、少ない手持ちの兵力を頻繁に外に出して、作事の執拗な妨害を行なった。数回、鷲津へ軍を寄せたが、こちらは防備が堅く、まともに取りつくこともできずに撃退された。

そののちは、より小規模な妨害部隊を毎日のように丸根のほうに寄せ、夜となく昼となく矢などを射かけたが、周囲に伏せた弥七の礫隊がこれをつど撃退した。

あまりにも会敵機会が多いため、今度ばかりは双方に多数の死者が出た。一人死ねば、相手を二人殺さねば収まらない。二人殺せば、今度は相手が三人殺すまで諦めない。互いに憎悪が連鎖し、ついには逃げていく敵を追いかけまわし、捕らえて、礫で頭を砕くというような行為まで行なわれるようになった。

やったのは、弥七である。

彼は礫の投擲だけでも、すでに四人の敵兵を斃していた。ねずみは、敵兵の返り血と脳漿をいっぱいに浴びて、ぎろりと据えた目のまま自陣に戻ってくる弥七の姿を見て、ぶるりと震えた。去年の今頃、二人で矢作川の河原を逃げていた時分は、まだ小さな痩せっぽちの子供だったのに。星空を見上げて、ととさん、かかさん、などと指さしていた子供だったのに。

ブエイ様の国に行く、というねずみの言葉に意味もわからず頷き、ただ自分にてくてくとついて来ただけの子供だったのに。そして今、そのブエイ様のお国とやらを守るため、必死に慈悲を乞う他人の頭蓋を、情け容赦なく手にした石でごちごちと砕いている。どこか、俺たちは……どこか、とても遠いところに来てしまった。もしかしたら、行き先を間違え、来てはいけない場所に来てしまったのかもしれない。

そしてたぶん戻る道はない。ねずみは、そんなことを考えた。

しかし、そのようなねずみの優しげな心も、次に起こった出来事でどこかに吹き飛んでしまった。

仁助が、死んだ。

坊主あがりということで、長寿寺の僧侶や財物一切を安全に避退させるべく、一行を護衛して去ったが、そのまま帰ってこなかった。当初、織田の護衛隊からは脱走が疑われたものの、源蔵は否定して待ち続けた。

十日後、行方がわかった。彼は、鳴海城から派遣され夜間に出没していた敵の遊撃隊(ゆうげきたい)

に捕らえられ、山中で壮絶な拷問を加えられた末に惨殺されていた。腕を折られ、顔面は原形をとどめないほどに打擲されていたが、その手にはしっかと持念仏を握りしめていた。現地には異様な臭気が漂い、同様の陵辱を加えられ、そのあと獣についばまれた僧侶たちの死体が散乱し、財物の一切が奪われていた。

その凄惨な現場を目にしたねずみは、思い当たる節があり、丸根の警衛と作事を弥七と太吉に託して、自らは夜間、選抜した数名を率いて両砦のあいだを巡察して回った。

もと盗人だけあり、夜間の張り込みには長けている。二日めの夜に早くも犯人を捕らえた。彼らは仁助らを殺害したあと、財物をめぐり仲間割れをし、一組は鳴海に帰還したものの、もう一組は城へ戻らずそのまま戦闘地域からの逃亡を図っている最中であった。ねずみの一隊は無警戒な彼らを待ち伏せし、三人を斃し、一人だけを縛り上げて引っ立てた。

ねずみは縛り上げた一人を、鷲津の源蔵のもとではなく丸根の丘に連行し、弥七の前に突き出した。

鳴海城の土牢にいた、伝左だった。

伝左はあばたでいっぱいの顔を歪め、弥七に言った。

「よォ、久しぶりじゃねえか……おれの玩具よう」

そして、へへへ、と下卑た笑いを浮かべる。

「見ねえうちに、随分といい身体になったじゃねえか……それに、男前だぜぃ」

横にいたねずみは、むかむかして唾を吐いた。

伝左は、なんとか間をもたせないと、自分には確実に死が待っていることを悟っていた。

「助けて、くれるよなぁ……おれはよ、おみゃあの縄さ、最後は解いたぜ」

弥七は表情をまったく動かさずに、縛り上げた伝左の髪をひっ掴んで、作事のため地に打ちつけていた杭の前に立たせた。

「よぉ、乱暴じゃねえか……そんなことよりよォ、また、一緒に遊ぼうぜぃ……」

弥七は答えず、黙々と伝左の手と足とを杭に縛りつけた。そうしながら、自分の率いる礫隊の連中に対しこう命じた。

「鍛錬じゃ。十歩下がれ」

その場にいた四名の礫衆は、互いに顔を見合わせた。

「さっさと、下がれ！」

弥七は怒鳴った。皆吃驚(びっくり)して、すぐ言われたとおりにした。

「順番に、当てろやい」

まったく感情のない声で命じた。

皆、逡巡した。弥七が何を言っているのか理解できない風だった。

「こうやるんじゃ」

弥七は言うとやにわに足元の礫を拾い、杭に立たせた伝左に向かって、それを放った。

礫の粒は小さかった。それは伝左の頬を掠めたが、大した打撃は与えず、そのままポトリと、杭の向こうに落ちた。

くへへへ……と伝左は笑い、

「おもしれえな、おみゃあ、おもしれえな」

と言った。

弥七は無言で、後ろに下がった礫衆たちに次の投擲を促した。やがて一人が丸く大きな礫を拾い、それを杭に括られた伝左めがけて投げた。礫は大きくそれ、伝左の頭上を飛び越えて彼方に土埃を立てた。

「次！」

弥七は号令した。

次の一人が投げた。今度は伝左の腹に命中した。

伝左は呻くと、

「痛えよう、痛えよう！」

と、周囲の同情を買うかのように涙声を出した。

弥七は表情を変えず、ただ「次！」と、何巡も何巡も、号令をかけ続けた。

ようやく礫衆はこの目標物に慣れ、ほぼ全員がなんらかの命中を得るようになった。

「痛ぇ、痛え！　やめてくれい！」

伝左は、右に左にと腰をくねらせ、背を目一杯に反らして礫を避けようとした。だが、杭に括られて移動できない彼の身体は、日頃、素早く不規則に移動する敵兵という動標的を撃ち慣れている礫衆にとっては、容易な的であった。

弥七は命じた。

「そうじゃ、そうやって一人十発は当てろ。当てるまでは、やめちゃいかん」

そして、こうも付け加えた。

「それからな。次に拾う礫はな、必ず、前のよりも大きくしろ」

まだ少しは言葉を発す余裕を残していた伝左も、ここで蒼白となった。

弥七に向かい、何か早口に言い訳か罵声かわからぬようなことを喚き出したが、弥七は聞いていなかった。

この、見た目だけは哀れな贄に、やがてごちごちと大きな礫が命中するようになった。ほとんどが狙ってかどうか、胴体や脚などの比較的靭い部位を襲ったが、数弾はその顎を砕き、頬の肉を削ぎ落とし、なかの歯茎が剥き出しになった。あちこちの傷口から赤黒い血が流れ、伝左はまるで墓場のなかに埋めた死人のような貌になった。

その場にいる誰も、彼を哀れむ者はいなかった。ここは戦場である。しかも黒鍬衆にとっては、この醜い男こそ、もっとも人望のある味方だった仁助を惨殺した犯人である。

まわりの織田の兵どもは、この刺激のある見世物にやんやと歓声を上げていた。

仁助と親しかった太吉も投擲に加わった。彼は一投だけだったが、仁助の形見となった持念仏を左手に持ちながら杭のすぐ前まで行き、右手で鋭く尖った平石を叩きつけた。伝左の胸筋に裂け目が走り、黒い血が噴き出した。伝左は動物のような鳴き声を上げて、気絶した。

やがて、騒ぎを聞きつけ、鷲津から源蔵がやって来た。

この凄惨な光景にしばし言葉を喪っていたが、ねずみが事情を説明すると、眉間に皺を寄せたまま、まずはひとつだけ頷いた。そしてそのまま大股に弥七のもとまでやって来て、こう言った。

「よし。おみゃあの気持ちは、わかる。じゃが、もうええだろ」

弥七は、陰気な目で源蔵を見た。

「殺しは、儂らの作事でねえ。あとは織田の侍どもに任せろ」

源蔵はそう言って弥七の肩に手を置いたが、弥七はそれを振りほどくように杭へと歩み寄り、血だらけの伝左に対し、初めて口を開いた。

「どっちか、択べ。痛えのが嫌なら、やめてやる。だがこのままおめえは、石子詰めじゃ」

「石子、詰め、じゃと？」

ぷっ、と口から血の塊を吐き出した。

「ああ、そうじゃ。鳴海でおみゃあが俺にしたのと同じことを、しちゃる。いっぱいの石と一緒に、おみゃあをこのまま、おっきな穴に埋めちゃる。さっきみてえに痛くはねえぞ。痛くはねえ。その代わり、何日かかけて、おみゃあは、石の重みでぼきぼき音をたてて、骨ごとただ潰れていくんじゃ。真っ暗な穴の底でな。その音はよ、どこの誰にも聞こえやせん。おみゃあは、誰も知らないところでただぼきぼきと潰れて、この世から消えてなくなるんじゃ」

「い、いやじゃ！　いやじゃ、死ぬより辛いわい……石子詰めは、いやじゃ」

ぶるぶると震えながら泣き出した伝左を、弥七は刺すような目つきで睨んだ。そして、少し口元に薄笑いを浮かべて、伝左の血だらけの耳元に口を寄せ、ささやくようにこう言った。

「そうじゃな。死ぬより辛いな。そうじゃった。おみゃあはそのこと、俺よりずっとよく知っとる」

「馬鹿にすんな。この伝左さまをよ……おみゃあは、おみゃあは、おらの、玩具だぁ」

それだけ言うと、また気絶した。

弥七は立ち上がり、織田の兵の一人に向かって、

「斬っちめぇ」

とだけ言い、作事の続く丸根の丘の頂上のほうへずんずんと歩み去ってしまった。

その夜は静かで、冬空に星がまたたき、丸根の丘の吹きっさらしの頂上には、少しだけ冷え冷えとした風が吹いていた。

弥七は、何もない丘の頂上でごろりと横になっている。麓では火を入れた篝が並び、夜を徹して太吉が指揮し堀を巡らしている。緊とした冬の空気を通し、鷲津の頂上でも頻りに人数が動いて塀を立てているのが見えた。彼方に見える大高の城にも、いくつもの篝がまたたき、望楼の甍をぼうっと影絵にして浮かび上がらせていた。その向こうには海が黒々と広がっている。

ねずみが、弥七の寝ている横にやって来た。

そのまま腰を下ろし、膝を抱えながら言った。

「おぼえてるかよ。おみゃあとわしとで、河原さ逃げたときのこと」

弥七は無言だった。

「おんなじ星空が、広がってたっけ」

そう言って、まわりを見渡した。ただ丸いこの丘の頂上からは、全周の視界が得られる。空と、星と、海と。この世界のすべてがそこにあった。

「最近よ」

ねずみは言った。

「おことのことが、思い出されてならねえ」

ようやく弥七がわずかに反応を示し、ねずみのほうを見た。

「あいつとの約束さ、なんも果たしてねえ。恩だけ受けて、あとは、とんずらだよぅ」

弥七はまだ口を開かない。構わず、ねずみは言った。

「とんだ、恩知らずだぜ……」

海からの微風が、弥七の鬢をさわさわと撫で上げ、去った。

「おみゃあには、見抜かれてたがよ」

ねずみは、話し続けた。

「わしゃあ、あいつに懸想してた。ほんに、ええ女子じゃった。旦那が生きていたらよ、いろいろ難しいことになるかもしれねえが、まあ、ええ。とんかく、ここの作事さ終わりゃあ、わしはまた三河へ戻ろうかと思っちょる」

「戦のあと、じゃろ?」

弥七が初めて口を開いた。

「今は、行けんよ」

「そうじゃった、そうじゃった」

ねずみは、笑った。まさにその方角から、今川の大軍がここを目指して押し寄せてくるかもしれないのである。旅人の行き来なぞ、とうに途絶しているはずであった。

「だがよ、戦が終わったら、わしは必ず三河へ帰る」

しばらくどちらも語らず、無言であった。

「おみゃあは」

ねずみが言いかけた。

「俺は、帰らん」

皆まで言わせず、弥七が答えた。

「ここにおる。おみゃあが帰るなら、ここでお別れじゃ」

ねずみは泣きそうになって言った。

「あの蚕小屋でよ、楽しかったでねえか。三人でめし食ってよ」

耐えきれず、じんわり目元から涙が出てきた。今が夜なのがありがたかった。

「追われてたのによ。あんなに楽しかったことはねえ」

そのまま、黙った。

あまりにも、遠くに来てしまった。

そうだ、もう、戻る道はないのだ。

突然、弥七が言った。

「最近、夢を見ねえ」

「なんの夢だよ？」

「ただ真っ暗で、そのまま夜が明けちょう。なんも、夢を見ねえ」

そう言って、ねずみの顔を見やった。

「あの、紅のべべ着た幼子か？」

ねずみが聞くと、弥七は黙って頷いた。

「そうけぇ……そりゃ、なんだろな」

「もう、なんもねえのよ。うらには。なんも、ねえのよ」

そう言って寝返りを打ち、ねずみに背を向けた。話は、終わりだった。

一人になったねずみは、もう一度、満天の星を見上げた。

ぐるりと丸い天球に、いっぱいの星くずが撒かれ、ところどころ刷毛(はけ)で塗ったような白い帯が見える。白銀色の星のひとつひとつが、ねずみと弥七とを見下ろしている。

わしは、どれだっけ？

ねずみは、あのとき弥七が指さした星を探した。

はしっこくて、ずっこくて。

どれであるのかわからなかったが、それは星空のどこかに、きっとまたたいているのに違いなかった。

ねずみはそっと立ち上がり、その場を離れた。

そろそろ、夜の巡察に出かけなければならない。

第二十七章　足軽大将

正月のあいだ、戦闘は休止状態となった。故郷へ戻ることのできない黒鍬衆は、この間を利用して作業をうんと進め、雪のちらつく小正月の頃には、鷲津では寄せ手が近寄れないくらい強固な外郭ができ上がっていた。丸根もそれに続き、砦を囲う堀と土塁が完成し、以前は毎日のように続いていた小戦闘が次第に散発的になっていった。

大高城内ではもはや、このふたつの付城の完成を阻止することは不可能と悟ったらしい。時間稼ぎのための攻撃はするが、敵も味方も損失を恐れ適当な頃合いで早めに戦闘を切り上げ、命を散らす兵の数は極端に減っていった。

しかし、黒鍬の源蔵は激しく怒っていた。

配下の弥七が、作事の終了後もこの地に残ると言い出したのである。おまけにねずみまでそれに同調し、砦の守備部隊に加わりたいと申し出た。それはすなわち、彼ら二人が黒鍬衆から離脱し、織田方の非正規兵として来るべき戦に加わることを意味する。

源蔵にとっては、もっとも頼りになる部下二名を同時に失うばかりでなく、自分が命をかけて鳴海から救い出した大切な存在が我が手から離れていくことにもなる。その喪失感は、はかりしれない。

「馬鹿野郎！」

源蔵は、子供のように弥七とねずみを詰った。

「おみゃあらは、もう立派な黒鍬だ！　どこへ行っても、どんな作事でもできる。もう一生、食うには困らねえだぞ。それをみすみす放っぽり出して、何を言い出すんじゃ」

ねずみは、言う。

「源蔵には、ほんに、礼の言葉しか思い浮かばん。黒鍬の連中も好きじゃ。だがよ、わしらはもとは三河の河原者、しかもお尋ね者じゃ。もし戦に三河が勝って、そんときのことさ蒸し返されたらよ、おみゃあさんにも迷惑かかるで」

「そんことぁもう岡部に話しちょう。奴はもう水に流した。安心じゃ」

「じゃがよ、わしらに殺された百姓どもの仲間は納得しちょらん。わしらの居所がわかれば、また、追っかけてくる」

源蔵は言い張った。

「だからよ。おみゃあらは黒鍬になるだ。こっちの村さ来い。村に根を下ろして、嫁っ子でも貰って落ち着け。なら三河の百姓ずれに手は出させせん」

こうも、言った。

「おりゃあ、おみゃあらと一緒に作事がしたいんよ」

弥七もねずみもうつむき、黙ってしまった。横から織田の警護隊長が口を出した。

「もし砦に残ってくれるなら、こんなにありがたいことはない。士分は無理だが、足軽同様の扶持が貰えるように取り計らうぞ」

弥七の率いる礫衆の活躍があって初めて、丸根の砦の完成の目処が立った。また、ねずみは夜目が利き、闇にうまく身を没して敵の接近をいち早く感知することができる。ともに戦った織田方の正規兵たちも、この二名の卓抜した戦闘力を認め、頼り甲斐のある味方として敬意すら抱いている。警護隊長はそんな二人に、いずれ雑兵ではない正規の戦闘兵としての待遇を用意するという。

普通に考えれば、悪い話ではない。もちろん、軍中に黒鍬出身者が二名も加わるということは、戦地での砦の補修や道路の作事などに今後も継続的に声がかかることを意味し、源蔵にとっても大きな利益につながる話であるはずであった。

だが源蔵は、二人が抜けることに納得しない。

二人に好意を示す警護隊長を泥棒と詰り、ために、いったん砦の作事を止めるとまで言い出した。敵前での揉め事は破滅につながる。それがわからぬ皆ではなく、自然その件の結論は先送りになった。

そんなある日、意外な人物が丸根の作事現場にやって来た。ねずみが前夜の巡察明けでぐっすりと寝込んでいる時分、その人物は美々しい陣羽織を着込み、帯刀し、馬の口取りを従えて弥七を訪ねた。

部下に呼ばれた弥七が砦の追手門まで出ていくと、馬上から歯を見せ、にかっと笑った。皺だらけの顔の小男。

口入屋の藤右衛門だった。

茫然と立ち尽くす弥七の脇に、えっちらほい、と言いながら下り立ち、肩を叩くと、こう言った。

「大きゅう、なったのう……あの痩せっぽちの弥七とは、どえれえ違いじゃ」

弥七は意表をつかれ、ものを言うことができない。

藤右衛門は構わず、

「驚いたか」

と言った。

「いきなり……いきなり、消えやがって」

弥七は、やっと言葉を絞り出した。

「あのあと……あのあとにな」

礫打ちで滅多滅多に崩れた、血みどろの伝左の顔が浮かんできた。

むかむかとし、だんだんとこの小男に対する灼けつくような怒りが戻ってきた。

藤右衛門は、大声で笑った。

「ほんに、すまなかったのう。あんときは仕方がなかったのじゃ。一刻も早くお屋形様のもとに戻って、首尾をご報告せねばならなかったでな。辛いところだ。許せ」

そう笑いつつ、弥七が手にしていた作事指揮のための木切れがぶるぶる震えているのに目をとめ、

「おお……怖いのう、怖いのう」

と一歩引いた。

しかしその口は休まない。

「待て、待て。おみゃあも、あんときのこと、いろいろ訳を知りたかろう。儂ゃあ、丸根に礫打ちの名人の黒鍬が来ちょると噂を聞いて、おみゃあが生きとるに違いねえと、喜び勇んできたんじゃい。ちょっとだけくらい、話を聞いてくれやい」

「おう、言うてみぃ、なんか言えることでもありゃあ、言うてみい！」

「実はのう……儂ゃあ」

「儂ゃあ、なんじゃ！」

弥七は、怒鳴った。

「おお……怖い、怖い。あの素直な童（わっぱ）の弥七がよ、こんな怖（こわ）げえ、大人になったがよ」

藤右衛門は、余裕綽々（しゃくしゃく）でおどけてみせた。

「まあ、聞け。儂ゃあなあ、織田上総介さまにお仕えしちょう、細作じゃ。いや、細作じゃったと言うたほうがええな。今ではこのとおり、いっぱしの足軽大将じゃで」

両手を広げ、自分の美麗な陣羽織をひけらかしてみせた。

「わかっちょう、言いたいことは、わかっちょう。仲間を見捨てて、自分だけいい目しやがって……こう思うよな。顔に書いてあるわい。だがよ」

藤右衛門はまじめな目をして、言った。

「あんときは、儂も必死じゃった。必死って、わかるか？　必ず死ぬっちゅう意味や。儂も、鳴海の城に入ったときは、まず生きてここさ出らるるめえ、そう思っちょった」

ちょっとだけ、作事の続く丸根の頂のほうを見た。

そこはすでに大かた平らに均らされ、柵も巡らされ、今では大きな望楼が半分くらい建てられている。

「なにせあの防備(まもり)の堅い城だ、どうせ出られねえ。おみゃあら二人と、あの甚介と、仲良くお陀仏(だぶつ)じゃ、そう思っとった」

「勝手に人を巻き込んどいて、言えたことか！」

「待て待て」

藤右衛門は、手を上げて弥七の怒りを制した。

「忘れてもらっちゃあ、困る。儂はその前に、安祥でおみゃあらを助けた」

ニヤリと笑って、弥七を見た。

「おみゃあら、追われとったでねえか。それを儂は、かなり危ねえ橋さ渡って助けた」

顔は笑顔だが、皺の陰に半分埋もれた目は笑っていなかった。

「で、そのあとによ、おみゃあらにも手を貸してもらった。おあいこだろうが」

蛇のような目で弥七を見た。

「ま、たしかに、必死の難しい仕事じゃった。そのことは言わんかったがの」

口元を引きつらせ、笑った。

「悪いとは思っとる。そうするしかなかったんじゃ。何しろな、鳴海のお城に忍び込んで、山口様が織田に寝返っとるっちゅう密書を落としてくる、そんなむちゃくちゃな話じゃった」

「なんじゃと！」

仔細を知らなかった弥七が、思わず叫んだ。

「それで、山口さまのご一族が！」

「そう！　そうじゃ。女子供にも気の毒なことをした。じゃが、それが細作の儂に託された、上総介様からの命じゃった。どんな手を使ってでもやらねばならん」

「同じ河原者を巻き込んでも、か」

弥七が言うと、藤右衛門はまじめな顔をして頷いた。

「そういうことじゃ。黒鍬には黒鍬の、細作には細作の、掟っちゅうもんがある。何をしても、どんな手を使ってでも、命は果たす。それが細作の掟じゃ」

「ふざけんなよ。てめえ、ぶっころしてやる」

弥七は、拳を握りしめて藤右衛門に詰め寄った。

「ここにゃあな、ねずみもおる。二人で何人も敵さぶっ殺した。おみゃあもぶっ殺してやる！」

「待てやい！」

藤右衛門が、怖ろしい声を出した。

「何人もぶっ殺したのは、儂も同じだ。儂ゃなあ、細作じゃ。そうせにゃならんときは、儂だって殺す」

甚介を背中から刺し貫いたときの、藤右衛門の手並みとあの冷静な目の光を弥七は思い出した。

藤右衛門は、続けた。

「儂らがぶっ殺しあってもよ、つまらねえよ」

「何を、言やがる！」

「別によ、今さら許してくれえと言いに来たわけではねえ」

藤右衛門は、弥七を宥めるように言った。

「昔は昔、今は今じゃ。これから手を組まねえか、そう言いに来たんじゃ」

「何を言ってるのか、わからねえ」

弥七は吐き捨てた。

「わからねえか。馬鹿な餓鬼だな。見た目は立派になっても、中身は河原の餓鬼のまんまか」

「おめえだって、もとは河原にいたんだろうが！」

「おう、そうよ。だがよ、抜け出して、今じゃ、これだぜ」

ふたたび陣羽織をかざした。

「生き残ったもんの、勝ちよ。儂は生き残った。じゃが、おみゃあも生き残った。生き残ったもん同士、手ぇ組みゃ、もっといい目を見れる。そうじゃねえか？」

「あんまり、言っちゃいけねえんだけどもよ。この砦はよ、捨て駒じゃ」

藤右衛門は少し声を落として、弥七を口説きにかかっていた。

「捨て駒？」

「おうよ。付城とか言うて、今川のお城を攻めてるように見せて、実はよ、今川の大軍がここに押し寄せてくるのを待っちょる。千や二千じゃねえぞ、たぶん、万だ。わかるか？　こんな砦がよ、それで何ができる、あん？」

「なんでおみゃあに、そんなことまでわかるがよ！」

自分と仲間たちが命を懸けて造り上げている砦を貶なされ、弥七は怒鳴った。

「ここじゃ、ここ。ここじゃよ」

頭を指でつつきながら、藤右衛門は言った。

「この藤右衛門様にはな。すべてお見通しなんじゃ。儂ゃあ、上総介様に直にお仕えもしちょう。お考えがわかるんじゃ」

「そげなお偉い侍がよ、なんだって俺のもとに来る？　なぜわざわざ、ぶっ殺されに来る？」

「阿呆が！　おみゃあを救い出しちゃろいう話じゃい！　この、どうせ捨てられちまう砦からよ！」

藤右衛門の語調が強くなった。

「ま、言うても信用すまいな。だからよ、この前の罪滅ぼしっちゅうことにしとこうかい。おみゃあ、聞いたところじゃあ、大変な目に遭ったらしいしなあ」

続いてニヤニヤと笑った。

「でもよ、そんときおみゃあを痛めつけた野郎をよ、見事ここで捕まえて、礫さ打つけて、ぶっ殺したそうじゃねえか。儂ゃ、それ聞いてまたおみゃあに会いに来たんだ。気に入ったぜ。おみゃあ、そういう性根のある奴じゃ。儂にゃあ、わかってたんじゃ」

「おみゃあはなんも知らん。伝左の野郎を捕まえたのは、ねずみだ。俺は礫さ、ただ手下の者どもにぶつけさせただけじゃ」

弥七は、血まみれのまま自分を見上げた伝左の片目を思い出した。そうだ、奴の目は、今目の前にいる男とおんなじだった。

「そういうとこもよ。気に入っちょる。てめえで手さ下すだけが能じゃねえ。要は相手をぶっ殺しゃ、それでええんじゃ。どうだ、おみゃあ、儂のとこに来んか？」

藤右衛門は唐突に切り出した。

「儂の家来さ、なれ。おみゃあは使える。だからいい目を見させちゃる。なに、生まれは同じ河原じゃ。互いにあんな糞溜(くそだめ)を抜け出して、いい目を見るんじゃ。河原もんがよ、出世して、尾張武衛家の一等の侍(さむらい)になるんじゃ」

あの蛇のような目に、今では禍々しい光が宿り、ぎらぎらとしていた。

「わかってるか？　ここにいちゃ、死ぬぞ」

まっすぐに弥七を見据えた。

「おみゃあに好いてくれとは、言わん。だがよ、おみゃあを救い出したい気持ちは、嘘じゃねえ。今度ばかりは、嘘じゃねえ。ここにいたら、おみゃあは死んじまう。今度という今度こそ、死んじまう。おみゃあは死なすには惜しい男なんじゃ」

たしかに彼は今回だけは自分の本心を言っていることが、弥七にもわかった。

「一人で抜けるわけにゃ、いかん」

弥七は言った。

「ねずみがおる。奴とはずっと一緒じゃ。今度だって、俺がここに残ると言うたら、奴も残ると言うた。奴を置いては行けん」

「あいつは、だめだぞ」

藤右衛門は哀れむような身振りで、言った。

「ありゃあ、お人好しじゃあ。戦ではああいう奴が真っ先に死ぬ。一緒にいると、おみゃあも死ぬ。さあ、今すぐ儂と来るんだ。源蔵にはあとからなんとでも言っといちゃる。おみゃあは気にせんでええ」

弥七は黙って、藤右衛門を見た。

「おみゃあ、何者だぁ？　源蔵があっちにおることも」

彼方の鷲津を指さした。

「ねずみが、非番で向こうの小屋掛のなかで寝てることも、来る前にちゃんと、調べちょう。そじゃろ？」

藤右衛門は感極まったように、手を拍って喜んだ。

「そうじゃ！　おみゃあ、ようわかっちょる！　この藤吉郎様の周到さを、よう見抜いた！　鋭いんじゃ、おみゃあは。儂は、おみゃあのその頭さ切れるとこが好きなんじゃ！」

「藤吉郎様？」

弥七は、聞きとがめた。

「おみゃあ、また名前を変えやがったのか？」

「おぅ、そうじゃ。儂ゃ、今は木下藤吉郎と名乗っとる。言うたろ、尾張さ行って百姓女とまぐわって、勢いで夫婦になったと。そん家が木下じゃ」

「木下、かよ……ムツじゃねえのかよ」

「おうよ。河原者のムツがよ、今じゃ織田のお家の足軽大将じゃ。木下様じゃ！」

藤吉郎は胸を張った。

矮小な体躯で、貧相でみすぼらしかったが、誇りに満ちていた。

「さてよ、どうすんじゃ？　ここにいて死ぬか、それとも木下様の家来になって、大きな天下の夢を見るか？」

藤吉郎が、弥七に迫ってきた。

第二十八章　陰で見し夢

「おみゃあ、頭、おかしいんでねえか？」

弥七は、源蔵が織田の侍をどやすときと同じ言葉を投げ返した。

「天下だとかなんとかよ、訳のわからねえことばっか言いやがって」

呆れ返った表情で言った。

「今ここに今川の大軍さ寄せてきて、尾張が負けりゃあ、おみゃあもそれで終了でねえか。夢もへったくれも、あるかよう。ただ死ぬだけじゃ」

自分のそれまでの熱弁がまったく相手に通じていなかったことを悟った藤吉郎は、憮然とした。

「おみゃあ……頭が切れると思っとったが、やっぱ救いようのない馬鹿なんじゃな」

「馬鹿は、おみゃあのほうじゃ。この砦さ落ちて、あそこの汀まで今川が寄せてきてみい、もう、織田はなんにもできねえよ」

弥七は手にした作事の指揮棒で、彼方の大高城と伊勢湾のほうをさした。

「ほんに、阿呆か、おみゃあは」

弥七はもう一度、藤吉郎に言う。

「海まで取られてまうぞ。この砦さ、守らんでどうする？　上総介様は、おみゃあのような阿呆ばかりお側近くに侍らせてんのかよ。それならもう、尾張も終わりじゃな」

言葉の末尾が意図せぬ韻を踏み、弥七は呆れ半分で鼻を鳴らした。

つい一年前まで、軍事のことなど何も知らぬただの幼い河原者だった弥七は、ここ半年の激しい戦闘が続く毎日で普通の武士の何年分もの経験を積み、いっぱしの軍事指揮官になっている。多くの場合は目前の小戦闘に勝つことばかりを考えているが、たまに、より大きく広い視野で戦闘の帰趨を俯瞰しようと思いを巡らすことがある。そこでの策の出来・不出来が、最前線での戦闘の様相と、自分たちの生死に直結するからである。

今弥七は、そんな前線たたき上げの実戦経験者として、後方の安全地帯に安穏とする藤吉郎ら織田の幕僚たちの危機意識の低さに腹を立てていた。ここが来るべき今川の尾張侵攻作戦においてひとつの大きな軍事的焦点になることなど、まさにここで日々血を流していれば、おのずと推察できることである。

また、勢力が大きく側背に敵を持たぬ今川が、来るときはある程度まとまった大軍で寄せてくることは、源蔵はもちろん、ねずみや喜助、太吉、そして弥七に至るまで日々話し合い、すでに想定済みである。だからこそ源蔵は早めに作事を終わらせ、黒鍬を非戦闘従事者として一刻も早く避退させようと腐心している。忠実な作業者である太吉や喜助は、それぞれの砦の強度と抗堪性を少しでも高めようと、日々工夫をこらし、念には念を入れた作事をしている。砦に残り戦闘に加わることを決意している弥七とねずみは、日々砦の造営を指揮しつつ、そこでどうやって敵の大軍を迎え撃つか、頭のなかで繰り返し考えているのである。

ところがこのもと細作は、天下だの、自分の手下になれだの、およそ戦の勝敗には関係なさそうな、役にも立たぬ戯言ばかりを口にする。織田家のうちにおける自らの今後の栄進のため、言葉だけの利をちらつかせて口説こうとする。そんなもの、戦に負ければみんな消えてなくなってしまうだけなのに。

弥七は、この男と話しているのが馬鹿馬鹿しくなった。

「もう、ええわ」

弥七は言った。

「もう昔の恨みは、忘れちゃる。おみゃあも斬らんでおいてやる。どこへなりと勝手に消えろ。で、もう、来るな。戦の邪魔じゃけ、ほんまに来るな」

手で払うようにして、そのまま立ち去ろうとした。

しかし藤吉郎は、顔を赤くして嚇怒（かくど）した。

「やい、この藤吉郎様を虚仮（こけ）にするんじゃ、ねえぞ！」

弥七はため息をつき、藤吉郎を見やった。

「なんね。まだ言うことあるんか？」

「おう、あるともよ！　あるとも、大ありじゃ！」

皺だらけの顔が赧（あか）くなると、全体が黒ずんでくる。ますます猿に似ちょう、と弥七は思った。

藤吉郎は、六本の指を砦の頂のほうへ突きつけた。

「おみゃあ、あんなちっこい砦で、今川の大軍をやっつける気かよう！」

「やっつけるんじゃ、ねえ。食い止めるんじゃ」

　弥七は言った。

「何日か、何十日か、それは知らねえ。だが尾張の殿様が本軍率いてやって来るまで、持ち堪（こた）えんのよ。鷲津と他の付城と力さ合わせてよ。勝つには、それしかねえ」

「馬鹿！　馬鹿！　大馬鹿野郎！」

　藤吉郎は喚いた。自分がなぜこんなに弥七の生死にこだわっているのか、わからなくなっていた。

「それが、来んのよ！　ぜってぇに死ぬぞ！　おみゃあ、わかってんのか？　捨て駒なんじゃ、おみゃあらは！　なんでわかんねえんだよぅ！」

「捨て駒かなんか知らんが」

　弥七は、冷然と言った。

「要は、守りきればいいんじゃ」

「こんな小っぽけな、弱けえ砦で……」

　そこまで言って、藤吉郎は吹っ飛んだ。

　弥七が、横っ面を張り倒したのである。手に持っていた指揮棒がふたつに折れて宙に舞った。

「今度、言ってみろ！　この砦の悪口、言ってみろ！　殺すぞ！」

藤吉郎はつい感情に走りすぎ、油断した。細作らしからぬ手抜かりだった。

彼は口のはじを袖で押さえた。少し血が出ていた。

「この砦はな、ぜってえに落ちねえ。源蔵が縄張りして、太吉が堀をこさえて、ねずみと俺で土を盛った。みんなで土を叩いてかちかちにした。杭も柵も植えて、これから頑丈に仕上げるところだ。誰も陥とせねえ。だから皆、死なねえ！」

言い切る弥七の目には、烈々と火が入っているように見えた。

「そうかよ」

藤吉郎は、寂しそうに言った。

「そこまで言うならよ、もう誘わねえ。ここで勝手に死にやがれ」

そして立ち上がった。

「やれやれだぜ。昔の河原の仲間を助けに、わざわざここまで来てやったのによ……とんだ骨折り損だったたい」

拳を振るって、弥七は藤吉郎への積もり積もった鬱憤を少しは晴らした気分になった。少し言葉が柔らかくなった。

「丸根の仲間は見捨てられねえよ。これは自分で造り上げた城じゃ。みんなと造り上げた砦じゃ。もし戦になったら、最後まで見届けるのが、俺の作事じゃ」

「へっ、泣けるぜ……この大馬鹿野郎が。それで立派な侍にでもなった気か」

　藤吉郎はまだ憎まれ口を叩いた。

「この藤吉郎様としたことが、ついこんな馬鹿野郎に入れ込みすぎたわい。河原者は、しょせん河原者じゃな」

　膝についた埃を払い、ぎろりと弥七を睨んだ。

「せっかく拾った命をよ。また捨てやがる」

「てめえのせいだろうが！」

　鳴海での出来事を思い出しながら、弥七が吐き捨てた。

「馬鹿。あんときの話だよ！」

　藤吉郎は言った。

「どんときだよ？」

「儂とおみゃあが、まだ河原にいたときだよ、馬鹿野郎！」

　藤吉郎は、叫んだ。

「おみゃあ、一家ぜんぶで川に沈もうとしちょったときに、ぴいぴい泣いて、逃げ帰ってきたじゃねえか！」

　弥七は思った。

　藤吉郎は、安祥の城にあった空牢のなかで、たしか陰での弥七のことはまったく覚えていないと言っていた。あのときはまだ口入屋の藤右衛門と名乗っていたっけ？　いや、まだムツだった。

それは、いい……これはなんだ？　なんの話だ？

弥七は口に出してムツに聞いた。いったい何を言ってるんだ、おみゃあは？

目の前の、美々しい陣羽織に身を包んだ貧相なもと河原者はこう言った。

「儂はよ、見てたんじゃ。おみゃあら一家が、陰での暮らしに嫌気がさして、心中すっとこを見てたんじゃ。ととさんとかかさんがよ、おみゃあとちっちゃな妹の足に、でっけえ石さ括りつけて、陰の河原から、どぼんと川のなかに飛び込もうとしとるの、見てたんじゃ」

何を言ってるんだ、なんの話だ？

弥七は、まわりの風景に何か薄靄のようなものがかかるのを感じた。視界がうっすらとぼやけ、目の前にあった皺だらけの顔が、そのなかに滲んで消えそうになった。

「結局おみゃあだけ残してよ、一家はよ、ドボンじゃ！」

すぐ耳元でムツの大きな声がして、弥七は我に返った。

「なんじゃ、なんの話じゃ、そりゃあよ！」

「覚えようらんのけ？　この餓鬼が！　もう五つか六つにはなっとったじゃろが！　覚えとらんわきゃあ、ねえ！」

「なんだよ、なんだよ……かかさんてよ？　うらに、ととさんもかかさんもいねえ。覚えてねえ」

「こんな、ちっちゃな」

　腰くらいの高さに六指をかざし、藤吉郎は言った。

「妹がおったろうが。あんとき、川に飛び込むときよ、たしか薄紅のべべ着とった。最後にせめてよ、綺麗なもん着せてやりたかったんだろな。この儂がよ、哀れじゃと思ったほどじゃい。陰の奴ら、誰もおみゃあらを止めなかったけどよ、泣いてる奴もいたな……とにかくあの子は哀れじゃった。おみゃあはぴいぴい泣いてよ。括りつけた石さ外して、自分一人で逃げてきやがった」

　弥七は、自分の前頭部にかすかなしこりのようなものを感じた。しこりはじんわりとその領分を広げ、何かの風景を思い出させてきた。じんわりと。ただゆっくりと。

　河原だ……河原だ。

　陰の河原だ。

　そこで生まれて、そこで育った。

　自分は、そのこと以外何も覚えていない。

　ととさんのことも。かかさんのことも。

　妹がいたことも。

　いや、妹のことは、覚えている。夢にときどき出てくる。

紅色の、色あせた着物を着ている。

嬉しそうにしていた。

両脇を、大きなふたつの影に挟まれて。

手を引かれて。

こちらを、見た。

振り返った。

何か、言ったような気がした。

自分は……


「思い出したかよ？」

藤吉郎の声がした。

「おみゃあ、逃げて、逃げ帰ってきた。まあ、餓鬼には無理もねえよ。あんまてめえを責めんな。おみゃあ、逃げて、命を拾ったんよ」

藤吉郎の六つの指が、弥七の顎をグイと掴んだ。

「大丈夫（でえじょうぶ）か？」

あの、皺のなかに埋もれた蛇のごとき目に心配そうな光が浮かんでいる。甚介を殺したときのような、弥七とねずみを騙して置き去りにしたときのような、冷たさはなかった。

「おみゃあ、ほんまに全部忘れとったんじゃなあ……あんときもよ、次の日からずっとなんも喋らずに、河原さ座ってずっと石を投げとったからな」

弥七は無言だった。藤吉郎が言葉を継いだ。

「儂はよ、あんとき陰から出ようと決めたんじゃ。すぐには無理じゃった。そのあと、ねずみが逃げてきやがった。外の世界のことをいろいろ聞いたよ」

弥七はあの目を思い出していた。あのふたつの、黒いくりっとした目。

自分を見上げている、あの目。

「とにかくよ。出たんだ。あのあと。おみゃあら一家の犠牲（おかげ）よ。ねずみに教えられたあの翳道（さしばみち）さ通って、最初は針を売ってよ、諸国さ経巡った。何度も死にそうな目に遭ったよ、じゃがよ、おみゃあの家族のように、陰で死ぬよりましじゃった。そのうち運が向いてきた。織田様の下っ端の、さらに下っ端のしようもねえ仕事が始まりじゃった。でもな、このムツさまには怖いもんなんかねえよ。なにしろ目の前で、おみゃあの一家がどぼんと身投げするの見届けたからな。おみゃあは逃げたけどよぉ……最後まで見たよ。ぷくぷくと泡（あぶく）さ浮いて、そのうち途切れた。人は死んじまったら、終わりだ。でもな、どんなことしても生き残ると決めりゃあ、強いもんよ。織田家中のひょろひょろ侍になんかよ、儂の気持ちがわかるかよ……どんな汚れ仕事でもやったよ。そのたびにやり遂げた。人にゃあ言えるような仕事じゃねえ。でも、やった。そういう仕事をやるしか、ねえんだ。河原から抜け出すにはな」

藤吉郎は、一気呵成に言い切った。

彼がこんなに自分の感情を露わにするところを、弥七はこれまで見たことがなかった。

「そうかよ。そりゃ、よかったな。何よりだ」

弥七は、やっと言葉を発することができた。

「大事にするんじゃな、てめえの運を」

「安祥で会うたときよ、おみゃあの顔も名前も忘れてたが、礫投げの話ですぐ思い出したぜ。おみゃあ、とにかく黙って石ばっか投げとった。あの気の毒な童がよ、まだ生きてやがった、そう思ったぜ。じゃが本当になんも覚えてなかったんだな。儂のことも忘れてるわけよ。右の六指見せりゃあ、わかると思ったんだがな」

弥七は、頭部のしこりが消えていることに気づいた。

気を取り直して、言った。

「いろいろ思い出したよ。まあ、昔のことじゃ。今はこの砦じゃ」

無理やり丸根の頂のほうを振り返った。

「馬鹿がよ。それでも、死ぬのか」

藤吉郎はまだ言った。

「この砦が落ちてもよ、それで織田が終わるとは思えん。あの上総介様を見てるとな。

しぶとく生き残りそうな気がするぜ。儂は上総介様の御運に賭ける。そうすりゃ絶対に、生き残れる。もう、あの翳道を逆に辿って陰に戻ることはねえ。もう、あんな道を通ることなど、ねえ！　儂は上総介様にくっついて、天下に藤吉郎の名乗りをあげちゃるんじゃ！」

「そうかい」

弥七は、砦を眺めたまま言った。

「ならよ。そうすりゃ、ええがよ」

「まだ来る気は、ねえか？　これが最後じゃ」

藤吉郎が聞いた。

弥七は、振り返った。

藤吉郎を見てこう言った。

「河原ではよ、うら、ただの石ころだったんよ。今は、礫だ。この砦にいるうちはよ、礫でいられる。みんなと一緒にいて戦っているうちはな。俺は、礫だ。礫でなくなりゃあ、ただの石ころだ。俺は、石ころに戻る気はねえ」

今度こそ本当に立ち去った。

立ち去り際、藤吉郎にこう吐き捨てた。

「ほっといてくりゃあよ！」

藤吉郎は、あとに残された。

しばらくぼうっとし、そして丸根の砦を見上げた。

やがて彼は悲しそうに頭を振り、肩をすくめ、馬に乗って去っていった。

第二十九章　死神

鷲津・丸根の二砦を造り終えた黒鍬の源蔵は、配下をまとめてこの危険な戦地を去ろうとしていた。結局、ねずみと弥七は源蔵の言うことを聞かず、丸根砦への残留を決めた。源蔵ははじめは強硬に宥めすかしたり、脅したりして二人の慰留に努めたが、しまいには諦め、この頃にはもう何も言わなくなってしまっていた。

「弥七よ。おみゃあ、何かを成し遂げたいんじゃな。この丸根の砦はおみゃあ自身なんじゃや。造りゃ終わりのわしらとは違う。この砦はきっと、おみゃあそのものなんじゃい。死神に魅入られたな……たまに侍でもそういう奴がおる。刀やら戦やらに心が奪われてしまうんじゃや。てめえの命なんぞ、どうでもよくなる。阿呆じゃい。だが一度死神に魅入られるとな、その阿呆は、本当に死ぬまで目が醒めねえんじゃ」

最後に話したとき、源蔵は自らに言い聞かせるようにこう語って納得した。

「ここはよ、この現世で最初のおみゃあの領分なんじゃ。だがよ、最後ではねえ。最後になんぞ、してはならねえ。ええか、わかったな。ここは、おみゃあの死に場所なんかではねえぞ」

黒鍬隊が去る前夜、源蔵はねずみと弥七を呼び止め、太吉と喜助も加えささやかな酒宴を催した。酒宴といっても、完工した鷲津砦の威容を眺めながら、長寿寺の境内に小さな焚き火をして五人で囲うだけである。

「考えても、みたらよ」

源蔵は言った。

「儂らはほんに、ふてえ奴らじゃで……このあたりの敵味方の城やら砦やら、全部いじっちゃあ作事しよるでねえか」

「そうだな。沓掛、鳴海、丸根に鷲津。そして刈谷、池鯉鮒も。いじっとらんのは大高くらいのもんじゃ」

「敵味方、お構いなしじゃな」

喜助と太吉が言った。みんな笑った。

「まあよ、それだけわしら黒鍬の腕が見込まれちょう、そういうことよ」

源蔵は言った。

「だからよ。これからも仕事は来る」

そう言って、ねずみのほうを見た。

「オイ、勘弁してちょうよ……わし、もう、ここに残ると決めただ」

ねずみは言いにくそうに言った。

「戯れとるだけじゃ、もう言わねえよ、安心せえ」

源蔵は言うと、瓢箪を呷って酒の残りを口のなかに垂らした。

「それにしてもよ……ええ仕事じゃったが、犠牲も大きすぎたな」

「違えねえ。仁助も死んだ。弥七が仇さ打ってくれたけどよ」

まだ、仁助の持念仏を肌身離さずに持っている太吉が弥七を見ながら答えた。

「俺は何もしてねえよ。捕まえたのは、ねずみだ」

弥七は言った。そしてふと胸がいっぱいになって、言い添えた。

「あんとき……あのまま里に帰ってりゃあな。源蔵が随分頑張って、あの服部とかいう織田の侍とやり合って帰ろうとしてたのにな。うらが行きてえなんて言ってよ。それで来ることになっちまった。仁助や他の奴らは、うらが殺しちまったようなもんだで」

「言うなや。あんときはみンな舞い上がっとった」

源蔵が弥七を慰めた。

「すこし……すこし調子に乗りすぎてたんじゃ。でもな、あんな凄いことができる黒鍬はわしらだけじゃ。日の本一じゃ。だからよ、ちょっとぐらい調子に乗るのも当たりみゃあだで」

「儲かったけどよ。楽しかったけどよ。たくさん、死んだな」

「おう、そうだ。楽しかったけどな」

しんみりした空気が流れ、源蔵が言った。

「で、よ。おっ死(ち)んだ奴もいるが、生きてんのに、抜けるとか言う奴らもいる」

ここでふたたび、弥七とねずみを見た。顔は笑っていた。

「ほんとによう、困ったもんだぜ……おみゃあらがいなくなるとよ、銭をたんと取れる作事の口がよ、随分と減っちまわあ」

「ここでの俺たちの分はよ、いらねえよ。おみゃあさんらへの恩義だ。仁助や、おっ死んだ奴らの家族にでも渡してやってくれよ」

弥七とねずみは口々にそう言った。

「どうせこの砦に籠るからよ、食い扶持はしばらく武衛様もちだぁ」

「馬鹿。払うもんは、払う。この黒鍬の源蔵様がよ、銭を払わなかったことがあるか?」

「ま、吝(しわ)いけどよぉ」

すかさず喜助が言い、皆大笑いした。

「でもな、今度は五倍じゃい。けっこう懐さ温(ぬく)くなるで。それで戦しよると、腕が鈍るぞ」

太吉が少し心配そうに言った。

「おみゃあら、やっぱよ、今から一緒に来ねえか？」

「ありがとうよ、おみゃあら、ほんにいい奴らだよ」

弥七は素直に言った。

「前に鳴海で源蔵に命さ助けてもらったときから、俺は、自分は黒鍬だ、黒鍬になるんだと思った。でもな、なぜかわからん、なぜかわからんが、この砦が俺を足止めすんのよ。行くな、ちゅうのよ。だから俺の我儘だ。ねずみは人好しじゃから、俺の我儘につきおうちょるだけだ」

「馬鹿。おみゃあは横に誰かついとらんと、何するかわからん。わしがおらんと、ほんに、この砦と心中しよる」

ねずみが弥七に反論した。すると喜助が言った。

「ちょっと作事さ、身を入れすぎたなぁ……なんか、鷲津も丸根も魔物に見えてきたぞう。弥七とねずみを掴まえて放さず、心中しちまう。最近じゃ、黒鍬が鍬を振るうと砦に変な神様が憑きよるんじゃ。おっそろしいぞ。黒鍬は」

またも、大笑いとなった。


翌日。

去り際、源蔵は二人に言った。

「ええか、おみゃあら黒鍬だ。誰がなんと言おうが、黒鍬だ。おみゃあらは儂らの仲間だ。戦には勝て。なんとしても勝て。だがもし負けても、腹さ切ったり、敵に捕まったりしちゃあなんねえぞ。もし砦が陥ちるようなことがあれば、南へ逃げろ。儂たちが迎えるからよ。わかったな」

そう言うと源蔵は隊列に号令をかけた。人と馬と荷車の列がしずしずと動き出した。源蔵はもうこっちを二度と振り向かなかった。太吉と喜助が遠くから笑って、左手の拳を握り、真上へと突き上げた。

ねずみと弥七も同じことをしながら、遠ざかっていく隊列を眺めた。轍（わだち）と蹄の跡が路に刻まれ、仲間たちの姿はだんだんと小さくなり、やがて霞の彼方に消えていった。

陽ざしは少しだけ暖かくなり、長い冬は終わりつつあった。

*

南から暖みのある円（まろ）やかな風が吹き渡り、寒空に凍えていた城と、そこに籠る幾百の人間の膚とを柔らかく撫ぜ上げていった。志摩の溺れ谷を越えて流れてきた海流が伊勢湾の奥をぐるりと巡り、大高の城のへりにある小さな湊が湛えた水をかき回して、また南へと去っていった。

この湊には、船出できぬままひと冬係留された舟が数艘ぶらぶらと揺られており、舟も湊もひっそりとして人影はない。大高の城に籠る城兵たちは、かすかに聞こえてきた春の声に愁眉(しゅうび)を開いたが、またすぐに目を落としうつむいてしまった。

正月以来なんの補給もなく、城は緩やかに死につつあった。背後の伊勢湾は完全に織田の海となり、北方の鳴海から陸路で細々と運ばれていた食料も途絶した。

そこには、あの忌々しい鷲津の砦が聳(そび)え、街道の行き来を厳しく監視している。そこからわずかに右へ隔たったところに突き出した丸根の小さな、名前のとおりのまん丸い丘は、まわりにぐるりと強固な柵を巡らし、高い望楼を宙に向かってつきたて、南からの近接に油断なく備えている。

織田勢の設けたこのふたつの小さな砦は、この上もなく効果的に大高城を締め上げていた。年の瀬、丸根の麓に兵を発し激しく抵抗したときのあの将兵の精気と意気は、すでにどこかに消えてしまった。今川から派された守将の鵜殿長照は、配給を切り詰め、身分の上下なく平等な分配を行ない、極限状態に低下した士気を盛り立てることに努めた。しかしそのなけなしの備蓄も、計算すればあと二十日ほどで尽きる。そのあとは、壁の土でも食らうか、全員一丸となって討って出て血路を開くかしかない。だがそのときになって、弱り切った将兵たちにそんな力が残っているかどうかは疑問だった。

鵜殿は救援の要望をしたため、たびたび使者を発した。ほとんどが丸根と鷲津の警戒網に絡めとられて斬られたが、ほんの数名のみが突破に成功し、味方に血の滲む悲痛な手紙を届けた。そのうちの一枚が駿府まで回送され、主君・今川義元のもとへ差し出された。

その内容に、日頃平静を失うことの滅多にない義元が激怒した。青畳に扇を叩きつけ、要の外れた小骨が周囲に弾け飛んだ。

大座敷に参集した今川の最高幹部たちは、水を打ったように静まった。

重臣の庵原将監(いはらしょうげん)が、度を失った大殿を宥めた。義元は鷲掴(わしづか)みにしたその書を、将監のほうへ抛った。将監は、くしゃくしゃになったそれを両手で捧げ持って開いた。目で義元に許可を求めると、周囲の皆に聞こえるよう、ゆっくりと読み上げた。

城内の悲惨と救援への要望が切々と書き連ねられ、末尾は次のようになっていた。

「お屋形様の御意向、那辺(なへん)に在りや？　大高の全将士は知らんと欲す」

読み上げ終わり、将監は書面を折りたたみながら、とりなすように言った。

「これは、長門守(ながとのかみ)どの（長照）とも思えぬご失言。尾張でのご差配は、こちらにおわす大殿（義元）がご管掌。お屋形様（氏真）と書かれたは、おそらく苦しき戦にいっとき気が迷われたのでございましょう」

「違う！」

義元は、ぴしりと言った。

「奴は、この余に当てこすりを言うておる。いつまでも救援を寄越さぬを余の無策と考え、差配は氏真かと言うてきたのだ。しかも大高の将士どもの名を使うての。不愉快じゃ」

「はっ」

将監は、畏まった。

「大殿のご叡慮を知らず、また多少筆が過ぎたるは、ご一族とはいえ無礼というもの。お叱りは尤もなことでございます」

「余は、奴のこれまでの頑張りに報いたいと思う。大高の苦しさは、よう承知しておる。だからこそ本日、皆をここに集めた」

義元はそう言って、座敷に集まった重臣一同を眺めた。皆その場で一礼した。

「だがこの書はなんじゃ。わが縁者であるがゆえ、範を垂れるためにももっとも危険な敵地へと派した。しかし自らの苦しさのみに目が行き、我ら三国全体の未来のことを考えておらぬ。浅慮じゃ。あまりにも浅慮じゃ」

ため息をつき、こう続けた。

「その点、岡部は鳴海にて静かに、ただ静かにじっと耐えておる」

しばらく目を瞑り、そして見開いた。

「余は、決めたぞ。まず鳴海を救う」

「鳴海でございますか？」

将監が確かめた。

「より飢えが差し迫っておるは、大高のほうと心得ます。長門守どのは大殿のご一門。まずお救いになられるべきは、大高では？」

「大高は、あとじゃ」

義元は冷たく言った。

「まず救われるべきを、救う。血のつながりなど些事に過ぎぬ。大高など、陥ちるなら陥ちよ……より大きな大義に殉じよ。あとは長門の覚悟次第じゃ」

「はっ」

将監は一礼した。他の皆もそれに続いて頭を下げた。

「大殿！」

大座敷に控えた諸将のなかから、若く溌剌とした明るい声が響いた。

「鳴海を囲む敵の小砦（こじろ）どもへの寄せ、まずはわが手勢にお任せあれ」

「おお、左京亮（さきょうのすけ）か」

義元は嬉しそうにそちらを見やった。

家中でも勇猛一等の評価が高い若き俊英が、にこにことして目を輝かせている。その名を、朝比奈泰朝といった。

さらにもうひとつ、声が響いた。

「拙者にも、お下知を！」

言ったのは、数カ月前、この大座敷の奥にて、鉄漿をして義元と二人きりで語らったあの男である。歳に似合わぬ知略と勇猛を謳われる、三河の客将・松平元康。

彼の声は朝比奈よりも一段低く、腹に響くような重みがある。一座の誰もが頼もしげに元康に目をやる。

義元は、日頃の冷静さをどこかに置き忘れたかのような晴れ晴れとした笑顔で、この家中における双頭の俊英を見較べた。

「若人は、清々しい。そして頼もしい。余の憂き心持がすぐと晴れた。天晴れじゃ。それにしても、なんとのう。贅沢な悩みよ。この者たちのうち、先陣を命ずることのできるのは、ただ一人じゃ」

一座の皆を緊張させた義元の鵜殿に対する怒りは、すでにその声音から消えていた。

駿府での軍議の報は、すぐに尾張へ届いた。

諸将の参集、義元の怒り。そして攻撃目標が、鳴海への道を塞ぐ丹下・善照寺・中島の三砦であること。先鋒は朝比奈泰朝、次鋒は松平元康、次いで今川の本軍が続くという陣立てまでもが、なぜか、あっという間に織田陣営の知るところとなった。

いよいよ今川帝国の総力をあげての、尾張侵攻作戦が始まる。

その作戦は単純明快。朝比奈、松平の鋭鋒がまず北方の鳴海城への進路を啓開し、邪魔な三砦を血祭りにあげて、三河から沓掛、鳴海の海へと至る。これにより、まるで巨大な剣で東から西へと刺し貫くように、東尾張は今川の大軍に打通され、織田の勢力は南北へ分断される。

南はそのまま、立ち枯れる。北の本軍はおそらく、蒼くなって城に引きこもるか、あるいは蟷螂の斧がごとき反撃を試みてくるかもしれない。しかし、鳴海まで突き刺さった太い強靭な剣が、その意図を撃砕するであろう。そして義元と、太原崇孚の宿願であった東尾張の制圧がなり、織田と、尾張武衛家に終わりがやってくる。

尾張ではようやく臨戦態勢が発動され、すべての家士が団結し今川の大軍への抵抗を誓った。かつては相互に相争いばらばらになっていた織田家が、家臣ともども一枚岩になった。

戦闘の矢面に立つであろう三砦にはすでに、山口海老丞、水野帯刀、佐久間出羽介（信盛）、梶川平左衛門など、家中の俊英が立て籠もり迎撃の態勢を取っている。那古野や清洲ではさらなる動員がはかられ、一兵でも多くの援軍を送れるよう手配りが進められている。

そして南の、飢えた大高城との間を塞ぐ二砦にも、新たに援軍と守将が送られることになった。

鷲津には、なんと重鎮中の重鎮である織田玄蕃允秀敏が入ることになった。上総介の叔父にあたる人物で、先代・信秀の頃より仕えて家中に重きをなすが、近年は加齢による判断力の低下が目立ち、かつてほどの名声を勝ち得てはいない。武衛家の筋から来た飯尾近江守定宗がこれを補佐するが、ともに老人であり、この起用は当座の戦闘正面とはならない二線級の砦に対する人事といえる。

実戦能力よりも、織田家の中枢から前線に将を派すことにより尾張の団結の機運を盛り立てるための、多分に宣伝的な側面を考慮したものであった。

もうひとつの砦、丸根についても、玄蕃允同様、かつてほどの輝きを持たぬ、ややくたびれた二線級の指揮官が着任することとなった。長らく気鬱の病に苦しみ、最近やっと小康を得て実戦復帰した四十過ぎの男である。

名を、佐久間大学允盛重という。

その名を聞いたとき、ねずみは目を剥き、齧っていた牛蒡の根を思わず口から吐き出した。

よりにもよって、自分の造った砦に、あの大学がやって来る。弥七とともに守り切る覚悟の、この自分の死に場所に、忌々しいあの男がやって来る。しかも砦の大将として。敵と戦って死ぬ覚悟を定め、このところひたすら清々しかったねずみの心の奥底に、勃然(ぼつぜん)とあの昏い、淀んだ忌まわしい思い出が蘇ってきた。かつて自分が想いをかけた女の腐り落ち、黒く小さくなった生首が、高札(こうさつ)とともに津島の邑の辻に晒され烏に啄(ついば)まれていた光景が、脳裏に浮かび上がってきた。

ぶっ殺してやる。

ぶっ殺してやる、あんちくしょう。

ねずみは、小さな声でそう言った。

しかし隣にいた弥七の耳には、それは聞こえていなかった。

第三十章　侵攻

ぷいっと小石が宙を飛んできて、ぱしりと弥七の胸に当たり、足元に落ちた。

完成した丸根砦の追手門。仰々しい名前だが、本格的な城郭が備える楼門や黒鉄門などとは違い、ただ太い樫材や椚材、栗材などを、斧で断ち割ったままぶっちがえに組んだ、頑丈だが簡素な門である。弥七はその脇に立つ望楼の上にいた。望楼は八尺ほどの高さで、ぐるりに化粧材をあしらい狭間などもあいていて、上から礫を投げ、あるいは弓矢を射かけることができるようになっている。

今眼下には、続々と足軽や侍大将などの軍勢が行進し、ちょうど追手門をくぐって丸根砦の縄張に足を踏み入れているところであった。丸に三引の紋をあしらった旗が麗々しく翻り、士卒の構える長槍はぴかぴかして、装束は真新しかった。これまでこの砦を守備してきた薄汚いなりの地元出身の織田兵とは、見た目からしてひどい違いがあり、それはまるでこの前線の粗雑な砦が、彼らを収容することで強固な城塞へ変貌を遂げると思わせるような高揚感を伴っていた。

弥七はその美麗な精鋭部隊の隊列のなかを探し、石を投げてきた相手を見極めようとした。犯人は意外なところにいた。隊列の外、道の端っこに灰色の括り袴姿の女がぴょんぴょんと飛び跳ね、弥七のほうへと手を振っていた。

兵たちの隊列に遮られ、槍穂の波が邪魔になり顔を視認することができなかったので、弥七は望楼を滑り降り、入城する兵どもとすれ違いながら門の外へ出た。彼女はすぐ脇に立っていて、軽く弥七の肩を小突いた。

「おめえ、生きてたんじゃなあ……覚えとるよな、おれのこと」

柄は普通で、背中まで伸びた髪を結わえつけ尾のように垂らしている。顔は小ぶりで目尻が細くクイと上がり、ややきつめの印象を与える。しかし笑顔にいつまでも覚えていられるような魅力がある。

沓掛の二の丸で夜明けに睦み合った、あの娘だった。

「おめえ、大きくなったなあ……まだ一年も経ってねえのによ」

娘は弥七を見上げながら言った。

「それによ、なんだか大人の貌に、なっとらあ」

打ち続く戦闘による緊張で頬肉が削ぎ落とされ、ぎろりと眼光の増した弥七の精悍な容貌をさして、驚いたように呟いた。

「俺、おみゃあの名すら聞いとらん」

弥七は、変声してやや掠れた低い声で言った。

「いきなり消えてしまったからな」

「女子（おなご）の名前くらいな、もっと早く聞いとくもんよ」

ははは、と娘は笑う。

「しの、じゃ。おしのと呼べ。おみゃあは弥七だよな」

「おしの、か。で、おしのが、こげなところに何しに来たんよ？」

「前に会ったんも、お城のなかじゃっただろ？」

おしのは澄ました顔で言った。

「ここも城じゃい。前と何も変わらんだろが」

「馬鹿言うな。これから戦になるぞ。ここは女子の来るとこじゃないわい」

「女子ならもう、わんさと来とる」

おしのは彼方の丘のあたりを指さした。

「あの向こうに、二十はいたぞ。みんな夜になるの待っちょる」

戦場に出没し、春を鬻（ひさ）ぐ女たちのことを言った。

「なにしろわんさと。二百ほどもの軍兵が一気にここに来たからな。女も稼ぎ時だ」

「おみゃあも、もしやその類か？」

「あほ。おれは戦いに来たんじゃ」

軽く弥七の脛（すね）を蹴っ飛ばした。

おしのは、この砦の守将として着到した佐久間大学允盛重の手の者で、いわば大学允の個人的な細作であった。東尾張や三河を探る際、たまたま身を隠す口実として、あちこちに顔の広い口入屋の藤右衛門を利用した。しかしながら藤右衛門にも自分と同じような、あるいは自分よりも一段と禍々しい裏の顔があることを感知し、敵中での面倒を避けて沓掛で離れた。

それから以降も、おしのは三河と尾張を行き来し、佐久間大学の籠る書院の縁側に座しては純度の高い情報を提供した。その大学が今川軍の全面侵攻を前に書院を出でて、戦場に戻ることになった。よって、自然な流れでおしのも大学についてこの丸根砦までやって来たというのである。

「帰れ、死ぬぞ」

弥七は止めた。

「実はよ、あのあと藤右衛門が来た。奴は木下藤吉郎っちゅう名の、上総介様の細作じゃ。奴が言うにはよ、この砦は捨て駒で、大軍が来たら見捨てられちまうっちゅう話だ」

「へっ、そんなん」

おしのは、気にもしない。

「なんでもねえ。大学様がここでおっ死ぬなら、ここがおれの死に場所だ」

「何を、言っちょう！」

弥七は怒った。

「女子がよ、そげに気軽く死ぬるなんて言うもんじゃねえ。それによ」

じっと、おしのを見て言った。

「女子が砦におっとよ、穢れて、神さん怒って、戦に負けると言うだ」

「阿呆か。おまえ」

おしのは歯牙にもかけない。

「つまんねえ侍みたいなこつ言うな。大学様お守りするのは、おれだ。佐久間の軍兵はみんなそのこと知っちょう。おれはよ、なまじな足軽なんかよりずっと強えぞ」

胸元に手を入れ、じゃらじゃらと重たげな金属音を鳴らした。

「飛苦内だ。おれはよ、これで戦う。これまで三河で合わせて七人倒した」

にやっと笑った。目元が一層きつくなり、妖しい光が宿った。

「おみゃあの礫より、遠くさ飛ぶぜ」

「狙いも凄そうだな」

先ほどの小石の投擲の角度と距離を思い出して、弥七は素直におしのの腕を認めた。

「だがよ」

弥七は熟練した戦闘従事者として、静かに言った。

「そのじゃらじゃらした金物だけじゃ、長く戦はできん。戦は一日じゅうずっと続くこともあっけど、そりゃ、たぶん、すぐに投げ尽くしてしまうからな。遠くに届くぶん、拾い直すこともでけんじゃろ。そりゃあ、言うならよ、刹那の武器じゃ」

静かな理詰めの反論は、おしのの予想外のことらしかった。彼女は思わず、

「お、おう」

と頷いた。

「だからよ」

弥七は、礫衆を率いる隊長の目で言う。

「おみゃあもよ、ずうっと戦いたきゃ、礫投げを覚えとけ。さっきぶっけてきたような小石じゃねえ。もっと平たくて、風に乗って、つーと滑ってくような重い礫を択んでよ、角っこきとんきとんに尖らせて、手元にいくつも置いとくんだ。おみゃあは筋がいい。そうしときゃ、きっと戦の役に立つ」

おしのは目を丸くした。

沓掛ですべて自分の意のままなすがままになったあの童貞（わらべ）ではない。もうすでにこいつは、頼り甲斐のあるいっぱしの男になりやがった。

「おう。敵さ寄せてくるまでによ、おれにもこつをうんと教えろ」

おしのは顔を輝かせて、言い添えた。

「おい、教えろよ。うん、とな」

その日の夜、ねずみと弥七は、削平された砦の頂上に設けられた仮設の本陣に呼ばれた。招（よ）ばれた、と称したほうが適切かもしれない。二人に佐久間大学の口上を伝えに来た使者の物腰は丁寧で、すでにこの地で数カ月にわたり激戦を繰り返してきている者たちへの敬意に満ちていた。

二人が本陣となった小屋掛のなかに入ると、膝くらいの高さで敷かれた大盾のまわりに床几（しょうぎ）が並び、佐久間大学以下、侍大将ら数名が待ち受けていた。驚いたことに、昨年の冬、黒鍬の隊列を追いかけてきて彼らをこの丸根へと導く口上を述べた服部玄蕃允が、佐久間大学のすぐ隣に立っていた。彼は目を輝かせねずみと弥七を見つめた。ぎらぎらとした武士(もののふ)ならではの敬意の籠った視線であった。

それまで砦を守備していた警護隊長は地面に片膝をつき、畏まった口調で二人を大学に紹介した。おしのはいない。おそらく外の闇のなかでそれとなく大学の身辺を警固しているのに相違ない。

大学はまず二人を床几に座らせた。身分の差からすると破格のことである。しかし大学は特に恩に着せるようなことも言わず、素直な言葉でこの砦の堅固さを褒め、今日までの壮絶な防衛戦を戦い抜いた黒鍬衆と二人の労苦を謝した。その上で自らの腰の瓢箪からなみなみと注いだ酒を勧め、もの柔らかな口調で、まず弥七より年長のねずみに言った。

「そちが、ねずみと申すか。いつも聞かれるであろうが、なぜ、ねずみなのじゃ？　本(もと)の名はないのか？」

「へえ。名はありましたが、忘れました。わしはただ、ねずみ、でごぜえます」

「ふむう」

大学は軽く握った拳を顎に当てた。

「それは、困ったの。我らはそちらに足軽身分を与えると約した。そのためには、それらしい名を考えてもらわなければのう」

「おそれ入りやす」

「まあ今は、いい」

大学は笑顔で言った。

「そちはまるで忍びのごとく、夜闇に身を没すのが得意だそうな。この砦のまわりの警固と、いずれ寄せてくるであろう敵情の物見を頼みたい」

ねずみが下を向いたまま無言で頷くと、今度は弥七のほうを向いた。

「そちはもちろん礫衆だ。礫衆をまとめ、砦の外郭の守りを頼みたい。敵が堀に取りつく前、また堀を越えようとするときに、一斉に礫を投擲して敵の足を止めてもらいたい」

「へい。お任せくだされ。我ら礫隊、鍛えられた手練れの者ばかり」

「心強い言葉じゃ。そちらが礫を投げて寄せ手の足を止めているあいだ、これなる太田左近と早川大膳の手勢が」

脇に座る若手の武士たち二人をさして言う。

「弓兵を率いて柵間や望楼の狭間から敵を狙い撃ちにする」

太田と早川が立ち上がり、まるで対等の武士に挨拶するかのごとくねずみと弥七に頭を下げた。

「それでおそらく敵の数十は、斃せますな」

大学の脇に控えた渡辺大蔵という老臣が、まるで戦に勝ったかのような口調で言ったが、大学は相手にしなかった。

「まあ、気休めだ。敵はおそらくその百倍で寄せてくる。しかしいったん意気を挫き、寄せの勢いを削ぐことにはなろう」

弥七が口を挟んだ。

「ときに、大学様」

「何かな?」

「今川は本当に、この砦まで寄せてきますので?」

「それは、わからぬ」

大学はあっさり言った。

「来るかもしれぬが、来ないかもしれぬ。すべて駿河殿の胸三寸であろうのう」

大学もその周囲の家臣たちも、身分の懸絶を超えたこの異例のやり取りを誰も邪魔しない。それだけ弥七たちの勇戦を織田が認めている証であろうし、また、大学が平素からそのようなことにあまりこだわりを持たぬからでもあろう。

弥七は、この頭に少し白いものの交じる枯れた感じの男に好感を持った。彼は事細かに下知をせず、ただ戦の流れに合わせ、部下にそれぞれの指揮を任せて力を出させるやり方を好むようである。今川が寄せてきたとき、不条理な命令で無駄に命を散らすことになる惧れはひとまずなさそうであった。

大学が、弥七の脇に座るねずみに目を止め言った。

「ぬし、大丈夫か？　身体の具合がすぐれぬようじゃ」

「大したことはごぜえません。ほんに相すまねえこって」

「戦を前にしてそれでは困るぞ。今のうちゆっくりと養生するのだ」

「へえ」

話はそれで終わり、弥七は、体調の悪そうなねずみの肩を抱くように本陣を退出しようとした。

ふと大学は、顔色の悪いねずみのほうをもう一度見やり、言った。

「そちと、どこかで会うたことがあったかな？」

弥七がびっくりしてねずみの顔を見たが、ねずみはかぶりを振った。

「まさか。わしは、もとはしがねえ安祥あたりの下民でごぜえやす」

「そうか。昔、安祥におったこともあるが、ごく短いあいだだった。儂の思い違いか。それは驚かせたな、許せ」

「とんでもねえ。畏れ多いこって」

二人は本陣を出て砦の頂を囲む柵を越え、丘の傾斜に差しかかった。

「なかなか、聞き分けのよさげな御大将じゃな」

二人で肩を組んで歩きながら弥七が言ったが、ねずみは返事をしなかった。

「おみゃあ、いってえ、どうした？」

ねずみは弥七の肩越しに背後を振り返り、警固の兵らの目がなくなったのを見届けると、弥七の腕を押しのけて、そのますたすたと麓へ向けて歩いていってしまった。

*

永禄三年五月十二日。

今川氏の尾張侵攻作戦が、ついに開始された。

駿府にて諸将一堂に会しての大軍議が開かれた時点で、侵攻開始は公知の事実となっていたが、この数日前よりいよいよ駿府から遠い順序に各地へ陣触(じんぶれ)の早馬が駆け、触状(ふれじょう)を受けた諸大将はすぐさま領内で下知を飛ばし、半鐘など鳴らして迅速に手のものを集めた。

矢作川中流域の西岸に広がる三河国碧海郡青海里荘(あおみぐんせいかいりしょう)にも、そうした陣触が飛んできた。

青海里荘は、都の有力寺社に寄進されたいわば独立領だが、もちろん、それはもはや形式に過ぎない。よって、荘園の生産力を減少させない程度に、荘内の惣村(そうそん)で手の余った奉公人や、こうしたときのために飼われている宿なしの放浪人など、いわば帳簿の員数外の人間どもを頭数として供出し、東海道に覇を唱える新たなる主人への忠誠を示すため、この征途に供奉させねばならなかった。

　にわかに慌ただしさの増したさなか、弥七とねずみを逃したあと、ずっと青海里荘の生糸生産を担い続け、今や使用人たちのまとめ役として重宝されるようになっていたおことのもとへ、ふらりと、長らく生き別れになっていた夫、平蔵が帰ってきた。

　彼は、安祥の戦いで捕らえられてからずっと松平軍の奴隷として追い使われていたが、来る西進作戦の軍役に加わるという条件で隷属身分から解放され、故郷の粟田村へと戻った。そこでかつての妻の消息を聞き、松平軍の集結地である岡崎（おかざき）に向かう道すがら、ただ彼女に別れを告げるためだけに青海里荘を訪うてきたのである。

　お貸し具足と陣笠を携え、ちょこんと座る夫の姿を、おことは黙って見つめた。十年もの時間の経過と、その間に味わった凄まじい労苦とは、かつて若く溌剌（はつらつ）としていた平蔵の貌に深い皺を刻み、またその心にも深い傷を負わせていた。

　夫婦は久しぶりに向かい合い夕餉（ゆうげ）をとったが、ひとたび遠く離れた心の溝を埋めることはできなかった。その晩平蔵は、大いに疲れていると言って妻と同衾（どうきん）することもなく、翌朝早く、何も告げることなくただ姿を消した。

　おことは、夫の去ったであろう岡崎の方角を茫然と眺め、しばらくして反対側を向いた。そして一年ほど前、あの二人の逃亡者が大急ぎで駆け去っていった安祥のほうを見つめた。

涙が、こぼれ落ちてきた。


ほどなく、海道三国の各街道をしずしずと軍勢が歩み出し、宿場ごと邑ごとに合流しては膨れ上がった。それら大軍はひとまず駿府に集まり、やがて総大将・今川義元の座乗する豪奢な塗輿を奉じて、東海道に土煙を蹴立てつつ一気に西進しはじめた。

葦簀を下げた塗輿のなかには、充分に外からの風が通ってこない。それでも今は人から顔を隠しておきたかった。

東海三国に覇をとなえ、「海道一の弓取り」とまで周辺の万民から畏敬の念を込めて称される今川治部大輔義元は、わずかに汗をかきつつ、扇で自らの首筋へ風を送った。

おそらくは、人生で二度あるかどうかわからないほどの規模の出兵である。しかも事前に計算し尽くした諸要素は、そのすべてが味方の有利と圧勝とを予感させた。

それによって得られる利は、かつて太原雪斎とともに侵し奪い取ろうとしたどの地のそれよりも大きい。これをやり遂げれば、伊勢湾は事実上わが海となる。そしてそのあとわずか数年の我慢で、まるで熟柿がころりと掌のなかに落ちてくるかのように、尾張の肥沃な平野が、まるごと我が物となるのだ。

先陣を征くのは、もっとも信頼すべき若手の鋭鋒・朝比奈。三河にはあの松平が先回りし、あとから合流してくる。そして行く先には岡部が孤塁をしっかと守り、織田のうつけの軍を我が意のままに誘致しようとしている。わが手の将星は、皆々この日の本で一等であろう。

しかも……うつけが、うつけでなかった場合に備えて、義元はあらかじめ松平と朝比奈だけに授けたとっておきの罠を用意している。

二重三重に、水も漏らさぬ策を講じた。

どのような不測の事態にも備えられている。

どこにも、死角はない。

義元は葦簀に囲われた塗輿のなかで、そうひとりごちた。

しかし、己の胸のうちにきざす、わずかな薄雲のような疑念をこの当代きっての天才的な将帥は見逃すことはなかった。

なぜだろう……なんだろう。この、なんとなく落ち着かぬ気持ちは。

なぜあの、よき策を実行するときの浮き立つような心地よさを感じないのだ。

作戦も、兵力も、将星も。すべてが完璧なのに。

死角など、どこにもないのに。

輿はかすかに、揺られる。

轅を抱えた担ぎ手は、家中でももっとも強靭な膂力と体力とを誇る剛の者たちだが、それでも今回のような長丁場では、かすかな乱れが生じる。

義元は、そのような些細なことをことさら責める不寛容な君主では決してない。

しかし、今回は……今回だけは、気になった。

轅の担ぎ手は、その一人ひとりが今回の作戦や将星どもといった要素と同じだ。完璧だ。

しかしそれが合わさると、このようにわずかな乱れを生じる。

すべては、完璧なはずなのに。

わずかな、ごくわずかな乱れだ。気にしなければ、それでいい。

しかし……


頃は初夏。東海道に面した沿道の各村の田には鏡のように水が張られ、陽の光を跳ね返しながらキラキラと輝いていた。各村から多数の住民が出てきては、このかつてない美々しい隊列を眺め、笑顔で手を振り征途を祝した。

左手には真蒼な海が広がり、彼方から吹き寄せる風に扇がれて、たまに白い波頭がちらちらと顔を覗かせた。幾千幾万もの旌旗と馬印、槍の穂が揺れ、陸地の波頭となってそれに和し、そのあとを延々と続く荷駄と夫丸どもの黒い列が追った。太陽は細かな光の粒子となって燦々と降り注ぎ、この隊列を賑やかに祝福した。

彼らは遠くに霞む富士の嶺を背にしながら、威風堂々たる行進を続けた。

第三十一章　やがて来る嵐

永禄三年の五月十二日から十六日まで。

これはちょうど、駿河を発向した今川の大軍が、掛川、引馬を経て岡崎に到着したあたりまでの五日間にあたる。この五日間は、その大軍の目的地にいた弥七にとって、彼のそれまでの短い人生においてもっとも満ち足りた、そして充実した日々であった。

昼は完成なった丸根砦の外郭に巡らされた柵と堀のあいだで、何度も何度も実際の戦闘を想定した鍛錬を行なった。

寄せ手を模した服部玄蕃と篠田右近の槍兵たちが、石除けの盾を持ち、喚声を上げながら堀に殺到する。弥七に属する礫衆は、まず加わって日が浅く投擲の腕前が十全でない二十名ほどが、陣内にあらかじめ山盛りにした大小さまざまな石をこの模擬の寄せ手どもに向かって雨霰と投げつける。その合間を縫って、弥七やおしのその他数名の選抜された投げ手が、角を取った鍛錬用の平石を、目標の一尺（約30センチ）先へと精確に投げる。

弥七自身はたまにしか投げず、多くの場合、仲間たちの投げ方や礫の軌道を見、改善すべきところを言葉にして教えた。そのあと実際に自分で手本を示して投げてみせ、何度も反復練習させて、皆の命中率を上げていった。

まだ日の浅い礫衆どもの多くは、近在の漁民や農家の次男三男たちだった。弥七から鍛錬を任された部下たちが、彼らにこの丸根周辺における半年間の苦闘の経験を踏まえ、実践的な生き残り方と恐怖心の克服の仕方などを教えた。

実際のところ、いち早く戦闘で死んでしまう者の多くは初陣のときに死ぬ。初めて経験する殺し合いに対処できず、多くは敵と相対する以前に、自らの内なる恐怖心に負けて不合理な行動を取り、死んでしまうのだ。ひとたび生き残れば、次に生き残る可能性が増す。次に生き残れば、おそらく数カ月は大丈夫だ。新参の礫衆たちの任務はまさに、自らがただ生き残ることだ。弥七たち丸根砦の作事組はそのように教えた。

たまに攻守交代し、弥七たちが喚きながら堀を越え、盾で身を防ぎつつ柵へと取りついた。太田左近や早川大膳の配下の弓兵どもが、先を丸め、弦（げん）を緩めて殺傷力を落とした模擬の弓矢で、それを射る。主として動標的に対する狙いのつけ方と、矢のつがえの速度を速めるための特訓であったが、こちらも兵たちの練度の向上には効果的であった。

互いに配慮はしていたが、生傷は絶えず、たまに戦闘能力に支障をきたすような重篤（じゅうとく）な負傷者も出た。それでも、訓練の内容を変えるつもりは弥七にもねずみにもなかったし、血気に逸（はや）りやすい性質の早川大膳に至っては、一度本当の弓と本当の礫で、人死（ひとじに）覚悟の真剣な模擬戦をやろうとまで言い出す始末であった。これはもちろん、大学が笑って却下した。

夜が来ると、砦の前には多くの女たちが忍んできた。近在の礫衆の女房や家族もいたが、多くは春を売る女たちである。まれに、将士に刀や餅を売りつける商人まで入ってきた。柵の外はいわば目こぼしの地域となっており、砦内の将士たちが、明日の命を憂いつつ、夜の闇のなかで現の楽しみを味わっていた。

弥七は砦の麓の松林のなかで、毎夜のようにおしのと逢引しては、何も言わずに互いの肉体を貪り合い、そのまま折り重なって、樹々の陰のあいだから星を眺めた。

「おれはよ」

おしのが言った。

「大学様に命を救われたんだ」

そう言って、弥七の腹を撫でた。

「勘十郎様……上総介様の弟君だけどよ、おれは、勘十郎様のおそば近くに仕える下女だったんだ」

「勘十郎様は、討たれたんじゃろ？　そう聞いた」

「違うわ。戦に負けたのはそうじゃが、そのあと許された。大学様のお取り計らいじゃ。でもな、ある日突然、ご生害なされた」

て、でもよ、勘十郎様は、大学に裏切られた、大学が裏切りおった……そう、ずーっと讒言のように言っておられた」

「理由は、わからん。ただずっとふさぎ込んでおられた」

「なんでじゃ？」

「そうなのか……」

「大学様はよ。ただ勘十郎様のご短慮をお諫めするだけつもりだったんだ。でもよ、勘十郎様は、大学に裏切られた、大学が裏切りおった……そう、ずーっと讒言のように言っておられた」

「で？」

「大学様はよ、どうしておられたんじゃ？」

「何度も来たよ。役務で遠くに行かれるとき以外は、毎日のようにな」

「けんもほろろじゃ。来てくれるのはよ、他には誰もおらんのに。みんな関わり合うのを恐れてよ。あの勘十郎と組んでまたなんか企てやがる、みたいな噂が立つからな」

「お侍の世界も大変だな」

「冷てぇだけだ。実のお母上でさえ来んのよ。たまに果物とか着物とかは、届くけどな」

しばしの沈黙のあと、おしのは弥七のほうへ顔を向け言った。

「おれ、な。ときどき、人の世に真ってあるのか、と考えるよ」

「いきなり、なんじゃ？」

「そう思わんか？　母君ですら我が子を見放す。兄は弟と戦する。六指はおまえを裏切る」

　ここで少し、笑った。

　星の光が瞳に反射して、白くきらきらと輝いた。美しかった。

「ま、あいつは、もとから信用しちゃだめだな」

「ああ、そうだ。おみゃあには、はじめから言われてたな」

「でも、よ」

　おしのは頭の後ろで腕を組み、また頭上の星を見上げた。

「大学様は、違うんだ」

「何が、違うんよ」

「ご生害のとき、大学様は、初めて座敷に上がって会うことができたんよ。勘十郎様の死に顔とな。そりゃ、もう、見ていて辛くなるほどじゃった。大の男がよ、顔じゅうくしゃくしゃにして、おいおい泣いてよ」

　弥七は黙った。ふと昔の河原での自分のことを思い出したのだ。

　家族の「生害」のとき。自分は、恐ろしさのあまり逃げ出した。そして、泣いた。ぴいぴい泣いてた。藤吉郎は、たしかそう表現した。

　おしのは続けた。

「そのあとよ。追腹することになった」

「追腹？」

「おう。勘十郎様のよ、乳人(めのと)とかご近習(きんじゅう)とかよ。しまいにゃお仕えしてた下人とか、おれまで追腹しろとか、そんなことになった」

「なんじゃ、それ。むちゃくちゃじゃ」

「みんな弾正忠家のなさりように、腹を立ててたんじゃ。血気に逸ったんじゃな、お武家だしよ」

「おみゃあも、か？」

「おう、やる気じゃった。だけどよ」

「だけど？」

「大学様が上がり込んできて、おれを殴りつけて叱った。泣きながらな」

「なんて、お叱りなさったのじゃ？」

「よくは覚えとらん。そげなことして勘十郎様は戻らんとか、女子が簡単に死ぬな、とか。おおかた、そんなことよ」

「大学は、いい奴じゃな」

「こら。大学様と呼べ。こん砦の御大将ぞ」

おしのは笑いつつ、弥七を叱った。

そのあと弥七に覆いかぶさり、顔を近づけてきた。紐を解いた長い濡れ髪が弥七の両の頬に垂れ、むっとする女の香りと体温が伝わってくる。首に巻いた革紐から下がった四つの飛苦内がじゃらじゃらと音を立て、そのちくちくとした切先が弥七の胸筋の表面を軽く刺す。

「おれは、それからずっと」

おしのは、弥七にゆっくりと接吻してから、言った。

「大学様と一緒だ。大学様が死ぬなら、おれも死ぬ」

弥七は、胸の上の飛苦内を片手で弄りながら、にこりと笑って答えた。

「じゃ、俺も、そんときは一緒じゃな」

おしのは起き上がり、首の後ろに手をやって、飛苦内のうちふたつを外した。弥七の右の掌に置き、両手を添えて軽く握らせた。

「別に、俺はそれで構わん。ねずみも一緒だしな」

弥七は続けた。

「んだ。みんな、一緒だ」

おしのはふたたび弥七の胸に顔を埋めて言った。

そのあと、ゆっくりと目を閉じた。


五月の十六日になると、そろそろ東から寄せてくる今川勢の存在が兵どもの噂になりはじめた。それがどこから伝わった噂なのか、誰にもわからなかった。

もしかしたら、砦の柵の外に出没する女どもや歩き巫女などに敵の息のかかった者がいて、恐怖心を煽るため意図的に口移しで兵どもに吹き込んだ話なのかもしれない。後方の織田の本営からはまだなんの知らせもなかったが、敵の大軍がひたひたと近づいてきていることは、この砦の全員が身体のどこかで感じ取っていた。

弥七は相変わらず部下の鍛錬に忙しい。おしのの礫投げの腕はこの数日でめざましく上達し、弥七の配下でも指折りの投げ手となった。新参の礫衆もすっかりと要領を呑み込み、敵が寄せてきたときは、最大の効率で礫を滝のようにじゃらじゃらとぶつけることができそうだった。

ねずみは主として夜に活動する。昼間は丘の麓の小屋掛で寝ていることが多く、ここ数日、弥七は彼の姿を見ていなかった。

弥七と共同で鍛錬することが多く、歳（とし）もさほど隔たっていない太田左近と早川大膳は、この頃では弥七とまるで朋輩（ともがら）のような口をきくようになっていた。

「まったく。敵はいつ来るのかのう」

太田が高い望楼の上で伸びをしながら聞いた。

「そろそろだろうよ」

のんびりと早川がそれに答える。

「どう思うよ、弥七？」

太田が水を向けた。

「ここには、来るじゃろうかの？」

「前に、大学様が言われたでねえか」

弥七は言った。

「駿府殿の胸先三寸じゃ」

「ふむう」

太田は、納得せず、

「おりゃあ、ここに寄せてくる気がするよ」

と言った。

「なぜよ？」

弥七が訳を聞くと、代わりに早川が答えた。

「大学様の、せいよ」

弥七が驚いて彼を見ると、反対側から太田が被せた。

「大学様は、死にに来ておられる。そう噂するもんがある。なんでも、上総介様ともそのことは談合済みだそうな」

「あほか。そうだとしてもよ。いくら上総介様と大学様でも、まさか敵の来る場所までわかる訳がなかろ」

弥七は相手にしなかった。

「まあ、そんときはみんな揃って仲良く討ち死に……おっと」

早川が、望楼の上から彼方に何かを発見した。

弥七と太田も機敏に反応し、三人は、南東の方角から丘と林の合間に見え隠れしながら近接してくる、黒い一団の人の群れを視認した。

「巽(たつみ)の方角より敵！　半鐘(はんしょう)鳴らせ！」

さっきまでの愚痴っぽい若者の顔から、にわかに指揮官の貌に変わった早川が、大声で下知した。

「総大将に知らせぇ！」

砦はにわかに活気づいた。半鐘がガンガンと鳴らされ、法螺(ほら)が吹かれ、柵のあちこちで人が駆け砂煙が立ち、二カ所の門扉が迅速に閉じられた。丘じゅうがまるでひとつの生き物のように鳴動し、またたく間に皆が所定の配置についた。

数名だけ遠くにいて逃げ遅れた人影が大急ぎで駆け、堀を一気に乗り越えた。柵のなかから手が伸び、彼らをグイとひっぱり上げた。

丸根砦は、全山が臨戦態勢となって静かに敵勢を待った。

遠くに見え隠れしていた一団は、今では砦の前面に開削された平地の前に差しかかっていた。彼らはいったんそこで止まり、樹々のあいだに身を隠してじっとこちらの反応を窺っているようだった。双方が奇妙な沈黙を守ったまま、しばらく対峙した。

このときには、弥七ら雑兵の束ね役と五名の身分ある侍大将たちは望楼を降り、柵越しにこの状況を望見していた。そこに、本陣で憩んでいた佐久間大学らも出てきた。

「あれは、妙だな」

大学は言った。

「旗竿も馬印もない。軍勢ではないな」

そう呟いて、大声で呼ばわった。

「誰か！」

周囲から数名がすっ飛んできて、大学の前に片膝をついた。

「見て参れ。どこの勢か確かめよ。敵とわかるまでは手出しは無用」

たちまち彼らは傾斜を降り、番兵が開門する間を惜しんで、柵を乗り越え外に出ていった。

しかし彼らよりも早く、樹間から人影がふたつ出てきて、大音声でこう呼ばわった。

「我ら、大高・鳴海界隈の住人なり。織田様に御味方仕りたく参上せり！」

彼らは口上のとおり、鳴海と大高周辺に居住する地侍や国人くずれの集まりで、亡き山口一族の支配に郷愁を持っている者らの集団だった。彼らを核に周辺の農民や漁民らが集まり、さらに食い詰めた流れ者や、昨今の戦闘で田畑を失った者らまで加わって、総勢四百の、得体の知れぬ一揆集団になっている。彼らは刀槍だけでなく、鍬、鋤、鎌や、はては銛まで持ち出して、先ほどの名乗りに唱和し、オウ、オウと天を衝く掛け声を上げた。

　彼らの代表は潭蔵という名の坊主だった。彼は、数名の一揆衆と一緒に砦のなかへやって来て、織田勢とともに立て籠もり、今川の侵略から尾張を守りたいと主張した。

　しかし大学としては困惑せざるを得ない。第一、この小さな砦には、彼ら全員を収容する地積も、設備もない。さまざまに問いただした結果、彼らに今川の息のかかった形跡はないため、砦の外への陣張りを赦した。

　一部で強硬な反対も出たが、大学はそれを宥めた。

「まあ、見ておれ」

　笑いながら、言った。

「いざ敵が来たとわかれば、きっとあの半分がいなくなる。それでもあとに残った連中は、そうだな、そのときは蒼白くなり、本当に我らの味方になってくれようぞ」

　皆、苦笑しながら頷いた。

　この大学の見立ては、二日後、当たることになった。

　この頃になると、今川勢がすでに駿府を進発したこと、先鋒はすでに三河に入り、沓掛や安祥にも軍兵が姿を現しはじめているという、確度の高い情報が聞こえてくるようになっていた。定期的に砦へ来る織田の使者にそっと聞いた、というような尾ひれがつき、しまいには、伊勢湾の沖合に大きな軍船が浮かび、今川の二つ引両の紋が林立しているのを見たなどと、まことしやかに触れ回る兵も出てきた。

士気は変わらず高かった。いざ事が起これば、二日前のように全山たちまち戦闘態勢を取れることも明らかだった。しかしながら、今川軍の主力はここには来ない、北方の丹下・善照寺・中島をまず狙い、決戦は北の平地で起こるという楽観的な見方がなぜか、兵たちのあいだでは大勢を占めた。

ところが、彼らの生存への希望は、はかなくも打ち砕かれることとなった。

五月十八日の、夜。

突如、南の林間で湧き起こった轟音が、地響きを伴ってこちらに向かってきた。地が跳ね、柱が揺れ、篝の火が右に左に揺さぶられた。すでに大方の兵は就寝していたが、この異変に全員が飛び起き、着の身着のままでにわかに配置についた。

弥七はまだ起きており、砦のあちこちを巡察中であった。彼が砦の麓のほうを見やると、柵の前から慌てて逃げていく女たちや、半裸の兵らが闇の中を右往左往しているのが見えた。麓の小屋掛から、ねずみと思しき影がすっ飛んで、音のするほうの闇のなかへ消えていった。砦の前の広場に陣張りしていた一揆勢も大混乱に陥り、あたふたと数百もの影が逃げ出し、櫛の歯を挽くように次々と森のなかに消えた。

砦のあちこちで叫び声がし、彼方では服部玄蕃が部下を呼び集める声が響いていた。気がつくと、すぐ傍におしのがぴたりとくっつき、大声で大学の名を呼び、その姿を探していた。

今川勢が、やって来た。

戦が、突如、始まったのである。

第三十二章　追い詰められし者

雄飛の機会と、あれだけ期待し待ち焦がれてもいた尾張侵攻作戦が、どうも、自分の思惑とはかけ離れた、よからぬ方向に展開している。

松平元康は、不安だった。

駿府に参集した諸将の前で、頃合いをみはからって、朝比奈、次いで元康が先陣の名乗りをあげることは、事前に義元をまじえ三名だけで行なった密談での手筈のとおりである。

同じ場で義元は、弱気な手紙を寄越してきた鵜殿長照をわざと痛罵し、諸将の前で、鳴海の救援を優先することを明言した。これは当座の攻撃目標が、鳴海城を睨んで築造された丹下・善照寺・中島の三砦になることを意味し、南方の大高は捨てられることになる。

しかし実はこの言葉も、事前の打ち合わせどおりだった。

義元は鳴海攻撃を公知することで、それがおそらくは今川邸内にも張り巡らされた織田の諜報網を通じ、尾張へ即座に通報されることを見越していた。

先陣の攻撃目標は当初から、大高を塞ぐ鷲津・丸根の両砦である。

そして、大軍を集結させてゆるゆると進軍し、そのじつ間道伝いに朝比奈勢を素早く先行させる。岡崎から発した元康軍がそれに合流し、二人は敵の予想に先んじて一日か二日ほど早く、今回の軍事侵攻の重要拠点・沓掛城に先着する。そしてそのまま休む間もなしに、二手に分かれて出撃となるはずだった。

事前の偽情報で敵の主力を攪乱し、しかも敵の予想を超えた速度で進軍して最前線の南域を奇襲、大高城を電撃的に解放する作戦である。元康にとっては待望の栄誉だ。

ところが沓掛城で、あとを追うように到着した使者が申し述べた口上は、そんな元康を愕然とさせた。

十八日の夜、元康は兵粮・荷駄のみを準備し大高に進発せよ。同時に朝比奈が軍を率い、鷲津砦を攻撃する。砦の攻略が完了し次第、その脇の往還を通り大量の荷駄を大高に運び入れ、飢餓にある鵜殿とその部下を救え。そして義元から託された手紙を鵜殿に渡し、あとはそこに書かれた手順に従い、あとから到着する主力を待ち待機せよ。

すなわち、攻撃を担当するのは朝比奈、自分はその脇で輜重を通すだけが役割である。

元康の複雑な思考のなかで、これまでずっと抱いていた疑念が鎌首をもたげた。

朝比奈の先鋒は、いい。しかし自分も次鋒として、大高南面の敵を叩く機会をいったんは与えられたはずである。その役割が直前に召し上げられ、地味な兵粮輸送の任にすげ替えられた。

義元のこの急な変心はおそらく、鳴海攻撃が先、という偽情報が予想以上に効果をあげ、敵を大いに惑わしたことを示している。前線配置に混乱が起こり、南面の敵の一部が北方に移動し守備兵力が薄くなったことが物見で確認されたのであろう。朝比奈だけで敵を叩けると判断した義元は、元康の攻撃参加する優先順位を大幅に下げ、この誰が見ても二義的な、夫丸が行なうような卑しい仕事を宛てがおうとしているのだ。

尾張侵攻の先鋒と大高城の解放。この煌びやかな勝利の栄光は、ほぼすべて朝比奈泰朝一人の手に帰し、自分はいたのかどうかもわからぬ立場に追いやられようとしている。

自分はまだ、充分に信用されていない。松平はこれだけ密接に今川帝国の体制内部に組み込まれながらも、先代の頃の仇敵として、監視され警戒され続けている。まだ松平に勝利の栄光を分け与えるには早い。いや、分け与えてはならない。彼らは捨て駒だ。使って使って使い尽くして、やがて……

元康は、決断した。

義元の命令を、自分の都合のいいように解釈したのである。まず、大高への兵粮入れは明確に指示された、自分の責務である。これは、いかなる理由があろうとも実施しなければならない。ただしその時期と方法は、自己の解釈でやる。

彼は沓掛で迅速に配下の手勢を三手に分けた。一隊はすべて騎馬。馬の両腹に、薦で包んだ糧食袋と夜戦用の松明にするための松枝とを括りつけ、軽装の騎兵がそれに乗って、機動力を保持したまま最小限の兵粮補給を行なえるようにした。

残りの戦闘部隊は別隊を編成し、徒歩であとに続く。

彼らにはあらかじめ沓掛に集積されていた大量の輜重車が宛てがわれていた。だが、それらは後尾に残された人数が、現地で夫丸を調達してゆっくり輸送する。

どうだ、これで、文句あるまい。

第一陣がまず大高城へ最低限の補給を行ない、そのまま取って返して、ちょうど到着するであろう主力の歩兵隊と合力し、丸根砦を屠る。そうやって中途の敵を全滅させ、通路の安全を確保する。

自分の責務を果たし、自分の名誉も守る。松平元康にとって、これは自らの虚栄心を満足させるためではなく、松平家の永続を期する上での唯一の方策に思えたのである。

若さゆえの、焦りだった。若さゆえの、誤断だった。

老成したように見える彼の年齢は、実はまだほんの十八歳なのである。これまで決して快適とはいえない環境下で、いつもまわりの空気を窺い、精神をひそかに痛めつけつつなんとか生き延びてきた。しかしこの立場が、いつ崩されてもおかしくない脆い土壌の上に成り立っていることを、彼は常に意識してきた。

雄飛の機会。それは同時に破滅へと至る危機でもある。彼の眼前に、夕陽に照らされ辻路に無言で転がっていた山口親子一行の、あの無残な姿が蘇ってきた。だが追い詰められた精神状態の彼は、この機会を逃すつもりなどなかった。

朝比奈がここ沓掛に到着するよりも早く、行動を起こさねばならない。

これから、義元の命に逆らう。逆らって、自らの考え、自らのやり方で丸根砦を陥とす。大高城を自分一人で救う。成功させなければ、待つものはおそらく死だ。


元康は、騎馬のみの第一隊を率い進発を命じた。

沓掛城の追手門が開き、正面の大木橋を騎馬が次々に渡り、未知の未来の闇へ向けその姿を没していった。木橋の両脇には、一年前に黒鍬衆が造り上げたあの黒ぐろと水を湛えた大きな水濠が、無言の快哉を叫びつつ元康の人生初の壮挙を見送った。

そのまま一刻（約2時間）ほど、馬を早脚で歩ませ野をまっしぐらに進み、やがて敵の籠る丸根砦の南面に出た。そこには森のなかで大高へと至る古道が延び、かろうじて馬のみならば通せる。沿道のところどころに小さな松明を焚かせ、この騎馬だけの機動部隊はただひたすらに進み続けた。

千を超す蹄の合成音は、もちろん丸根砦の敵に聞こえていることであろう。この馬体と糧食と武装兵の重量が地面を蹴りつけることによる振動が、砦のあちこちを撼わすに違いない。しかし構わず、元康を先頭にした騎馬隊は進軍を続けた。迎撃されるよりも先に、砦の前を通過するのだ。

眼前の風景が揺れ、夜の闇と樹々の影と松明のあかりが、松平元康の視界でごしゃごしゃになった。しかし、爽快だった。元康のそれまでの苦難に満ちた人生で、こうまで解放され、こうまで自由な時間があっただろうか。

彼は味方の騎馬の立てる騒音に紛れて、何度も馬上で歓声を上げ、何度も何度も快哉を叫んだ。もう、どうなってもいい。勝とうが負けようが、あとで問責されようが、知ったことではない。儂は、儂だ！

古道の悪路を踏み渡り、彼らは奇跡的に一騎の落伍も出さぬまま、やがて月に照らされた大高城の甍の前に出た。今や背後となった丸根の敵は、ただ呆然としていたのであろう、一切手出しをしてこない。そのまま大音声で開門を命じ、騎馬隊は次々と城内に駆け入った。

元康の賭けは、吉と出た。

城内の守備兵たちは、この救世主たちを歓呼して出迎えた。我先にと駆け寄り、汗だくの兵と馬に水を差し出した。馬体に括りつけた糧食袋がその場で飢えた兵たちに手渡しされ、城内の歓喜は、にわかにその絶頂に達した。

元康は、高揚した気分のままずかずかと本丸に上がり、慌てて前を合わせ、満面笑みを浮かべてまろび出てきた城将・鵜殿長門守長照に対面した。そして挨拶もそこそこに、義元から託されていた手紙を渡した。もちろん元康はあらかじめ、その内容を知っていた。

開封して読む長照の顔が、みるみるうちに曇った。

やがて、ひとつ深いため息をつくと、観念したように上座(かみざ)から降りた。そして元康へそこに上がるよう、手をかざした。

「大殿の命により、城将交代となり申す。以降、下知は元康殿より」

まだ汗をかき上気したままの元康は、指さされた場所に上がり、どっかと座った。

やにわに、こう言った。

「それでは、下知いたしまする」

鵜殿の顔を見て、にっかりと笑った。

「我ら松平勢、これより取って返し、丸根の敵を攻め申す。留守の将は長門守様。それでは、これにて御免(ごめん)」

さっ、と立ち上がり、風が通りすぎるかのように立ち去った。

残された鵜殿が、呆気に取られて、口をあんぐり開けていた。

＊

この松平の機動部隊による強行軍の模様は、ねずみによっていち早く佐久間大学に報告された。彼は音がすると、すぐ来る方向を感知して大高の古道に走り、馬上で何か喚きながら走っていく若い将の姿を見、あとに続く騎馬の数を数え、それが三百ほどであることを確認した。そしてそのうちの一騎が取り落とした糧食袋を拾ってきて、大学に差し出した。

「しかし、大学様！」

床几に腰を下ろした大学は、腕組みをして、感じ入ったように言った。

「敵ながら、疾(はや)い。見事な兵粮入れだ」

早川が食ってかかった。

「これで、大高に兵糧が行き渡ってしまいました。奴ら、息を吹き返します」

「いや、それはいささか早計だ」

大学は、この若武者を宥めた。

「ねずみが見てきたとおり、すべて馬の両腹に括りつけただけなら、当座数日分の量だけだ。あとから必ず、別の援軍がやってくる」

「しかし……これは手抜りで。目の前の古道をしっかと見張っておかにゃあ。おみゃあさん、何をしていただ」

弥七が、ねずみを詰問した。

ねずみは、どこか他人事のように答えた。

「見張りは置いていた。全員、斬られてたよ。かわいそうにな」

ねずみは、どこか他人事のように答えた。これが弥七のかんに障った。

「おみゃあ、ここんとこ、どっかおかしいぞ！　気ぃ抜けとる。もっとしっかりとせんかい！　敵は目の前におるぞ。黒鍬の名に泥を塗んな！」

ねずみは何も言わず、陰気な目で弥七を見た。

大学があいだに入って言った。

「まあ、仕方がなかろう。これだけ疾くやって来るとは、儂も考えていなかった。あと数日は余裕があると見ていた」

「来ますか？」

だしぬけに太田左近が聞いた。大学は、答えた。

「来る。ここに来る。必ずな」

不思議なことに、これまで枯れた古木のような雰囲気をたたえていた佐久間大学の目に、どこか爛々とした、生気のようなものが顕れている。

彼は、言った。

「皆に、申し渡しておく」

　本陣にいる皆を、ぐるりと見渡した。

「儂はお屋形様と、すでに何度もこの戦のことを話し合った。今川がどう出るか。それに対し我らはどう対処するか。どのように戦えば勝てるか。今にわかに、そのとき考慮した戦の相が見えてきている」

　皆、黙って聞き入っている。大学は言葉を継いだ。

「敵はまもなく、鷲津とこの丸根とに襲いかかってくるであろう。おそらくは、すでに沓掛へその勢が入っている。またしばし息をついた大高からも、時を同じくして兵が出てくるやもしれぬ」

「いつ頃？」

「明日の朝。しかし、もしかすると今夜のうちにも」

　もう一度皆を見回し、そして言った。

「おぬしたちには悪いが、この砦に勝ち目はない。敵はおそらく数千。我らは全滅する。だが、我らが勇戦すれば、尾張は最後に必ず勝つ」

　皆粛然とし、押し黙った。大学はさらに言った。

「囲まれる。逃げ場はない。皆戦うしかない。戦って、死ぬしかない。覚悟を決めよ」

太田と早川の言っていたどおりだった。

弥七は思った。

大学は、死にに来ている。我らは、仲良く皆揃って討ち死に……

いや、しかし。それは、もとからわかっていたことかもしれぬ。

この丸根の砦に残ると決めていたときから。源蔵の制止を振り切って、黒鍬衆と袂を分かったときから。いやそれよりもっと前、あの河原で、村の悪たれどもを礫で制裁したときから。

こうなることが、自分の運命だったのだ。

ここが、旅の終着点だ。

弥七は、本陣のすみっこのほうで眉を寄せながら大学の言うことに耳をそばだてているおしののほうへ目をやった。おしのも弥七の視線に気づいた。ニコッと笑った。

弥七は、彼女を見つめながら思った。

自分には一緒に死ねる女がいる。もう、思い残すことは何もない。

陰で生まれて、陰で育った。

やがて、そこを抜け出した。そして逃れてここにやって来た。もう充分だ。うらは、ここで死ぬ。おしのと一緒に、ここで死ぬ。

しかし、何かが、大切な何かが欠けている気がした。自分は何かとても大切なものを、ひとつ忘れている。

弥七は、しばし考えた。

その何かが、猛然と大学に食ってかかっていた。

「勝手なこと、抜かすんじゃねえや！　皆死ぬだと？　わしゃ、ごめんだ！」

ねずみだった。

彼は、喚いた。

「ふざけんじゃゃ、ねえ。絶対死ぬとわかってて、おみゃ、皆を巻き込むのか？　逃げりゃ、いいじゃねえか！　死ぬこたぁ、ねえよ」

太田と早川が同時に何か叫び、刀の柄に手をかけた。弥七はすっ飛んでいき、大学の胸ぐらに掴みかからんばかりのねずみに組みついて、身を挺して押さえ込んだ。

地面に組み敷かれても、ねずみはなおも喚き続けた。

「あんなに、あんなに、いっぱい殺しやがってよォ！　まだ殺し足りねえか、てめえ、何様だよ！　わしがおめえを殺ってやる！　大学、てめえ、恨みを知れや！」

後半は涙で切れ切れとなっていた。彼は、哭いた。

太田と早川は、すでに抜刀していた。おしのは手に飛苦内をかざし、ねずみの喉元を狙っていた。その場にいた誰もがこの突如の異変に動転していた。そして弥七は思い出した。

「ねずみ！　おめえ……もしや、津島で！」

昔、あの蚕小屋でねずみがおことに話した身の上話。そうだ、そういえば、ねずみは言っていた。織田から厳しい代官が来て、懸想していた女を殺されたと。代官の名は、大学と言ったと。ここに大学が着任して以来、ねずみの様子はおかしかった。自分にも心を開かなくなり、仕事にまったく身が入っていなかった。

黒鍬者として。礫衆として。この砦の一員として、はては織田の足軽として。

自分の居場所をいくつも見つけ、愛する女まで得た自分は、河原者だったことを忘れ、ねずみと歩んできた長い行程のことも、そして彼の孤独のことも忘れていた。

浅はかだった。馬鹿だった。

弥七は必死でねずみに覆いかぶさり、しがみついて、ただ泣き喚く彼をかばい続けた。

やがて大学が、地面に這いつくばる二人のもとへゆっくりと歩いてきた。

「思い出した。ねずみ。そちとはいつか、我が邸のなかで会ったな」

大学は、そう言った。

「そうか、あのときの。少しだけだが、かすかに見覚えがあったのじゃ」

皆を制し下がらせた。そして弥七の肩に手を置き、起き上がらせた。

ねずみと直に向き合い、こう言った。

「そうか……津島でな。儂もあのときは若かった」

「ふざけんな！　若かったで済むか！　死んだもんにゃ、おみゃあ、ただの人殺しだぁ！」

大学はため息をついた。そしてなおも泣き続けているねずみの腕をつかみ、上に引っ張りあげた。

「斬りましょう！　戦の前に不吉です。こやつ、血祭りに上げましょうぞ！」

誰かが言ったが、大学は手で制した。

「ねずみ、そちとは、とくと語り合いたいところなのじゃが……」

柔らかい口調で言った。

「そちが、いるのじゃ。悪いが、付き合ってもらわねばならぬ」

ねずみはぎろりと大学を睨んだ。

二人の会話は、ここで途切れた。

外から異変を知らせる大声が、重なり合いながら次々と飛んできた。

「鷲津に敵影！」

「古道にも！　こちらに接近！」

「夥しい燈が、寄せてきております！」

「大高、大手の門扉を開けり！」

「敵勢、一気に押し出してきております！」

一同はすぐさま外に飛び出て、彼方の闇を望見した。

膨大な数の松明が、闇を残らず埋め尽くそうとしていた。

右からも、左からも。最初は分離していたそれらは、互いに近づき、やがて中央で合流し、より禍々しいあかりを放って、しずしずとこちらのほうへ寄せてきた。

背後を振り返れば、鷲津はその全周を、もっと大量の松明に取り囲まれていた。半鐘が鳴り、砦の全兵が配置に散った。

永禄三年五月十九日。寅の刻（午前3時頃）。

鷲津砦と丸根砦に対する、今川軍の総攻撃が始まった。

第三十三章　奇策

真っ黒い海の底を這いずる海鼠のように、松平元康とその配下どもは、丸根の砦の麓へしずしずと歩みを進めていた。彼らは手に手に松明を握り、その炎と炎が連なり尾を曳きながら、夜光虫が描く円形の光の塊と同様になって暗い地上を浮遊した。

大高の城門をふたたび飛び出した元康ら騎馬隊は、沓掛城から夜通し駆けてきた酒井左衛門尉忠次、米津三十郎らの歩兵と合流し、総勢約二千の軍団となった。彼らの顔は一様に黒ずみ、日焼けし、眼光ばかりが爛々としていた。弓兵どもが束ねた矢の先にはぎとぎとした焼夷用の油布が巻かれ、歩騎の槍穂は松明の炎に反射してぎらりと光った。

　遥か彼方、鷲津の砦のまわりにも、街道沿いに一列となって夥しい数の松明の炎が移動し、ゆっくりと砦の周囲を取り巻きつつあった。それらは、元康の抜駆けを知った朝比奈泰朝が急ぎ率いてきた、二千を遥かに超える大軍団である。

　ふたつの光の集まりは、互いに独立した生き物のように別々の目標を取り巻いたが、やがて朝比奈勢から一騎が駆け、松平元康の所在を求め大音声で呼ばわった。

「これは、いかなる御存念なりや。大殿の下知は、ただ鷲津の攻落のみ！」

　元康は闇のなかから大声で叫び返した。

「我らただ大高への兵粮入れを図れり！　丸根こそその邪魔なり！」

　使者は舌打ちし、こう捨て台詞を吐いて駆け去った。

「あとで厳しく御査問あるべし。御免！」

　元康の不退転の決意を、率いる兵らが帯びるぎらぎらとした殺気で察したのである。元康は、かたわらに控えた酒井忠次の顔を振り向き、互いに歯を見せて笑い合った。

　丸根の丘の頂上では、松平勢の息をもつかせぬ急襲に驚いた織田勢がようやく立ち直り、対応をはかっているところであった。すでに全盛期のような目の輝きを取り戻した佐久間大学が、矢継ぎ早に部下に指示を出し、各所に伝令を走らせていた。

その指示は、驚くべきものだった。

「まずは敵を引きつけ、総勢一丸となって討って出る。わが指図にすべて従え！」

これだけの強固な砦を用意しておいて！

これだけ鉄壁の守りを鍛錬し続けておいて！

本陣のなかにいた誰もが驚き、大学の顔を見た。大学はただ笑って、簡潔に自らの意思を伝えた。

「砦が堅いからこそ、あえてそこを出て、攻める。敵にとって慮外(りょがい)の先制攻撃を仕掛ける。籠もれば負けだ。攻めれば、勝てる。敵勢おそらく千を大きくは超えぬ。高所から逆落としに攻め、その半数でも殺めることができれば、敵は退がるであろう。それこそが我らの勝利じゃ。おぬしたちならば、できる」

それだけで充分だった。大学の鉄石の意志は、その場にいた全員に伝わり、皆が身体の芯から奮い立った。その興奮は砦じゅうの空気を震わせ、かき乱して、すべての部下に電撃となって波及した。皆、口々に喚き出した。

「攻めれば、勝てる。おれたちならば、できる！」

砦に拠(よ)る約二百名ばかりのわずかな守備隊が、このわずかの時間のあいだに、死兵となった。

大学は、かたわらに茫然と立ち尽くしているねずみに断固とした口調でこう命じた。

「ぬしは、これから麓に走れ。陣張りしていた山口の残党どもの首領を探し、我らと呼応し敵の側面を撃て！」

ねずみは黙って頷き、やにわに走り去った。


丘の麓の大きな窪地に達した元康は、まず兵らを伏せさせ、ひときわ大きく法螺を吹かせた。ぶお、ぶお、という底鳴りのする音が丘の麓じゅうに響き渡り、砦の柵のなかの空気をびりびりと慄(ふる)わせた。次いで、伏せた兵ら全員と、声を限りに威嚇の鬨(とき)を上げ、弓兵どもに命じ種火に矢を入れさせた。彼らが弦をいっぱいに引くと、「行けやあ！」と叫んで、闇に向かって剣を振るった。

数十の火矢が同時に虚空へ高く舞い上がり、頂点でしばし動きを止め、ゆっくりと弧を描いて落下していった。柵のなかには届かなかったが、ぷすぷすと堀の手前に落ち、そこでしばらく燃えて味方の目印となった。

金甲に身を包んだ松平元康は、軍の先頭に立ち、右手に無銘の正宗(まさむね)、左手に軍扇を握りしめ、のっしのっしと斜面を踏みぐいぐい高度を上げていく。そのあとに酒井ら重臣が続き、闇のなかを立ち上がった兵どもが続いた。数名、叫喚(きょうかん)とともに元康らを追い越して斜面を駆け上がり、砦内に殴り込もうとした半裸の兵らがいたが、堀に達したところで林の手の者に射られ、皆その場で斃れ伏した。

続いて数十名の足軽らが堀のなかに躍り込み、一気に乗り越えようとしたが、柵内からいくつもの槍が突き出され、大半が朱に染まって呻きながら堀底の闇に沈んでいった。堀の向こうから鉤(かぎ)を投げ、縄づたいに城内に飛び込もうとした軽業師のような兵もいたが、これは逆に柵から伸びた何本もの手に絡めとられ、なかに引っ張り込まれ、よってたかって膾斬(なますぎ)りにされた。

砦の追手門にも敵勢が押し寄せてきていた。ここには礫隊が控え、まず狙いもつけずに柵内から飛礫の雨を降らせて足止めし、櫓の上から弥七やおしのが狙いすました手製の粗礫を投げつけ、確実に死傷者の数を増やしていった。おしのは一隊の指揮官らしき影を見定めて一弾を見舞ったが、その着用した兜に守られ、彼はわずかに屈み込んだまままなおも刀を振るって進んできた。しかし周囲に彼の安否を危ぶんだ部下たちが蝟集(いしゅう)してきたため、まとめて絶好の標的となった。

なんと門外の溝に伏せていた槍兵が、敵の意表をついて一斉に暗がりから槍穂を突き出し、この敵兵の塊を一気に屠(ほふ)った。短い叫び声と黒い血煙が同時に上がり、すぐと消えていった。刺し貫かれた数個の胴体が槍穂とともに上空高く跳ね上がり、千切れて、そのまま周囲にばらばらと散乱した。

ごく短時間の寄せだけで、元康はいったん退き鉦を打たせた。第一波の攻撃は、失敗だ。

しかし本番はまだこれからである。元康は遠く鷲津砦のほうを望見した。朝比奈も敵の守りの堅さに手こずっているようだ。柵内の篝火の勢いばかり旺で、外から寄せる松明の数々が、まるで蹴落とされているかのように次々と消えていく。

両塞とも、靭い。

よい砦だ。しかし、それだけに攻め甲斐があるというものだ。

「ようし！　鷲津よりも先に陥としちゃろうぞぉ！」

彼は誰にともなく叫んだ。あとに続く全軍がおうと応えた。意気はますます盛んだ。

必ず、陥とす。次で、陥とす。


元康がいったん軍を休め、自らは重臣たちと次の攻めの手配りを相談しているとき、突如、前方の闇のなかで鬨の声が上がり、砦の門が二カ所とも開け放たれ、続々と軍兵が溢れ出てきた。

彼らはひとかたまりの集団となって坂道を駆け下り、そのまま夜闇に伏せる松平軍の隊列に襲いかかった。意表をつかれた兵らの腰が砕け、あたりは瞬時に阿鼻叫喚の巷となった。集団はそこに長居せず、隊列を突破すると、さらに下って中衛の諸隊めがけて刀槍を振るい、見る間にこれを木端微塵に打ち砕いた。

ようやく応戦してきた後衛が、この魔物のような集団に取りつき阻止しようとしたが、傾斜の上から襲いかかる集団の衝力は強く、数に勝る後衛部隊も足場を失い、崩れかけた。するると、それと同時に強力な第二隊が砦から放たれ、白刃を煌めかせて、元康らの本隊へまっしぐらに襲いかかってきた。

元康の金甲めがけて、一人の槍兵が突進してきた。元康はこれを間一髪でよけ、前のめりになって突っ込んできた槍兵を、酒井が横から胴斬りにした。血飛沫が飛び、元康の顔と金兜にべちゃりと張りついた。元康は生まれて初めての接近戦の恐怖に、自分でもよくわからぬ悲鳴を上げ、後ろに飛びずさり、尻餅をついた。

彼はすかさず立ち上がろうとしたが、立てない。腰が抜けるという状態を、十八歳の彼は生まれて初めて味わった。酒井がやって来て、ニヤリと笑い、落ち着いて元康の手を掴み引っ張り上げた。

周囲は大混戦となり、敵味方が入り乱れ、あちこちで一対一の取っ組みあいになっていた。ようやく敵の攻撃の勢いは弱まり、恐慌状態から立ち直った味方が数に任せて、勇猛な敵兵を一人、また一人と血祭りに上げていく。なんとか歩けるようになった元康は、「やれ！　やれ！」「突け！」「殺せ！」などと、力戦する味方に対し、ただ声を限りに叫び続けた。

思いもよらぬ敵勢の奇襲を受け、布陣に大穴があき隊列はズタズタになったが、数に勝る松平軍は、壊滅せずなんとか瀬戸際で持ちこたえた。三河武士の土性骨（どしょうぼね）は、こうした危地に際してこそ、その本領を発揮する。

ようやく戦勢はひっくり返ろうとしていた。攻め下ってきた尾張兵は、その多くが討たれ、生き残った兵たちも傷つき、肩を寄せ合いながら、駆け下ってきた坂道をもとに戻ろうと懸命に駆け上がる。松平兵がこれに追いすがり、槍で突き、弓を射るなどして数名を落伍させた。


最後の生存者が丘を駆け上がり、砦の門扉がすぐさまぴたりと閉められた。地に伏した数名の頸をかっ切ろうと、素肌の上に胴丸だけを着けた力士のように大柄な足軽が、哀れな落伍者の一人にのしかかったが、下から斬りつけられてぎゃっと大声を上げた。

下に倒れていたのは、弥七だった。突撃隊の第一陣を率いていた彼は敵中深く入り込みすぎ、もはや砦に戻ることは無理だと悟った。そこで、放たれた矢に当たったふりをして倒れ込み、のしかかってきた大男の腹を、おしのに貰った飛苦内で突いた。

大男は、鳩尾を襲った突然の痛覚に衝撃を受けいったんは尻餅をついたが、にわかに血が滾（たぎ）り、筋骨逞しいとはいえ自分より遥かに小柄な弥七に、血だらけになりながら組討ちを挑んできた。二人は取っ組み合いながら坂道を転げ落ち、互いの首を絞めつつ、闇のなかで言葉にならぬ罵声を投げつけ合った。

地力に勝る大男は、左手で弥七の喉元を地面に押しつけると、右手で頭をつかみ、情け容赦なく地面に打ちつけ弥七の頭蓋を破壊しようとした。後頭部にがつんがつんと打撃を受け、弥七の目の前が真っ暗になった。しかし、おしのに渡された飛苦内がもうひとつ懐にあったことを思い出し、手探りでそれを探し、何も見えないまま思い切り前に向かって突き出した。

突然、自分を押しつけていたすべての力が消散し、弥七は、宙にふわりと胴が浮いたように思った。飛苦内の肉厚の鋳鋼（ちゅうこう）は、その鋭い切尖で大男の喉元に食い込み、その厚みと重量で奥の太い血管を切断し、瞬時に命の火を消した。どぼどぼと粘り気のある黒い血の塊が垂れた涎と一緒になって弥七の顔面めがけてこぼれ落ちる。彼は悲鳴を上げて男の重い身体を押しのけた。その身体は、大きな土の塑像（そぞう）のように、どさりと音を立てて脇に落ちた。

弥七が腰を上げて周囲を見渡すと、なんとふたたび形勢が再逆転していた。背後の闇のなかから奇襲を受けた松平勢が裏崩れを起こし、そのまま雪崩（なだれ）を打って彼方の丘の陰まで退却しようとしている。

信じられない。信じられない。

ねずみが……弥七は声に出して言った。ねずみが、やった。丘を下って、数日前に陣張りしたばかりの一揆勢を捕まえ、この短時間で逃げ散った兵どもを呼び集め、松平勢の背後からひと突き鋭い攻撃を加えたのに違いない。すでに織田勢の波状突撃に翻弄されていた松平勢は、二次三次の衝撃に耐えきれず、崩れ立ったものに違いなかった。

「やった！　あいつ、やりやがった！」

弥七は眼下の闇に向けて拳を突き出し、ただ大声で吼えた。

＊

大学の命を受け砦を一人で飛び出したねずみは、麓をしずしずと寄せてくる松明の波に向かって、まずまっすぐに丘を下り、そして手前に延びる外郭の空堀の先を矩に曲がり、闇に紛れて左へと駆けた。

金色に輝く甲冑をつけた大将らしき男が先頭あたりに立ち、悠々と歩みを進めている。その周囲を物々しく親衛隊が囲み、右手に長槍を、左手に松明を差し上げ、あかあかとその行く手を照らしていた。やがて金甲が立ち止まり、片手に剣を掲げ合図すると、後方をついて来ていた弓兵隊が火矢を構えて虚空に放ち、次いで麓から数えきれぬほどの松明が現れ、次々と丘を上りはじめた。

ねずみは、間一髪で落下してくる火矢の群をかわし、ただまっしぐらに駆けて、麓の闇のなかに身を躍らせた。そこには、つい先ほどまで山口勢の残党どもが思い思いに陣張りし、粗末な旗や幟(のぼり)などを掲げて気勢を上げていたのである。が、佐久間大学の予想通り、すでに誰もいなかった。

背後では、とっくに鬨の声が上がり、法螺が鳴り、戦鼓(せんこ)が響いて戦闘が開始されている。

その喧騒に紛れ、ねずみは大声で叫んだ。

「潭蔵(たんぞう)！　潭蔵親分はどこじゃ！　それとも、腰が砕けて逃げちまったか？」

「無礼な！　儂はまだここにおるぞ！」

暗がりの奥から声がし、壕の上に倒れていた幟の端がめくれて、長槍を抱えた男が現れた。

「だしぬけの奇襲であった。よって、いったん待避した。だが、まだ戦えるぞ！」

そう言い、片手をあげて合図すると、壕のなかから十数名もの黒い影がぞろぞろと這い出てきた。

「……あとは、逃げた。だが、儂らは闘う！」

言い切ると、潭蔵はねずみの背後の松平軍のほうへ駆けていこうとした。

「待て、待て！　待てい！」

ねずみは、慌てて潭蔵の肩を抱え込み、押しとどめて言った。

「今飛び出しても、あの大軍にゃかないっこねえ。わしらの出番までには、まだ少し間がある」

「どういう意味じゃ？」

「大学様には、策がある。いったんあの寄せをいなしておいて、次いで、砦から総勢が打って出る」

「なんだと！」

「逆落としに駆け下り、高いところから一撃食らわせてやるんじゃ。敵は崩れる。それまでにわしらは背後に回り、逃げてくる奴らを全部、槍の錆にしちゃる！　どうだ、わかったか？」

「おお！　麓から挟み撃ちか！」

　潭蔵は喜び、部下どもの影に向かって言った。

「よし、勝てるぞ！　山口様のご無念、今こそ晴らすときぞ！」

「だがよ、これだけじゃ数が足りねえ」

「うむ」

「まだ少し間がある。そのあいだ皆で手分けしてよ、そこらに隠れて震えちょう味方を一人でも多く集めろ！　ええか、敵に気取られるなよ。門を開いて味方が駆け下りはじめたら、きっと音でわかる。そしたら、あの大岩の陰に集まれ。そして一斉に襲いかかる」

　ねずみは闇のなかで目を輝かせ、大きな身ぶりで策を伝えた。潭蔵もニンマリと笑った。

「裏崩れが起きるな」

「そんとおりじゃ。おまえら、鳴海の無念を、ここで晴らせるぞ！」

ねずみは黒い影となった一団に向かって言った。男たちは、くぐもった声でそれに応えた。


彼らの出番が来たのは、小半刻（約30分）あとである。それまでに、約五十名ほどに増えた旧山口氏の一党は、目印となった大岩の脇の壕や堀底に伏して、ねずみと潭蔵の下知を待った。

すでに丘の中腹からは、砦から打って出た数群の織田兵と、彼らに追い散らされる松平兵の叫喚が聞こえた。砦からの奇襲隊は、どうやら敵軍のど真ん中に大穴をあけたようだ。あちこち投げ捨てられ、地面でまばらに燃える松明のあかりが、まるで虫のようにうごめく両軍の兵どもの死の舞踏を、下からほんのりと照らしていた。

しかし、いったんは優位と見えた織田勢の衝力が弱まり、麓からさらに多くの松平兵どもが突き上げていくと、やがて勝敗は逆転したようだった。

戦闘加入の時機を見誤ったと気づいたねずみは軽く舌打ちし、潭蔵と目配せを交わすと、背後を振り返り、急いで攻撃の合図を送ろうとした。そして、驚いた。

大岩の後ろに伏せた一団は、先ほどまで五十名ほどに過ぎなかったのが、優にその倍にはなっている。このわずかのあいだにも、味方の反攻の気配を察し、闇のなかを逃げずに集まってきた者どもがいたのである。

彼らはそのまま足音を潜めて移動を始め、途中行き合った数名の敵兵を無言のうちに斬り捨て、松平の攻撃軍の背後に回った。そして間髪を容れずに攻撃を開始した。

効果は、てきめんだった。

思いがけぬ砦からの逆落としの反攻に肝を冷やされるも、ほっと息をついていた松平兵たちは、だしぬけに背後の闇から襲われ、今度ばかりは戦闘意欲が微塵に砕け散った。

ねずみと潭蔵は、百名ばかりの味方を叱咤し、ただひたすらに丘の斜面を上へ上へと押し上げていった。刀を振るい、槍を突き上げ、さらに鍬や鋤や銛や、その他何やらわからぬ漁具のようなものを振り回して、面白いくらいに敵勢を突き崩した。

やがて目の前から敵兵の姿が消え、行く手に聳える砦の追手門が見えた。そしてねずみは、曙光を背にし、その前にすっくと立つ、見覚えのある男の影を認めた。

「遅かったな、ねずみ」

弥七は言った。その声は笑っていた。

「おうよ。人集めに少し手間取ってな。だけどよ、間に合っただろ、なんとか」

「間に合ったも何も！　おみゃあさん、今日の一番手柄じゃ！」

弥七は言い、ねずみに抱きつき、そのボサボサの髪をわしゃわしゃと手掴みしながらかき回した。

「や、やめい、やめい！　まだ戦の最中じゃ」

ねずみはたじろぎ、苦笑しつつ弥七を押しのけようとしたが、弥七は破顔して、なおもねずみにつきまとった。

「いろいろ、ひでぇことさ言った。許せ！　おみゃあさん、黒鍬の誉(ほまれ)じゃ！」

ほどなく一行は斜面を上り切り、砦の正門がギイと開いた。弥七とねずみは、雑多な格好をした、しかし勝ち誇り主の仇を討って喜色満面の山口勢とともに、大歓声をもって砦のなかに迎え入れられた。

緒戦は、尾張勢の完勝だった。

敵はいまだ、丸根砦の外郭にすら取りつけていない。

第三十四章　決死隊

松平元康は、激怒した。

日頃、自分の感情を抑え、心の奥底を隠しとおし、常に平静な気持ちで事態に処する彼は、この思わぬ敗北に度を失い、目にはいるものすべてに当たり散らしていた。自らの兜を投げつけ、手にした太刀で鞘ごと幔幕(まんまく)を叩き、床几をひっくり返し、倒れて火の消えた篝をさらに蹴って遠くにふっ飛ばした。

　部下たちは皆下を向き、あの酒井ですら、荒れ狂うこの若いお屋形から一定の距離を保ち、この嵐のような怒りが通りすぎるのをただ待っている。

　元康は、自分がそれまで何年にもわたり築き上げてきたものがすべて音を立てて瓦解しつつあるのを感じていた。初陣以来、いまだかつて負けを知らず、常に今川軍の雄としてその名を馳せた。全軍が勇猛果敢で軍規厳正。味方に頼られ、敵から恐れられ、どこに行っても見事な勝利と名声とを勝ち得てきた。

　軍を離れ駿府の今川館にいても彼は冷静沈着。あの太原雪斎の弟子として、敵を作らず、家内のそちこちにくすぶる疑念や嫉妬にめげず、岡部や朝比奈といった有能な知友を得、彼らに認められた。主君・義元の覚えもめでたく、ついには互いに鉄漿をして語らうほどの仲になった。元康の前途は洋々たるもののはずだった。

　ところが、何かが狂った。

　何かこの胸に兆した小さな、どす黒い疑念のようなものが、このところずっと彼の耳元に囁き、彼の心を乱し、その行動を不安定にした。挙句が今回の抜駆けと命令違反である。

　しかも、それに負けた。このちっぽけな砦に籠ったわずかな数の織田勢の奸計に嵌まり、あたら二千を数える大軍を擁しながら、こっぴどく破れてしまった。

ひとしきり暴れたあと、膝に手をついてぜえぜえと喘ぐ彼に、さらなる衝撃が襲った。味方の受けた損失の報告である。もちろんいまだ戦闘の最中にて、それはただ目視と聞き取りの大体の推計でしかない。酒井が数名の部下からそれを聞き、やがて決然とした表情で元康のもとへ歩み寄り、冷厳にその事実を告げた。

松平の身内の部将三名を含め、討ち死に・負傷あわせて、約四百。

元康の目の前が、真っ暗になった。なんだって！

年長の酒井は、彼よりももう少し経験が深い。いくたびか苦い敗軍も経験したことがあった。彼は元康を励ますように言った。

「まだ戦に負けたわけではござらぬ。巧みに迎え撃たれ、いったん叩かれただけのことにござる」

元康が冷静な彼を見上げた。酒井は言葉を継いだ。

「よもや背後から攻められるとは思わず。敵将、誰とは存ぜぬがかなりの手練れ。兵どもの士気も高く、決して甘い砦ではありませぬ。しかし我ら、今はしばし砦の前から下がっただけのこと。今も後尾の輜重隊が沓掛から続々到着しつつあり、それらを再編すれば、総勢また千のなかばに復しまする。まずは呼吸を整え、士気を保ち……それから寄せればようござる」

「ならば、儂はどうすればいい？　次にいったい、何をすれば？」

元康は酒井に尋ねた。

「とりあえず、落ち着かれよ。そしてまずは大高の鵜殿様に援兵を頼み、次に、鷲津へも使者を送りましょう」

「鷲津だと？　朝比奈に頭を下げるのか？」

「朝比奈殿は、麾下に我らよりも多い二千以上の兵を持っております。その一部を、こちらへ割いてもらうのです」

「できるか、今さら！　さようなことが！」

元康は、吐き捨てた。

「儂が朝比奈であっても、自分を謀り抜駆けした相手に、絶対に兵など貸さぬわ！」

「今は、斯様なことに拘っている場合ではござらぬ。独断で攻撃を仕掛け、しかも退けられたとあっては、後々、殿が必ず大殿に責任を問われることになります。ここは枉げて頭を下げ、朝比奈殿にまず詫びを入れられるべきかと存ずる。もしかすると、わずかでも兵をお貸しいただけるやもしれず。さすれば……大殿の指示に歯向かったのは、松平と朝比奈、両勢ともに同心して、ということにもなり申す」

「あの朝比奈が、そんな危ない橋を渡るものか！　ならぬ！　ならぬ！　なんとか、単独であの砦を陥とすのだ。それしか、儂らの生き残る道はない！」

「鷲津の具合は、どうなっている？」

酒井は元康に落ち着く余裕を与えようとして、陣内に声をかけた。誰かが答えた。

「朝比奈勢、本丸直下まで寄せておる模様。砦の大半は陥ち、お味方勝利まであとわずかと見えまする」

その、わずかが、松平にとっての致命傷になるのだ。

元康は、罪のないその部下の無神経さに、勝手に腹を立てた。

抜駆けした上に、先に朝比奈に鷲津を陥とされてしまっては、この儂の立つ瀬がないではないか。

いや、しかし、もう朝比奈よりも先にあの忌々しい丸根を陥とすなど、無理だ。

抜駆けされた朝比奈の奴は、こちらを絶対に助けたりはしない。奴は、ひたすら義元に従順で、忠良な男だ。性格に裏表がなく自分とは仲がよかったが、それだけに奴がこのような重大な命令への違背行為に、絶対に手を貸すわけがない。

朝比奈勢は自らが陥とした鷲津の丘から、こちらの苦戦を、高みの見物としゃれこむだけだろう。すでに明るくなり、距離もほどよい。彼らにとって実に楽しい見ものとなることだろう。

そして、松平勢の攻撃がどれだけ烈しくどれだけ必死で、自らのなした失態、そして大殿に対する不義を濯ぐのに真剣だったか、あとでゆっくりと報告することだろう。

ならばせめて、次は犠牲を厭わぬ正攻法でとにかく砦を陥とし、忌々しい敵兵どもを鏖殺（みなごろし）にして、最低限の勝利を得なければならない。

そうしなければ。せめて、それだけはやり遂げなければ。

そうしなければ、自分の命と松平の命脈は、永遠に絶たれたも同じになる。

しっかりしろ。儂はここで終わりではない。先に進むのだ。

そのためには……そのためには！

松平元康は、肚を決めた。

もはやなんの迷いもなくすっくと立ち上がり、正宗の柄を握り直し、黙って采を手に取った。足元に転がっていた金色の兜を自分で拾い、脇に抱えて、そのまますたすたと歩き出した。数名の小姓（こしょう）が太刀を抱えて慌てて主人のあとを追い、周囲に居並ぶ諸将は互いに顔を見合わせていた。酒井が背後から何やら大声で言ったが、元康は聞いていなかった。

すでに夜は明けつつあり、海の彼方の空が下から曙光（しょこう）に照らされ、鈍く銀色に輝きはじめていた。先ほどまで幾重にも塗り込められたようだった蒼黒い夜闇は、その勢力を大幅に減退させ、樹木の陰や地表面のあちこちにへばりついて最後の抵抗を試みているように思えた。

そして、陣幕の外へ出た元康の眼前に、野陣を埋め尽くす惨めな敗軍の様子が広がった。

一面に負傷者が散らばり、すでに事切れたのか土気色の顔をしたまま地に伏す者もいる。多くは彼らの身内や同郷の者らに介抱されていたが、軍にまともな薬師は帯同していないので、初歩的な医術の心得のみ持つ従軍僧や、日頃は怪しげな占卜を生業とする軍師がその代わりをし、重傷者の手当てをしていた。

遠近に男たちの泣き声や叫び声が上がり、やがて弱々しい呻き声になり、多くはそのまま消えていった。

元康は、自らの焦りが招いたこの惨状に眉をひそめ、目を他に転じた。草原の彼方からは、先ほど酒井の言ったとおり、沓掛城からの荷駄隊が砂煙を蹴立てて続々と到着しはじめている。駄馬の背に括られた糧食袋や、夫丸どもの押す荷車いっぱいに積み込んだ刀槍や矢束、仕寄のための大盾。

元康は、大きな荷車の一台に括りつけられた破城槌の姿に目をとめた。また、いくつかの台車の上には、薦袋に詰めた煙硝（黒色火薬）が山積みになっていることにも気づいた。

松平軍には、近頃、東国にもその姿を現しはじめていた種子島（火縄銃）が、十丁ほど配備されていた。まだあまりにも数が少ないため武器としての実力は未知数で、びっくりするほど高価な、さして効果のない鳴り物というに過ぎない。しかしながら士気を盛り上げ、突撃する味方の背を押すいわば「景気づけ」のため、限りなき富強を誇る今川家から、西進作戦の先鋒への餞として無償で貸与されたのである。

そして大高城に入ったあと敵軍の逆襲に備え継続的な戦闘参加ができるよう、大量の鉛弾と、火薬の原料となる硫黄（いおう）、木炭、古土（こど）（硝石）があわせて補給されていた。先ほどの薦袋の中身は、それぞれ最適な頃合いで混合され、すぐに実戦使用できるよう準備された即応用の火薬で、今川軍ではこれを煙硝（えんしょう）と総称していた。

あまり実戦の役には立たず、逆に大いに軍の機動力を削ぐ面倒な装備で、元康の先陣は触れることを忌避し、今になって後尾の輜重隊が輸送してきたのである。

元康の脳裏に、閃くものがあった。

「又蔵（またぞう）と掃部（かもん）を呼べ」

彼は、小姓の一人に命じた。

ほどなく元康のもとに、彼と同年輩ほどと思える若い二人の武士が出頭した。いずれも輜重を率いこの戦地に到着したばかりで、まだ肩で息をしている。

一人の名を筧（かけい）又蔵といい、もう一人を贄（にえ）掃部といった。両名とも松平家に仕える家臣だが、これまで元康のおそば近くに侍り、今川館でともに育った。そしてこの西進戦役では、今川から支給された種子島の管理や銃手たちの統率を任されている。

元康は、気心の知れた彼らの目をまっすぐに見つめ、驚くべきことを言った。

「済まぬが、儂のために死んでくれるか？」

二人は、ギョッとした。

「これは思いのほか手強い砦じゃ。先ほど寄せたが、儂の油断をつかれ、逆に大いに叩かれた。その結果がこれじゃ……すべて儂の落ち度じゃ、言い訳はせぬ。だが、必ず陥とさねばならぬ。なんとしても陥とさねばならぬ。儂はこれから動ける者すべてを率い、砦の搦手(からめて)の斜面を駆け登り、ふたたび大いに攻めて、敵勢の注意を引きつける」

元康は二人に説明した。

「おそらく最初の空堀は破ることができよう。しかし、それより先には行けるまい。だが、数に劣る敵勢は焦り、手持ち無沙汰となった追手門の兵を多くそちらに回すはずだ。さすればおぬしらが、門に仕掛けを施す余裕が生まれる」

「追手門は守りが堅く、近づくことすら至難と聞き申した。先ほどそこを攻め手傷を負った者が、そう呻いておりました」

掃部が抗議するような口ぶりで言ったが、元康は動ぜず、ただ同じ言葉を冷たく繰り返した。

「儂は先ほど、死んでくれるか、と尋ねた」

掃部は決然とした主の意思を悟り、そのまま沈黙した。

元康は続けた。

「事は、急を要する。いかなる手立てを講じてでも、速やかにこの砦を陥とさねばならぬ。それには……」

「手前どもの命を」

掃部は瞬時に納得し、頷きながら答えた。

又蔵も、平然とした顔で続けた。

「ようござる。捧げることといたしましょう」

「済まぬ」

元康は目を瞑り、軽く頭を下げた。そして続けた。

「あの忌々しい大門じゃ。あの分厚い門扉を破りたい。さすれば、我らに勝機が生まれる」

又蔵と掃部は、主の無茶なその要求を平然と受け入れた。そしてなぜ自分たちが選ばれたのかにも、あらかた察しがついた様子だった。

又蔵が言った。

「砦の弓兵、そして礫打ちどもの腕が異様に立つとか。ならば細工を施す余裕なく、おそらく尋常な方法では破壊できませぬ。しかし……古土ならば」

「うむ。それよ」

元康は頷いた。

「種子島の備えに運んで参った煙硝は、余さず使え。あとのことは考えずともよい」

二人は互いに顔を見合わせ、やがて頷いた。だが又蔵は指摘した。

「御大将、しかしながら我らが運んで参った煙硝は、そのままでは着火が遅く、敵前で仕掛けを施す暇がありませぬ。いささか手荒ながら、戦いつつ、門扉を吹き飛ばす手立てを講じなければなりませぬ」

「何か、考えはあるか？」

「ございまする」

又蔵は力強く頷き、言った。

「我が家の姓は、筧（水樋のこと）。まさに、家名にふさわしき工夫がござる」

掃部も彼に続いて、爽やかにこう言い切った。

「そしてわが姓は贄。生贄となりて砦に取りつき、この命と引き換えに、見事、大門を崩してみせましょうぞ！」

「よし。頼むぞ。やり遂げるために必要な犠牲は厭わぬ」

元康はまったく表情を変えずに、この二名の決死隊に向け言った。

*

丸根砦では、しばし勝ちに酔っていた守備兵が、次なる寄せに備えて配置の再検討を始めていた。

勝利に酔っている暇はなかった。

短時間だったが異様なまでに密度の濃い戦闘で、あらかじめ砦内に備蓄していた矢や礫は半減してしまっていた。また、接近戦に使用した刀槍類も多くはべっとりと敵兵の血を吸い、刃こぼれし、次回の戦闘では著しく劣化することは明らかだった。

幸い、眼前の斜面いっぱいに敵の遺棄した大量の武具類が散らばり、両軍の使用した矢や礫と合わせて、ある程度は代替として回収することができた。しかし、敵はまたすぐに寄せてくるであろう。あまり時間はなかった。

激戦に疲労し消耗した兵どもは、勝利に滾る自らの血潮の熱さに力を得て、次なる戦闘の準備に取りかかった。

朝霞の彼方では、鷲津砦に大量の敵兵が蟻のように取りつき、あちこちの柵や堀や、櫓の直下などで小規模な激戦が繰り広げられているのが見える。

鷲津の兵どもは、砦の堅牢さを頼ってひたすら防御に徹し、寸土と引き換えに朝比奈勢へ多大な出血を強要していた。しかし健闘する彼らも、時間の経過とともに、徐々にその抵抗力を弱めていかざるを得ないということは誰の目にも明らかだった。

「しかし、それにしても」

弥七は、汗だくになって麓の土塁を固め直すねずみとおしのに向かって言った。

「今川の兵どもにとっちゃあ、どっちに行っても今日は厄日だな」

その場にいた皆が笑い、口々に賛意を表した。

太く結えた矢束(やたば)を肩に抱え、頂上の本陣へ向け斜面の上のほうを歩いていた早川大膳が、大声で仲間をさらに煽った。

「まだまだ。お楽しみはこれからじゃ。じきに今川の総大将が、三州の兵を催してここにやって来るぞ。そうすりゃあ、射るにも撃つにも、みんな、的には困らんて」

撃つ、と称したのは、先ほどの戦闘で活躍した、礫衆に対する彼なりの賛辞である。本来は厳然と存在しているはずの身分差は、この命運をともにする小さな砦のなかでは、すでになんの意味もないものになっていた。

「一人、百人は殺らねえとな。こりゃ、勝ったあと、おれたちみんな地獄に堕ちるな」

おしのが早川に答えると、そこにいた皆がどっと湧いた。

ねずみは本陣にいて、潭蔵とともに自らが率いてきた山口勢を並ばせ、数隊に分けて守りの部署を差配していた。驚くべきことに、百名ほどを数えた彼らの半数は女や老人で、まともな戦闘兵力として期待できるのはそのなかの六十名ほどである。

しかし、先ほどの夜闇の大乱戦で砦方にも犠牲者や行方不明者が多数出ていたため、彼らは砦のどこでも歓迎された。

残りの足弱(あしよわ)（女子供）たちには、戦闘前の炊事(すいじ)や水運び、負傷者の手当てをさせる。

そして佐久間大学は、渡辺大蔵らを連れて、丘の反対側にあたる追手門の様子を内側から視察していた。

先ほどの敵による寄せと一連の激しい戦闘で、大扉を支える鏡柱（支柱）が傷んでいた。

とはいえ、彼方の山林からひときわ丈夫でぶっとい樫材を切り出して運んできた鏡柱は、まだ礎石の上にしっかりと立っており、扉の開閉にとりあえず支障はない。

充分に堅牢だが、間に合わせで急造された砦の宿命的な唯一の弱点であるとも言えた。

今日一日。ないし、せいぜい数日の攻防に耐えればよい。さすればこの追手門が、この砦がどうなってしまおうと、もはや関係ない。そのときまでにはすでに今川の侵攻軍と織田の本軍とが決戦し、皆の運命が決まり、すべては終わっているはずなのだ。

やがて遠くのほうから徐々に近づいてくるかすかな地響きを感じ、大学は、来るべきものが来たことを知った。彼は砦じゅうに聞こえよとばかり、叫んだ。

「さあ、また寄せてきたぞ。者ども、作業はすべて打ち切れ。持ち場に散れ。次は守るのだ。この砦に依り、自らの造ったこの砦を信じ、ただひたすらに守るのだ！」

おう！　と声が上がり、半鐘が鳴り渡り、兵たちは機敏に持ち場へと散った。

丸根砦はふたたび息を吹き返し、地に聳え傲然と、寄せきたる敵軍の接近を見下ろした。

決戦が、始まろうとしていた。

第三十五章　逆転

すでに東の空には太陽が昇り、白銀色にぎらぎらと輝いて、彼方に横たわる伊勢湾の大海原を鏡のように照らし出していた。

その前に、一面の若草に覆われた丘がいくつも並んでいる。疎(まば)らな森や林を挟み、かすかに傾斜のついた稜線がさまざまな角度で交差し、幾重にも重なって広がっていた。どこからか湧いてきた朝靄の塊がそのあいだを縫い、まるで不確定な意思を持った生き物のように、海風に吹かれながらゆらゆらとたゆたった。

弥七は、背後に高く聳える本陣の物見櫓の落とす影が、きつく傾斜した地面の凹凸(おうとつ)に沿ってうねうねと曲がりつつ伸びているさまを眺めていた。櫓のてっぺんには箱上の囲いがつけられ、数名の見張り兼弓隊、そしてそれを指揮する太田左近が詰めているはずだが、彼らの影は見えなかった。櫓の影の先端は、そのまま砦の外縁を囲む大きな空堀に呑み込まれてしまっていたからである。

弥七の左右には、彼とともに鍛錬に鍛錬を重ね、今では名うての礫打ちとなった手下どもが控えている。皆々もとは武士ではなく、この近辺の農家の次男坊や漁村のはぐれ者たちだが、先ほどの実戦に生き残り、沈着な表情で次なる戦闘の開始を待っている。とはいえ数名が目を上げ、隊長の弥七の顔を不安そうに覗き見た。弥七はまっすぐに目を合わせ、彼らの全存在を肯定するように深く肯き、無言のうちにふたたび前を向かせた。

彼ら礫衆は、互いに一定の距離を置いている。そして各人のあいだには、みっつに盛られた礫の山が並んでいる。それぞれ大、中、小の石礫の集まりで、これを敵勢との距離と局面に合わせて投げ分ける。数十日にわたり積み重ねた実戦的な鍛錬で、彼らは各々の能力や得意な投擲距離を把握していた。本当の接近戦になるまでは、いっぱいに盛られた中、小の礫を隙間なく連投して敵を足止めし、空堀のなかで別の方角に進むように追い散らす。そして堀底を這う敵勢の先には、必殺の強弓を構えた早川大膳の一隊が待ち構え、この哀れな土竜(もぐら)どもの背中に矢を見舞い、順番にとどめを刺す。

今や彼らは、実戦に鍛えられた精鋭だった。

おしのはいない。彼女は別の礫隊に加わり、裏手の追手門の守りについている。ねずみは弥七と同じく搦手斜面の礫隊に加わっているが、別の一隊とともに、もう一段高い位置にある土塁の陰に身を潜めている。

靄に包まれ、大高城や目前の神明社(しんめいしゃ)の森陰(もりかげ)に潜む敵陣の様子は見えない。

しかし、弥七にはわかっていた。先ほど撃退し、ほうほうのていで退却していった松平軍がふたたび起(た)ち、こちらに向かってひたひたと押し寄せてきていることが。

数百もの決死の兵らが移動することで生じるかすかな地響きと、せわしない空気の流れと、どこからか伝わってくる殺気と。

「さあ、来やがったぞ」

弥七よりも先に、誰かが呟いた。別の兵が黙ってかたわらの竹筒を取り上げ水を飲み、横の兵へと手渡した。掌の上に平たい河原石を載せ、軽く投げ上げながら拍子を取っている兵もいた。背後で半鐘が鳴り、弥七は、砦の空気がグッと引き締まるのを感じた。

やがて朝靄のあいだから、数列の横陣になって進んでくる敵軍が見えた。数はわからない。しかし明らかに先ほどまで闇を松明で照らしていた奴らの生き残りだ。多くを殺したが、まだその数はこちらよりも遥かに多い。

彼らも戦訓を学んでいた。すでに明るくなった戦場に、火矢はいらない。また、低い位置からの弓矢による援護もほとんど効果は期待できない。よって、押し寄せてくる敵兵の第一陣は、ほぼ全員が槍を持ち、穂先を揃えて前進してきた。かなりの長槍で、槍穂の重みがかかり、中途が緩くしなっている。空堀の縁からそれらで一斉に突きを入れれば、こちらの土塁の上にまで殺傷力の高い穂先を到達させることができる。新たな脅威だった。

弥七は土塁の縁から立ち上がり、無言で小さい礫を手に持って頭上に差し上げ、配下の礫衆たちに指示を出した。

まずは遠距離で投擲し、一列横隊を崩して、その威力を半減させる目的である。配下の全員が、小礫の山に手をさし入れ、連投する準備を始めた。

敵の第一陣は、そのほとんどが下賤な雑兵（ぞうひょう）たちのようだ。槍という重量物を使い慣れておらず、腰が引け、その釣り合いを保つことにも苦労している。遠目には威圧的だった横列は、近づいてくるとかすかに乱れ、穂先が前後ばらばらになっていた。

弥七が大声で合図し、礫隊が一斉投擲にかかり、戦が開始された。

間断ない小礫の雨が槍隊を襲い、頭部を保護しておらぬ雑兵たちはいくつもの命中弾に呻き、首を竦（すく）めてその場にうずくまった。勇敢な兵はそれでも前へ前へと進んだが、すでに列は崩れて、ばらばらになっている。甲冑に身を固めた槍隊の指揮官が横合いから何やら喚き、手足をじたばたさせて味方の体たらくに怒っていたが、やがて礫の雨が自らの兜に命中しカンカンと音がし出すと、顔を背けて後ろを向いた。

指揮系統が崩壊し、第一陣はばらばらの寄せ集めになった。彼らは、空堀を越えて一斉に突きを入れるどころか、その長さを持て余し、せっかくの槍を捨て、刀だけで堀中に躍り込んだ。そして向こう側に登ろうともがいたが、崩れやすく掘った空堀に足を取られ、ずるずるとなかに引き込まれていった。

弥七は大声で下知し、次に中程度の礫の投擲を指示した。敵は堀底にいる。彼らに、さらに威力のある礫の雨を見舞い、自由に進退できぬよう、特定の地点に向けて礫を集中させた。敵兵らは泣き叫びながら堀底を這い、礫を避けて反対方向へと進み、そして、そこで待ち受けていた早川大膳たちの強弓の餌食となった。

何名かは堀を這い上がり、両手をついて土塁の上から顔を覗かせた。そして手に持った刀で弥七たちに襲いかかろうとしたが、彼らには容赦なく大礫を至近距離からぶつけ、頭蓋を割り、ふたたび堀底に叩き落とした。

男たちの断末魔の叫びが丸根の丘の麓に響き渡り、いくつもの肉体が痙攣し、朱に染まって倒れていった。

先鋒隊は、壊滅的な損害を受けて丘を下がった。

代わりに甲冑で完全武装した次鋒が襲いかかり、今度は個別にいくつかの集団になって砦のあちこちに楔を打とうと試みた。そのほとんどが撃退されたが、いくつかは礫衆による防衛線を突破して、さらに上の段に設けられた土塁に取りついた。

ここでねずみが立ち上がり、大礫をぶつけ、仲間とともに刀を振り回して、敵を次々と屠っていった。黒い鮮血が飛び散り、勇敢にここまで攻め上ってきた三河兵は、悲鳴を上げながら次々と斜面を転げ落ちていった。

戦いのさなか、ねずみは眼下遠くにあの金甲姿の敵将の姿を認めた。彼は、次々と寄せる兵たちの後ろにすっくと立ち、決然とした動作で采を振るい指揮をとっている。腰の引けた兵を後ろから足蹴にし、刀の鞘で打って、無理やりに前進させせていた。

味方が何人死のうと、まるで気にせず、男たちを次々と死地へと送り出していた。

「死神め！」

ねずみは、唸った。

おかしなことだが、ねずみは、今自らが戦い殺している敵兵たちが哀れに思えて仕方がなかった。彼らと目が合い、その恐怖に引きつった表情をまっすぐに見つめつつ斬り捨てる。これら、もとは陰にいた自分とさして変わらぬ出自の三河の農兵たちに最後の引導を渡しながら、しかしその死の全責任を負うべきなのは、あの金甲に違いないと思えたのである。殺すのはねずみだが、殺させているのは、あの金甲なのだ。

今目の前でこと切れた敵は、実は自分の友なのだ。

それなのに。それなのに。

余計な想念に囚われていたねずみは、突然、横合いから強烈な一撃を加えられた。立派な甲冑姿の敵の一将が土塁を越え飛び降りてきて、その勢いのままねずみに体当たりを食らわせたのである。

ねずみは、ふっ飛んだ。そのまま地面を転がり、頭から炊事用の焚火のなかに突っ込んだ。目の前が真っ暗になり、沸かしてあった鉄鍋がひっくり返り、あたり一面に灰（はい）神楽（かぐら）と蒸気が立って周囲の視界がなくなった。もはや熱さすら感じなくなり、ねずみは、くべてあった薪を素手で掴んで、ただ無茶苦茶に振り回した。

敵将は、そのときにはすでに抜刀して斬りかかる体勢であったはずだが、ねずみ同様に視界を失い、また、振り回される灼熱(しゃくねつ)の薪を避けるのがやっとだった。陣地のなかは、視界が戻るまで暫時、休戦状態となった。

敵将は、その間に何やら名乗りをあげようとした。

ねずみを地位のある好敵手と勘違いし、名誉ある一騎討ちを申し出ようとしたらしい。

何か言いかけたが、すぐに咽せて、ゲホゲホと咳(せ)き込み出した。

一騎討ちも何も、この一角には今二人きりだ。それに、自分には名乗るべき名前など、何もない。おかしなことに、この生命の危機にありながら、ねずみは相手の名乗りになんと答えようか真剣に悩んだ。

悩むと同時に感覚が戻り、手にしていた薪の熱さを感じ、ひゃっと叫んでその唯一の得物を取り落とした。

敵将は、ねずみが「ひゃっ!」と中途半端に名乗るのを聞いたはずだ。しかし彼には、相手の名を確かめる暇はなかった。

灰神楽が落ちきり、ふたたび視界が戻る前に、彼は上方の物見櫓から太田左近に射かけられ、首にぷすと矢が刺さり、頸動脈を切断されて即死してしまったからである。

松平元康による第二次の丸根砦攻めも、斜面のあちこちに伏せた礫隊の効果的な妨害であえなく失敗し、砦の搦手斜面を駆け上がった配下どもが、ほうほうのていで下がってきた。彼らの多くは負傷し、血と砂塵にまみれ、いっときの激情にかられてこの無謀な寄せを指示した若い総大将のほうをちらと睨むと、そのまま無言で下がっていった。

先ほどまで元康は抜刀して、率いてきた配下全員に無理な力押しを情け容赦なく強要していたのだが、戦力が枯渇し戦闘が自然に休止状態になると、不思議と落ち着いた態度で、敗退して下がってくる部下たちの健闘を称えた。

そしてたまに丘の彼方を望見し、見えもせぬ追手門のほうの様子を窺った。


追手門は、搦手で戦闘が開始されてもしばらくは平穏だった。寄せてくる敵勢が意外に多いことがわかると、応援のため守兵の半数ほどがそちらに回り、戦闘正面ではない追手門の警戒は薄くなった。

神明社の森の陰で形勢を窺っていた筧又蔵と贄掃部は、やにわに百名ほどの部隊を率いて猪突した。通路上に設けられた小規模な阻塞を取り除けると、台車に載せて運んできた破城槌を六名ほどの兵が押して、門扉めがけて突っ込んだ。

普通なら、それは無謀そのものの突撃である。手薄になったとはいえ、砦側には数十の弓兵が門上の楼や櫓に待機し、彼らを射すくめることができる。しかし筧と贄には、駿府より率いて連れてきた十名の種子島の銃手がいた。いずれも腕前は中の上くらいで、特級の射手ではない。だが、今川の富強のもと無限に給される弾薬のおかげで射撃そのものの経験は豊富で手慣れており、遅滞なく発射し、装填し、流れを止めずに滑らかに戦闘動作を続けることができる。

つまり彼らは、追手門に潜む弓兵に遠距離から間断なく弾丸を浴びせ、これを制圧し続けることができるのである。それは破城槌を押す味方の突撃兵たちにとって、何よりの支援となる。

槌はガラガラと大きな音を立てながら門扉に達し、数百貫にもなる重量をどしんと叩きつけ、大きな打撃を与えた――

とりあえず最初の衝撃は持ち堪えたが、樫や栗や椚（くぬぎ）などの雑多な材を荒縄で結わえてこさえただけの急造門扉には脅威だった。門内の兵らが総出で閂（かんぬき）に取りつき、次の衝撃に備えた。破城槌はいったん下がり、やがてまた突っ込んで第二撃を見舞った。門内では数名が後ろに吹っ飛び、門扉を構成する雑多な丸太がしなって、数本にひびが入り、木屑（きくず）があたり一面に飛び散った。

楼上に控えた礫隊が、四隅を尖らせた大ぶりの礫をぶつけ敵兵の数名を傷つけた。そのなかには、おしのが含まれていた。槌はいったん下がり、動きが鈍くなった。しかし、すぐに代わりの兵が補充され、種子島の支援射撃が鳴り渡り、忌々しい破城槌が三たび突っ込んできた。

今度もなんとか持ち堪えることができた。だが門となっている横木の耐久力が、もはや限界に来ている。急を聞いて太田左近の一隊が駆けつけ、長射程を誇る敵の種子島と、飛び道具の応酬になった。


やがて搦手から徐々に駆けつけてくる兵らの数が増え、砦方が次第に優勢になっていった。はじめは種子島の放つ轟音に腰が引けていた弓兵たちも、その射弾の命中率が低いことを見てとると、被弾の可能性を無視して立ち上がり、悠々と矢をつがえ、中天に向かって曲射して、数名の銃兵を射倒した。

奇襲効果は失われ、このままでは追手門を破るのが難しくなったと見てとった又蔵は、大きく自分の配下どもに合図した。すると、数名の兵が手に長い竹筒のようなものを掴んで、前方に駆け出した。筒の一端には火がつき、煙を発して、なにやらなかで燃えているにおいがする。

破城槌に較べれば遥かに身軽な彼らは、弓矢と礫による迎撃をすり抜け、機敏に門扉まで達した。そして、そのまま筒を扉の下に挿し込むと避退し、もとにいたところまで駆け戻っていった。

わずかな間が空いて、挿し込まれた竹筒が続けざまに火を放ち、轟音を発して爆発し、門扉の横木を支えていた者たちが全員後ろにふっ飛んだ。周囲には濛々と煙が立ち、木屑や柴屑や、その他よくわからぬさまざまなものが宙を舞って、しばらくその場にいた全員が視界を失った。

引き続き、また破城槌がガツンとぶつかって来た。今度は誰も支える者がおらず、門が折れて吹き飛び、門扉は内側に大きく押し開けられた。

槌を押していた松平兵は、その勢いを止められぬまま砦内に大きく入り込んでしまい、ようやく体勢を立て直した砦の守備兵によってたかって膾にされた。

硝煙と土煙と木屑と……どす黒い血煙とが空中に舞い、相互に混じり合った。そのなかに、たった今殺された男たちの悲鳴が響き、そしてともに沈んでいった。

筧又蔵と贄掃部は、麾下の全兵を前に出し一斉に門内に突撃しようとはかったが、このときまでには砦の守備隊もその勢力を増し、防御が分厚くなりつつあった。搦手斜面の戦闘が一段落し、そちらの守備隊が本陣を通り抜け、続々と追手門めがけて参集してきたからである。

そのなかに、ねずみの姿があった。佐久間大学もやって来た。弥七も遅れて参加して、おしのと目を合わせて互いの無事を確認し合った。

又蔵と掃部にとって、貴重な戦機は失われつつあった。門扉をうち破ることには成功したが、砦のなかに斬り込むだけの兵力は不足している。倒されたのか逃げたのか、種子島の射手たちの姿も残らず消え、敵は続々と増強され、このままでは突撃したところで敵に残らず撥ね返されるだけである。

搦手の牽制攻撃を行なっていた元康は、なるべく早く駆けつけると約束していたが、彼らは戦闘を切り上げたあと、丘の麓を円弧を描いて移動し、反対側に駆けてこなければならない。いっぽう、砦の守備隊は最短距離の移動で防御に参加できる。元康はまだ現れなかった。

覚悟を決めた二人は、お互い、決然とした表情で頷き合った。

今こそ、元康に約束したとおり、自らの命を捧げるときである。

まず贄掃部が、持参していた煙硝の薦袋をひとつ取り、口を縛った黒い甕を胸に抱え、門扉に向かって駆け出した。戦闘の混乱のなか、するすると走って門脇の鏡柱の一本に取りつくと、甕の口を覆っていた紙を破り、そのままその中身を自らに、頭からぶちまけた。すると、彼の部下の一人が両手に薦袋を抱えて走り寄り、二人はともに甕の中身の、ぬるぬるとした黒い液体に塗(まみ)れながら鏡柱の脇をのたうち回った。

さらに数名が続き、薦袋を柱の脇に積み上げた。一名が射倒され、またほぼ全員が楼上から投げつけられる大礫を被弾して血だらけになっていたが、もとより彼らは生還を意図していなかった。

筧又蔵は、泣きながら火矢を構えた。そしてそれをひょうと放ち、薦袋のひとつに命中させた。だが、着火しない。贄掃部が抱えた甕の中身は油であったが、それに着火し煙硝を爆発させようとした彼らの意図は失敗した。

掃部はすでに背中と喉元を弓兵に射られ、さらに大礫で頭蓋をぶち破られて、血と油に塗れ、こと切れている。

又蔵はそれを見ると大声で叫び、なんと自らの袴に火をつけ、先ほど部下に持たせた煙硝筒から飛び出た火縄にも着火した。そのまま少しだけ待つと、自らの肉を灼熱の炎がじりじりと灼いていくのを感じた。激痛が走り、彼はその場に崩折れそうになったが、怒りと、獰猛な意志の力が、ほんのいっときだけ彼に超人的な能力を与えた。

又蔵は火達磨になりながら駆け、焼け爛れた喉から何か言葉にならぬ言葉を叫び、油まみれになった友たちのもとへと達した。そして自らが駿府でひそかに考案して試製した煙硝筒を、友たちが自らの命に換えて積み上げた、薦袋の山の下へと挿し込んだ。

誰も見たことがない大きな爆発が起こり、丸根砦の門扉は、そのまわりに蝟集していた両軍数十名の兵らとともに、真黒な煙に包まれた。

第三十六章　手仕舞い

「さあ、掛かれ！　掛かれ！　残らずなかへ突っ込め！」

追手門に遅れて到着した松平元康は、手にした采を空中いっぱいに振り回し、獣のように吼えて、率いてきた味方を叱咤した。

彼の視界の端には、門扉を爆破した筧又蔵や賛掃部らの肉体の一部だったものがあちこちに散らばり、まだぷすぷすと音を立てて黒くくすぶっているのが見えていた。だが、元康はすでに彼らのことなど忘れてしまっていた。

そして自らも崩落した追手門をくぐり砦のなかに躍り込もうとしたが、数名の小姓たちが喚きながら必死に取りつき、この猛りたつ若い主人の危険な猪突を、必死に押さえつけた。

数刻前の夜戦で、同じ松平の身内を二人も殺された松平義忠（よしただ）の一隊が、まず怒りに任せて突入した。そして、爆発の衝撃と大音響になおも茫然自失する守備兵たちを、長槍で次々と串刺しにする。ひき続き数隊が、傾いた門扉の脇から続々と進入して圧力を加え、丸根砦の命脈は尽きたかに思えた。

だが……門内にはまだ、佐久間大学がいた。

かつて名塚(なつか)の戦いで、わずかな兵力で敵中に孤立した砦を守り、旧主・織田勘十郎信行の大軍を撃退するという威功をたてたこの伝説的な名将は、その後しばし気鬱の病に悩んで第一線を退いていた。

が、今ここにいる大学は、かつて持っていた覇気と戦闘意欲を取り戻した、あの佐久間大学にほかならなかった。

彼はこの丸根砦の構築を信長に進言し、自らその守将たるを志願し、進んで死地に飛び込んできた。やがて来る巨大な隣国との全面戦争を予期し、それに備え、おしのという優秀な諜者を放って情報を収集し、作戦を立てた。

そしてその丸根砦で、今彼は往時と同じ目の輝きを宿し、往時と変わらぬ冷静な、そして決然とした采配を振るって、得意の密集近接戦闘の指揮を執った。

勇断で、仕掛けは速いがまだ十八歳の若輩に過ぎぬ松平元康などとは、将帥としての絶対的な経験値と格が違った。

大学は、腹の据わった大声で、ゆっくりと下知した。

「礫衆、弓衆は脇に退け。槍隊、前へ出よ！」

その威風堂々とした大音声に、味方は奮い立った。弥七も、ねずみも、長年のあいだ大学につき従ってきたおしのも、その下知に従い一斉に門前から離れ脇へと退いた。やがて、渡辺大蔵や篠田右近、服部玄蕃や菊川兵庫らの指揮する織田の精鋭部隊が前に出て、まるで歌うような掛け声とともに進み、諸国の語り草になっていた長大な三間半槍を繰り出して、完璧に統制された動きで門内に侵入した松平軍を圧倒した。

　勝ち誇り、砦全体を蹂躙しかけていた松平軍は、ここでにわかに劣勢となった。彼らはじりじりと押され、織田の長槍隊が一斉に突きを入れるごとバタバタと兵が倒れた。次にその穂先が一斉に上空高く差し上げられ、そして号令一下、鋭い刃のつけられた重い鋼が、直上からぶんという竹のしなる音とともに振り下ろされて、さらに多数の松平兵の兜の鉢を割り、頭蓋を砕き、胴体を裂いた。

　黒い血飛沫が飛び散り、今の今まで人間だったものの一部が小さな肉片となって、空中をくるくると舞った。あちこちで上がる兵たちの断末魔の悲鳴がひとつの巨大な合成音となり、まるで地獄の魔物が啼くようななりとなって敵味方を押し包み、地面へと吸い込まれていった。

　突入してきた松平軍は、やがて砦の外へと押し出されていった。

　門外から信じがたいこの光景を目の当たりにした松平元康は、ぎりぎりと歯軋りし、何事かを大声で叫び喚いて、さらに味方の大混乱を誘発した。

　激情にかられた彼は、後尾について来ていた、まだ戦闘参加していない新手の軍を前に出そうとしたが、追手門前の平地は地積が狭く、またそこに至るまでの通路も幅が狭い。松平軍は、丸根の丘の反対側から元康の下知に従い続々と進んできた。だが退がる前衛と、つき上げる後衛とが路上でぶつかり、あたら千を超える軍勢を誇る松平軍のあいだに、はっきりと戦闘意欲の減退が見られた。

それでも烈々たる戦意を燃やす元康は、損失を顧慮せず、ふたたび逆襲を命じた。門扉は破壊されている。この機会を逃すわけにはいかない。今、攻め切らなければ。理屈ではない。名将と言われる者だけが持つ、特有の勘だった。

彼はなおも味方の尻を叩き、いったん後退しかかった自軍を、無慈悲に戦闘へと再投入した。後尾の軍は道を外れ、ばらばらに斜面を攀じ登り、無理やり追手門に接近しては、弓兵に狙い射たれて斜面を転げ落ちていった。

次々と現れる新手への対応にようやく疲れた砦の槍隊は、いったん門内に退き、門前では織田軍と松平軍の雑兵同士による無統制な乱戦になっていた。弥七もねずみも抜刀して参加した。気づけば、いつの間にかおしのが弥七の脇にくっつき、飛苦内を投げて数名の敵兵を撃ち倒していた。

数にものを言わせた松平軍の圧迫は、時間の経過とともに徐々にその効果を表しはじめていた。先ほどまで、地面に倒れる兵士の数は松平軍が織田軍の三倍だったが、いつしかその差は縮まり、一対一に近くなっていた。

戦機を見極めた元康の力押しによりふたたび危地に陥った丸根砦だったが、この終わりのない乱戦に、先ほどの槍隊が、今度は各々抜刀して参加してきた。大学が、服部が、篠田が、そして渡辺が。今や、丸根砦はその総力を上げて城外に突出し、周囲に取りつく松平軍と血闘(けっとう)を繰り返した。

やがて攻め疲れた攻撃側の戦闘力が枯渇し、総大将の下知にもかかわらず、兵士たちの意欲が、攻撃を維持できるだけの閾値を下回った。元康が声を枯らして怒鳴り声を上げても、刀を振り回して脅しても、誰も、何も反応しないようになった。

やむなく元康は三度目の撤収を指示し、松平軍は砦の前を退がっていった。

丸根の織田軍は、またも勝った。

だが、彼らの勝利の味は、半分苦いものだった。

最後の乱戦で多くの犠牲を出し、守備兵の半数を喪っていた。服部玄蕃と太田左近が戦死。篠田右近は行方不明、おそらくは人知れずどこかで果ててしまったものと思われた。そして、主将の佐久間大学が、敵勢を追撃するため小規模な攻撃隊を率いて丘を降り、そこでの白兵戦で腹に銃創(じゅうそう)を受けた。

大学の身辺を、老将の渡辺大蔵他数名の武士が身を挺して守り討ち死にし、そのあいだに数名の雑兵が大学の身体を引きずって斜面を駆け上がり、なんとか砦のなかに彼を放り込んだのである。

「次で、仕舞いだな。ええか、おみゃあら」

切れぎれの息のなか、武家言葉でなくただの尾張言葉に戻った大学が、言った。

「奴ら、絶対におみゃあらを、助けねえ。いいか、降参は、なしだ。ええか、おみゃあら、死ぬんだぞ！」

ついで大学は、おしのを呼んだ。

「ええか、おめえは女子だ。女子がこんなとこで死ぬことはねえ。だがよ、ここは取り囲まれちょう。ここを抜けんのは、おめえでも難しかろ。とっつかまったら、死ぬより怖ぇ目に遭う。悪いがよ、ここは儂と一緒に死んでちょうよ」

おしのは言った。

「馬鹿野郎め！　おれは、あんたに命を拾われたんだ。あんたについてくよ。また気鬱にでもなって三途の川でうろうろされちゃたまんねえから、もうしばらく行くな。もうちょい、生きてろ！」

大学は仕方なしに笑った。勝気な娘め。

次いで砦の部将のなかでまだ唯一健在だった早川大膳を呼び、彼の成長とこの戦いでの健闘を褒め、今後の指揮を委譲した。弥七には、ニコリと笑って目配せだけ。

そして、最後にねずみを呼んだ。

「いろいろ、話してぇことはある」

ねずみの目を見て言った。

「だがよ、もう時がねえ。おめえがこっちにきたときに、ゆっくり話す。とりあえず儂の最後の命だ。ええか」

「へい」

ねずみが、まっすぐ大学の目を見返して答えた。

「ここを、脱けろ」

大学は、言った。

「え？」

「脱けてよ、敵にとっ捕まらねえよう走って、上総介様のもとへ行け」

「なんだって？」

「命じゃ、と言っちょろうが！」

大学は大声を上げて半身を起こそうとしたが、できなかった。

「ここで見たことを話せ。そして、ただ意のままに攻めよ、そう大学が言っていたと伝えよ」

「わしは……」

「ええか、命じゃ。まだ朝の霧が湧いて相手が盲になっちょううちに、さっさと、行け」

言ってそのまま、意識を喪った。

別れは、突然、やってくる。

陰で出会って、そこから一緒に逃げた。それからずっと一緒だった。今その旅路に、分かれ道が現れた。分かれたまま、たぶん二度と会えない道だ。

ねずみは、半壊した砦の追手門まで降りてきた。弥七がすぐ後ろをついてくる。

二人とも無言だった。

ねずみは顔を上げ、朝靄の向こうでいまだ展開されている戦闘の模様を眺めた。

鷲津砦は、打っては出ずにひたすら防御に徹している。望見するに、外堀は突破されたようだが、まだなんとか陥ちずに頑張っているようだ。驚異的な粘り強さである。

兵馬のいななきが、そしてどちらかの兵のあげる断末魔の叫び声が聞こえた。

しかし、敵はじわじわと攻め、確実に陥とそうとしている。残念だが、鷲津の命脈もそろそろ極まったと言えるだろう。

みんなで造った砦だな。

ねずみは、心にそう思っただけだと思ったが、つい口に出していたらしい。

弥七は「うん」と答えた。いや、自分は今そんなことを口にしたのか？

わからなかった。

弥七に何を言ったらいいかも、わからなかった。突然だ。あまりに突然すぎる。こんな形で別れてしまうなんて。

「おみゃあは……」

何かを言いかけた。だが言っている途中に、何を言おうとしていたのかわからなくなってしまった。

「ええんじゃ。もう、ええんじゃ。ただこの砦に籠って戦いたいっちゅう、俺の我儘に、おみゃあを最後まで付き合わせてしもうた。ほんに済まんと思っちょる」

弥七は、まっすぐねずみの目を見てそう言った。

大人になった。

そう言おうとしていたのだと、ねずみは気づいた。

二人で陰(ほと)を逃げ出したとき、この子は、本当にまだほんの子供だった。陰の外の世界のことを何も知らぬ、本当の子供だった。

二人で必死に逃げ続け、何度も死にそうな思いをして、そして気づけば、この子は大人になっていた。本当の男になっていた。

ねずみの脳裏に、なぜか、またあの蚕小屋の風景が浮かび上がってきた。闇のなかで、蚕の立てる音に怯えて震えていた弥七。おことと三人で食べた、あの美味な食事。自分がおことを怒らせ、そしてそのあいだでおろおろしていた、まるで息子のようだった弥七。

もう、ずっと遠い過去の出来事のような気がした。だがそれはまだ、起こってからほんの一年も経たぬくらいの風景だ。

思い出ではない。いや、思い出にしてはならない。

自分は、またあの蚕小屋に戻らねばならない。おことに会わねばならない。礼を言わねばならない。そして彼女とした唯一の約束──弥七を殺さない──を果たしたと、胸を張って伝えねばならない。

なのになぜ、なんで、この子をこんなところに置いて、自分一人だけ逃げなければならないのか。そもそもこの子をここに連れてきたのは、他ならぬ自分だというのに。

それは、大学の命令だからだ。じきに死ぬであろう、この砦の総大将の遺言だからだ。その大切な遺言を味方に伝えることができるのは、この砦のなかで、自分ただ一人だからだ。

そしてまたそれが、大人になった弥七を永遠に生かすための、おそらくは唯一の手立てだからだ。

ねずみは、ひどく混乱した頭でそう考えた。そして結局、先ほどのことを弥七に言いそびれた。とても大切なことを、最後に言いそびれた。

わしの人生は、いつもこうだ。

ふと気づくと、大人になった弥七が、そんなねずみの顔を優しい顔で見守っていた。

顔かたちは変わっているが、その目の輝きは、あの夜、二人で河原を逃げていたとき
のそれと一緒だった。満天の星を見上げ、ねずみの星を見つけて指さしていた、あのと
きのまだ幼い弥七の目の輝きと一緒だった。
気づけばすでに、二人は傾いた門扉のところまで達していた。弥七は言った。
「さあ、行け。今のうちによ、さっさと走れ」
ねずみは何も言わなかった。言えなかった。
目のはじに涙の塊が湧いてきて、そのまま噴き出してきてしまいそうになった。そう
なったらたぶん、もう走れなくなってしまう。
ねずみはそのまま、弥七のほうを見ずに走り出そうとした。
背中を、弥七の声が追いかけてきた。
「おい、おことと、会えよ。よろしく伝えてくれ」
ねずみは、走り出した。
「必ず、会えよな」
走った。走った。
そのまま走って、しばらく先まで行ってから、たまらなくなって振り返った。すでに
門扉は閉じられ、弥七の姿は消えていた。ここは、戦地だった。
だが、ねずみの足はその場に打ちつけられたかのように動かなくなり、彼はそのまま

丸根砦の正門楼の上のほうを見つめた。霧でよくは見えなかったが、ひとつ、下から楼に登ってくる人影を認めた。

ねずみは黙って左拳を握り、それを頭上へと突き上げた。あちらから見えるといいんだが。

しばらくすると、向こうも気づいた様子だった。そのうっすらとした灰色の影も、左腕を空に向かって突き上げた。

ねずみはふたたび前を向き、立ち込める霧のなかに身を没した。

第三十七章　旅の終わり

佐久間大学は、それから半刻あとに、死んだ。

死ぬ前、ふと意識を取り戻し、ずっと彼の手を握って控えていたおしのの顔を見上げ、次いで身体を動かそうとしたがかなわず、

「腹も、切れねえか」

とだけ呟いて、死んだ。

大学から指揮を委(ゆだ)ねられた早川大膳は、おしのを退かせ、部下に手伝わせて、こと切

れた大学の首を打ち、布に包んでからそれを大切に小脇に抱えた。おしのが嗚咽した。

早川はそれを持ち、すたすたと物見櫓に向け歩き出した。弥七は彼を追って本陣の外に出た。

「どうすんだ?」

早川は櫓の剥き出しの梯子に取りつき、それに手をかけて答えた。

「大学さまのよ、御首を、敵にとられちゃなんねえ」

するすると、片手だけで上に登り出した。

「儂はこの上におる。弓を構えて、敵さうんと討ち取ってやる。そのあとは火がついて、たぶん大学さまと一緒に丸炙りよ」

豪快に笑って、そのまま望楼に消えた。

あとに残された弥七は、彼らに託された、砦の柵のなかの小さな空間を見渡した。

かつて丸々として、こんもりと林が覆っていた丸根の丘の頂上は、今は真っ平らに削平され、周囲には無骨な栗材が打ち込まれ、単純だが頑丈な柵が巡らされていた。

自分のいた本陣の他、水や糧食の貯蔵庫がわりの小屋掛がふたつほど。望楼がひとつ。狼煙台がひとつ。戦闘時の厠(かわや)代わりともなる、太く穿たれた溝が柵の外まで延びている。

頂上は東西の幅がわずか二十間(約35メートル)ほど。南北はさらに少し狭い。そこから四方に急傾斜が落ち、麓近くにも柵が打たれ、幅二間(約3・5メートル)ほどの空堀が、砦の全周を取り巻いている。堀を穿った際に出た大量の土砂はそのまま溝の内側にかき上げられ、突き固められて、強固な防御壁となっていた。

それが、彼らに残された最後の陣地だった。そのあちこちに生き残った百ほどの軍兵が散り、水を飲み、握飯を頬張るなどして、先ほどまでの激闘の疲れを癒やしている。皆真っ黒い顔をして、血と汗と泥にまみれ、目ばかりがぎらりと輝いていた。これから起こることも、自らに降りかかる過酷な運命のことも忘れて、大声で笑っている男もいた。

剛い男たちだ。そして、靭い砦だ。

この靭さは、この砦を造った者、そしてこの砦に入りここで戦う者たちによって生み出されたものだ。この砦で夢を見て、この砦で夢を見終わる者たちだけが作り上げられるものだ。弥七はきらきらとした誇りが、まるで大波のように胸に迫るのを感じた。

彼らと、戦う。

彼らと、死ぬ。

そして、ただの土塊に還る。

それだけのことだ。だがそれこそ自分が、この短い人生の最後にやるべきことだ。

大学の作戦は、失敗した。

卓越した作戦立案者であり、決然としたよき指揮官であり、彼は三度にもわたり見事に松平の大軍に痛打を食らわせ、これを撃退した。

だが、殲滅し、あるいは全軍を退却させることはできなかった。

敵はおそらく数百にものぼる大きな犠牲を強いられたであろうが、いまだ、彼方に見える大きな丘の向こう側で陣を張り、そっと息をつき、そして態勢を整えている。

彼らはほどなく起ち、ふたたび寄せてくるのは間違いない。

次はいささかの油断も慢心も気の緩みもなく、ただひたひたと押してくる。

そして我らには、それを迎え撃つ力が、もうない。

最初の夜戦での意表をついた突撃は、優勢な敵をたしかに撃攘し、その攻撃意図を破砕した。引き続く攻撃にも頑強に抗戦し、勝利を得た。が、最後は乱戦に巻き込まれ、味方にも大きな損失を出した。特に指揮官層の半数以上を一挙に喪ったことは、痛恨の極みと言うべきであった。

もはや少ない守兵を効果的に差配してこの勇敢な砦を組織的に柔軟に防御する術は、ない。

味方も強かったが、敵兵はそれ以上に強かった。将の無慈悲な采配に、彼らはただ黙々と従い、死んでいった。そんな三河兵どもの肉体と精神の強靭さを、もしかしたら大学は、ほんの少しばかり下算していたのかもしれない。

しかしすべては、今さら考えたところで、虚しいことだ。

ふと気づくと、かたわらに彼の愛する女が立っていた。

横に立ち、弥七の手を握り、泣きべそをかいていた。まるで小さな幼子のようだった。

「どしたよ」

弥七は、優しく言った。

「おれ、怖いよ」

おしのは、目に涙をため鼻声でそう言った。あのきつめの目元から、涙が一筋、つとこぼれ落ちた。

「大学さまも死んでしもうた。おれ、どうすればいいんだよ」

弥七は黙った。そのまま、ただおしのの肩を抱き、

「ここにおれ。俺の、隣におってくれ」

とだけ言った。

おしのは黙って、こくりと頷いた。

＊

追手門での激戦にまたも敗れ、全軍を退却させた松平元康は、しばらく、放心した態(てい)で本陣に腰を下ろしていた。

情勢は、いよいよ絶望的だ。

失地を挽回し、今川の大殿に堂々と申し開きをする機会など、もはや永遠に訪れることはあるまい。事前の指示にない不要な、ただ元康の意思のみによる無駄な戦で、これほど多くの兵たちが死に、重い傷を負った。

先ほどは戦機であると見切り、損失を顧慮せず攻撃を反復させた。その判断が過ちであったとは今でも思わない。しかし敗れたのは自分である。勝ったのは、忌々しい敵の砦だ。

やがて膠着したこの戦線に、あの恐ろしい大殿が率いる巨大な駿河の全軍が到着する。彼らはその戦力を無駄なく発揮して織田の野戦軍を苦もなく撃滅し、そして小癪な砦を陥とすべく、ここへやって来るだろう。

儂が大殿に呼び出され、面罵され、そして斬首されるのは、砦が陥ちる前か、後か？どちらにせよ大した変わりはないが、できうるならば、あの小さな砦を守っていた、勇敢で腕の立つ敵将の名前くらいは知りたい。自分が死ぬ前に、そいつの塩漬にされた首を見てみたい。

思えば、自分がいろいろな考えに取り憑かれ、ここまで想定外の行動を取るきっかけになったのも、あの夕暮れ時の駿府郊外の辻路で、塩漬にされた山口親子の首を見てしまったことだ。

そのあとの悪夢のような、しかしどこか甘美な解放感をも伴ったわずかな日々。

今となっては、すべてがまるで刹那の幻のようでもある。

打ちのめされた元康は、ぼんやりとした目で周囲を見渡した。そこには、いつも忠実で勇敢な松平の身内どもがいる。大久保がいる。水野がいる。米津がいる。いい部下たちだ。いい男たちだ。こやつらと、なんとか生き残れそうな気がしていた。皆と一緒に、明日を生きることができそうな気がしていた。それなのに、儂は自らの誤断ですべてをぶち壊しにしてしまった。皆が敗軍にうつむき、これから起こることを想像し、暗い予感に怯えている。

元康は、ふと気づいた。

小平次（こへいじ）が。あの頼りになる腹心の酒井忠次がいない。先ほど無理攻めを決断した儂に抗い、大声で何かを言っていた。奴はたしか慎重になるべきだとか進言してきたが、儂はそれを無視した。いくら小平次の勧めであろうと、受け入れられるわけがない。

あの朝比奈に頭を下げ、軍を借りるなど！

だが結局、奴が正しかった。儂が間違っていた。すでに儂を見捨ててどこかへ行ってしまったのか？　もちろん、見捨てられても当然の君主だが……

その酒井がちょうど、ゆっくりと陣中に入ってきた。彼はなぜか笑みを浮かべており、そして元康に向かって慇懃に一礼すると、こう言った。

「殿、お見事でございました。殿の果断と粘りが、ついに勝利を呼び込みましたぞ！」

なんだか、よくわからないことを言った。

　酒井はそのまま、木偶（でく）のようになった元康を立たせ、抱えるようにして幔幕の外へと連れていった。そして、そこに続々と到着しつつある美々しい甲冑姿の新手の一軍を指し示した。

「拙者、先ほど大高城に馬を走らせ、独断で鵜殿長門守様に救援を要請いたしました。そしてちょうどその場に来着していたのが、鳴海城の岡部元信様より派されたこの一軍。その数合わせて、五百ほど」

　元康は唖然とした。

「岡部殿だと？」

「さすが、名将の果断です。岡部殿は鷲津砦が陥落間近と見るや、すぐさまなけなしの兵をやり繰りして援軍を仕立て、大高まで派遣してこられました。そして拙者は鵜殿様に頼み、その軍をそのままここへと連れて参った次第。我ら手元の残兵のうちまだ戦える者どもと合わせ、また千の軍勢を編成することができまする！　そして」

「そして？」

「先ほど細作を派して偵察させましたるところ、丸根砦を統べていた敵将・佐久間大学盛重、門外の激戦にて受けた手傷により、討ち死にした由にございます」

「なんだと！」

「その他にも討ち死に多数。砦はうち沈み、戦力はほぼ皆無となっておる模様」

「すると……」

「今攻めれば、勝てまする！」

元康は、ぽかんとして酒井を見つめた。酒井はやや恥ずかしそうに言った。

「先ほど慎重に攻むるべきなどと申したは、拙者一代の不覚。殿の、戦機を見過(みあやま)たぬ剛毅果断こそが、この勝利を呼び込んだのでござる！」

あまりの情勢の転変ぶり。

さすがの元康も、意識がはっきりとついていかず、実感を持って言葉を発することができない。何か、自分ではない何かが、自分の口を勝手に動かして、こんな気の抜けた一言を言わせた。

「そうか……大儀であった。それでは」

「全軍に、総攻めの号令を！」

酒井は満面に笑みを湛え、彼が心服する若き主人に両手で恭(うやうや)しく采幣(さいはい)を捧げた。

＊

弥七とおしのは、本陣の上にぺたんと座り、まるで仲のよい童同士のように肩を寄せ合っていた。そして、柵越しにきらきらとした海と、緑の草原と、少しどんよりとした空を流れる重たそうな雲を眺めていた。

穏やかな風景であった。美しい風景であった。

まるで、戦は終わってしまったかのように思えた。

彼らは何を語り合うでもなく、ただ二人で過ごした幸せなわずかばかりの時間のことを、胸のうちで反芻していた。互いの温もりと、かすかな匂いと息づかい。ただそれだけを感じ、そのまま黙って座っていた。

やがて、かたわらで、鷲津が陥ちた。

ほんの目と鼻の先で、最後まで残っていた本陣が焼け落ち、望楼がまるで焚きつけのように、黒と灰色の煙を派手に上げて燃え上がった。砦はまるでひとつの大きな生物のごとく咆哮し、滝が流れ落ちるような響を立てて瓦解した。

そのまわりで、勝ち誇った今川の兵どもが口々に雄叫びを上げていた。

次いでどこからか整然とした鬨の声が上がり、腹にずしんと響くその音圧が、遠近の空をびりびりと震わせた。

それと同時に、彼方の大きな丘の陰から、鳴りを潜めていた松平勢がふたたび姿を現した。黒い兵の影が次々と湧き上がり、すぐと大地を埋めた。

彼らは五条ほどの蟻の隊列のようになって、跳ねるようにして近接してきた。烈々たる気合いが満ち、そこには先ほどの惨めな敗軍の気配など微塵もない。鷲津の陥落が、彼らに何かおそろしく烈しい勢いを与えているのは明らかであった。

弥七の脳裏を、これまでのさまざまなことが現れては、消えた。

初めて礫を、村の悪童どもにぶつけてやったこと。

星を数えながら河原を逃げたこと。

蚕小屋のこと。おことのこと。

黒鍬の仲間たちのこと。

横にいる、おしののこと。

陰で生まれて、陰で育った。そこを、逃げ出した。

逃げて逃げて、いつの間にか、こんなところにいた。

ねずみの奴は、無事に逃げおおせたろうか？

奴にゃあ、生きててもらわにゃ、困る。おことにも礼を言ってもらわねばならないし。

いや、奴なら大丈夫だ。どうしようもない人好しで、どうしようもなく融通のきかない馬鹿だが、俺と一緒にここまで逃げてきたんだ。俺と一緒に、どこまでも生き延びてきた奴なんだ。

ねずみの奴は、どえれぇ、凄ぇ男なんだ。

そして、俺は、礫だ。

さあ、もうちょっと。道連れに何人か、出かける前に声をかけちゃろう。

礫をばコツンとぶつけて、無理やりにでも、死出の旅路の友にしてやろう。

そいつら引き連れて、おしのと一緒に大学のもとへ行く。きっと、ぞろぞろ、がやがや、楽しいぞ。

弥七の眼前に、ふと蘇ってきた風景があった。

暗い闇のなかを、両脇を大きな背中に手を引かれ、色あせた薄紅の着物を着た幼子が、とぼとぼと歩いている。三人はただ背を向けて、向こうのほうへ歩いていく。弥七は、なかなか追いつけない。

やがて幼子が、こちらに気づいたように足を止めた。そのまま振り返った。くりっとした大きな瞳。小さな鼻に、おちょぼ口。まっすぐにこちらを見つめ、言った。今度はその声が、はっきりと聞こえた。

妹は、こう言った。

「兄やん、さよなら。さよなら。またな」

弥七は、今ならこう答えることができる。

「おう、またな。すぐに会えっからよ、もうちょっとだけ、待ってな」

妹の幻は、そのまま消えた。

弥七の眼前に、戦場の塵と埃と、それに煤（すす）けた朝の光とが戻ってきた。

彼方から、松平勢の群れが押し出してきていた。軍鼓が鳴り、鯨波（げいは）が上がって、音響と、むせかえるような死のにおいを運んできた。

火矢が群れをなし、煙の尾を曳いて空を埋め、次々と砦のなかに突き立った。

先鋒隊が決然と突撃してきて、麓を守っていた味方のわずかな兵に襲いかかり、次々と血祭りにあげ、斧を振るって柵を断ち割り、あとに続く軍勢の波を先導した。

敵勢の波が、いくつかの太い帯になって斜面を駆け上がりはじめた。打ち破られた追手門のあたりからも、敵兵が吶喊（とっかん）する音が聞こえてきた。

すでに砦じゅうに火がつき、背後の望楼もぼうぼうと燃えはじめていた。

丸根砦の命脈は、ほんの、あとわずかだった。

何名かの敵兵が、もうまともに守備兵も残っていない柵を悠々と乗り越えて侵入してきた。追手門の方角からは、整然と隊伍を組んで、長槍を構えた一団が進撃してきた。

弥七は、おしのの手を引いたまま立ち上がった。さあ、もうひと暴れだけ。あと少しだけ。手元に残った、とっておきの礫を、全部きっちり、寄せてくるあいつらにぶつけちゃろう。

俺は、礫だ。石ころじゃない。

俺は……だから、負けるわけがない。

おしの、行くぞ！

彼はかたわらにいる、彼が生涯でただ一人愛した女を見た。彼女もまっすぐ彼を見返した。おしのは、もう泣いていなかった。ニヤリと笑って胸元を探り、飛苦内を三本、指で挟んで取り出した。なんだ、俺が教えた礫ばっかり抛りやがって！　そっちはまだたんと持ってやがったのか。

弥七は自然と笑顔になった。よし、やろう！

二人は腰を上げた。そして寄せ来る松平の大軍に向かって、ゆっくりと歩を進めた。と、突然おしのが前に出て、くるりと振り返り、笑いながら弥七にこう言った。

「おれは、ひと足先に行く。先に行って、大学様と一緒に、おまえが来るのを待ってる」

「馬鹿。何を言うんじゃ。死ぬときは一緒じゃ。二人でそう話したでねえか！」

「弥七、ありがとよ。おまえに会えて、おれ、嬉しかった。楽しかった。でも、大学さまが待ってるんじゃ。一刻も早く追いつかにゃ。じゃ、あばよ。おまえはあとから、ゆっくりと来い！」

そう言って身を翻し、一人で駆け、敵の槍列の正面に出て、横から舐めるように飛苦内を次々と投げつけた。狙いは過たず、兵が二人ほど崩折れたが、すかさず強弓の返礼が来て、おしのの胸に突き立った。

最後の飛苦内を握ったまま、ぐふと唸り、大きな血の塊をひとつ吐いてから、おしのはどうと前に倒れ伏した。

第三十八章　対峙

酒井が連れてきた新手の援軍を加え、圧倒的な攻撃力を回復した松平軍は、丸根の丘の傾斜をぐいぐいと登り、ふたたび、あの忌々しい追手門の前までやって来た。

先ほどまで偉容を誇っていた大門扉は、すでに見る影もない。片方の鏡柱が根元から崩落し、冠木(かぶき)は斜めに傾(かし)ぎ、扉を構成していた樫や� の丸太がバラバラになってあちこちに散らばっていた。そのあいだにいくつもの遺骸が倒れ、爆発に巻き込まれて寸断された手足が散乱し、黒い血が溜まり、蠅(はえ)が早くもぶんぶん集(たか)っていた。

焼け焦げた人間の肉と火薬のにおいとが、あたりにどんよりと漂い、鳴海城からやって来た新手の兵たちは、その惨烈さと鼻をつく臭気とに眉をひそめた。

門の楼上から石礫を投げつけてきた敵兵がいたが、その投擲には力がなく、石は隊列に届かず手前に虚しくポトリと落ちた。長槍を構えた足軽が、数人でよってたかってその男を串刺しにし、死体をずるずると引きずって、地面に叩き落とした。

先ほどまでの強靭な戦いぶりがぜんぶ嘘であったかのように、丸根砦に残った残兵らの戦闘力は皆無になっていた。散発的に抵抗を試みる兵はいるが、まだ血の滾っている松平兵たちによって排除され、次々と情け容赦なく虐殺されていった。

残兵のうち数名は地面に跪き、敵に哀れみを乞うたが、もちろん無駄なことだった。彼らは順番に引き据えられ、声もなく首を打たれていった。

この蛮行を止める者はいない。砦の惨状を見れば、つい先ほどまでの激戦がどれだけ苛烈なものであったか、誰であっても容易にわかる。しかも、今でも地面に転がる死体の大多数は、彼らと同じ松平兵のものなのだ。

松平元康は、第二陣とともに砦の門扉を通過したが、早足で前に進み味方を次々と追い越して、いつしか軍列の先頭付近に出た。小さな丸い丘の頂上を削平して作られた本陣に、先乗りした数十名の兵らが蝟集し、槍を構えて最後の戦闘の準備をしていた。

元康はその一団を率いる侍大将に大きく声をかけ、攻撃をしばし手控えさせた。そして猛り狂う兵らの肩と肩とのあいだをかき分け、酒井とともに最前列へと躍り出た。

敵軍の最後の一団が黒い塊となって、本陣のいちばん端のほうに立っている。数は二十名ばかり。しかし、その姿のあまりのみすぼらしさに元康は意外な感を覚えた。彼らはどうも、この砦を支え続けた佐久間大学率いる織田の精兵のようには見えない。

残兵を容赦なく殺戮することは、この最後の攻撃の前にあらかじめ酒井とも申し合わせた、元康の断固たる決意だ。死んでいった味方のための、復讐の誓いである。

そして同時に、陥ちたばかりの鷲津砦よりこちらを眺めじっと監視している朝比奈軍に見せつけるための、禊の儀式でもある。

敵に対し自分たちがどれだけ激しく戦い、残兵を徹底的に屠ったか。そのさまをはっきりと見せることにより、いったんは功名心に逸って大殿の指示に背いた自分自身の、不義を濯ぐための懸命さが伝わる。いや、なんとしても伝えなければならぬ。

だが眼前に立つ敵残兵の一団のなりは、どうにもみすぼらしく、とても、まともな兵士たちであるようには見えない。むしろ土民の一揆衆のようだ。

しかし彼らはまだ、あくまでも戦う気構えらしかった。全員が槍や、鍬や鋤などの丈の長い雑多な武器を構え、その先頭に立つ若い男は、手に大きな石礫を持ち、いつでも投げつけられるように鋭い目つきでこちらを睨んでいる。

彼らに声をかけようとは思わなかった。降伏を呼びかけようなどとは、もっと思わなかった。奴らは残らず、これから我が麾下の兵らが突き出す三間槍の錆になるべく運命づけられた者どもである。

そして、見晴らしがよく、したがって彼方の鷲津砦の本陣跡からもよく見えるこの絶好の舞台の上で、次々と朱に染まって倒れるべき運命の、最後の贄たちである。

元康は、彼らの姿を最後に一瞥だけすると、槍兵らに突撃を命じるべく、采を振ろうと腕を上げた。

すると、異変が起こった。

残兵の一団を率い、手には大礫を握って、ぎらぎらとした抗戦の意志を示していたあの男がよろよろと数歩進み出て、そのまま、がっくりと膝をついたのである。

*

弥七は、目の前でおしのが倒れ伏すさまを見、そのあとに続こうと、手にした礫をグッと握り直した。

「おまえは、あとからゆっくりと来い」

彼の愛した女は、無邪気ににっこりと笑いながら、謎のようなことを言った。そして、死んだ。弥七は、前にもその笑顔をどこかで見たことがあるような気がした。

そうだ、あの沓掛の水入れのとき。

まだ正体のわからなかったおしのが、まるで子供のように笑って、はしゃいで、黒鍬の皆と唱和しながら、皆真っ黒になって堀底を踏み固めた。作事なのか、祭りなのかまるでわからなかった。あの楽しかった思い出。

ねずみがいた。源蔵もいた。藤右衛門までもが笑って働いていた。

みんな、泥だらけだった。楽しかった。

そしてその夜、おしのは一人ぽつねんと堀端に座り、かすかな人家のあかりを眺め、星空を見上げていた。

あのとき。堀底ではしゃいでいたときの、おしのの柔らかな身のこなし。

たった今、敵勢に向け一人で駆けていったおしのの姿は、あのとき堀底で見た、泥だらけだがどこか優雅なあの身のこなしと一緒だった。

涙が、じんわりと滲み出てきた。

あとからゆっくりと来い、だって？

弥七は、自分をひとりぽっちにしてつむじ風のように去ってしまった女に、胸をかきむしられるような怒りを感じた。

そうだ、俺はこのどうしようもなく汚れた残忍な世界に、またひとりぽっちじゃないか。なんで行ってしまったんだ。そうだ、行こう。俺も、さっさとあちらへ行こう。おしのが行った世界に。まだ名も知らぬ妹の待つ、あの世界に。

おしのを殺した松平兵たちの隊列は、早くも数間先に迫ってきていた。

弥七は、すでに先ほどの強弓の射程距離内に捉えられている。いきなり飛来する矢に貫かれるのは、嫌だった。手にしたこの最後の礫を敵に投げつけ、そして別の相手と正面から組討ちし、相手の目を見ながら、死ぬのだ。

弥七はひとまず射程距離から逃れ、背後の小高い本陣のほうへ下がった。

そしてそこに、ねずみが砦に引き入れてきた山口勢の残党がひとかたまりになっていることに気づいた。彼らのまとめ役だった潭蔵の姿は、すでに見えない。

彼らの多くは、もとから戦闘力のない年寄りや女どもだった。戦の前に退避させたはずの子供が数人、おそらくは母親を慕って脇にちょこんとくっついているのが見えた。

悪いが、もう、守ってやれない。

俺は今、俺の死に様だけを考えているところだ。

弥七は心のなかで詫びて、充分に距離を取ったと見るや、手にした大礫をグッと握りしめ松平兵どものほうを振り返った。

見ると、朝日を派手に跳ね返して輝く金甲姿の大将が、いつの間にやら軍列の先頭に立っていた。左手に采を持ち、右手にはぎらりとした太刀を抜いてこちらの様子を眺めている。

遠かったが、弥七にとっては充分に狙える距離であった。

陰の河原で、幼い頃よりずっと投げて、投げて、投げ続けた。ひとりぽっちで投げ続けた。誰もいない河原で。いなくなってしまった家族の後ろ姿を思い描きながら、かたわらで見上げる妹の目を思い出しながら。弥七は石を投げた。礫を投げた。

そうして鍛えた腕ならば、確実に当てることのできる距離に、奴はいた。

そうだ、確実に人生最後の一投になる、次の礫の狙いこそは、奴だ。

振りかぶらず、一切の予備動作なしに、いきなり礫を投げ、相手に避ける暇を与えない。

この地上で唯一、弥七にだけは、それができる。

もちろん当てたからとて、金甲で隙間なく護られた奴の肉体を殺傷することはできないだろう。奴を倒し、今さら戦の勝敗を逆転させることも。この砦を奪い返すことも無理だ。おしのを生き返らせることも。妹をこの手に取り戻すことも。

失ってしまったものを取り戻すことは、もう、できない。

ひとりぽっちになってしまった自分を救うことも……いや、これから俺は礫を投げて、そして、みんなのいるところへ行くのだ。

弥七は相手に気取られぬよう、そっと上腕に力を込めた。見えないように腕を引く。

そして出し抜けに礫を投げる。

完璧だ。必ず、この礫は奴に当たる。

弥七は礫を投げた――


投げたと思った。

しかし、何も起こっていなかった。

松平軍の金甲の大将は、黙ってこちらを見つめている。礫を避けた様子も、当たった様子も見えない。誰も騒がず、何事も起こっていなかった。

弥七は混乱し、やがて気づいた。

自分は、礫をまだ投げていない！

その礫は、まだ彼の拳のなかに握り締められていた。

腕は思い切り後ろに引かれ、投げる直前の姿勢のまま、固まっていた。

後ろから誰かがそっと弥七の腕を押さえ、弥七を止めているのだった。

誰だ、誰だ！　俺の邪魔をするな！

俺はこれから、一生でいちばん大事な礫投げをするところだ。

俺を、止めるな。今は、止めるな。

弥七は、その邪魔者が誰かを確かめようとした。

振り返った。誰もいなかった。だが、腰より下のずっと低い位置に、あの見慣れた顔があることに気づいた。

くりっとした目。おちょぼ口。そして、擦り切れ色あせた、粗末な赤い衣。

妹が、その小さな手で、弥七を止めているのだった。

「何をしとる！　向こうで待ってろ、すぐに行く」

弥七は、声を出さずに妹へ語りかけた。

しかし妹は何も答えずに、そっと後ろのほうを指さした。

小さな指で、指さした。

その指の先には、本陣のはしっこでぶるぶると震える山口勢の生き残りどもが立っていた。何人かの子供が、母親の腰のあたりにすがりつき、じっとこちらを眺めていた。そしてその目は、今弥七の腕にすがりつく、妹の目と一緒だった。弥七はそのさまを茫然と眺め、そして、妹のほうに顔を戻した。

妹の幻は、消えていた。

全身の力が抜け、握っていた礫が、カラリと音を立てて後ろに落ちた。

弥七はふらふらと数歩歩むと、そのまま、がっくりと膝をついた。

*

松平元康は、たった今眼前で突然跪いた男に、ふと興味を持った。

そして、危険がないことを見てとり、一人で歩いてこの男に近づいた。

周囲を固めていた小姓どもが慌てて飛び出そうとしたが、元康は、太刀を真横にさし上げて彼らを止めた。酒井だけが、数歩ほど遅れてついていった。

ぶらぶらと、散歩を楽しむかのような足取りで男に近づいた。見ればまだ歳若く、餓鬼と呼んでも差し支えなさそうだ。

「おぬしが、この砦の大将か?」

すでに答えを知っていることを、あえて問うた。

「大将は、佐久間大学様だ。すでに討ち死にされた」

弥七は答えた。

「そうか。それでは、おぬしはあそこに立つ織田の残党どもの大将じゃな？」

「違う。奴らは、この地に昔より住まう百姓や、漁師どもだ。旧主の山口様を慕い、手伝いに来ただけだ。戦に巻き込まれただけだ」

「ふむ。もしや、おぬしは、奴らの命乞いをしておるのか？」

元康は面白そうに聞いた。

「それは、ならぬぞ。儂はこれから、おぬしらを順番に引き据え、首を打たねばならぬ」

そう言って、手にした無銘の正宗を上に掲げ、その刀身のギラリとした輝きをうっとりとして眺めた。

「女や子供も殺すのか？」

「つい先ほど、女が一人襲いかかってきた。味方が二人やられた。油断は禁物だ」

「奴らは何もしねえ。見りゃ、わかるだろ」

元康は、弥七に言われて顔を上げた。たしかにあれは、なんの戦闘力もない足弱どもの塊だ。何も危険はない。

だが同時に……鷲津のほうへ見せつけるために必要な、格好の贄だ。

元康は、もうそのことには触れなかった。さっさと儀式を、処刑を済ませてしまおう。

「斬る前に、名前だけ聞いておいてやろう」

元康は、ぞんざいな口調で言った。

「礫の弥七」

「えっ？」

「礫の弥七だ。それ以外に、名はねえ」

「そうか……聞き慣れぬ名じゃな。おおかた、ここらの土民なのであろう。土民ずれが、戦などに関わるから、こうなる。さあ、そこに直れ」

ひとつ憐むようにため息をついてから、刀を振りかぶった。

しかし、弥七は首を垂れず、目も瞑らない。

元康は、なんとも言えぬやりにくさを感じた。そして、また問うた。

「おぬしは、すでに追い詰められておる。逃げ場はない。なのに、なぜそんなに落ち着いていられるのだ？」

弥七は目を上げ、元康を正面から見据え、こう言った。

「俺は、礫だ。石ころじゃねえ。死ぬときは、俺を殺す奴の目を見てから、死ぬ」

そう言い切った。そして、さらに続けた。

「追い詰められただと？　これから俺の行くところは、俺で決める。追い詰められてなんぞ、いねえ。笑わせせんじゃねえや！」

最後は、吐き捨てた。

そして、ふと思った。

似たようなことを、前にどこかで、誰かに言ったことがあるな。

まあ、ええ。

どうせ、この馬鹿な大将とどっこいの、どっかのくだらねえ侍にでも言った言葉じゃろう。

おしの、待ってろよ。妹よ、待ってろよ。

そのまま刀が一閃し、自分の首が落ちるのを待った。


だがその一言は、松平元康にとっては、全身に痺れが走るような衝撃だった。

「追い詰められてなんぞ、いねえ……そうか」

彼はそうひとりごちると、一瞬、目をしばたたいた。

「追い詰められておるのは、儂も同じだ。おぬしと同じだ。儂は……」

そのあとは言葉にはしなかったが、元康は内心こう思った。

追い詰められても、この餓鬼はあくまで前を向き、運命に立ち向かっている。ひるがえって儂は、これから起こり得る可能性に脅え、それに震え、我を忘れてただ逃げ回っていた。

運命に抗うつもりで、逆に運命に怯え、運命から逃げていた。

そして今、わざわざ味方に見せつけんがために、年端のいかないこの餓鬼や、女子供の首までをも斬ろうとしている。

何をしているのだ、何から逃げているのだ？

松平の家名を存続させるため、この残酷な戦国の世で生き残るため。

重い責任を担い、耐えがたい理不尽に耐え、有為転変の運命に翻弄され……

そして、逃げていた。ただ目を背けていた。

これから俺の行くところは、俺で決める。

そうか。この餓鬼の言ったことこそ、今の儂にとって、もっとも必要なことだった。

儂の行くところは、儂で決める。

そうか。闇のなかでずっと探し求めていた答えがこれだ。

これこそが答えだ。元康は、頓悟した。

斬る気は失せていた。そこで、こうとだけ言った。

「土民の餓鬼ずれに……この元康が、教えを受けたわ！」

言って、太刀を収めてその場を立ち去った。

すぐ後ろまで来ていた酒井忠次が、敏感に主の心情を感じ取った。そしてすぐさま手をあげ、あとに続く部下たちに大声でこのように下知した。

「ここまで！　戦は終わりじゃ！　残兵に手を出してはならぬ！」

その言葉はあちこちで次々と復唱され、松平軍は戦闘行為を休止した。

長槍を構えていた隊が一斉に穂先を下げ、血刀を提げて次の獲物を物色していた武士どもが不承不承に頷き、刃を収めた。攻撃軍を覆っていた必殺の決意が緩み、どの兵士たちも一様にため息をついた。数少ない、ただ虐殺される順番を待っていた砦の生き残りたちは、たちまちその場にへなへなと座り込んだ。

酒井は、自軍の統率がまだきちんと取れていることを再確認すると、弥七のほうを見やり、笑いながらこう言った。

「礫の弥七か……よい名じゃ」

そして、手を貸して上へと引っ張り上げた。

「まさに首の皮一枚で、命がつながったな。だがまだ、おぬしには仕事をしてもらわねばならぬ」

弥七は眉を上げ、酒井のほうを向いた。

「これから、あの足弱どもを」

言って、弥七の後方に佇む生き残りたちに顎をしゃくった。

「大高城まで連行する。おぬしが指揮をとれ。妙な真似はさせるなよ。それと……」

「それと、なんだ？」

「皆をもっと、しゃんと立たせろ。強そうに見せろ。気の立った我らの兵どもが、手を出す気をなくするくらいにな」

こう言って、弥七の肩をポンと叩いた。

弥七は、深く大きなため息をひとつつくと、砦の奥に立ちすくんでいた山口勢の生き残りたちをさし招いた。彼らはよろよろとした足取りで集まってきた。そして、砦のあちこちから松平兵によって狩り集められた生き残りの守備兵も、二十名ほどが加わった。弥七はこの雑多な集団を、まず二列に並ばせた。そして掠れた声を振り絞り、号令をかけた。

「戦は終わりじゃ。これから大高に行く。みんな、下を向くな。背筋を伸ばせ。そして胸を張れ。そうすれば、きっと明日も生き残れる」

そして、数歩前に進み、まだ矢の突き立つおしのの骸を抱き上げようとした。一緒に大高まで抱えていこうと思ったのだ。

口のはしから血を流している以外、目を閉じたおしのの顔は綺麗なままだった。まだ、あの懐かしい匂いとほのかな温もりが感じられたが、すでに生命を失った肉体はぐにゃりとして、とても重かった。疲労困憊(ひろうこんぱい)していた弥七一人では無理だった。

思わず涙がこぼれそうになったが、数名の生き残り兵が黙って手を添え、弥七が抱きかかえるのを手伝ってくれた。

酒井は、素槍を抱えた兵二名だけを末尾につかせ、この隊列を警護した。しかしその必要はなかった。敵も味方も、疲れ果てていた。誰もがうつむき、顔から表情が消えていた。丸根砦の生き残りに、今さら、わざわざ手を出そうとする松平兵は皆無であった。

隊列は、激戦を生き残り、ほっと息をついて座り込む松平兵たちのあいだを縫って、しずしずとした歩みを始めた。

跡形もなく崩れ落ちた追手門を過ぎ、いまだ周囲に散らばる、両軍どちらともわからぬ男たちの遺骸を踏まぬようにしながら、丘の腹を巻くようにつけられた緩やかな坂道を降りた。

石のように重たいおしのの身体を抱えた弥七は、今一度だけ、自分が造り、自分が戦った砦を見上げた。丘の頂上の物見櫓と本陣からは大きく黒い煙が上がり、途中、茶色や赤色や灰色や、その他さまざまな色彩を交えつつ、空に向かってぐいぐいと迫り上がっていた。数羽の渡り鳥が、そのまわりで輪を描き、滑るように飛んでいた。

彼らはそのまま、静かに大高城へと向かった。

第三十九章　二条の煙

永禄三年五月十九日の払暁、織田上総介信長は、熱田神宮の拝殿から歩み出て、まだ仄暗い南の空を見上げた。

見上げた鉛色の視界のはじ、たち込める朝靄の向こうに、やがてうっすらとした灰色と茶色の翳が延びていた。音はせず、においもしない。ただ、はじめはかすかに、やがてゆらゆらと揺れながらその色は濃くなり、翳はさらに広くなった。

「丸根、ですかな、あれは。それとも鷲津でござろうか」

「鷲津です。陥ちましたな」

上総介は、少しだけ眉をくもらせ、目を瞑った。

そうか……鷲津だけが陥ちたか。

鷲津が陥ち、丸根が残った。

大高には、前夜から大量の援兵が兵糧とともに入って防備を固めているであろう。そんななか、東方から鳴海とその前に立ち塞がる三砦を攻めると見せかけて急旋回した敵の先鋒は、そのまま鷲津に襲いかかった。

鷲津だけに、襲いかかった。そしてこれをひねり潰した。鷲津が脇に抱えた小街道は解放され、鳴海と大高を結ぶ交通線が確保された。すなわちこの戦域の南面は、今川軍がほぼなんらの損失をも受けずに制圧し、焦点となっていた鳴海と大高両城の通交が、なった。

戦は終わった。今川の勝ちだ。彼らは、敵地に孤立した両城の解放と海岸線までの戦線打通という戦略目標を、見事に達成したのだ。

丸根はその南面に、孤塁となって残った。おそらくまだ攻められてもいまい。

しかしこのあと、南端の大高を金床(かなとこ)に、鷲津を陥とした大軍から派された一軍が、大いなる鉄槌(てっつい)となって小っちゃな丸根の丘に振り下ろされることになろう。そしてそれは、今こうしてしずしずと前線に接近しつつある、上総介ら尾張の本軍を誘致するための餌だ。すでに戦に勝利し目的を達した彼らは、なおも尾張の野戦軍を撃破し、織田の足腰を完全に立たなくする肚なのだ。

佐久間大学が、書院から出でて自分のもとにやってきたあと、上総介は長い長い時間をかけて、大学とありとあらゆる可能性について検討し、討議し合った。

そのなかで、あり得る義元の計画として最上のもの、すなわち織田にとっては最悪の悪夢こそが、これだった。

主要な交通線に隣接していない丸根砦だけをわざと孤立させ、時間をかけてじっくり攻める。そして、近接する織田の野戦軍を付近に誘致する。

すると、脇が空(あ)く。

鳴海城を今川領から遮断するために散らした丹下・善照寺・中島の三砦の前面が、まったくの空白となる。三砦の背後、鳴海城は、すでに南方との味方の通交を回復しその戦力と士気とを回復しているであろう。すなわち鳴海を孤立させるための三砦は、逆に敵の海のなかに溺れ、孤立した浮島となる。

ここでおそらくは義元の直卒するであろう今川の本軍が、山間(やまあい)の街道からその姿を現して三砦を粉砕し、ついで旋回し、敵中深く分け入った織田の本軍を、南面の大高城そして丸根周辺の攻撃軍とともに包囲し、叩く。

罠にかかった上総介の本軍は、丸根砦のわずかな守備兵とともに、なんらなすところなく義元の鉄漿をした歯で食いちぎられ、咀嚼(そしゃく)され、まるで胃袋のなかで溶けていくかのように消滅してしまうであろう。

これが、佐久間大学と上総介とで読み切った、義元が打てる最上手である。

この罠を避けるには、上総介はただ北方へ避退せざるを得ない。丸根は見捨てるしかない。が、いずれにせよ義元の本軍は鳴海の前面に現れ、その堅い外甲をまっしぐらに上総介の本軍に向けて接近してくるはずだ。

互いに姿を晒し合い、力と力がぶつかり合う野戦となる。そうなれば、勝敗を分ける要素は、装備の差と士気の差そして兵力差となる。装備は互角。将帥の、覚悟はともかく腕はおそらく向こうが数段上。士気は兵力差に比例する。だとすれば上総介の負けである。尾張はほどなくして、全域が今川の軍門に降ることになろう。

今南の空に上がった一条だけの煙は、事態がその考え得る最悪の展開に沿ったものであることを示している。

上総介は、覚悟を決めた。

これから、あえて死地に飛び込む。大学が最悪の戦闘の焦点となるであろうことを見越して、自らの死に場所として択んだ丸根砦を救援すべく、全軍を率いて南へ向かう。

大学は、おそらくそれを望むまい。

だが上総介は、後方に避退して今さら那古野や清洲の城に立て籠るなどという考えは、捨てていた。

今すぐの死か、あとに続く緩慢な死か。それだけの違いである。

亡き勘十郎の霊にいまだ忠誠を誓うあの馬鹿な変わり者に対し、自分は自分なりの義を捧げよう。茶筅髷のうつけに相応しい、馬鹿な最期だ。

丸根の丘の麓こそが、自分が命を散らす場所となるだろう。

「うつけの丘」とでも誰かが名づけ、それ以降、道ゆく旅人が嘲(あざけ)りながら通りすぎる場所になるかもしれない。

それも、よかろう。

上総介は瞑っていたまぶたを開け、鋭い眼光とともに高い声で下知した。

「皆、用意にかかれ」

敗軍と自らの死の覚悟を決め、清々しい気分になって、上総介はもう一度、南の空に上がる鷲津の煙を眺めた。

するとそのすぐ横に、薄いもう一条の煙が、ゆらゆらとたゆたいはじめるのが見えた。

それはやや遠く、色もかすかであったが、先の煙よりずっと速く上昇し、広がった。

勢いは鷲津のそれよりも激しいようだ。

上総介は、信じられないおももちで、その二条めの煙を見た。

彼は、ややふるえる声で、言った。

「魚は……魚は、餌を食ったぞ」

笑っていた。

事態は一転し、大学と彼とが考えていた、唯一、勝利へとつながる方向へと進んでいたのである。

*

「阿呆が。阿呆が」

このころ、ようやく沓掛城を経由して悠然と進発し、遥か彼方、これから向かう方向にごく小さな煙が二条上がるのを認めた今川治部大輔義元は、馬上でそう呟いた。

すでに彼は、塗輿を捨て野戦武将にふさわしい身なりになっている。緋色の衣に白銀の鎧をまとい、兜には美麗な前立と錣が垂れ、腰には松倉江の太刀と左文字を帯び、高く首を直立させたつややかな青毛の駒に跨って、遥か前方を望見していた。

上がる煙が一条ならば、計算通り。

どう転んでも必勝である。沿岸二城への打通を実現するだけでなく、織田の主力までをも粉砕し、一気呵成に尾張を制圧できてしまうかもしれない。

ところが、煙は二条だった。

義元には、その仔細がわからない。鷲津を陥とした朝比奈が、功に逸って丸根まで攻め陥としてしまったというのが、いちばんあり得ることのように思えた。若気の至りだ。奴は愚かではないが、若者の血が猛り立つとまれにこういうことが起きる。義元は人選の過ちを後悔した。

あるいは、大高にいた松平が……いや、奴は大丈夫だろう。歳に似合わぬ分別があり、外様としての遠慮もあり、あまり目立ったことはやろうとしない。自らの地位の不安定さを自覚し、家中の嫉妬を買うのを恐れているのだ。

奴は、聡明な男だ。だからこそ自分は、地味ではあるが今回の戦役においてもっとも重要な兵粮輸送の任を託したのだ。

いずれにせよ、わが掌（たなごころ）のなかに残す予定だった丸根が陥ちてしまった。これにより、南面に織田の野戦軍を誘引して一斉に叩くという必勝手が崩れた。阿呆が。

だが、まだ打つ手はある。自分は常に次善の手を用意してある。

このまま鳴海へ向けまっしぐらに進み、立ち塞がる三砦を排除して、海岸線まで一気に打通するというのがひとつの手段。

これは多分に強攻策であり、あまり気の利いたやり方とはいえないかもしれない。あの小さいが強固な三砦への正面攻撃を行なえば、味方にも相応の被害は出るし、相手の野戦軍が押し出してきた場合、これとの決戦ともなり、損害は否が応でも増す。

しかし大事なのは、こうなれば必ず勝てるということだ。負けの可能性は、ない。

もしかすると敵野戦軍の主力を取り逃し、以降の尾張制圧に多少の時間を要することになるかもしれないが、まあ、早いか遅いかの違いだけだ。勝者はいずれにせよ我らである。

しかし……もうひとつ、かなり冴えたやり方がある。

このまま左旋回し、南へと進路を変え、大高方面に向かう。すでに鷲津と丸根が陥ちた以上、大高を含めたこの地域一帯はほぼ綺麗に掃討され、完全に今川の勢力圏となっているであろう。鳴海との連絡線も打通されている。すなわち、南面一帯に自軍の戦力を集中させることができ、その総力をあげて織田のうつけの三砦と主力軍とを同時に捕捉、粉砕できる。

この考えは、義元にとり魅力的だった。

まず、鳴海へ直接寄せる強攻策同様に、勝利の確実度が高い。この巨大な戦力を、分散させることなく一気に敵の正面へ集中し、間違いなくその全力を発揮し叩き潰す。そうすれば自軍の損失も、考えうる限り最小限となろう。

ことによると、彼我（ひが）の戦力の懸絶（けんぜつ）を悟った織田の主力軍は、温存策を取って戦場から離脱、撤退するかもしれない。しかし、それならばそれでよい。敵中に取り残されたちっぽけな三砦は完全な孤島となり、今川の海に溺れることになる。いや、そうなる前に戦意を喪った守備兵が逃げ出し、我らの仕事は、無人の砦をただ接収することだけになるかもしれない。

ほぼ無血のままの、完全な勝利だ。

問題が、ひとつある。

ここから大高に向かうには、近接路によい道路がないということだ。

慎重な義元は、すでに旅人や商人、僧侶や歩き巫女、それに黒鍬者などに化けた細作を何度も派遣し、周囲の地勢や道路状況を仔細に調べさせている。

彼らの報告を総合すると、街道の数は多く平坦ではあるが悪路が多く、ここに輜重隊の荷駄は通せない。

少量であれば、丸根の南の迂回路を一部の兵粮を駄載した騎馬のみで押し通ることもできよう。ところが、義元の本軍はそうはいかない。本軍の戦闘部隊のあとに、数百輛もの車や荷駄を通さなければならない。

このためには、一部の細作から報告のあった、あの道を通らねばなるまい。

下賤な身分の者どもだけが使う、山間をうねるように通る道で、傾斜はきつく人夫に多大の労苦を強いることは確実だが、確実に山の向こうの大高前面に出る。上下の傾斜は多いものの、樹木が鬱蒼と上空を覆っているため、実はぬかるみが少なく、道はしっかりと踏み固められ輜重の車輪も問題なく通せる。

途中、数千の兵馬を休めることのできる大きな空間があるとも聞いている。そこで休止し、隊列を整え周囲を偵察してから、一気に大高へと向かう。ほんの二刻か三刻の移動で我が勝利が確定し、尾張は我がものとなる。

この策は、義元の気に入った。

前線で必要に迫られ急遽ひねり出した弥縫策（びほうさく）だが、もしかすると、戦の予想を超えた流れのなかで、いつの間にか最上手と変ずるかもしれない。

何かが変だと、感じていた。薄雲のような疑念が胸のうちに兆し、自ら立てた水も漏らさぬ完璧な計画に、なぜか安心し切ることができなかった。駿府を出立し、戦場間近のこの地に至るまでずっと、この心持ちの悪さと格闘していた。

最初は、おそらく敵に先手を取られ、敵の動きに合わせて動かざるを得なくなったからだと思っていた。昨年、鳴海の山口親子を処分せねばならなくなって以降、矮小な勢力しか持たぬ相手の果敢な仕掛けに翻弄され、常に後手に回った。

これだけの大軍を発して西進してきたのも、自分の思惑よりは、少し早い。

あれらの砦を電撃的に造られ、あっという間に鳴海と大高を封鎖されてしまったことで、ある意味、自分はのこのこここまで誘い出されたとも言える。敵の思惑どおりだ。

しかしそれも、待ち受けていた敵を見事罠にかけたことで、帳消しだ。それどころか、状況を逆手に取って逆に致命傷を与えてやれる。

あの功名心に逸った朝比奈の阿呆が、事前の指示にない余計な砦攻めをしてしまったことで生まれた計算違い。

もしかすると自分は、こうなることを心のどこかで感じていたのかもしれない。それが、あの不安になって、自分の精神を苛んでいたのかもしれない。

それは不安ではなかった。予感だった。

何事も計算どおりにはいかぬ戦場特有の手違（てちがい）が、今回も起こることを、自分はそれとなく感じ、予期していたのであった。

もう大丈夫だ。手違は適切に処理された。それどころか、その手違を利用して逆に今は最上手が打てる。なんと美しい、なんと見事な作戦であることか。

これで、勝った！

義元は、馬上で思わず哄笑したい気分に襲われた。

これまでずっと、いや少なくとも太原崇孚雪斎が死去してから以降は、帷幄のうちに自分独りで考え、悩み続けてきた尾張への侵攻作戦。今ようやくその終わりが見えてきている。

肉体と精神がこの極限の重圧から解放され、心が浮き立ち、風に吹かれてどこかに飛んでいってしまいそうである。

いや、終わってはいない。まだ終わってはいない。

まずは、あの道……隲道を越えなければ。

義元はつと馬を進め、数歩先へと出て胸を張り、自分の率いる大軍を振り返った。

林立する旌旗、馬印、数をも知れぬ槍穂の煌めき。

満足げに、視界いっぱいに広がるその威容を眺めたあと、また馬の向きをもとに返し、鞍上で采を振った。

あとに続く全軍が、彼の動きを注視した。

彼方の伊勢湾に向かい、まず采をつきたてた。

次いで、左に。左に大きく采を振り、全軍に見えよとばかり、二度三度と左に向けて振りたてた。

やがて、今川の大軍がしずしずと動き出した。左方向に。すなわち南のほうへと旋回した。

そしてそのまま、ゆっくりと、破滅に向かって歩みはじめた。

終章

織田上総介信長は、熱田神宮で彼方に上がる二条の煙を望見し、そのまま軍を率い、戦場に向かって突き進んだ。空はだんだんと昏くなり、重たそうな雲が、海からの風に押されて西へと流れはじめていた。

道中、次々とお味方すると名乗りをあげた連中が加わり、その兵力は膨れ上がっていった。しかし、それでも計算できるのはたかだか二千やそこら。やがて彼らは、鳴海城を睨んだ付城のうちのひとつ善照寺砦に至り、そこに本陣を構えた。

傷だらけの伝令が一人、そこで上総介を待ち受けていた。

彼は片膝をつき、言った。

「丸根より着到。いったんは松平勢を押し返し、勇戦。砦は二刻前には健在、しかし……」

彼方に上がる煙のほうへ悲しそうに目をやった。そして、気を取り直したように言った。

「佐久間大学様より、上総介様に言伝あり」

上総介は少しだけ驚き、その先を促した。

「大学様曰く、ただ心のままに攻めよ。以上でござる」

「そうか。大儀であった」

上総介は言った。

大学は、死してなお儂を試し、儂を鍛えようとするか。

戦は、大学の読みどおりに進んでいる。大学が描いたもっとも美しい形で、こちらに有利なように進んでいる。

だが、どこに行く？　どこを攻める？

煙は二条、上がった。

鷲津と丸根がほぼ同時に陥ち、鳴海と大高をつなぐ交通線がつながり、この戦線の南面に織田の拠点はなくなった。

残るは、鳴海の前面に散ったこの善照寺を含む三塞と、儂が率いている織田の野戦軍だ。

今、すべての目標はここに集まり、今川にとってまとめて叩く絶好の機会が訪れている。

義元はこれを読み、粛々と自らの主力を近づけてきているはずだ。

この砦の前面に現れ、正面から我らに挑んでくれば、数に大きく劣る我らに勝ち目はない。だが義元は、そうは動かない。

いや、動かない。そう大学が言った。

義元は、より損失を少なく、より勝利を確実にする方策を取る。

完全に今川のものとなった戦線の南面に……大高城の方向へと軍を旋回させる。

なぜ、そうする？

それは大学が、義元の同類だから。大学なら、必ずそうするから。

大学はそう言って笑った。

今、あのとき話した内容のとおりに戦が動いている。大軍が進軍隊形で長く長く伸び、その脆弱な側背を晒して前衛諸隊を追いかけてくる。その柔らかい下腹に食いつき、臓腑を噛み切る、おそらくは唯一の好機が訪れようとしている。

だが義元はどこから大高に来るのか。それがわからない。あのあたりは古くから旅人や商人の通行が盛んで、古い道がいくつも複雑に絡み合って、丘と森と谷と林と何本もの小川をまたいで、あちこちに延びている。

いったいどこに向かってこの軍を率い、どこにぶつければ、いい？

大学は、それを教えてくれずに逝った。

あとはただ儂の心のままに攻めよ、だと？　勝手なことを。

上総介は、悩んだ。

悩んで、つい、口にそれを出した。

「輜重の通れる固い道。どこに。どこから。奴らは……」

上総介の足元から、いきなり、ぬっと顔が突き出してきた。先ほどの丸根の生き残りの伝令だった。目を丸くし、ひどく驚いた顔をしていた。


「おぅい、そろそろ、休もうぜぇ」

列の後ろのほうにいた藤右衛門が、先頭を行くねずみに大声で呼びかけてきた。

「こんなサシバ道じゃ、上り下りがきつうてかなわん。もっとええ道があるじゃろうがよ！」

「よっしゃ。暗くなる前にもうひとつ丘さ越えるけ、ほんの少しだけ休めぇ」

手拭いで汗を拭きながら、源蔵はねずみに質した。

「それにしてもよ、ほんまにこれが近道なんか？」

「他にもっと道はあるのよ。このあたりゃ、ウネウネとしとるけ。太いだけなら、街道筋を行けばええ。だがよ、あの荷車さ。あれを押して、曳いて、この上り下りのきついとこを行くにゃあ、この道がいちばん楽だ」

「ここは、なんというところよ？」

弥七が聞いた。

「土地の者は、はざま、と呼んじょる。狭間じゃな」

「こんな広けぇ谷間じゃけどな……はざま、なんか？」

「そんとおりじゃ。ここなら千やら万やらの軍勢でも、苦もなく通れそうだよな」


ねずみの眼前に、あのときの風景が蘇ってきた。まだ顔に幼さを残していた弥七が「ふうん」と言って、指をくわえるさまが思い出されてきた。

楽しかったな、あの頃は。いや、違う。そうじゃない。

目の前にいるこの男に、教えてやらなければ。

あの道のことを。あの狭間のことを。

街道から外れているがゆえに。樹々に空が覆われ、昼なお暗き陰気な道であるがゆえに。

一般には知られざる通路となっている、あの古道のことを。

忍びや盗人や河原者や春を鬻ぐ女どもや、その他、表の世界から外れてしまったあぶれ者どもだけがこっそりと通る、あの裏道のことを。

今川の全軍を収容するであろう、あの林間の密やかな隠れ場所のことを。

そこにだけは明るい光が満ち、清らかな泉の水が湧き、雨風をしばし凌げる立木などもまばらに植わって、苦痛に溢れた人生の旅路に疲れた誰もが、しばしの休息を取りたくなる、あの狭間のことを。

ねずみはそのまま上総介の前に顔を突き出し、ゆっくりとこう言った。

「おみゃあ、戦に勝ちてえかよ?」

面食らった上総介の上体が、少しだけ後ろに反った。

周囲の侍どもが驚き、刀の柄に手をかけ、ガチャガチャと音を立てて集まってきた。

ねずみは構わずに続けた。

「誰も……だあれも知らねえ道がある。そこはよ、狭くて暗い。でも、わしらがしっかと踏み固めとる。いろいろな思いをしてよ。どえりゃあ辛え思いをしてよ。でも踏み固めとる。皆で踏み固めとる。だからきっと……輜重の車だって通せらあ」

「さような道を、そちは存じておるのか?」

上総介は、驚いて尋ねた。

「お偉い方々は、お知りにゃならねえ道だ」

ねずみは、すかさず答えた。

「それによ……そこにゃ、だだっ広い野っ原があらあ。千も万もの大軍もよ、ぜってぇに、そこで足を止める。止めたくなるんじゃ。そこで、憩いたくなるんじゃ」

上総介は黙って、ただじっとねずみの顔を見つめた。

二人は、しばし黙ったまま顔を見合わせた。

やがてねずみは、ゆっくりとこう聞いた。

「大学様の仇、取るだな？　砦にいた奴らの仇、必ず、取るだな？」

上総介は威儀を正して、こう答えた。

「おう、必ず！」

ねずみは、しばし黙っていた。

上総介の顔のほうを見ていたが、その目は何か、別のものを見ているようだった。

ぽとり、ぽとりと、雨つぶが空から落ちはじめた。

やがて、ねずみの目に爛々とした光が宿り、上総介にこう言った。

「よし、ついてこい」

そのまま、大股に歩みはじめた。

上総介は、あっけにとられて周囲の部下たちを見回したが、やがて決断したように、その後に続いた。

ほどなく、砦にいた全軍が音を立てて動きはじめた。

雨が激しく落ちてきて、彼らの姿を覆っていった。

世にいう桶狭間（おけはざま）合戦の、ほんの二刻ほど前のことである。

主要参考文献

『日本の戦史1　桶狭間・姉川の役』　旧参謀本部編纂　徳間文庫
『戦国合戦詳細地図』　バウンド編集　インフォレスト
『図説　日本戦陣作法事典』　笹間良彦　柏書房
『経済で読み解く織田信長』　上念司　ベストセラーズ
『「桶狭間」は経済戦争だった』　武田知弘　青春出版社
『国衆の戦国史』　鈴木将典　洋泉社
『軍需物資から見た戦国合戦』　盛本昌広　洋泉社
『戦国の軍隊』　西股総生　角川ソフィア文庫
『河原ノ者・非人・秀吉』　服部英雄　山川出版社
『「お歯黒」の研究』　原三正　人間の科学社
『信長の城』　千田嘉博　岩波新書
『週刊ビジュアル戦国王』　第2号　ハーパーコリンズ・ジャパン
『歴史群像』　2007年10月号　学習研究社
『歴史群像』　2008年2月号　学習研究社

放蕩次男坊、
軽妙洒脱に
怪異を解き明かす!?

大店の放蕩次男坊・仙之助は怪異に目がない変わり者で、深川にある彼の屋敷には、いわく因縁付きの「がらくた」ばかり。呪いも祟りも信じない女中のお凜は、仙之助の酔狂に呆れながらも、あやしげな品々の謎の解明に今日も付き合わされる。——これは怪異か、それとも誰かの策謀か。ミステリと怪異が複雑に入り組んだあやかしお江戸ミステリの最高峰、ここに現る！

◎定価：836円（10%税込）　◎ISBN978-4-434-35176-1

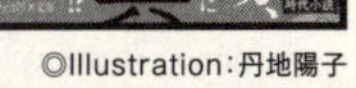

◎Illustration：丹地陽子

本所・松坂町に暮らし、三味線の師匠として活計を立てている岡安久弥。大名家の庶子として生まれ、市井に身をひそめ孤独に生きてきた彼に、ある転機が訪れる。文政の大火の最中、幼子を拾ったのだ。名を持たず、居場所をなくした迷い子との出会いは、久弥の暮らしをすっかり変えていく。思いがけず穏やかで幸せな日々を過ごす久弥だったが、生家に政変が生じ、後嗣争いの渦へと巻き込まれていき——

◎定価：869円（10％税込）　◎ISBN978-4-434-33759-8　◎illustration：立原圭子

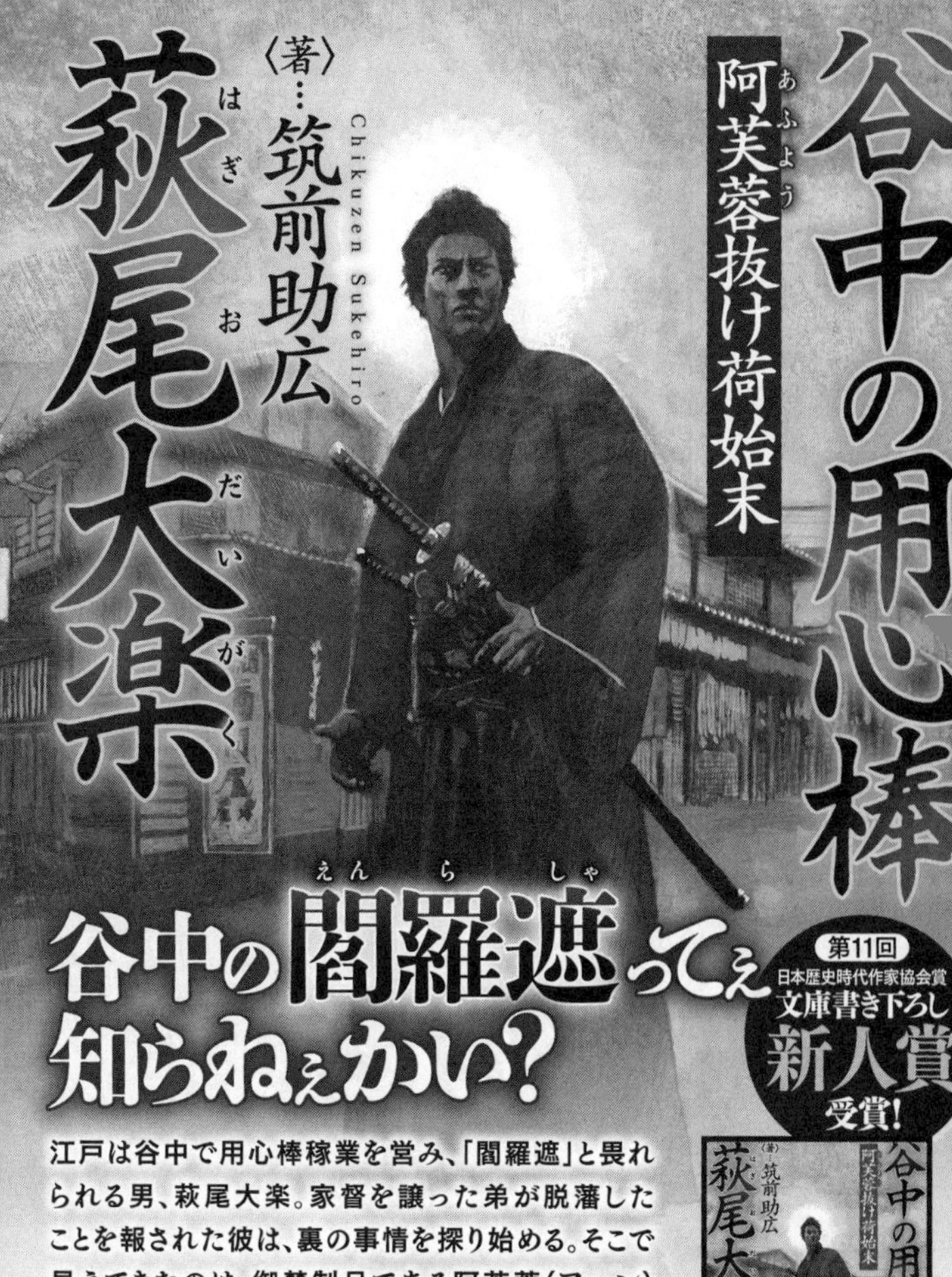

江戸は谷中で用心棒稼業を営み、「閻羅遮」と畏れられる男、萩尾大楽。家督を譲った弟が脱藩したことを報された彼は、裏の事情を探り始める。そこで見えてきたのは、御禁制品である阿芙蓉(アヘン)の密輸を巡り、江戸と九州の故郷に黒い繋がりがあること。大楽は弟を守るべく、強大な敵に立ち向かっていく――閻魔の行く手すら遮る男が、権謀術数渦巻く闇を往く!

◎定価:792円(10%税込み)　◎ISBN978-4-434-29524-9　◎illustration:松山ゆう

谷中の用心棒

外道宿決斗始末

萩尾大楽

〈著〉…筑前助広

Chikuzen Sukehiro

閻羅遮の刃が外道を斬る

第11回
日本歴史時代作家協会賞
文庫書き下ろし
新人賞
作品、待望の続編！

ご禁制品の抜け荷を行っていた組織・玄海党を潰した萩尾大楽は、故郷の斯摩藩姪浜で用心棒道場を開いていた。玄海党が潰れ平和になったかに見えた筑前の地だが、かの犯罪組織の後釜を狙う集団がいくつも現れたことで、治安が悪化していく。さらに大楽の命を狙い暗躍する者まで現れ、大楽は否応なしに危険な戦いへと身を投じることとなる——とある用心棒の生き様を描いた時代小説、第二弾！

◎定価：770円（10％税込み）　◎978-4-434-33506-8　◎illustration：松山ゆう

本書は、2022年3月当社より単行本として刊行されたものを文庫化したものです。


この作品に対する皆様のご意見・ご感想をお待ちしております。

おハガキ・お手紙は以下の宛先にお送りください。

【宛先】

〒150-6019 東京都渋谷区恵比寿4-20-3 恵比寿ｶﾞｰﾃﾞﾝﾌﾟﾚｲｽﾀﾜｰ 19F
（株）アルファポリス　書籍感想係

メールフォームでのご意見・ご感想は右のＱＲコードから、
あるいは以下のワードで検索をかけてください。

ご感想はこちらから

アルファポリス文庫

敵は家康

早川隆（はやかわたかし）

2025年　2月 10日初版発行

編集－加藤純・宮坂剛
編集長－太田鉄平
発行者－梶本雄介
発行所－株式会社アルファポリス
〒150-6019 東京都渋谷区恵比寿4-20-3恵比寿ｶﾞｰﾃﾞﾝﾌﾟﾚｲｽﾀﾜｰ19F
TEL 03-6277-1601（営業） 03-6277-1602（編集）
URL https://www.alphapolis.co.jp/
発売元－株式会社星雲社（共同出版社・流通責任出版社）
〒112-0005 東京都文京区水道1-3-30
TEL 03-3868-3275
装丁イラスト－獅子猿
装丁デザイン－AFTERGLOW
印刷－中央精版印刷株式会社

価格はカバーに表示されてあります。

落丁乱丁の場合はアルファポリスまでご連絡ください。

送料は小社負担でお取り替えします。


ISBN978-4-434-35177-8 C0193